AF217039

Melinda Metz

Eine Samtpfote zum Verlieben

Ein Katzenroman

Aus dem Amerikanischen von
Sonja Rebernik-Heidegger

Die amerikanische Originalausgabe erschien 2018 unter dem Titel
»Talk To The Paw« bei Kensington Publishing Corp.

Besuchen Sie uns im Internet:
www.knaur.de

Deutsche Erstausgabe April 2019
Knaur Taschenbuch
© 2018 Melinda Metz
Published by Arrangement with KENSINGTON PUBLISHING CORP.,
119 West 40th Street, NEW YORK, NY 10018 USA
© 2019 der deutschsprachigen Ausgabe Knaur Verlag
Ein Imprint der Verlagsgruppe Droemer Knaur GmbH & Co. KG, München
Alle Rechte vorbehalten. Das Werk darf – auch teilweise –
nur mit Genehmigung des Verlags wiedergegeben werden.
Redaktion: Carolin Kotthaus
Covergestaltung: ZERO Werbeagentur, München
nach einem Entwurf von Kristine Mills
Coverabbildung: © FinePic / shutterstock.com
Abbildungen im Innenteil von Shutterstock:
Katze: onot / Pfotenabdrücke: Fafarumba
Satz: Sandra Hacke
Druck und Bindung: CPI books GmbH, Leck
ISBN 978-3-426-52321-6

4 5 3

*Für Gary Goldstein als Dank für die Inspiration
und die Chance, die er mir gegeben hat.*

*Und in Erinnerung an Al und Marie Defrancisco –
die besten Nachbarn der Welt.*

Kapitel 1

MacGyver öffnete die Augen. Er lag auf seinem Lieblingsplatz in Jamies Bett, schmiegte sich an ihre warmen, weichen Haare und schnurrte zufrieden. Jamies Duft war eines der wenigen vertrauten Dinge in diesem neuen Haus, und er beruhigte ihn.

Aber da war immer noch der unsägliche Geruch … Jamie roch zwar nicht wirklich krank, aber irgendwie erinnerte ihr Geruch MacGyver daran. Mac glaubte zu wissen, warum. Er gab es nicht gerne zu, aber Menschen waren da eher wie Hunde als wie Katzen – zumindest manchmal. Sie brauchten andere Menschen um sich herum – ein Rudel.

Mac war mehr als zufrieden damit, die einzige Katze im Haus zu sein. Er brauchte bloß sein Futter, sein Wasser, sein Katzenklo, sein Spielzeug und seinen Menschen. Aber Jamie tickte in dieser Hinsicht anders.

Dabei musste sie bloß rausgehen und sich einen anderen Menschen suchen. Es liefen doch überall welche herum, von denen sie sich einfach einen aussuchen konnte. Aber manchmal war Jamie anscheinend blind. Genauso, wie sie nicht verstand, dass man eine Zunge hatte, um sich zu waschen. Es war überhaupt nicht nötig, sich einem Strahl Wasser auszusetzen.

Macs Schnurren wurde leiser. Jetzt, wo er den Geruch wahrgenommen hatte, störte er ihn von Sekunde zu Sekunde mehr. Er richtete sich auf und verließ seinen bequemen Schlafplatz. Zeit, etwas zu unternehmen!

Er rieb seinen Kopf einige Male an Jamies Haaren, damit jeder sofort wusste, dass sie ihm gehörte, sprang aus dem Bett und tappte durch das Wohnzimmer auf die Veranda an der Vorderseite des Hauses. Dort hatte er vorhin einen kleinen Spalt im Insektenschutzgitter entdeckt.

Er starrte in die Dunkelheit hinaus. Es musste an diesem unbekannten Ort doch jemanden geben, der zu Jamie passte, so wie Jamie zu Mac passte. Aber sie würde diesen Jemand wohl nicht alleine finden.

Das roch nach einem Fall für MacGyver!

Mac zwängte sich durch den Spalt und hielt inne. Er war zum ersten Mal draußen in der großen weiten Welt – zumindest ohne ein Autofenster oder Gitter dazwischen. Natürlich lauerten hier überall Gefahren, aber darüber machte er sich keine Sorgen. Er war sicher, dass er in jeder Situation klarkommen würde.

Die Ohren gespitzt, den Schwanz in die Höhe gestreckt, schlich er in die Nacht hinaus und erschnupperte die verschiedensten Gerüche – würzige Tomatensoße, Schokoguss, Thunfisch und noch ein Dutzend weitere Köstlichkeiten; der Duft der violetten Blumen, die entlang seines Hauses wuchsen; ein süßlicher, ranziger Dunst, der von den Mülleimern herüberwehte; ein anregender Hauch Mäusedreck – und der überwältigende Gestank nach Hundepisse!

Mac fauchte angewidert.

Offensichtlich gab es in der Nachbarschaft einen Köter, der einfach *alles* anpinkelte. Dieser Dummkopf dachte wohl, dass ihm dieser Ort automatisch gehörte, wenn er alles markierte. Falsch gedacht!

MacGyver trabte zu einem Baum, den der Hund erst vor Kurzem bewässert hatte, und schärfte ausgiebig seine Krallen daran. Als er fertig war, war sein Geruch sehr viel stärker als der des Köters. Zufrieden öffnete er das Maul und atmete noch einmal tief ein. Er konnte die verschiedenen Düfte beinahe schmecken!

Jamie war nicht der einzige Mensch in der Umgebung, der den scharfen Geruch der Einsamkeit verströmte. Mac beschloss, seinem Instinkt zu folgen, und entschied sich für die stärkste Fährte. Er legte zwar ab und zu eine kurze Pause ein, um den ekelerregenden Gestank des Hundes zu übertünchen, doch schon bald war er an seinem Ziel angekommen. Es war ein kleines Haus mit einem runden Dach.

Mal abgesehen von dem Geruch nach Einsamkeit, gefielen ihm die anderen Düfte, die er rund um das Haus wahrnahm – Speck, Butter, ein wenig Schweiß, frisch gemähtes Gras – und keine Spur von dem scharfen Zeug, das Jamie so gerne in der Küche versprühte und das sein leckeres Futter verdarb.

Hm … – wie sollte er Jamie bloß klarmachen, dass hier ein geeigneter Gefährte lebte? Mac dachte einen Augenblick lang nach. Dann beschloss er, ihr einfach irgendetwas aus dem Haus mitzubringen. Jamies Nase war zwar nicht annähernd so fein wie seine, aber er war sich sicher, dass sie, wenn sie erst mal an dieser Explosion von Gerüchen geschnuppert hatte, sofort wissen würde, was zu tun war.

Es gab hier zwar keine Veranda wie bei seinem neuen Zuhause, doch das kümmerte ihn nicht. Mac kräuselte die Oberlippe, während er seinen Rundgang fortsetzte. Es war offensichtlich, dass der Köter ebenfalls hier gewesen war. Er schaffte es, den Gestank zu ignorieren, indem er sich in Erinnerung rief, dass er sich auf einer wichtigen Mission befand. Sein Blick wanderte suchend umher, und endlich entdeckte er es: ein kleines, rundes Fenster im ersten Stock, das einen Spaltbreit offen stand.

Da hochzukommen? – Kein Problem! Der große Baum neben dem Haus war als Leiter wie für Mac geschaffen. Er kletterte eilig hinauf, stupste das Fenster mit dem Kopf weiter auf und sprang hinein.

Er landete auf etwas, das perfekt war, um es Jamie mitzubringen. Mit anregenden Düften gesättigt, verströmte es unter anderem den Geruch nach Einsamkeit. Jamie würde sofort wissen, dass es von einem Menschen stammte, der wie sie auf der Suche nach einem Gefährten war.

Mac schnappte sich das Stoffbündel und genoss den Geschmack, der mit den Düften einherging. Dann sprang er triumphierend auf das Fensterbrett und verschwand mit flatternder Beute in der Nacht.

Am nächsten Morgen wurde Jamie von einem schrillen, fordernden Miauen geweckt.

»Ich komme ja schon, Mac«, murmelte sie, kletterte verschlafen aus dem Bett, machte zwei Schritte und knallte gegen die Schranktür. Gut. Jetzt war sie zumindest halb wach.

Okay. Alles klar. Sie befand sich in ihrem neuen Haus, und der Schrank war auf der anderen Seite des Bettes.

Miiiauuu!!!

»Ich! Komme! Ja! Schon!«, rief Jamie und machte sich auf den Weg in die Küche. Mac stieß ein weiteres Ich-will-mein-Futter-Heulen aus. Offensichtlich hatte er ihr Verhalten genauestens studiert und war auf das Geräusch in seinem Repertoire gestoßen, das ihre Ohren am effektivsten malträtierte. Das nutzte er jetzt, um sein Futter einzufordern.

»Wie oft soll ich es dir noch sagen: Wenn du endlich mal lernen würdest, wie man die Kaffeemaschine bedient, könnten wir beide sehr viel entspannter in den Tag starten«, erinnerte sie ihn. Sie dachte nicht einmal daran, sich einen Kaffee zu kochen, bevor sie *Seine Majestät* bedient hatte. Dafür hatte Mac-Gyver Jamie viel zu gut erzogen.

Zwar lechzte sie nach Koffein, musste aber jetzt doch unwillkürlich grinsen, als Mac ihr um die Beine strich. Ihr Kater war brillant, aber es gab ein paar Dinge, die er einfach nicht kapierte. Wie zum Beispiel, dass er sehr viel schneller an sein Futter käme, wenn er ihr nicht ständig vor die Füße laufen würde.

»Hier, bitte sehr.« Sie schaffte es mit Müh und Not, dass nichts von dem Futter auf seinem Kopf landete. Er schnupperte skeptisch und nahm einen kleinen Bissen. Und dann gleich noch einen. Anscheinend war *Alli-Cat* immer noch seine bevorzugte Sorte. Verrückt, dass sie ihrem Kater tatsächlich *Alligatorenfleisch* fütterte, aber der Tierarzt hatte gemeint, Fleisch von Wildtieren sei gesund. Und es schmeckte ihm – zumindest vorläufig. Sie stellte sich grinsend vor, wie sich der etwa dreieinhalb Kilo schwere Kater um die stämmigen Beine seines Frühstück-Alligators wand, bis dieser schließlich zu Boden ging und er sich über ihn hermachen konnte.

Jamie machte einen Schritt auf die Kaffeemaschine zu, die zu den wenigen überlebenswichtigen Dingen gehörte, die sie bereits am Vorabend ausgepackt hatte. Dann sank sie jedoch erst mal vollkommen überwältigt auf einen der Küchenstühle.

Sie hatte gerade ihr ganzes Leben zum Fenster hinausgeworfen. Sie hatte ihren Job gekündigt und war so weit von zu Hause fortgezogen, wie es innerhalb der USA nur möglich war. Was hatte sie sich bloß dabei gedacht? Sie schlang die Arme um ihre Knie. Mit vierunddreißig Jahren sollte man sesshaft sein und keinen Neuanfang starten. Zumindest, wenn es nach ihren Freunden ging, die mittlerweile alle – und zwar wirklich *alle* – verheiratet waren und zum Großteil auch schon Kinder hatten. Samantha war sogar schon Mutter eines Teenagers.

»Hör auf damit! So beginnt man doch kein neues Leben!«, ermahnte Jamie sich selbst. Aber wie denn dann? Sie dachte einen Augenblick lang nach.

Zuerst einmal musste sie aufstehen. Sie stemmte sich hoch. Und jetzt?

Aber dann wusste sie es auch schon: Sie würde einen Spaziergang machen! Und das bedeutete, dass sie sich anziehen musste.

Bevor sie es sich anders überlegen konnte, eilte sie ins Wohnzimmer, öffnete ihren Koffer und holte ihre Lieblingsjeans und ein aufgepimptes Shirt heraus, das sie im Internet entdeckt hatte. Sie liebte das Shirt, hatte es aber erst einmal getragen. Es hatte einfach nicht nach Avella, ihrem winzigen Heimatort in Pennsylvania, gepasst. Und es war ja auch wirklich ein wenig verrückt: korallenrot mit schwarzen Rosen und einem Saum aus willkürlich kombinierten, farbenfrohen Stoffstreifen, auf dem da und dort grüne Blätter aufgenäht waren.

Jamie fand, dass das Oberteil perfekt nach L.A. passte. Und was spielte es schon für eine Rolle, wenn sie sich irrte? Sie hatte 2018 zu »Jamies Jahr« ausgerufen. Zwar nur im Stillen und ganz für sich, aber immerhin. Sie hatte mittlerweile »das Jahr des selbstverliebten Mannes«, »das Jahr des Mannes, der vergessen hat zu erwähnen, dass er verheiratet ist«, »das Jahr der Klette« und »das Jahr des beziehungsunfähigen Mannes« hinter sich. Doch am schlimmsten war »das Jahr der kranken Mutter« gewesen.

»Jamies Jahr« würde keinerlei Männer egal welcher Art beinhalten. Stattdessen würde sie Klamotten tragen, die sie toll fand, auch wenn niemand sonst ihrer Meinung war. Und sie würde ihren Traum verwirklichen – sobald sie herausgefunden hatte, wovon sie träumte. Sie wusste lediglich mit Sicherheit, dass sie nicht mehr an einer Highschool Geschichte unterrichten wollte.

Sie würde »Jamies Jahr« an einem Ort verbringen, wo sie niemanden kannte und wo an jeder Ecke ein neues Abenteuer wartete. »Jamies Jahr« würde ihr Leben verändern! Sie schüttelte den Kopf. Gleich würde sie noch lauthals zu singen anfangen, so wie Maria in *The Sound of Music* beim Verlassen des Klosters.

Sie nahm ihre Handtasche und machte sich auf den Weg zur Haustür. Doch dann hielt sie inne. Vielleicht sollte sie sich vorher noch die Haare bürsten und die Zähne putzen?

Sobald beides erledigt war, trat Jamie vor die Haustür. Ihr Blick fiel auf einen Gegenstand, der zusammengeknüllt auf der Fußmatte lag. Sie hob ihn hoch. Ein einfaches weißes Frotteehandtuch. Das hatte am Vortag bestimmt noch nicht hier gelegen, und ihres war es auch nicht. Sie besaß nichts, was schlicht und weiß war.

Sie öffnete die Verandatür, um das Handtuch hinauszuwerfen, da tauchte Mac plötzlich hinter ihr auf und schlüpfte ins Freie. Warum musste sich dieser verdammte Kater auch nur immer so leise anschleichen?

Jamie stürzte hinter ihm her. Mac war noch nie im Freien gewesen! Ihr fielen auf Anhieb Dutzende schreckliche Dinge ein, die ihm zustoßen könnten.

»MacGyver!«, schrie sie – doch er trabte einfach weiter. Das war ja klar! Sie versuchte es noch einmal, obwohl sie wusste, dass es sinnlos sein würde. »MacGyver!«

»Das nenne ich mal Autorität!«, schnaubte jemand hinter ihr. Sie wandte sich um und entdeckte Al Defrancisco, der gerade das Unkraut aus dem kleinen Blumenbeet neben seiner Eingangstreppe entfernte. Sie hatte ihn und seine Frau Marie bereits am Vortag kennengelernt. Sie lebten ebenfalls in einem der dreiundzwanzig Bungalows im Storybook Court.

Bungalow, das klang so glamourös und nach dem Hollywood vergangener Zeiten … Und Storybook Court – dieser Name war eine Anspielung auf den Architekturstil aus den 1920er-Jahren. Die Häuser hier sahen wie aus einem Märchen aus. Aufgrund seiner Architektur stand der Storybook Court unter

Denkmalschutz, und das war wohl der einzige Grund, warum er noch nicht abgerissen und durch ein Hochhaus ersetzt worden war. Jamie hatte Glück gehabt, eines der begehrten Häuschen zu ergattern.

»Er kommt eigentlich, wenn man ihn ruft … zumindest manchmal. Wenn ich eine Dose Futter in der Hand habe. Oder wenn ich gerade ein Thunfischsandwich esse«, stammelte Jamie. Mac war nicht allzu weit gekommen – *noch* nicht. Der braun getigerte Kater benutzte gerade eine der Palmen in der Nähe des Springbrunnens vor ihrem Haus als Kratzbaum.

Vor ihrem Haus wuchsen tatsächlich Palmen! Wie cool war das denn? Es erschien wie ein Traum, doch das Ganze war real! Dank des Geldes, das ihre Mutter ihr hinterlassen hatte, konnte sie ein ganzes Jahr lang hierbleiben. Sie musste sich nicht einmal einen Job suchen. Nicht für dieses eine Jahr, zu dem man nur einmal im Leben die Gelegenheit bekam.

Sie hatte allerdings nicht vor, auf der faulen Haut zu liegen. Zwar wusste sie im Moment lediglich, dass sie nicht mehr unterrichten wollte, aber sie würde schon bald herausfinden, was sie mit ihrem Leben anfangen wollte – und dann würde sie sich diesen Traum erfüllen!

»Al, ich habe dir doch gesagt, dass du einen Hut aufsetzen sollst.« Marie trat aus dem Haus nebenan und warf ihrem Mann einen Strohhut zu. Sie war klein und zart, und Al und sie waren vermutlich bereits über achtzig, doch ihre Stimme war immer noch laut und herrisch.

Al setzte den Hut auf. »*Das* nenne ich Autorität«, murmelte er und deutete mit dem Kopf in Maries Richtung.

»Was haben Sie denn vor?«, fragte Marie Jamie.

»Sobald ich meine Katze eingefangen habe, hole ich mir einen Kaffee aus dem *Coffee Bean & Tea Leaf*, das sieht recht nett aus«, erwiderte Jamie.

Marie stieß ein missbilligendes Schnauben aus und kehrte ins Haus zurück. Jamie war es aus Avella gewohnt, dass die Nachbarn über alles Bescheid wussten. Das Städtchen hatte nicht einmal tausend Einwohner. Sie war sich zwar sicher gewesen, dass es in L.A. anders werden würde – aber offensichtlich hatte sie sich geirrt.

Jamie warf einen schnellen Blick auf Mac und versuchte so zu tun, als würde sie ihm nicht nachspionieren. Sie kannte ihren Kater und wusste, dass er am ehesten wiederkommen würde, wenn sie ihn ignorierte. Mac hatte es sich neben der Palme in der Sonne gemütlich gemacht.

»Ich kann ihn nicht draußen lassen. Er ist eine Hauskatze. Er hat überhaupt keine Ahnung von Autos«, erklärte sie Al. »Aber der Platz mit dem Springbrunnen scheint ihm zu gefallen. Vielleicht sollte ich eine Leine besorgen und ihn spazieren führen?«

Al grunzte bloß.

Jamie überlegte, ob sie eine Dose Katzenfutter holen sollte. Aber Mac hatte gerade erst gefressen. Vielleicht das Spielzeug mit der Feder …? Bevor sie sich entscheiden konnte, kehrte Marie zurück.

»Kaffee«, meinte sie und reichte Jamie eine Tasse über den Zaun. »Siebenundzwanzig Cent die Tasse. Und er ist vermutlich zehn Mal besser als im Café.«

»Danke. Das ist wirklich nett von Ihnen«, erwiderte Jamie und nippte an dem Kaffee. Er war perfekt.

»Bring den hier zu Helen.« Marie gab Al die zweite Tasse, und er schlurfte damit zum Nachbarbungalow.

»Helen, Kaffee!«, rief er und machte sich gar nicht erst die Mühe, die beiden Stufen zur Veranda hochzusteigen.

Kurz darauf erschien eine Frau, die etwa zehn Jahre jünger als Al und Marie war. Helen nahm den Kaffee entgegen, probierte einen Schluck und funkelte Marie wütend an.

»Du hast den Zucker vergessen. Schon wieder.«

»Du brauchst keinen Zucker«, erwiderte Marie bestimmt. »Davon wirst du bloß dick.« Helen sah Marie mit durchdringendem Blick an. »Nessie hat immer noch eine wunderbare Figur. Du könntest …«, begann Marie.

»Ich habe dir doch schon gesagt, dass du nicht über sie …«, unterbrach Helen Marie, doch dann hielt sie inne. »*Ich* gebe jedenfalls Zucker in meinen Kaffee«, verkündete sie, bevor ihr Blick auf Jamie fiel. »Sie! Sie sind doch Jamie Snyder, nicht wahr? Ich war schon sehr gespannt auf Sie. Ich habe einen Patensohn in Ihrem Alter. Allerdings sind Sie nicht unbedingt sein Typ. Er mag exotische Frauen und nicht das blonde Mädchen von nebenan. Aber er ist auch Lehrer. Ich werde ihm Ihre Nummer geben.«

Das blonde Mädchen von nebenan? Sah sie tatsächlich so aus? Sie wusste zwar, dass sie nicht gerade exotisch war, aber »das blonde Mädchen von nebenan« klang so mustergültig und auch extrem langweilig. Okay, sie *war* mustergültig, aber nicht in extremem Ausmaß. Und sie …

»Ihre Nummer?«, drängte Helen.

»Nein. Ich meine, danke, aber ich will ihn nicht kennenlernen. Oder sonst irgendeinen Mann«, protestierte Jamie zu schnell und zu laut, um noch als höflich durchzugehen. »Ich meine, ich bin doch gerade erst angekommen. Ich will mich erst mal eingewöhnen.« Sie sah erneut zu Mac hinüber, der sich immer noch sonnte. »Woher wissen Sie eigentlich, dass ich Lehrerin bin – ich meine, war?«, fragte sie. Sie war sich ziemlich sicher, dass sie Al und Marie am Vortag nichts davon erzählt hatte, und außer mit ihnen hatte sie noch mit keinem der Nachbarn gesprochen.

»Wenn es in Ihrer Bonitätsprüfung oder im Mietvertrag steht, dann wissen es die beiden auch«, erklärte Al und wandte sich wieder seinem Unkraut zu.

Jamie war sich sicher, dass es illegal war, wenn Vermieter derartige Informationen weitergaben, doch sie beschloss, nicht weiter darauf einzugehen.

»Helens Patensohn ist ohnehin nichts für Sie«, erklärte Marie. »Er wechselt nicht einmal eine Glühbirne in ihrem Haus, wenn es mal nötig ist. Ich musste Little Al – unseren Sohn – hinüberschicken. Er kommt jeden Sonntag zum Essen.« Sie deutete mit einem knochigen Finger auf Helen. »Außerdem ist dein Patensohn zu jung.«

»Aber er ist doch nur fünf Jahre jünger als sie«, entgegnete Helen.

»Mein Großneffe ist drei Jahre älter. Und der Mann sollte auch älter sein. Männer werden doch erst viel später erwachsen.« Marie wandte sich erneut an Jamie. »Er würde vermutlich gut zu Ihnen passen.«

Jamie wich instinktiv einen Schritt zurück. In diesem Moment erhob sich MacGyver und trottete auf sie zu, als hätte er gespürt, dass sie sich unwohl fühlte. Er gab sein »Heb-mich-hoch«-Miauen von sich, was sanfter und sehr viel angenehmer war als das Miauen, mit dem er sein Futter einforderte. Jamie nahm ihn dankbar in die Arme und zeichnete mit einem Finger das M auf seinem Kopf nach. Die braune Fellzeichnung war einer der Gründe, warum sie den Kater »MacGyver« genannt hatte.

»Hat dein Patensohn nicht eine Katzenallergie?«, rief Marie Helen triumphierend zu.

»Ich hole jetzt den Zucker«, murmelte Helen und verzog sich ins Haus.

»Lassen Sie die Tasse einfach auf der Veranda stehen, wenn Sie fertig sind«, meinte Marie zu Jamie und verschwand ebenfalls.

»Ich möchte wirklich mit niemandem verkuppelt werden«, erklärte Jamie Al.

Al stieß ein weiteres Grunzen aus. »Und Sie glauben, das interessiert eine der beiden?«

Nun, Jamie interessierte es auf jeden Fall. Sie würde sich in »Jamies Jahr« sicher nicht auf peinliche Verabredungen mit Großneffen, Patensöhnen oder sonstigen Männern einlassen.

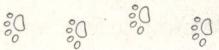

»Du hast ihr von Clarissa erzählt, oder?«, fragte Adam, als sich David wieder an den Tisch setzte.

David antwortete nicht, sondern nahm lieber einen Schluck von dem säuerlichen IPA-Bier, das Brian, der Besitzer des *Blue Palm*, ihm empfohlen hatte. Normalerweise trank er am liebsten Corona, aber das war in einem Lokal wie diesem tabu.

»Du musst gar nicht antworten«, fuhr Adam fort. »Ich weiß auch so, dass du es getan hast. Ich habe es gesehen. Den exakten Augenblick, als du es getan hast. Du bist hinüber zur Bar, hast dir einen Platz neben ihr und ihrer Freundin gesichert und einen witzigen und vermutlich selbstironischen Kommentar abgelassen. Sie hat gelächelt. Es sah gut aus. Ihre Freundin ist auf die Toilette verschwunden – vermutlich, um euch ein paar Minuten alleine zu lassen. Sie hat die Hand auf deinen Arm gelegt. *Sie hat die Hand auf deinen Arm gelegt, Mann!* Und ich dachte mir: *Hey, das ging ja sehr viel einfacher als erwartet!* Doch dann begann sie, deinen Arm zu tätscheln. Mitfühlend. Und ich wusste – ich *wusste* –, dass du genau in diesem Moment die tote Ehefrau ins Spiel gebracht hast.«

David spürte, wie sich seine Schultern verkrampften, doch er zwang sich zu lächeln und seinem Freund zuzuprosten. »Du hast es erfasst.«

»Entschuldige. Das war jetzt zu hart, oder?« Adam schob sich einen Snack in den Mund. »Aber du kannst doch nicht jeder Frau schon nach fünf Minuten von Clarissa erzählen«, fuhr er mit vollem Mund fort. »Nicht, wenn du willst, dass sich etwas daraus entwickelt.«

»Aber ich weiß ja nicht einmal, ob ich das überhaupt will. Das habe ich dir doch schon so oft gesagt.« Er klang wütender als beabsichtigt, aber er hatte Adam bereits unzählige Male erklärt, dass er sich nicht sicher war, ob er schon wieder mit jemandem ausgehen wollte. Auch wenn Clarissas Tod mittlerweile drei Jahre her war.

»Also, ich bin dein Freund. Ich kannte dich schon, als du noch grün hinter den Ohren warst. Und ich sage dir: Tief in dir drin willst du es!«

Adam wollte sich einen weiteren Snack nehmen, doch David schlug seine Hand fort. »Meiner!«, erklärte er.

Sein Freund versuchte es von der anderen Seite, schnappte sich den Snack und sprach weiter: »Und wenn du es jetzt nicht tust, dann wird es immer seltsamer und schwerer, und am Ende wirst du es nicht mehr auf die Reihe bekommen, selbst wenn du dann *hundertprozentig* willst, und dann endest du als trauriger, einsamer alter Mann.«

»Ich ende als *trauriger, einsamer alter Mann?* Das klingt, wie ein Dialog aus dem Drehbuch für deine Serie«, erklärte David.

»Ich meine es ernst«, erwiderte Adam. »Es ist lange genug her. Lucy meint, du solltest es auf *Counterpart.com* versuchen.«

»Darüber redet ihr beide also, wenn die Kinder endlich schlafen? Kein Wunder, dass ihr nie Sex habt«, entgegnete David.

»Online-Dating ist sinnvoll! Da kann man es langsam angehen. Einander kennenlernen, bevor man sich trifft. Und du kannst dir vorher überlegen, welchen Eindruck du vermitteln willst. Ich verlange ja nicht, dass du Clarissa verschweigen sollst. Du sollst nur nicht in den ersten fünf Minuten über sie reden. Willst du noch mehr davon?« Adam deutete auf den leeren Teller.

»*Mehr?*«, protestierte David. »Du meinst wohl, ob ich ausnahmsweise auch mal etwas davon probieren möchte?«

»Ich besorge uns mehr.« Adam gab der Kellnerin ein Zeichen, deutete auf den Teller, warf ihr einen flehenden Blick zu und schlug sich auch noch die Hände vor die Brust. Sie lachte und nickte. »Und dazu noch ein paar Drinks. Und bevor wir hier abhauen, melden wir dich bei *Counterpart* an. Ich bin Schriftsteller. Ich finde sicher einen Weg, dass sogar *du* anziehend wirkst.« Er musterte David. »Die Leute sagen dauernd, dass du wie Ben Affleck aussiehst, aber das ist nicht die Assoziation, die wir haben wollen. Immerhin hat er seine Frau betrogen und ist angeblich auch noch spielsüchtig. Und nachdem es ja so klingen soll, als hättest du den Text selbst geschrieben, wirkt es vielleicht sowieso zu eingebildet, wenn du dich mit einem Star vergleichst. Also bleiben wir bei den Basics: dreiunddreißig, braune Haare, braune Augen, einen Meter fünfundachtzig und – wie viel? – etwa achtzig Kilo?«

David nickte. Sein Freund hatte gerade einen Lauf. Im Moment konnte ihn nichts und niemand aufhalten.

»Wir müssen unbedingt anmerken, dass du Bäcker bist. Darauf stehen die Frauen. Sie bekommen nicht nur dich, sondern auch noch eine Ladung warmer Karamell-Cupcakes. Vielleicht solltest du auf deinem Profilbild Teig kneten. So wie bei der Szene in *Ghost*, bloß, dass es Teig wäre und kein Ton.«

»Ich frage dich jetzt nicht, warum du *Ghost* gesehen hast …« Natürlich kannte David den Film ebenfalls. Clarissa hatte ihn sich mit zwölf Jahren zum ersten Mal angesehen, und er hatte einen bleibenden Eindruck bei ihr hinterlassen. Jedes Mal, wenn er im Fernsehen lief, war sie wie hypnotisiert und blieb bis zum Ende dabei.

Die Kellnerin brachte einen weiteren Teller mit Snacks an den Tisch und nahm auch gleich die Bierbestellung entgegen. »Okay, was sonst noch? Was sonst noch?«, murmelte Adam. »Hol schon mal das Handy raus und richte einen Account ein, während ich nachdenke.«

David zog sein Handy aus der Tasche, denn Adam war nun mal Adam, und man konnte ihn ohnehin nicht von seinem Vorhaben abbringen. Doch dann starrte er nur mit leerem Blick auf das Display.

»Wir schreiben auf jeden Fall, dass du einen Hund hast. Das zeigt, dass du dich um andere Lebewesen kümmern kannst, ohne dass sie eingehen.« Adam kritzelte ein paar Notizen auf eine Serviette.

»Was glaubst du eigentlich, wie verzweifelt diese Frauen sind?«, fragte David.

Adam ignorierte ihn. »Dafür lassen wir deine Leidenschaft für Stummfilme am Anfang lieber mal beiseite, denn das würde deinen Radius zu sehr einschränken. Aber dir gefallen lange Spaziergänge am Strand, oder?«

David versuchte, sich zu erinnern, wann er das letzte Mal am Strand gewesen war. Mit Clarissa vermutlich. Das Meer lag zwar – je nach Verkehr – weniger als eine Stunde entfernt, doch das interessierte ihn eigentlich nicht mehr.

»Du kannst doch nicht schreiben, dass ich auf lange Strandspaziergänge stehe! Das ist das größte Klischee überhaupt. Ich würde keine Frau wollen, die einen Mann will, der auf so etwas abfährt.«

Adam grinste. »Ich wollte bloß sichergehen, dass du mir auch zuhörst. Langsam gefällt dir die Sache. Gib es zu.«

War es so? Ja, vielleicht war es so. Ein bisschen zumindest. Womöglich hatte Adam recht, und er musste es einfach mal versuchen, auch wenn er es im Grunde gar nicht wollte. Und es sollte vermutlich ein ernsthafterer Versuch werden als bei der Frau an der Bar, die ohnehin Adam für ihn ausgesucht hatte.

»Könnten wir vielleicht schreiben, dass ich als Freiwilliger Häuser für Menschen in Not baue?«, schlug David vor.

»Ja, das gefällt mir. Du bist ein Mann mit Herz, der auch noch anpacken kann, falls es im Haushalt etwas zu reparieren gibt.« Adam kritzelte weiter. »Wir sollten aber auch eingrenzen, nach welcher Art Frau du suchst.«

Wonach suchte er denn? Er suchte nach einer Frau, die immer bereit für etwas Neues war. Nach einer Frau, die uneingeschränkt daran glaubte, dass es dort draußen noch Unglaubliches zu entdecken gab. Nach einer Frau, die …

Ihm wurde klar, dass er in Wahrheit nach *Clarissa* suchte.

David hatte das Gefühl, als wäre ihm einer der Snacks im Hals stecken geblieben. Er konnte nicht glauben, dass das gerade passierte. Er versuchte mit aller Kraft, die Trauer zu verdrängen, die ihn nun mit voller Wucht überrollte. Es war, als sei Clarissa erst gestern gestorben.

»Hör zu, du hast natürlich recht. Es wäre sicher sinnvoll, jemand Neues kennenzulernen. Aber ich bin noch nicht so weit«, erklärte er Adam. David war zwar der Meinung, dass seine Stimme ziemlich emotionslos klang, doch anscheinend hatte Adam ihm seine Gefühle trotzdem angesehen. Sein Freund knüllte die Serviette zusammen und stopfte sie in die Hosentasche.

»Das muss ja nicht so bleiben.« David fuhr sich mit den Händen durch die Haare. »Vielleicht passt es ja nächstes Jahr.«

Kapitel 2

Okay, heute war also der *zweite* Tag von »Jamies Jahr«. Der Tag, an dem sie eingezogen war, zählte nicht, denn da war sie erst ziemlich spät angekommen. Würde er zählen, wäre heute bereits der *dritte* Tag – und das bedeutete, dass sie langsam in die Gänge kommen musste. Am *zweiten* Tag war es allerdings durchaus in Ordnung, dass sie noch keine Ahnung hatte, wie es weitergehen würde.

Jamie schnappte sich ihre Tasche. Sie wirkte zwar irgendwie altmodisch und großmütterlich, aber auf eine gute Art: mit Blumenstickerei, Weidengriff und genug Platz für das Notizbuch, in dem Jamie ihre Pläne notierte – oder besser gesagt: *notieren wollte*. Sie liebte ihren Laptop, aber wenn es um lebensverändernde Listen ging, bevorzugte sie Papier und Bleistift.

»Ich bin mal kurz raus, Mac. Aber verrate Marie nicht, dass ich ins *Coffee Bean* gehe.« Sie kraulte den kleinen Kater unterm Kinn. »Ich habe dir auch eine Überraschung dagelassen.« Jamie versteckte immer eine Kleinigkeit, wenn sie gehen musste, damit Mac nicht langweilig wurde.

Sie schaffte es aus der Tür, ohne dass Mac darauf zustürzte. Und dann schaffte sie es auch noch um die Ecke, ohne dass Marie sie fragte, wo sie hinwollte. Heute war ihr Glückstag! Sie beschloss, noch ein Weilchen durch den Storybook Court zu spazieren und sich die anderen Häuser anzusehen.

Das erste Haus entlang des Bürgersteigs sah aus wie das Haus einer Disney-Hexe: ein spitzes Dach, dazu passende Fenster und ein Türklopfer in Form einer großen schwarzen Spinne mit riesigen roten Glasaugen. Eine Frau trat aus dem Haus und hängte eine lange Zuckerstange auf eines der Spinnenbeine. Sie trug ein kurzes grünes Elfenkleid, und auch ihre schwarzen Haare erinnerten an eine Elfe. Sie waren kurz geschnitten, doch die Stirnfransen reichten bis zu den Augenbrauen. Als die Frau Jamie sah, winkte sie ihr zu und rief: »Ich liebe Weihnachten, Sie nicht auch?«

»Ähm, ja, schon«, erwiderte Jamie, auch wenn es eine seltsame Frage für Mitte September war.

»Ich beginne gerade mit dem Dekorieren.« Die Frau hängte eine weitere Zuckerstange an ein kleines Zitronenbäumchen auf ihrer Veranda.

Jamie fragte sich, wie alt sie wohl war. Schwer zu sagen.

»Ich habe auch schon mit dem Backen begonnen«, fuhr die Frau fort. »Wollen Sie reinkommen und einen Lebkuchenmann probieren?«

Jamie überlegte, ob sie womöglich in einen Kaninchenbau gefallen war. Sie hatte das Gefühl, in einer vollkommen anderen Welt gelandet zu sein.

»Keine Angst«, lächelte die Frau, die offensichtlich Jamies Unsicherheit spürte. »Ich weiß, dass es erst September ist. Aber ich finde Weihnachten so herrlich, dass ich es nicht nur ein oder zwei Monate lang feiern möchte. Ach, ich bin übrigens Ruby Shaffer. Wollen wir ›Du‹ sagen? Ich hab ganz vergessen, mich vorzustellen. Also, Lebkuchen? Er ist echt lecker!«

»Klar, gerne.« Jamie trat zu Ruby auf die Veranda und stellte sich ebenfalls vor. »Ich bin gerade erst eingezogen. Mein Haus ist gleich um die Ecke.«

»Das Haus neben Al und Marie«, vermutete Ruby, und Jamie nickte.

Aus der Nähe sah sie nun auch die grauen Strähnen in Rubys schwarzen Haaren und nahm an, dass sie knapp über fünfzig war.

»Sind die beiden nicht furchtbar lustig? Ich liebe sie«, fuhr Ruby fort. »Marie tut immer so, als wäre sie eine harte Nuss, aber in Wirklichkeit sorgt sie sich um alle, die ihren Weg kreuzen.«

Jamie trat ins Haus und wurde im nächsten Moment von einer Explosion aus Rot, Grün, Silber und Gold empfangen.

»Wie gesagt, ich habe gerade mit dem Dekorieren begonnen, daher das Chaos«, erklärte Ruby und führte sie den schmalen Weg zwischen aufgetürmten Lichterketten, Weihnachtsschmuck, Kränzen und einigen Dutzend ausgestopften Tieren in Weihnachtskostümen entlang.

»*Begonnen?*«, murmelte Jamie.

»Ich bin kein Messi oder so. Vom 15. Januar bis zum 15. September befindet sich der ganze Weihnachtsschmuck in einem Lagerraum«, erklärte Ruby. »Setz dich doch.« Sie deutete auf einen der Stühle am Küchentisch. Das einzig Weihnachtliche in diesem Zimmer war das Backblech, auf dem die rot und grün glasierten Lebkuchenmänner lagen. Ruby nahm es von der Arbeitsplatte und stellte es vor Jamie auf den Tisch.

»Eigentlich mag ich Lebkuchenmänner nicht besonders«, gestand Jamie. »Ich fühle mich dann immer wie ein Kannibale.«

»Beginne einfach mit dem Kopf, dann starrt er dich wenigstens nicht mehr an«, riet Ruby, nahm einen Lebkuchenmann und köpfte ihn mit einem einzigen Bissen. Jamie lachte und biss ebenfalls zu. Sie mochte diese seltsame Frau. Immerhin war Jamie auch ein wenig verrückt – sie versteckte es nur besser. Vor allem im Klassenzimmer.

»Also, bist du bereit für eine Frage?«, wollte Ruby wissen. »Es gibt da nämlich etwas, das ich alle Menschen frage, die mich interessieren. Es ist der einfachste Weg, sie besser kennenzulernen.«

»O-kay …«, antwortete Jamie. Was sollte sie auch sonst sagen?

»Wenn es einen Film über dein Leben geben würde – wie wäre dann der Filmtitel?«

»Das ist schwer zu sagen, weil ich das Ende noch nicht kenne«, erwiderte Jamie. »Ich weiß nicht, ob mein Film inspirierend, beängstigend oder witzig ist.«

»Das ist ein gutes Argument«, erklärte Ruby. »Tatsächlich habe ich diese Antwort noch nie bekommen.«

»Der Arbeitstitel wäre im Moment wohl ›Jamies Jahr‹«, platzte Jamie heraus. Ruby hatte etwas an sich, das ihr das Gefühl gab, offen sprechen zu können, ohne verurteilt zu werden.

»Warum das?« Ruby biss ihrem Lebkuchenmann ein Bein ab.

»Ich habe einfach eine sehr lange Zeit hinter mir, in der meine Entscheidungen von den Menschen beeinflusst wurden, mit denen ich zusammen war. Hauptsächlich von Männern natürlich. Doch dann wurde meine Mom krank, und ich traf sämtliche Entscheidungen mit Rücksicht auf sie, aber jetzt …« Jamie atmete zitternd ein.

»Aber jetzt beginnt ›Jamies Jahr‹«, half Ruby aus. »Sehr schön! Mein Film würde ›Meine unglaublichen, unwahren Abenteuer‹ heißen. Ich arbeite als Bühnenbildnerin und erschaffe künstliche Welten. Meine Fantasie ist dabei mein bester Freund, und mir wird einfach nie langweilig. In meinem Kopf erlebe ich ganz viele Abenteuer – und ein paar auch im echten Leben.«

»Dann würdest du also sagen, dass dein Beruf deine Leidenschaft ist?«, fragte Jamie.

»Ja, eine davon. Absolut«, erwiderte Ruby, ohne zu zögern. »Ich liebe es zu überlegen, was zum Beispiel eine bestimmte Filmfigur in ihrer obersten Nachttischschublade haben könnte. Und ich arbeite gerne als Teil eines Teams. Na ja, meistens jedenfalls. Es ist unglaublich toll, wenn alle – der Regisseur, die Schauspieler, die Kostümbilder und alle anderen – zusammenarbeiten, um etwas Unglaubliches zu erschaffen.«

Genau das will ich!, dachte Jamie. *So soll es klingen, wenn ich jemandem von meinem Job erzähle!*

»Was ist mit dir? Womit verdienst du deine Brötchen?« Ruby aß das zweite Bein ihres Lebkuchenmannes. »Gibt es eigentlich ein Wort für die Entfernung eines Beines? Entbeinung?« Sie schüttelte den Kopf. »Egal. Ich will mehr über dich erfahren!«

»Ich habe Geschichte unterrichtet. An der Highschool. Das habe ich geliebt. Die Kinder waren auch toll. Aber ich habe die Disziplin gehasst, die in der Schule notwendig ist, und die Tatsache, dass ich meinen Schülern bloß den Stoff beibringen sollte, den sie für ein paar standardisierte Tests beherrschen mussten. Und dann auch noch die Eltern! Die meisten waren unerträglich. Gib dem Kind eine Eins, und sie wollen wissen, warum es keine Eins plus bekommen hat. Und ein Kind, das eine Drei verdient hätte? Vergiss es! Eltern sind mittlerweile echt irre«, erklärte Jamie. »Ähm, hast du Kinder?«, fügte sie etwas verspätet hinzu.

»Nein. Ich habe vergessen, meinen Ex-Mann vor der Hochzeit zu fragen, ob er welche will. Ich ging einfach davon aus. Schön blöd! Als ich herausfand, dass er keine Kinder wollte, und wir uns schließlich trennten, war es zu spät für mich. Aber nicht für ihn. Sein älteres Kind ist mittlerweile sechs, sein jüngeres trägt noch Windeln.

Männer haben doch so viele Vorteile, müssen sie auch noch über einen unbegrenzten Vorrat an frischen Samenzellen verfügen?«

Ruby hatte all das in einem einzigen Atemzug gesagt, und nun holte sie tief Luft.

Sie spielt fair, dachte Jamie. *Sie fragt nicht nur, sondern erzählt auch.*

»Also, wenn du nicht mehr Geschichte unterrichtest, was machst du dann?«, fragte Ruby.

»›Jamies Jahr‹ wird von meinem Erbe finanziert«, erklärte Jamie. »Ich möchte herausfinden, was ich machen will.« Sie zog das Notizbuch aus ihrer Tasche. »Ich wollte gerade mal eine Runde brainstormen.«

Ruby erhob sich. »Na dann mal los! Ich will dir und deiner Inspiration nicht im Weg stehen. Wir können uns ein anderes Mal weiter unterhalten, es sei denn, du hältst mich bereits für *die Verrückte vom Storybook Court.*«

»Nein, bestimmt nicht. Das können wir gerne machen!«, erwiderte Jamie und steckte das Notizbuch wieder in ihre Tasche.

»*Die* ist ja toll!«, meinte Ruby mit einem Blick darauf.

Ja, Jamie mochte ihre seltsame neue Nachbarin auf jeden Fall!

Sie nahm sich vor, die restliche Nachbarschaft später zu erkunden – jetzt wollte sie sich endlich an die Arbeit machen. Sie verließ den Storybook Court, trat auf den Sunset Boulevard und hielt auch gleich wieder an, um ein Foto vom Gower Gulch Einkaufszentrum zu machen.

Das Einkaufszentrum war an sich nichts Besonderes. Abgesehen von dem alten Medizinwaggon in einer Ecke des Parkplatzes, hätte es sich mit seinen billigen Fast-Food-Restaurants und der Drogerie eigentlich überall befinden können. Doch Jamie hatte gelesen, dass es früher ein Treffpunkt der Cowboys gewesen war, die in die Stadt gekommen waren, um Arbeit in der Filmindustrie zu finden. Sie unterrichtete zwar nicht mehr, aber das bedeutete nicht, dass sie solche Dinge nicht mehr interessierten, und ihre neue Heimatstadt hatte einige tolle

Anekdoten zu bieten. Am Vortag hatte sie sogar an einer Stadtführung teilgenommen; sie brauchte einfach einen Tag Ruhe, bevor sie entschied, was sie mit dem Rest ihres Lebens anfangen wollte.

Sie spazierte einige Blocks weiter und blieb schließlich vor einer Palme stehen, um deren Stamm sich violette Blumen schlangen. Sie musste einfach ein Foto davon machen. Eigentlich war sie nicht so. Ihre Freunde fotografierten ja jede Mahlzeit und schossen eine Million Babyfotos. Doch Jamie waren solche Dinge bisher immer egal gewesen. Vielleicht, weil sie zu Hause jeden Tag dieselben Dinge gesehen hatte. Doch hier war plötzlich alles neu.

Gerade als sie das Foto schoss, bemerkte sie einen Schatten, der den Stamm hochhuschte. Eine Ratte. *Igitt!*

Aber eigentlich ergab das gar kein schlechtes Foto. Wunderschöne Blumen, eine schicke Palme und eine Ratte mit leuchtenden Augen. Ein netter Kontrast. Sie machte einige Fotos, sah sie durch, ob eines davon etwas taugte, und machte sich dann auf den Weg ins *Coffee Bean*.

Dort bestellte sie einen kalten Black-Forest-Kaffee. Wenn sie sich ernsthaft Gedanken über den Rest ihres Lebens machen wollte, würde sie vermutlich viel Koffein und noch mehr Zucker brauchen – und was den Zucker betraf, hatte der Lebkuchenmann sicher nicht gereicht. Sie suchte sich einen Tisch, holte ihr Notizbuch aus der Tasche, bereitete zwei ihrer violetten Lieblingsstifte vor und dann … saß sie einfach bloß da.

Zucker und Koffein!, rief sie sich in Erinnerung und nahm mehrere große Schlucke von ihrem Eiskaffee. *Aua!* Die Kälte zog schmerzhaft in ihren Kopf.

Sie rieb sich die Schläfen, um den Schmerz zu vertreiben. Dann richtete sie ihre Aufmerksamkeit wieder auf die *leere Seite* in ihrem Notizbuch.

Sie schrieb »Jamies Jahr« in die oberste Zeile, strich es aber sofort wieder durch. Es hatte ganz gut geklungen und wäre auch ein toller Filmtitel gewesen, doch auf einem leeren Blatt Papier sah es einfach bescheuert aus. Sie überlegte kurz, dann schrieb sie: »Dinge, die ich mag.« So fand man heraus, wofür man brannte. Indem man Dinge aufschrieb, die man gerne tat und mit denen man hoffentlich irgendwann mal Geld verdienen konnte.

Sie unterstrich die Überschrift und starrte dann erneut auf die leere Seite. Schließlich schrieb sie, so schnell sie konnte:

1. Mit Mac und dem Laserpointer spielen
2. Alte Filme ansehen
3. Recycelte Möbel und Kleider
4. Zucker und Koffein
5. Den Duft des Regens auf heißem Asphalt
6. Die Art, wie sich die Laken auf meinen Beinen anfühlen, wenn sie frisch rasiert sind
7. Garagenflohmärkte
8. Alte Postkarten mit alten Nachrichten
9. Alte Puppen – egal, ob gruselig oder nicht
10. Geschichte – aber ohne sie zu unterrichten
11. Biografien
12. Wonder Woman

Wonder Woman? Woher kam das denn jetzt plötzlich? Mochte sie Wonder Woman überhaupt? Na ja, sie hatte jedenfalls ganz sicher nichts *gegen* Wonder Woman. Aber sie hätte nicht erwartet, Wonder Woman so weit oben auf ihrer Liste zu finden.

Vielleicht, weil sie auf ihrer Sightseeing-Tour am Vortag vor dem Grauman's Chinese Theater eine Frau gesehen hatte, die sich als Wonder Woman verkleidet hatte? (Jamie wusste natürlich, dass das alte Kino nicht mehr *Grauman's* hieß, aber die Hand- und Schuhabdrücke der Filmstars vor dem Eingang blieben einfach für immer mit diesem Namen verbunden.)

Verdiente diese Frau als Wonder Woman ihren Lebensunterhalt? War das ihre Leidenschaft? Vielleicht. Wenn man Wonder Woman von ganzem Herzen liebte und respektierte, war es vielleicht wirklich das Schönste, den ganzen Tag wie sie herumzulaufen. Außerdem machte die Frau andere Menschen glücklich. Jeder wollte ein Foto mit ihr und lächelte, wenn er sie sah. Jamie hatte zwar kein Foto *mit* ihr gemacht, aber sie hatte Fotos von den *Menschen* gemacht, die gerade Fotos mit Wonder Woman machten. Wonder Woman hatte ausgesehen, als würde sie jede Sekunde genießen.

Genau genommen hatte Jamie in den letzten beiden Tagen mehr Fotos gemacht als in den ganzen beiden letzten Jahren. Früher hatte sie an der Highschool als Fotografin für die Schülerzeitung gearbeitet und auf dem College zum Spaß einige Fotokurse besucht, aber dann hatte sie es irgendwie aufgegeben. Vermutlich hatten die vielen neuen Eindrücke ihre Leidenschaft jetzt wieder neu entfacht.

Sie fügte ihrer Liste drei weitere Punkte hinzu:

13. Fotos machen
14. Glücklichen Menschen zusehen
15. Menschen glücklich machen

Mehr fiel ihr im Moment einfach nicht ein. Aber es musste doch mehr als diese … sie zählte rasch die Punkte … fünfzehn Dinge geben, oder? Andererseits war fünfzehn zumindest ein Anfang. Sie ging die Liste noch einmal langsam durch und machte sich auf die Suche nach Gemeinsamkeiten, Verbindungen, einer Inspiration.

Offensichtlich mochte sie alte Dinge. Alte Filme, alte Puppen, alte Postkarten. Geschichte. Garagenverkäufe. Sogar Sachen, die aus anderen Gegenständen recycelt wurden, denn oft waren diese ebenfalls *alt*.

Als sie die Anzeige für das Haus im Storybook Court gesehen hatte, hatte sie sofort gewusst, dass sie dort unbedingt wohnen wollte, denn der gesamte Komplex schien aus einer anderen Zeit zu stammen. Schon damals, als die Häuser gebaut worden waren, hatten sie alles andere als modern gewirkt. Sie sahen aus, als wären sie aus einem Märchen in die echte Welt gebeamt worden. Wie zum Beispiel Rubys kleines Hexenhäuschen. Als und Maries Haus sah hingegen aus wie ein kleines Schloss mit Türmchen, und Helens Haus wirkte wie eine Mischung aus einem gemütlichen Tierbau und einer menschlichen Behausung.

Demnach hatte Jamies Leidenschaft sie also zu ihrem neuen Zuhause geführt, auch wenn es ihr gar nicht bewusst gewesen war. Vielleicht führte sie sie ja auch jetzt zu einer neuen Karriere …

Manche Menschen verdienten gutes Geld damit, alte Gegenstände auf eBay zu verkaufen, aber das klang für Jamie nicht sehr attraktiv. Sie wollte nicht bei jedem hübschen Fundstück sofort überlegen, wie viel es wert war.

Leider war sie auch handwerklich nicht begabt genug, um alte Kleidungsstücke aufzupeppen und so etwas wie ihr Lieblingsshirt zu nähen. Sie hatte es versucht, aber das Resultat war … eine Katastrophe gewesen.

Sie hatte tatsächlich mit Superkleber zwei ihrer Finger mit ihren Haare zusammengeklebt – und zu diesem Zeitpunkt war sie schon längst kein Kind mehr gewesen.

Jamie saß da und starrte vor sich hin, während sie überlegte. Der Kälteschmerz in ihrem Kopf schien wieder stärker werden, dabei hatte sie ihren Kaffee in der Zwischenzeit nicht mehr angerührt.

»Denk nach!«, murmelte sie in bester Frankenstein-Manier. Vielleicht konnte sie sich hier in Hollywood mit ihrer ziemlich passablen Frankensteinimitation ihren Lebensunterhalt verdienen?

Nein, wohl eher nicht.

Sie schlug das Notizbuch zu und steckte es in ihre Tasche. Noch so ein alter Gegenstand, den sie mochte. Sie würde das Brainstorming fortsetzen, sobald es ihrem Kopf wieder besser ging.

Als sie in die Sonne hinaustrat, beschloss sie, Mac eine Leine zu kaufen. Er sollte ebenfalls die neue Nachbarschaft erkunden, statt ständig nur im Haus eingesperrt zu sein.

Armer kleiner Kater.

Diogee begrüßte David mit der Leine im Maul und wedelte kräftig mit dem Schwanz. Oder besser gesagt, mit dem gesamten Hinterteil.

»Okay, Big D! Okay!« David nahm dem Hund die vollgesabberte Leine aus dem Maul und befestigte sie am Halsband. Im nächsten Moment drängte sich Diogee auch schon an ihm vorbei und schleifte ihn die Verandatreppe hinunter.

Natürlich war *David* der Alpharüde in ihrem kleinen Rudel und nicht Diogee, weshalb *David* eigentlich auch als Erster durch die Tür gehen sollte – allerdings hatte er irgendwann beschlossen, dass dieser endlose Kampf gegen einen übergroßen Hund in die Kategorie »Das Leben ist zu kurz für diesen Scheiß« fiel.

Ihr erster Halt war die Zeder neben dem Haus. Diogee bewässerte sie ausgiebig. Das bedeutete allerdings nicht, dass er nun fertig war. Sein Urin war ein wertvoller Rohstoff, und so verbrachte er den Rest des Spazierganges damit, ihn überall zu verspritzen und seine Nachrichten zu hinterlassen: »Das hier gehört mir«, »Das hier gehört mir«, »Und das dort drüben gehört mir übrigens auch.«

»Nicht an den Zaun!«, warnte David seinen Hund, während er das Gartentor öffnete. Er hatte den Zaun eigenhändig aufgestellt und dafür besonders knorrige Äste verwendet, die seiner Meinung nach perfekt zu seinem Hobbithaus passten.

»Nicht an den Zaun!«, wiederholte er. Er zog ein Stück gefriergetrocknete Leber aus seiner Tasche, um Diogee wegzulocken, bevor er den Zaun markieren konnte. Ja, er bestach seinen Hund regelmäßig …

Diogee galoppierte stattdessen auf den Ligusterstrauch neben dem Nachbarhaus zu und machte sich an die Arbeit, wobei wieder mal seine Spezialtechnik zum Einsatz kam: Er lehnte sich so weit wie möglich von seinem Ziel fort, sodass er das Bein weiter nach oben halten und dadurch höher spritzen konnte. Als Promenadenmischung war Diogee zwar etwa so groß wie ein Pony, aber er wollte scheinbar aller Welt zeigen, dass er ein riesiges, Furcht einflößendes Ungeheuer war.

»Exzellente Arbeit«, lobte David, bevor sie weiter den gepflasterten Bürgersteig entlanggingen.

»Hey Diogee!«, rief Zachary Acosta ihnen von der anderen Straßenseite aus zu.

Diogee wollte sich auf den Jungen stürzen, doch David hielt ihn zurück, bis er nachgesehen hatte, ob auch kein Auto kam. Dann ließ er sich von seinem Hund über die Straße zu Zachary schleifen. Diogee legte die Pfoten auf die Schultern des Jungen, und dieser boxte ihm in die Seite – was für die beiden einer freundschaftlichen Umarmung gleichkam.

Als Diogees Pfoten endlich wieder auf dem Bürgersteig gelandet waren, erhaschte David einen Blick in Zacharys Gesicht. Zwischen den Augen des Jungen prangte ein leuchtend roter Kreis.

David konnte den Blick nur mühevoll abwenden. Der Kreis war wahnsinnig rot und vollkommen symmetrisch. »Was geht ab?«, fragte David, der beschlossen hatte, Zachary nicht darauf anzusprechen.

»Schule halt. Nichts Besonderes«, antwortete dieser.

Manchmal konnte David kaum glauben, dass der Junge bereits vierzehn war. War es wirklich schon zehn Jahre her, seit sie zum ersten Mal zusammen durch die Nachbarschaft gejoggt waren?

David und Clarissa hatten damals erst eine Woche in Storybook Court gelebt, als David beschloss, nun regelmäßig joggen zu gehen. Er wollte die Kostproben abarbeiten, die er verdrücken musste, wenn er an einem neuen Rezept arbeitete. David hatte gerade die Straße überquert, als die Haustür der Familie Acosta aufgerissen wurde und Zachary herausstürzte. Er trug ein T-Shirt der Oakland Athletics, eine Sporthose und winzige Puma-Sneakers und sah damit wie eine jüngere Ausgabe von David aus. Die Sneakers hatten sogar die gleichen Farben – Rot und Weiß.

»Warte! Warte! Ich komme mit«, rief er.

Seine Mom, Megan, schloss zu Zachary auf, bevor er den Bürgersteig erreicht hatte, und hob ihn hoch. Der Junge versuchte strampelnd, sich aus ihrem Griff zu befreien. »Entschuldigen Sie, David! Er hat Sie neulich beim Laufen gesehen und redet seitdem von nichts anderem mehr. Ich dachte, es würde reichen, wenn ich ihm das richtige Outfit besorge.«

»Hey, ich könnte tatsächlich einen Kumpel brauchen, der mit mir läuft«, erklärte David ihr.

»Sind Sie sicher?«, fragte Megan.

»Auf jeden Fall! Los geht's, Zachary.« Der Junge bestand damals wie heute darauf, dass man ihn mit vollem Namen ansprach. Es gab kein »Zach«.

Megan stellte ihren Sohn ab, und er schoss auf David zu. Und von diesem Tag an liefen sie gemeinsam – wobei sie in den letzten paar Jahren eher mit Diogee spazieren gingen, und zwar mindestens drei bis vier Mal die Woche.

»Schule halt. Nichts Besonderes«, wiederholte David. »Willst du das vielleicht näher ausführen?«

Zachary hatte gerade sein erstes Jahr an der Highschool begonnen, und David war sich sicher, dass es mehr zu erzählen gab.

»Eichhörnchen auf vier Uhr«, verkündete Zachary, und David wickelte sich vorsorglich die Leine um die Hand. Kurz darauf entdeckte Diogee das Eichhörnchen ebenfalls und zog ruckartig an der Leine. David nannte diesen Vorgang insgeheim immer den »Schulterausrenker«.

Das Eichhörnchen kletterte auf das Rankgitter des nächstbesten Hauses, und Diogee begann wie verrückt zu bellen, um dem Nager klarzumachen, was er getan hätte, wenn er nicht angeleint gewesen wäre.

Als er sich wieder beruhigt hatte, meinte Zachary: »Ich habe mich für die Leichtathletikmannschaft eingeschrieben. Geländelauf. Ich wollte eigentlich Football spielen, aber Mom bekam beinahe einen Nervenzusammenbruch.«

Und da hatte sie vermutlich gar nicht unrecht. Zachary war über den Sommer in die Höhe geschossen und schien nur noch aus Armen, Beinen und Füßen zu bestehen. David konnte sich selbst noch gut an diese Phase erinnern. Er konnte kaum das Zimmer durchqueren, ohne etwas umzustoßen. Nicht gerade die besten Voraussetzungen für das Footballfeld. Aber das hätte er Zachary natürlich niemals gesagt.

»Du läufst, seit du fünf bist. Du bist ein Naturtalent«, meinte er stattdessen und verbat sich, einen weiteren Blick auf den roten Kreis zwischen den Augen des Jungen zu werfen. War er tatsächlich kreisrund? Hatte ihn womöglich ein Golfball am Kopf getroffen?

David war sich ziemlich sicher, dass Zacharys Vater Golf spielte, allerdings war es nicht sehr wahrscheinlich, dass er Zachary auf den Platz mitgenommen hatte. Zachary und sein Vater verbrachten jedes zweite Wochenende miteinander, obwohl es viel zu oft zu einer einzigen Nacht verkürzt wurde. Demzufolge, was Zachary erzählt hatte, gingen sie normalerweise in ein trendiges Restaurant, das der aktuellen Freundin seines Vaters zusagte und wo es nichts gab, was Zachary essen wollte. Wobei Zachary auch ziemlich wählerisch war. Er schien sich mehr oder weniger nur von Erdnussbutter, Snacksalami und Weingummis zu ernähren.

Sie hielten an, während Diogee einen Ginkgo-Baum beschnüffelte. Um »nach der Piss-Post zu sehen«, wie Zachary es nannte. Nachdem Diogee sich zur Seite gelehnt und seine entsprechende Antwort hinterlassen hatte, ging es weiter. Als sie an der Ecke ankamen – oder besser gesagt an der Stelle, die einer Ecke am ehesten glich, da es im Storybook Court praktisch nichts gab, was einen rechten Winkel besaß –, bog Diogee nach links ab. Der Alpharüde gab schließlich immer die Richtung vor.

Sie waren erst einige Schritte weit gekommen, als sie Addison Brewers Geschrei hörten. Wie Zachary hasste auch Addison Spitznamen. Sie wollte Addison genannt werden, sonst stellte sie sich taub. Ihre Stimme wurde lauter, je näher sie kamen. »Du hast gesagt, dass du vorbeikommst! Und du stehst weder in unserer Küche und isst direkt aus dem Kühlschrank, noch hockst du vor unserem Fernseher. Oh, warte mal. Du könntest auch gerade unser Klo vollstinken. Nein, auch nicht! Also, du bist nicht hier, obwohl du es versprochen hast. Schon wieder! Und du hast beim Sportunterricht überhaupt nicht krank ausgesehen. Ich hab dich beobachtet. Also versuche erst gar nicht, dich rauszureden!«

»Sie ist eine echte Kratzbürste«, murmelte Zachary und drehte den Kopf zur Seite, sodass nur sein Hinterkopf von Addisons Haus aus zu sehen war.

»Besucht ihr beide dieses Jahr wieder gemeinsame Kurse?«, fragte David.

»Ja, Englisch«, antwortete Zachary angewidert.

»Sie hat ein eindrucksvolles Lungenvolumen. Sie musste gerade kein einziges Mal Luft holen«, staunte David. Doch Zachary ging einfach schweigend und mit abgewandtem Kopf weiter.

Das wütend keifende Mädchen verstummte einen Augenblick lang, dann ging es weiter: »Wie viel Verkehr kann schon sein? *Ich* bin immerhin schon zu Hause, und ich bin mit dem Bus gefahren. Du hast gesagt, dass du bloß kurz bei dir vorbeischauen musst. Was bedeutet, dass du seit zwanzig Minuten hier sein solltest. Es ist aus! Ehrlich! Komm nie wieder hierher. Es ist mir egal, ob du schon fast da bist. Dreh wieder um.«

Eines der Fenster des Rosen-Bungalows – wie das Haus der Brewers wegen der aufgemalten gelben Rosen auf den Fensterläden allgemein genannt wurde – öffnete sich. Eine Sekunde später flog ein violettes Handy mit einem Totenkopf aus Strasssteinchen auf der Hülle heraus.

Zachary warf einen schnellen Blick hinüber, bevor er das Gesicht erneut abwandte. »Kratzbürste.«

»Erinnerst du dich daran, wie du ihr zum Geburtstag Blumen vorbeigebracht hast?«, fragte David, und Zachary sah ihn wütend an. Manchmal vergaß David, wie empfindsam Teenagerjungen sein konnten. Und manchmal erinnerte er sich sehr wohl daran, konnte aber nicht widerstehen, den Jungen ein wenig aufzuziehen.

»Ich war noch im *Kindergarten,* und meine Mom hat mir die Blumen von der Arbeit mit nach Hause gegeben, weil sie sie dort alle paar Tage austauschen.«

»Ach ja, genau«, erwiderte David und beschloss, Zachary besser in Ruhe zu lassen.

Sie kamen an dem Haus mit der Zugbrücke und dem funkelnden Burggraben vorbei. Manchmal hatte David das Gefühl, als würde er auf einem Minigolfplatz leben. Clarissas Großmutter hatte ihnen das Haus als Hochzeitsgeschenk vermacht, nachdem sie beschlossen hatte, in ein luxuriöses Seniorenheim in Westwood zu ziehen. David hatte den Storybook Court zuerst zu kitschig gefunden, doch er und Clarissa waren Mitte zwanzig gewesen und hatten es sich nicht leisten können, das Geschenk auszuschlagen. Mit der Zeit war ihm die Wohnsiedlung jedoch ans Herz gewachsen, und mittlerweile war sie so eng mit seinen Erinnerungen an Clarissa verknüpft, dass er sich nicht vorstellen konnte, irgendwo anders zu leben.

Das Thema Minigolf lenkte Davids Gedanken wieder zurück zu dem Kreis auf Zacharys Stirn, und er warf unwillkürlich einen weiteren Blick darauf.

Zachary ertappte ihn dabei. »Ich hab mein Gesicht irgendwie vermurkst.«

»Was? Ich habe nicht …« David brach ab. Es hatte keinen Sinn, den Jungen anzulügen. »Was zum Teufel hast du denn angestellt?«

»Kennst du diese Dinger mit der rotierenden Bürste, mit denen man sich das Gesicht reinigt?«

David nickte.

»Meine Mom hat so etwas. Und als ich aus der Schule kam, beschloss ich, etwas gegen meine Pickel zu unternehmen. Aber wenn man zu lange an einer Stelle schrubbt, dann bekommt man so etwas.« Zachary tippte mit dem Finger auf den roten Kreis zwischen seinen Augenbrauen.

Damit hätte David am allerwenigsten gerechnet. Körperhygiene stand für den Jungen nicht gerade an erster Stelle. Megan hatte David mehrmals gebeten, Zachary zu erklären, dass »richtige Männer Deo verwenden«, als der Junge vor ein paar Jahren plötzlich diesen besonderen Geruch nach ungewaschenen Socken entwickelt hatte. David war davon ausgegangen, dass Zacharys Gedanken zur Körperpflege an diesem Punkt endeten. *Wahrscheinlich steckt ein Mädchen dahinter,* dachte er bei sich, hielt allerdings lieber den Mund. Er würde es Zachary überlassen, ob und wann er das Thema zur Sprache bringen wollte.

»Dann ist es also erst gerade eben passiert?«, fragte David.

»Vor ein paar Stunden«, antwortete Zachary. »Und ich gehe so sicher nicht in die Schule. Die Pickel waren schon schlimm genug.« Er tippte erneut auf den roten Kreis.

»Also, zuerst lässt du mal die Finger davon«, ermahnte ihn David, und Zachary steckte eilig die Hände in die Taschen. »Und vielleicht solltest du es mit Eis probieren? Das müsste helfen«, schlug David vor, während sie weiter halb hinter Diogee herschlenderten, halb joggten.

»Hab ich schon. Hat aber nichts gebracht«, erwiderte Zachary und rieb mit dem Finger über den Kreis.

»Nein!«, stieß David hervor.

»Entschuldige«, murmelte Zachary und zog die Hand ruckartig zurück.

»Nicht du! *Diogee!* Diogee, nein!« Diogee vollführte gerade diese engen kleinen Drehungen, die er immer dann machte, wenn er sein Geschäft verrichten wollte. Und er stand mitten auf dem Rasen der Defranciscos.

»Marie reißt mir den Kopf ab. Oder besser gesagt: die Eier.« David versuchte, Diogee vom Rasen zu zerren, doch Diogee stemmte die Beine in den Boden. Er hatte mittlerweile die richtige Stelle gefunden und hockte sich nieder.

David beugte sich hinunter, schlang einen Arm um die Mitte des Hundes und schleifte ihn zum nächsten Haus. Er wusste nicht, wer hier eingezogen war, aber der neue Mieter war Hundekacke gegenüber sicher toleranter als Marie. Und natürlich würde David anschließend alles sauber machen. Diogee stieß ein ohrenbetäubendes Heulen aus, das vermutlich sämtliche Nachbarn daran erinnerte, dass an ihm ein Jagdhund verloren gegangen war.

»Ach, komm schon«, herrschte David ihn an. »Als würde es einen Unterschied machen, auf wessen Rasen du kackst.« Diogee heulte erneut, und dieses Mal bekam er eine Antwort. Es war ein hohes, langes Jaulen und kam von einer großen, braun gestreiften Katze, die auf der mit einem Insektenschutzgitter gesicherten Veranda des Hauses hockte. Sie starrte mit hasserfüllten, goldenen Augen herüber, und Diogee fletschte als Antwort die Zähne.

»Das reicht, du harter Kerl!« David zog ein Leberleckerli aus der Tasche und hatte damit in Sekundenschnelle Diogees Aufmerksamkeit zurückgewonnen. Er konnte nicht glauben, dass er nicht schon eben an die Leckerlis gedacht hatte. Er schleuderte das Leckerli so weit wie möglich fort, und Diogee wetzte ihm hinterher, dicht gefolgt von David und Zachary.

Diogee inhalierte das Leckerli. Er war ein Abhängiger, und David war sein Dealer – was bedeutete, dass Diogee zwar als Erster zur Tür hinausdrängte und entschied, in welche Richtung sie gingen, dass David aber letzten Endes trotzdem der

Alpharüde in ihrem kleinen Rudel war. Es sei denn, Diogee fand irgendwann einmal heraus, wie man Geld verdiente und in die Tierhandlung fuhr, um Leckerlis zu kaufen.

»Also, was meinst du? Zwei Tage?«, fragte Zachary. Er deutete auf den roten Kreis, ohne ihn zu berühren. »Ich will nicht zu viel vom Training versäumen. Der Coach wirkt ziemlich streng.«

David konnte Zachary bei vielen Dingen helfen, die einen Vierzehnjährigen bedrückten, denn immerhin war er selbst mal einer gewesen, aber Hautirritationen waren nicht gerade sein Spezialgebiet. »Ich glaube, wir brauchen den Rat einer Expertin.« Er holte ein weiteres Leberleckerli heraus. »Komm, Big D, wir drehen um.«

»Wo gehen wir hin?«, fragte Zachary.

»Zu Ruby. Sie war Maskenbildnerin, bevor sie als Bühnenbildnerin anfing. Sie regelt das für dich«, antwortete David.

Zachary blieb wie angewurzelt stehen. Er wirkte genauso unwillig wie Diogee vorhin auf dem Rasen der Defranciscos. »Ich trage *ganz sicher* kein Make-up in der Schule. Außerdem kenne ich sie kaum.«

»Sieh es als Special Effect. Und du kennst sie gut genug. Außerdem bin *ich* mit ihr befreundet«, erklärte David. Zachary bewegte sich nicht.

»Lass es sie einfach mal versuchen. Wenn es dir nicht gefällt, dann zeige ich dir, wie man sich am besten krank stellt. Du brauchst dazu bloß eine Dose mit dickflüssiger Suppe.«

Zachary gab nach, und sie machten sich auf den Weg zu Ruby. »Dickflüssige Suppe sieht eigentlich gar nicht wie Kotze aus.«

»Aber sie *klingt* wie Kotze. Sobald deine Mum in der Nähe ist, schüttest du sie einfach in die Toilette«, erklärte David.

Zachary kicherte. »Cool.«

Sie bogen um die Kurve und standen nun vor Rubys Haus. David fühlte sich plötzlich, als hätte ihm jemand einen Schlag in die Magengrube versetzt. Wie konnte er nur vergessen, dass heute der 15. September war? Das war einer von Clarissas Lieblingstagen. Nein, es war einer von Clarissas Lieblingstagen *gewesen*. Sie hatte Ruby jedes Jahr geholfen, das Hexenhäuschen weihnachtlich zu schmücken.

Das Haus zu sehen, das sie so glücklich gemacht hatte, hätte eigentlich positive Erinnerungen wachrufen sollen, doch David fühlte sich, als würde ihm jemand das Herz aus der Brust reißen. Zum zweiten Mal in dieser Woche war er überrascht, wie übermächtig seine Trauer immer noch war.

»Alles okay?«, fragte Zachary.

»Ja«, krächzte David. »Ja«, wiederholte er noch einmal, um sich selbst zu überzeugen.

Denn es war ja alles okay. Trotzdem hatte er an dem Abend mit Adam recht gehabt: Er war noch nicht bereit, etwas mit einer anderen Frau anzufangen. Egal, was sein Freund dachte, es war einfach noch zu früh.

MacGyver ließ Jamie schlafen und tappte in die Küche. Er öffnete mit der Pfote den Schrank unter der Spüle und maunzte verärgert. Dann jedoch ermahnte er sich, Geduld mit Jamie zu haben. Sie war eben bloß ein Mensch und ihre Nase nur ein sinnloser Knubbel in ihrem Gesicht.

Trotzdem war das hier einfach die Höhe! Zuerst hatte sie sein Geschenk zwei volle Tage lang ignoriert, und als sie es schließlich doch in die Hand genommen hatte, hatte sie dieses grässliche Zeug darauf versprüht. Damit war der Geruch nach Einsamkeit fast vollständig vernichtet worden. Und danach hatte sie auch noch damit den Tisch abgewischt! Verärgert maunzte er erneut, während er die Tür des Schranks wieder zudrückte.

Geduld!, ermahnte er sich. Er konnte nicht davon ausgehen, dass Jamie es bereits beim ersten Versuch kapierte. Sie hatte ja auch ewig gebraucht, um den richtigen Punkt zu finden, an dem er am liebsten gekrault wurde. Gleich hinter den Schnurrhaaren. Herrlich! Und sie hatte auch lange nicht verstanden, dass sie seinen Bauch nie mehr als drei Mal hintereinander streicheln durfte. Ein sanfter Biss war nötig gewesen, um es in ihren Schädel zu bekommen. Er hatte es nicht gerne getan – aber sie musste nun mal erzogen werden.

MacGyver musste sich einfach noch mehr anstrengen, damit sein Mensch verstand, dass sie einen Partner für ihr Glück brauchte. Aber er würde sich der Herausforderung stellen. Für Jamie!

Ja, natürlich hatte sie so ihre Fehler, aber sie gehörte ihm nun mal!

Er trottete über die Veranda und zwängte sich durch den Spalt ins Freie. *Igitt!* Zuerst musste er sich unbedingt um diesen grauenhaften Gestank kümmern. Auf direktem Weg lief er zu der Palme neben dem Springbrunnen und schärfte ausgiebig seine Krallen daran, um die ekelerregende Hundepisse mit seinem eigenen Duft zu überlagern. Na also! Jetzt konnte er sich endlich wieder auf seine Mission konzentrieren.

Er legte den Kopf in den Nacken und nahm die Fährte auf. Die Einsamkeit war dort am stärksten, wo er schon zwei Nächte zuvor gewesen war. Vielleicht konnte er Jamie ja beibringen, wie sie ihre Zunge benutzen musste, um die Gerüche in der Nachbarschaft wahrzunehmen und endlich den Sinn seiner Geschenke zu verstehen.

Na ja, wahrscheinlich nicht!

Wenn ihr Geschmackssinn ordnungsgemäß funktionieren würde, würde sie niemals Grapefruit essen. Es war furchtbar, ihr dabei zusehen zu müssen, wie sie mit dem Löffel in dieses widerliche Ding stach.

Außerdem war es die Mühe nicht wert. Macs Nase und Zunge waren so herausragend, dass es für sie beide reichte. Er folgte dem Geruch der Einsamkeit, doch leider wurde der Hundepisse-Gestank immer stärker, je näher er seinem Ziel kam. So stark, dass er sich beinahe eine menschliche Nase gewünscht hätte. *Aber nur beinahe.* Dieses Opfer hätte er niemals gebracht. Er verlangsamte sein Tempo und schlich vorsichtig weiter, sobald das Haus mit dem einsamen Geruch in Sichtweite war.

Der Hund, den Mac vorhin gesehen hatte, stand im Garten. Es war eine groteske Promenadenmischung mit lächerlich langen Schlappohren, einem langen, breiten Körper, staksigen Beinen, einem übergroßen Kopf und einem triefenden Maul. Es würde kein Problem sein, dem Dummkopf zu entwischen, allerdings hatte er vorhin gehört, dass der Köter genauso gut bellen wie sabbern konnte, und Mac wollte natürlich unbemerkt bleiben.

Er beschloss, später wiederzukommen und sich in der Zwischenzeit ein wenig umzusehen. Es gab wohl noch jemanden, der einsam war, und Mac folgte dem Geruch. Er führte ihn zu einem Haus, an dessen Vorderseite ein Fenster einladend weit offen stand. Mac sprang hinein, landete sanft und sah sich um.

Selbst ein Feuerwerk hätte die Person, die auf der Couch lag, vermutlich nicht wecken können. Ihr Geruch war sehr stark, und Mac wusste, dass diesen Geruch vor allem weibliche Menschen verströmten, die altersmäßig keine kleinen Mädchen, aber auch noch keine Erwachsenen waren.

Der Schweiß dieser Weibchen roch herrlich intensiv, doch das versuchten sie meistens zu verstecken. Der Geruch des jungen Weibchens hier auf der Couch wurde zum Beispiel von einem Duft überlagert, der nach Äpfeln, Melonen und Blumen roch, aber irgendwie auch süßlicher und schärfer. Außerdem erschnupperte Mac eine Menge Wut und ein wenig Einsamkeit.

Allerdings war nicht *sie* diejenige, deren Geruch Mac ursprünglich aufgeschnappt hatte. Er folgte der Fährte aus dem Zimmer hinaus und den Flur hinunter. Das Mädchen in dem Zimmer, das er nun betrat, war noch sehr klein. Ein so junger Mensch sollte nicht so einsam riechen. Die Kleine brauchte immer noch ein Muttertier, um zu überleben, und sie roch nicht, als hätte sie eines. Zumindest war es nicht in der Nähe. Aber Mac würde eines für sie finden! Er war ein Kater mit besonderen Fähigkeiten, und sie zu verschwenden wäre schade.

Er sprang aufs Bett und rieb seinen Kopf an der Wange des Mädchens. Es war ein wortloses Versprechen, dass er wiederkommen würde.

Doch nun musste er sich wieder seiner ursprünglichen Mission widmen! Auf seinem Weg aus dem Haus hielt er kurz inne, um über die Kartoffelchips auf dem Tisch neben dem älteren Mädchen zu schlecken. Er mochte eigentlich keine Kartoffeln, aber das Salz war herrlich.

Als Mac zurückkehrte, war der Dummkopf immer noch im Garten und lief schnuppernd unter dem Baum umher, der Mac eigentlich wieder als Leiter dienen sollte. Doch dann hockte sich der Köter nieder, und Mac ergriff die Gelegenheit, um pfeilschnell auf den Baum zuzuschießen. Er nutzte den Rücken des abgelenkten Hundes als Rampe und katapultierte sich durch das Fenster.

Der Hund begann zu jaulen, doch Mac kümmerte sich nicht weiter darum. Die Gelegenheit, den Dummkopf als Rampe zu benutzen, war einfach zu perfekt gewesen. Außerdem jaulten Hunde doch ständig wegen irgendetwas. Sie hatten einfach nicht die nötige Intelligenz, um Wichtiges von Unwichtigem zu unterscheiden.

»Diogee, sei still!«, rief ein Mann im Erdgeschoss, ohne eine Spur von Furcht in der Stimme. Offensichtlich vertraute der Mann nicht darauf, dass ihn der Hund vor Einbrechern warnte. Ein schlauer Mensch also – natürlich abgesehen von der Tatsache, dass er freiwillig mit dem Dummkopf zusammenlebte.

Mac brauchte nicht lange, um etwas zu finden, das voller starker Gerüche war. Er roch so stark, dass dieses Mal sogar Jamie verstehen würde, was er ihr damit sagen wollte!

Kapitel 3

ye, Mac. Ich bringe dir auch ein Geschenk mit, wenn ich wiederkomme!« Jamie schlüpfte aus der Tür und schloss diese so schnell wie möglich hinter sich. Ihr Blick fiel auf etwas Schwarz-Gelbes auf der Fußmatte. *Eine Schlange!* Sie fuhr entsetzt zurück.

Doch nach näherer Betrachtung war sie sich ziemlich sicher, dass es *keine* Schlange war. Sie stupste das Ding vorsichtig mit dem Fuß an, und als es nicht davonglitt oder etwas ähnlich Ekelerregendes tat, hob sie es mit Daumen und Zeigefinger hoch.

Es war nur eine Socke. Na ja, nicht *nur* eine Socke. Es war eine schwarze Socke mit gelben Bigfoots. Jamie lächelte. Wie süß!

Ihr Lächeln erstarb. Das war bereits das zweite Mal, dass sie einen unbekannten Gegenstand vor der Tür fand. Aber wie kamen die hierher? Sie hatte natürlich schon von den legendären Santa Ana Winden in L.A. gehört. Sie waren sicher stark genug, um etwas Schwereres als eine Socke oder ein Handtuch umherzuwehen, aber seit sie angekommen war, hatte sie kaum eine Brise wahrgenommen, ganz zu schweigen von den sogenannten Teufelswinden.

Außerdem lagen beide Gegenstände auf der Fußmatte. Nicht etwa auf dem Rasen. Und auch nicht auf den beiden Stufen, die zu ihrer Haustür hochführten. Sondern *direkt* auf der Fußmatte. Hatte sie wirklich jemand absichtlich dort hingelegt? Aber warum? Eine Socke und ein Handtuch? Das schien ziemlich willkürlich.

»Jamie, Kaffee!«

Die Stimme ihres Nachbarn Al riss Jamie aus ihren Gedanken. »Wie bitte?«

»Kaffee!«, wiederholte Al von der Veranda aus und hielt ihr eine große Kaffeetasse entgegen. Sie war gerade erst aus dem Haus getreten, da hatte er bereits Kaffee für sie. Sahen Al und Marie eigentlich den ganzen Tag aus dem Fenster und beobachteten die Nachbarn?

Vermutlich – aber das war harmlos. Außerdem war es echt nicht schlecht, beim Verlassen des Hauses herrlich heißen Kaffee zu bekommen. Es war sogar richtig nett. Nachbarschaftlich. War es möglich, dass Al oder Marie die Gegenstände auf ihre Fußmatte gelegt hatten? Vielleicht dachten sie, dass Jamie ein Handtuch benötigen würde? Aber eine einzelne Socke? Vielleicht hatten sie ein Paar abgelegt, und eine Socke war … irgendwie … verschwunden?

Jamie beschloss, Al zu fragen, und machte sich auf den Weg zur Veranda der Defranciscos. »Danke«, sagte sie und nahm den Kaffee entgegen. »Marie und Sie sind so freundlich! Haben Sie mir zufällig auch die hier hingelegt?« Sie hielt die Bigfoot-Socke in die Höhe.

Al warf einen Blick darauf. »Noch nie gesehen.«

»Und wie sieht es mit einem Handtuch aus? Ein weißes Handtuch vielleicht?«

Al sah sie fragend an.

»Es lag am Tag nach meinem Einzug auf der Fußmatte«, erklärte Jamie.

»Nicht von mir.«

»Von Marie, vielleicht?«

»Marie!«, brüllte Al. »Hast du Jamie ein Geschirrtuch vor die Tür gelegt?«

»Ein Handtuch«, stellte Jamie richtig, als Marie auf die Terrasse hinaustrat.

»Sie brauchen ein Handtuch?«, fragte Marie.

»Nein, es ist bloß so, dass ich eines vor meiner Haustür gefunden habe. Und ich dachte, Sie hätten es vielleicht dort hingelegt«, erklärte Jamie.

Marie runzelte die Stirn. »Warum sollten wir so etwas tun?«

Gute Frage!, dachte Jamie. »Ich wollte bloß nachfragen«, erwiderte sie. »Vielleicht hat der Vormieter es beim Auszug verloren, und es ist mir gar nicht aufgefallen.« Was allerdings nicht erklärte, warum die Socke dort gelegen hatte. Die hätte Jamie in diesem Fall doch sicher schon früher entdeckt.

»Egal, ich fahre jetzt in die Tierhandlung«, verkündete sie, um das Thema zu wechseln. »Soll ich Ihnen vielleicht etwas von unterwegs mitbringen?«

Al grunzte. »Wir haben alles, was wir brauchen«, erklärte Marie und kehrte ins Haus zurück.

»Ich bringe die Tasse später zurück«, meinte Jamie zu Al. Auf dem Weg über den Platz merkte sie, dass sie die Socke immer noch in der Hand hielt. Also ging sie zum Haus zurück und warf sie durch den Briefschlitz. Sie würde sich später darum kümmern.

Als sie wieder auf die Straße zurückkehren wollte, hörte sie, wie Mac ein langes, beleidigtes Heulen ausstieß. Vielleicht gefiel ihm sein neues Zuhause besser, wenn er erst mal vor die Tür kam.

Jamie stand vor dem Regal mit den Hunde- und Katzenleinen und betrachtete die verschiedenen Modelle. Die große Auswahl hatte sie förmlich erstarren lassen.

»Mach dich nicht lächerlich«, murmelte sie. »Du musst zwar momentan einige wirklich lebensverändernde Entscheidungen treffen, aber diese hier gehört sicher nicht dazu.« Sie wurde rot, als ihr klar wurde, dass ein groß gewachsener Kerl mit einem riesigen Sack Hundefutter über der Schulter gerade rechtzeitig um die Ecke gebogen war, um zu hören, wie sie Selbstgespräche führte.

»Ich kann mich nicht entscheiden, ob mein Kater eher ein Superheld oder doch ein Pot rauchender Affe mit Rastalocken sein möchte«, erklärte sie ihm. Wie war sie eigentlich auf den Gedanken gekommen, dass ausgerechnet *diese* Erklärung die Situation weniger peinlich machen würde?

»Sie wählen die Leine nach der Persönlichkeit Ihrer Katze aus?«, fragte der Mann. »Dann sind Sie ein besserer Mensch als ich. Ich habe meinem Hund ein rosafarbenes Halsband samt Leine gekauft. Wir führen einen ewigen Kampf, wer der Alpharüde im Haus ist, und ich dachte, das würde mir einen kleinen Vorteil verschaffen. Ich habe die hier genommen.« Er deutete auf eine hellrosa Leine mit aufgedruckten Hundeknochen. »Aber wenn ich ihm wirklich seine Männlichkeit hätte nehmen wollen – was chirurgisch gesehen schon längst passiert ist –, dann hätte ich mich wohl für die pinke Leine mit den Herzchen entschieden.«

Jamie lachte. »Ich glaube, es gibt da ein kleines Problem bei Ihrem Plan, die Herrschaft über Ihren Hund zu gewinnen. Hunde sind nämlich farbenblind.«

Was machte sie da? Flirtete sie etwa? Sie durfte nicht flirten! Das war nicht »das Jahr des außergewöhnlich süßen Kerls«. Es war »Jamies Jahr«.

Der Mann schüttelte den Kopf. »Eigentlich haben sie eher Probleme mit dem *Farbspektrum*. Wie jemand, der zum Beispiel Rot und Grün nicht unterscheiden kann. Ich habe sogar eine App, mit der man sieht, was der Hund sieht.« Er verzog das Gesicht. »Könnten wir bitte den letzten Teil einfach vergessen? Wie auch immer, mir kommt es jedenfalls vor, als ob Diogee das

Rosa spüren würde und es ihm dadurch schwerer fällt, mich zu dominieren.«

»Weil Rosa eine Mädchenfarbe ist und Frauen von Natur aus unterwürfig sind?«, fragte Jamie.

Der Mann riss die Augen auf. »So habe ich das nicht gemeint! Ich wollte bloß … Können wir vielleicht einfach *alles* vergessen, was ich gerade gesagt habe?« Er verlagerte das Gewicht des Hundefutters und schien sich ziemlich unwohl zu fühlen.

»Ich wollte nicht … – Ich wollte Sie nur aufziehen«, stammelte Jamie. Es spielte keine Rolle, ob sie vorhin geflirtet hatte oder nicht. Durch ihren feministischen Kommentar zum Thema Rosa hatte sie auf jeden Fall jeglichen Versuch in diese Richtung zunichtegemacht. »Aber ich streiche gerne unser ganzes Gespräch aus meinem Gedächtnis, wenn Sie dafür vergessen, dass Sie mich dabei ertappt haben, wie ich Selbstgespräche geführt habe, welche Leine meinem Kater wohl besser gefallen würde.«

»Abgemacht«, erwiderte der Mann. Er sah sie einige Augenblicke wie gebannt an, dann klopfte er auf den Sack mit dem Hundefutter. »Ich sollte das hier besser mal bezahlen.« Er machte sich auf den Weg zur Kasse, und Jamie warf einen schnellen Blick auf sein Hinterteil. Nett! Egal, dass es gerade »Jamies Jahr« war und sie sich damit genauso verwerflich verhielt wie Leute, die einer Frau hinterherstarrten.

Sie wandte sich wieder den Hunde- und Katzenleinen zu und entschied sich für eine knallrote Version, die wunderbar zu Macs hell- und dunkelbraun gestreiftem Fell passen würde.

Etwa eineinhalb Stunden später trat Jamie mit Mac im Arm aus der Tür. Etwa ein Drittel der Zeit war damit vergangen, zu bezahlen und nach Hause zu fahren. Den Rest hatte sie damit verbracht, Mac das schicke neue Brustgeschirr und die Leine anzulegen – und zwar unter Jaulen (Mac) und dem Versuch, vor Frustration nicht in Tränen auszubrechen (Jamie).

»Siehst du?«, forderte Jamie ihren Kater auf und setzte ihn auf dem kleinen Rasenstreifen vor der Haustür ab. »Ist das nicht toll? Du bist im Freien. Ich wollte dich nicht foltern, sondern dir etwas Gutes tun!«

Doch Mac weigerte sich, sie anzusehen. Er zuckte nicht einmal mit den Ohren. Offensichtlich war er immer noch sauer. Auch gut. Sie nämlich auch.

Jamie machte ein schnelles Foto von Mac im Profil und hielt ihm anschließend das Handy unter die Nase. »Nur damit du weißt, wie eine undankbare Katze aussieht.«

Er nahm noch immer keinerlei Notiz von ihr.

Einfach tief einatmen!, ermahnte Jamie sich selbst, denn Entspannungsübungen waren im Umgang mit Mac manchmal einfach unerlässlich.

Sie beschloss, ihn nicht gleich mit einem Spaziergang zu überfordern. Mac brauchte Zeit, um sich an die Leine zu gewöhnen. Stattdessen würde sie einige Fotos vom Haus machen.

Zuerst mal eine Nahaufnahme der Eingangstür, die den Ton für das gesamte Haus angab. Sie war nicht rechteckig – die Storybook-Architektur hielt nicht viel von rechten Winkeln –, sondern hatte die Form eines Ovals, dessen unterer Teil abgeschnitten worden war. Und sie verfügte über lustig große schmiedeeiserne Anschläge und einen ähnlich riesigen, runden Türklopfer.

Jamie achtete darauf, dass der Efeu, der über der Tür wuchs, ebenfalls im Bild war, dann drückte sie ab. Sie überlegte, ob sie es schaffen würde, aufs Dach zu klettern. Sie hätte so gerne eine Nahaufnahme der windschiefen, in Wellen verlegten Schindeln gemacht. Aber das konnte warten. Im Moment gab es auch hier unten noch einiges zu entdecken. *Oh!* Wie zum Beispiel das Sprossenfenster über der Küchenspüle.

Jamie machte einen Schritt in die entsprechende Richtung, doch Mac bewegte sich immer noch nicht. Vielleicht wäre ein Babytragegurt besser gewesen. Aber dann hätte es vermutlich noch eine Stunde länger gedauert, sich den Kater umzuschnallen.

Jamie blieb, wo sie war, und nutzte den Zoom, um eine Nahaufnahme von den Türriegeln zu machen.

»Hey, Schätzchen. Sie habe ich ja noch nie hier gesehen.«

Jamie zuckte zusammen. Jemand stand direkt hinter ihr. Sie wandte sich um und schaffte es dabei tatsächlich, sich Macs neue Leine um die Knöchel zu schlingen.

»Ich wohne hier«, erklärte sie und versuchte gleichzeitig einen ihrer Füße zu befreien. »Ich bin gerade eingezogen«, fügte sie hinzu, während sie den anderen Fuß aus der Schlinge zog.

»Gerade erst eingezogen?«, wiederholte die Stimme.

Endlich hatte sich Jamie befreit und konnte den Blick heben. Der Mann, der sie angesprochen hatte, war etwa Mitte fünfzig und hatte eine Neunzigerfrisur mit blonden Stacheln, die an den Spitzen beinahe weiß waren. Er trug Kaki-Hosen, ein hellblaues Button-down-Hemd und eine Fischerweste mit Dutzenden Taschen. An einem Flicken aus Schafsleder an der Vorderseite war eine Auswahl an unbenutzten Fliegenködern befestigt, und um seinen Hals hing ein mit Holzperlen verziertes Schlüsselband, an dem mehrere, ebenfalls unbenutzte Werkzeuge baumelten. Das einzige Werkzeug, das Jamie bekannt vorkam, war eine Spitzzange.

»Sie sind gerade erst eingezogen?«, fragte er erneut. Sie konnte seine Augen hinter den blauen Gläsern seiner runden Sonnenbrille nicht sehen, aber sie hatte das Gefühl, als hätte er seit Beginn ihres Gespräches nicht ein einziges Mal geblinzelt.

»Ja, das hier ist mein Haus. Ich wollte nur ein paar Fotos machen«, erklärte sie ihm. »Wohnen Sie auch hier im Story-book Court?«

Er nahm die Sonnenbrille ab und grinste, doch irgendwie wirkte das aufgesetzt – genauso wie sein übertriebener Südstaatenakzent. »Ich dachte, ich stelle hier die Fragen«, erwiderte er.

»Können wir uns denn nicht abwechseln? Zuerst frag ich was und dann Sie«, schlug Jamie vor. Sie verspürte eine gewisse Erleichterung, als sich die Haustür der Defranciscos öffnete und Al mit einem Besen in der Hand heraustrat.

»Hey, Kumpel«, rief der Mann Al zu, »das Schätzchen hier meinte, sie wäre gerade eingezogen. Stimmt das?«

Al nickte und warf anschließend einen Blick auf Mac, das Brustgeschirr und die Leine. »Mein herzliches Beileid«, meinte er zu dem Kater, bevor er begann, die Verandatreppe zu fegen. Als Antwort erhielt er ein lang gezogenes, schrilles Jaulen.

»Hab gesehen, wie sie hier herumlungert, und da dachte ich mir, ich schau mal nach«, erklärte der Mann Al. Dann wandte er sich erneut an Jamie und streckte die Hand aus. »Hud Martin.«

»Ich *lungere* nicht herum«, widersprach Jamie, während sie sich die Hände schüttelten. »Ich stehe mit *meiner* Katze vor *meinem* Haus und mache Fotos.«

»Wenn Sie gesehen hätten, was ich gesehen habe …« Hud ließ den Rest des Satzes ungesagt, während er langsam davonschlenderte.

»Wow!«, meinte Jamie, als sie ihm nachsah. Al grunzte wie immer nur.

Sie machte noch einige Detailfotos von den Riegeln und dem Türklopfer und freute sich mächtig, dass dieses märchenhafte Haus ein ganzes Jahr lang ihr gehören würde. Anschließend sah sie auf den Kater hinunter.

»Okay, MacGyver. Legen wir los.« Sie machte vier energische Schritte auf das Küchenfenster zu, das sie als Nächstes fotografieren wollte … und blieb stehen. Die Leine hatte ihr Limit erreicht. Sie zog sanft daran, und Macs Schwanz peitschte hin und her.

Jamie zögerte. Am besten war es wohl, sich die Niederlage einzugestehen und Mac mit ins Haus zu nehmen. Aber wie sollte sie das anstellen? Sie konnte ihn auf keinen Fall hochheben, denn das Schlagen mit dem Schwanz bedeutete: »Fass mich an und du bekommst meine Krallen zu spüren.«

Sie musste ihm klarmachen, dass sie ins Haus zurückkehren würde, dann war er vielleicht bereit, ein Stück an der Leine zu gehen. Jamie näherte sich langsam der Eingangstür. »Komm schon, Mac-Mac. Komm, mein Hübscher!«

Mac rührte sich nicht. Nur sein Schwanz schlug noch ein wenig schneller.

»Okay, ich gebe es ja zu. Es war ein Fehler. Du solltest kein Brustgeschirr tragen. Gehen wir doch einfach wieder rein, und ich nehme es dir ab. Und dann spielen wir mit Mausie. Das wäre doch ein Spaß, nicht wahr? Du liebst doch Mausie …« Jamies Stimme wurde mit jedem Wort höher und höher.

Im nächsten Augenblick hörte sie, wie die Haustür der Defranciscos ins Schloss fiel. Al hatte sich verdrückt. Sie konnte es ihm nicht verübeln, sie klang wie eine bekloppte Grundschullehrerin. Vielleicht sollte sie Mac einfach von der Leine lassen. Sie hatte ihn ja auch wieder ins Haus bekommen, als er neulich davongelaufen war. Aber da war er auch nicht so sauer auf sie gewesen. Vielleicht sollte sie …

Die Tür der Defranciscos öffnete sich wieder, und Al schleuderte wortlos etwas in Jamies Richtung. Jamie warf einen Blick darauf und lächelte erleichtert. Es war eine Dose Thunfisch.

»Danke«, rief sie. Marie tauchte mit einem Dosenöffner auf und gab ihn Al, damit er ihn Jamie zuwarf. »Und noch mal danke«, rief Jamie.

Sie öffnete die Thunfischdose, ließ Mac einmal daran schnuppern und bewegte sich anschließend auf das Haus zu. Sie hoffte inständig, dass er ihr folgen würde.

Was er auch tat.

»Bist du überhaupt schon volljährig?«, fragte David Lucy, die gerade einen der frisch gebackenen Cupcakes nahm. »In der Schokofüllung ist Jägermeister, und wenn sie fertig sind, kommt noch eine mit Likör versetzte Butterscotch-Glasur obendrauf.«

Lucy lächelte bloß und nahm einen Bissen. »Mmm, lecker!«

»Die sind für die Bar an der Ecke. Sie wollen es mit alkoholischen Cupcakes probieren, und ich experimentiere mit verschiedenen Mischungen«, erklärte David und gab ihr eine Pipette mit Jägermeister. »Du kannst den hier drauf verteilen, das verleiht ihm den Extrakick. So werden sie es in der Bar dann auch machen.«

»Du solltest es mit Cola und Rum versuchen. Mit einem Colafläschen aus Fruchtgummi obendrauf«, schlug Lucy vor.

»Das gab es schon mal«, erklärte er ihr. »Ich brauche etwas Neues.«

Lucy war natürlich aus einem bestimmten Grund in seine Backstube gekommen, und David glaubte zu wissen, worum es ging. Es war beinahe eine Woche vergangen, seit er und Adam ausgegangen waren, und nun wollten seine Freunde mal nach dem Rechten sehen. David beschloss, es ihr leichter zu machen. »Mir geht es gut«, verkündete er. »Adam und du, ihr müsst euch keine Sorgen um mich machen.«

Lucy wurde rot. »Was? Ich wollte nicht … wir haben nicht …«, begann sie, doch dann gab sie auf. »Okay, du hast recht. Ich wollte nachsehen, ob alles in Ordnung ist. Adam meinte, du hättest 'ne harte Nacht gehabt, als ihr zusammen unterwegs wart.«

»Nein, nicht wirklich. Ich habe bloß versucht, mit einer Frau an der Bar ins Gespräch zu kommen, und habe es vermasselt«, antwortete er. »Und heute Morgen habe ich mich wie ein totaler Arsch verhalten, als ich mich mit einer Frau in der Tierhandlung unterhalten wollte. Ich bin halt aus der Übung.«

Lucy wirkte fasziniert: »Du hast dich in der Tierhandlung mit einer Frau unterhalten, ohne dass Adam dich dazu gedrängt hat? Erzähl!«

David zuckte mit den Schultern. »Sie brauchte eine Leine für ihre Katze, und ich habe ihr gezeigt, welche ich für Diogee ausgesucht habe. Ich wollte sie ja nicht gleich abschleppen. Du weißt ja, wie das ist: Man steht vor einem Regal und kommt einfach so ins Gespräch.«

»Aber wenn du sagst, dass du aus der Übung bist, bedeutete das, dass du schon lange nicht mehr mit einer Frau gesprochen hast, die dich interessiert, oder?«, fragte Lucy. »Und außerdem müsst ihr euch, abgesehen von den Leinen, auch noch über etwas anderes unterhalten haben, denn sonst hättest du vermutlich nicht das Gefühl, dich wie ein Arsch verhalten zu haben.«

Hatte ihn die Frau interessiert? Sie hatte tatsächlich etwas an sich gehabt, wie sie einfach dort gestanden und Selbstgespräche geführt hatte. Und dieses Etwas war der Grund gewesen, warum er sie angesprochen hatte und nicht einfach vorbeigegangen war.

Lucy nahm einen weiteren Bissen von ihrem Cupcake. »Der ist einfach himmlisch. Ich muss wegen der Kinder dauernd gesundes Zeug essen. Als Vorbild und so. Vor einigen Wochen habe ich mich tatsächlich in der Speisekammer versteckt und einen ganzen Snickers-Riegel verdrückt. Hab mich wie eine Kriminelle gefühlt. Aber egal, was hast du denn zu ihr gesagt?«

»Dass ich Diogee eine rosafarbene Leine gekauft habe, damit ich leichter den Alpharüden spielen kann.«

»Mann, das ist ja wirklich ziemlich dämlich«, stimmte Lucy ihm zu. »Seinem Hund etwas Mädchenhaftes aufzudrängen, damit er unterwürfiger wird. Aber du bist süß. Und charmant. Du hättest das Gespräch noch zum Guten wenden können.«

»Wieso? Ich wollte doch nichts mit ihr anfangen«, protestierte David.

»Das hört sich aber ganz anders an«, erwiderte Lucy. »Ich wette, sie war heiß.« Sie nahm einen zweiten Cupcake.

David wollte bereits erwidern, dass er darauf nicht wirklich geachtet hatte, aber dann wurde ihm klar, dass er ein ziemlich genaues Bild der Frau vor Augen hatte – lockige, blonde Haare, die ihn an Butterscotch erinnerten und zu einem lockeren Knoten hochgedreht waren, braune Augen, ausgeprägte Grübchen und eine tolle Stimme. Und ein schöner, kurviger Körper – was er Lucy allerdings nicht auf die Nase binden würde. »Ja, sie war süß«, gab er zu.

»Es war gut, dass du sie angesprochen hast, auch wenn du es vermasselt hast«, erklärte Lucy. »So bekommst du wieder mehr Übung. Und deshalb solltest du dich auch auf Counterpart.com anmelden. Zur Übung. Du gehst mit ein paar Frauen aus, und wenn es nicht gut läuft, ist es nicht weiter schlimm. Du musst sie ja nicht gleich heiraten. Du hast dich schon zu sehr daran gewöhnt, dass du …« Sie zögerte.

»Dass ich Single bin?«, schlug er vor.

»Ja.« Sie berührte seinen Arm. »Ja, genau.«

David faltete einen kleinen Karton und füllte ihn mit einigen Cupcake-Experimenten. »Der ist hoffentlich nicht für mich«, stöhnte Lucy. »Die Kinder werden ihn finden, und sie sind schon schlimm genug, wenn sie zu viel *Zucker* hatten. Ich will sie nicht auch noch *betrunken* erleben.« Sie grinste. »Ich werde einfach hier noch ein paar davon essen. Und in der Zwischenzeit kann ich ja gleich ein paar Fotos von dir als sexy Bäcker schießen, die wir dann bei Counterpart hochladen. Adam arbeitet bereits an deinem Profil.«

Lucy würde nicht aufhören, ihn zu bedrängen. Und Adam ebenfalls nicht.

Es sei denn, er sagte ihr die Wahrheit. Es sei denn, er erzählte ihr, dass er es kaum noch aushielt. Nein, so schlimm war es eigentlich gar nicht. Abgesehen von den Momenten, in denen es eben genau so war. Und solche Momente hatte es in dieser Woche besonders häufig gegeben.

»Ich bin noch nicht so weit, Luce.« Er hob die Hand, bevor sie ihm widersprechen konnte. »An dem Abend in der Bar habe ich es kaum ausgehalten. Plötzlich war es, als wären erst Tage und nicht schon Jahre vergangen, seit ich sie verloren habe. Und einige Tage später ist es wieder passiert. Du kennst doch unsere Freundin Ruby, nicht wahr? Ich meine, *meine* Freundin Ruby.« Manchmal sagte er immer noch »unsere«, wenn er eigentlich »meine« sagen wollte.

»Die mit der riesigen Weihnachtsparty?«

»Ja, genau die«, erwiderte David. »Sie beginnt jedes Jahr am 15. September, das Haus für Weihnachten zu schmücken. Nachdem Ruby und Clarissa sich angefreundet hatten, hat Clarissa ihr jedes Jahr dabei geholfen. Letztens war ich mit Diogee unterwegs. Als ich um die Ecke bog, sah ich plötzlich, dass das Haus dekoriert war. Und wumms, da war wieder dieses Gefühl. Ich dachte, ich hätte das alles hinter mir. Es hat wirklich lange gedauert, und ich habe diese Art der Trauer, die dir beinahe den Atem raubt, vermutlich schon seit mehr als einem Jahr nicht mehr verspürt. Und jetzt war es zwei Mal innerhalb einer Woche. Ich kann einfach nichts Neues anfangen, solange ich mich immer noch so fühle.«

Lucy öffnete die Pipette mit dem Jägermeister und spritzte ihn sich direkt in den Mund. »Ich mache jetzt mal total auf Therapeutin«, warnte sie ihn.

»Okay«, erwiderte David, denn er wusste, dass er sie ohnehin nicht davon abhalten konnte.

»Vielleicht spürst du diese starken Gefühle, gerade *weil* du bereit bist. Du bist bereit und hast daher das Gefühl, als würdest du Clarissa nun endgültig ziehen lassen.« Lucys Blick huschte zu seinem Gesicht, um seine Reaktion zu beobachten.

David bemühte sich, ihr nicht zu zeigen, wie tief ihn ihre Worte getroffen hatten und wie richtig sie sich anfühlten. »Das wäre möglich«, gab er zu und blätterte verlegen eine Seite in seinem Notizbuch um, in dem er seine Rezeptideen notierte.

»Ich lasse dich jetzt weiterarbeiten.« Lucy schnappte sich einen weiteren Cupcake. »Aber du kannst jederzeit zu mir kommen, wenn du reden willst.«

»Ich weiß. Aber es geht mir gut«, erwiderte David. Und das stimmte auch. Er mochte seine Arbeit. Er hatte ein paar wirklich gute Freunde. Und er hatte einen großen, dummen Hund. Mehr brauchte er nicht.

Mac schlüpfte durch den geheimen Spalt im Insektenschutzgitter. Seine Haut prickelte. Er konnte das Brustgeschirr immer noch spüren. Wie konnte ihm Jamie bloß so etwas antun? Normalerweise wusste sie doch, wie er tickte!

Und sie hatte offensichtlich auch nicht verstanden, was er ihr mit der Socke sagen wollte. Sie hatte es nicht mal versucht!

Er hatte ihr durchs Fenster zugesehen, wie sie die Socke durch den Schlitz zurück ins Haus geschoben hatte, ohne ein einziges Mal daran zu riechen. Und später hatte sie sie in den Mülleimer geworfen. Mac hatte ihn umgeworfen, damit sie die Socke noch einmal anfassen musste, und sie hatte ihn »böses Katerchen« genannt.

Er musste sich immer wieder sagen, dass sie ein Mensch war, von dem man nicht viel erwarten konnte. Und als sie die Socke *erneut* in den Müll geworfen hatte, hatte er sie wieder herausgeholt. Vielleicht konnte er sie später noch dazu bringen, mal daran zu riechen.

Er würde einen Weg finden, um Jamie glücklich zu machen, egal, wie lange es dauerte! Immerhin war sie sein Mensch, und er liebte sie. Und es hatte natürlich auch Vorteile für Mac. Wenn Jamie jemanden an ihrer Seite hatte und ihren glücklichen Geruch wiederfand, dann kam sie vielleicht nicht mehr auf die dämliche Idee, Mac und sich mit einer Schnur aneinanderzuketten. Er ertrug den Gedanken nicht, dass es eine *Leine* gewesen war. Jeder wusste doch, dass Leinen etwas für Hunde waren. Und sah MacGyver etwa aus wie ein Hund? Ähm, neeeeiin …!

Er saugte die kühle Nachtluft ein, und das kratzige Gefühl des Brustgeschirrs und das Entsetzen, an einer Lei…, an einer *Schnur* zu hängen, verschwand. Er war frei! Die ganze Nachbarschaft gehörte ihm! Er lief beschwingt weiter. Er hatte viel zu erledigen.

Mac wurde langsamer und hielt schließlich ganz an, als er etwas Unbekanntes in einem der Gärten entdeckte. Es sah aus, als würde sich ein großes Tier im Schatten verstecken. Aber es roch nicht wie ein Tier. Er schlich näher heran. Als das Tier sich nicht bewegte, wagte Mac sich noch ein Stückchen näher.

Okay, er hatte ein solches Ding mehr als einmal durch das Fenster der alten Wohnung gesehen. Aber es war immer nur während der kältesten Monate des Jahres aufgetaucht, weshalb er es nicht sofort erkannt hatte. Es war ein Plastikrentier.

Er tappte darauf zu und beschnupperte es. Nein, das hier war ganz sicher nichts Lebendiges. Er spitzte die Ohren. Jemand bewegte sich durchs Haus.

Einen Augenblick später wurde die Tür geöffnet, und eine Frau trat heraus. Sie roch ein wenig nach Jamie, und das beruhigte ihn. Die Frau goss eine Pflanze neben der Tür und machte sich anschließend auf den Weg durch den Garten.

Mac schlüpfte in den Schatten unter dem Rentier. Er sah zu, wie sie etwas an einem Baum befestigte, und auch dieser Geruch kam ihm bekannt vor – es roch wie die Erdnussbutter, die Jamie immer aß.

War die Frau etwa ein Muttertier? Sie hinterließ immerhin etwas zu essen am Baum …

Als sie erneut an ihm vorbeiging, nahm er einen Geruch wahr, der ihn an Einsamkeit erinnerte, aber irgendwie trotzdem anders war. Er dachte an das einsame kleine Mädchen. Vielleicht hatte diese Frau genau das, was das Mädchen brauchte? Mac beschloss, eine Nachricht für sie zu hinterlassen.

Aber zuerst musste er noch etwas für Jamie suchen. Und dieses Mal würde sie es hoffentlich nicht gleich wieder entsorgen.

Kapitel 4

Macs lautes Gib-mir-mein-Frühstück-Miauen drang bis in Jamies Träume. An diesem Morgen klang es jedoch eher wie ein Heulen und war schriller und langgezogener als sonst.

»Mac, komm schon, ist das wirklich notwendig? Wir wissen doch beide, dass du nicht gerade am *Verhungern* bist«, brummte sie verschlafen und zwang sich, die Augen zu öffnen. Mac saß auf ihrer Brust und starrte sie an. Das Heulen erklang erneut, und es kam nicht von ihm, es sei denn, ihr Kater war über Nacht zum Bauchredner mutiert.

Da war es schon wieder! Jetzt, wo Jamie zu hundert Prozent wach war, kam es ihr vor, als käme es von einem kleinen Mädchen! Sie kletterte eilig aus dem Bett, schlüpfte in die Jeans des Vortages, zog sich einen Pullover über das übergroße T-Shirt, in dem sie geschlafen hatte, und stürzte hinaus.

Al und Marie standen bereits im Garten, und Jamie hastete zu ihnen. »Was ist denn los?«, rief sie.

»Ich glaube, es ist das kleine Brewer-Mädchen«, meinte Marie und runzelte die Stirn.

»Ist sie …« Jamie wurde von einem weiteren Heulen unterbrochen. Dieses Mal klang es wie »Paaaaula.« Jamie versuchte es noch einmal. »Ist sie …«

Doch dieses Mal platzte ihr Hud Martin ins Wort, der gerade um die Hausecke der Defranciscos kam. »Hallo, meine Freunde«, rief er, und die Sonne funkelte in den weißen Spitzen seiner frisch gegelten Haare.

Al grunzte wieder mal. Dieses Mal klang es, als hätte er das alles langsam satt.

»Ich muss mit euch sprechen. Es gab einen Einbruch«, verkündete Hud und schob seine Sonnenbrille hinunter, um die anderen über den Rand hinweg anzusehen. Jamie war sich ziemlich sicher, dass er sie etwas länger ansah als ihre Nachbarn. »Drüben bei den Brewers.«

»Wurde das kleine Mädchen denn verletzt?«, wollte Marie wissen.

»Hast du jemals ein Spielzeug mehr als alles andere geliebt?«, fragte Hud, und sein lang gezogener, aufgesetzter Südstaatenakzent klang noch lang gezogener und aufgesetzter. »Bei mir war es eine Actionfigur namens Stretch Amstrong. Bei der kleinen Riley ist es ein Plastikpony. Und genau das wurde gestohlen.«

Das Heulen erklang erneut: »Pauuuuula.«

»Das ist der Name des Ponys. *Paula*. Riley sucht in der ganzen Nachbarschaft danach. Hört euch dieses Geschrei an! Ich würde sagen, der Verlust ist sogar noch schmerzhafter, als von einem Blaubarsch gebissen zu werden«, erklärte Hud. »Aber ich habe ihr versprochen, dass ich das Pony wiederfinden werde.« Er fummelte an der Zange herum, die an dem Schlüsselband um seinen Hals baumelte, sodass sie wieder genau in der Mitte hing.

»Wurde denn sonst noch etwas gestohlen?«, fragte Al.

»Ich würde sagen, das reicht erst mal«, erwiderte Hud. »Und ich schätze, dass es nicht der letzte Einbruch sein wird. Ich glaube, der Dieb hat letzte Nacht Blut geleckt und beschlossen, das Pony zu Übungszwecken mitzunehmen.« Er sah Jamie erneut in die Augen. Sie zwang sich, seinem Blick standzuhalten.

Marie schnaubte entnervt. »So viel Aufregung wegen eines Spielzeugs? Wahrscheinlich hat sie es irgendwo verlegt.«

»Nein, ich denke, das können wir ausschließen.« Hud wandte sich an Marie, und damit war das Um-die-Wette-Starren mit

Jamie zu Ende. »Die ältere Schwester – Addison – meinte, Riley würde nicht ohne das Pony zu Bett gehen. Sie war sich also sicher, dass sie es gestern Abend zu Riley ins Bett gelegt hat. Aber heute Morgen war es verschwunden.«

»Dann ist es wahrscheinlich unters Bett gerutscht«, vermutete Marie.

»Ich habe bereits alles durchsucht. Nichts.« Hud zwinkerte Marie zu. »Ich weiß, dass du mehr oder weniger alles siehst, was hier in der Nachbarschaft vor sich geht. Ist dir gestern Abend vielleicht etwas Ungewöhnliches aufgefallen? Etwas, das nicht hierher gehört?«

Marie verschränkte die Arme vor der Brust. »Ich habe wichtigere Dinge zu tun, als den ganzen Tag aus dem Fenster zu schauen.«

Jamie wusste natürlich, dass genau das Maries Lieblingsbeschäftigung war, aber sie sagte nichts.

»Dann ist das also ein Nein?«, fragte Hud.

Riley stieß ein weiteres Heulen aus.

»Ich höre mir das sicher nicht den ganzen Morgen an.« Marie drehte sich um und verschwand im Haus. Al grunzte zustimmend und folgte ihr.

Hud sah ihnen einen Augenblick lang nach, dann wandte er sich wieder an Jamie. »Die beiden sind nicht sehr kooperativ, nicht wahr, Schätzchen?«

»Falls die beiden etwas gesehen hätten, hätten sie es Ihnen sicher erzählt.« Eigentlich war Jamie sich sogar sicher, dass Marie den Einbrecher in diesem Fall eigenhändig verjagt hätte.

»Und was ist mit Ihnen? Haben *Sie* mir vielleicht etwas zu sagen?« Hud schob die Sonnenbrille wieder hoch.

»Ich bin gestern eigentlich sofort nach unserem Gespräch wieder reingegangen«, erklärte Jamie. »Und außerdem wohne ich noch nicht lange genug hier, um zu wissen, wer hierher gehört und wer nicht.«

»Aber es war noch ziemlich früh, als wir uns sahen«, meinte Hud. »Viel zu früh, um sich für den Abend ins Haus zurückzuziehen.«

»Ich muss immer noch einiges auspacken und mich einrichten.« Jamie fragte sich, warum sie sich eigentlich verteidigte. Vielleicht, weil Hud so tat, als wäre sie eine Verdächtige. Eine Verdächtige mit wackeligem Alibi.

»Woher kommen Sie eigentlich?«

»Aus Pennsylvania. Avella.«

»Kleinstadt?«

»Ja, auf jeden Fall.«

»Dann sind Sie also gerade erst aus der Provinz nach L.A. gezogen und haben den Abend damit verbracht, sich einzurichten, statt sich ins Nachtleben zu stürzen?«

Huds Fragen kamen wie aus der Pistole geschossen, sodass Jamie kaum Zeit hatte, sie zu beantworten. Langsam fühlte es sich tatsächlich wie ein Verhör an – und das nervte!

Aber warum war sie eigentlich nicht ausgegangen? Sie musste *unbedingt* ausgehen. »Jamies Jahr« sollte nicht zum »Jahr, in dem ich mich zu Hause verkrieche« verkommen.

Aber das war jetzt nicht der Punkt. »Es geht Sie absolut nichts an, womit ich meine Zeit verbringe! Ich kann Ihnen nur versichern, dass ich keinem kleinen Mädchen das Lieblingspony geklaut habe.«

»Was haben Sie …?«

Dieses Mal ließ Jamie ihn gar nicht erst ausreden. »Ich muss jetzt meine Katze füttern«, erklärte sie bestimmt und machte sich auf den Weg zurück ins Haus.

Sie fühlte sich erbärmlich. Sie hatte doch auch noch etwas anderes getan, als sich einzurichten und sich um Mac zu kümmern. Sie war sogar in die Tierhandlung gefahren und hatte ein Brustgeschirr und eine Leine für Mac gekauft – obwohl das vermutlich auch in die Kategorie »sich um die Katze kümmern« fiel. Außerdem hatte sie Fotos gemacht. Und an ihrer Liste gearbeitet. Es gab also keinen Grund, sich mies zu fühlen.

Als sie nach ihrer skurrilen Türklinke griff, entdeckte sie etwas auf der Fußmatte. Noch eine Socke! Dieses Mal war es eine Sportsocke. Jamie musterte sie eingehend, als würde sie alleine dadurch einen Hinweis bekommen, wem sie gehörte. Sie war ziemlich gewöhnlich. Keine albernen Figuren, sondern lediglich zwei blaue Streifen am oberen Rand.

»Was haben Sie denn da?«, rief Hud.

»Nichts«, antwortete Jamie, ohne sich umzudrehen, und eilte ins Haus. Sie würde nicht zulassen, dass er sie ein zweites Mal in die Mangel nahm.

»Das wird jetzt aber langsam echt irre!«, murmelte sie, als sie im Flur angekommen war. Sie beschloss, die Socke in einen der Kartons zu legen, die sie neben der Haustür abgestellt hatte, um sie später zu entsorgen. Dann holte sie das Handtuch aus dem Schrank unter der Spüle und legte es ebenfalls dazu. Sie hatte keine Ahnung, warum sie das tat. Es würde sicher niemand kommen und nach den Gegenständen fragen. Sie waren ja nicht gerade wertvoll.

Sie fragte sich erneut, warum sie auf ihrer Fußmatte abgelegt worden waren. War es vielleicht eine Art Streich? Immerhin gab es einige Kinder in der Nachbarschaft. Aber so ein dämlicher Streich ergab doch keinen Sinn, oder? Sie stellte den Karton in den schmalen Besenschrank und schloss die Tür. Vielleicht …

Mac riss sie mit einem überaus entnervten Miauen aus ihren Gedanken. »Frühstück, ich weiß, ich weiß! Nerv nicht!«

Sie ging in die Küche und öffnete den Schrank, in dem sie das Katzenfutter aufbewahrte. »Was soll es denn heute sein?«, fragte sie. »Forelle? Lamm? Elch?«

Keine Antwort. Sie senkte den Blick, aber Mac war nicht da. Okay, er war sehr wählerisch, was sein Futter betraf, aber das bedeutete nicht, dass es nicht trotzdem oberste Priorität hatte. Was war da los?

Sie machte sich auf den Weg zurück zur Veranda. Mac schleuderte die Socke mit den Bigfoots herum, als wäre sie mit Katzenminze gefüllt. Er hatte also schon wieder im Müll gewühlt! Benahm er sich so seltsam, weil ihn der Umzug unglücklich machte? So etwas hatte er doch noch nie getan – nicht mal als verrücktes kleines Kätzchen.

Mac hob die Socke hoch und schleuderte sie erneut durchs Zimmer. Dann stürzte er sich darauf und drehte sich mit der Socke zwischen den Pfoten auf den Rücken. Einen Augenblick später rollte er sich erneut herum, sprang wie von einer Tarantel gestochen auf und warf Jamie die Socke vor die Füße. Sie hob sie hoch und warf sie durchs Zimmer, weil sie annahm, dass er hinterherhetzen würde. Mac hätte sich natürlich nie dazu herabgelassen, sein Spielzeug wie ein Hund zu apportieren, aber er liebte es, Dingen nachzujagen.

Dieses Mal nahm er die Verfolgung allerdings nicht auf. Er trottete lediglich zu der Socke, nahm sie und legte sie erneut vor Jamies Füße. »Na gut, wenn du sie unbedingt behalten willst, lege ich sie in deine Spielkiste«, erklärte Jamie und stopfte die Socke in den Karton, in dem sich bereits seine Mausi, der Laserpointer, der Federstab und mehr oder weniger sämtliches auf dem Markt befindliches Katzenspielzeug befanden. Wobei die Socke ihn bis jetzt am glücklichsten gemacht hatte. »Also, hier drin ist sie sicher.« Jamie klopfte auf die Kiste und schenkte Mac ein Lächeln.

Doch der starrte sie bloß an. Sein Schwanz peitschte zwar nicht hin und her wie gestern, als sie ihn in das Brustgeschirr gesteckt hatte, doch sein Gesichtsausdruck verriet, dass sie ihn gerade furchtbar nervte.

»Ach so, ich dachte, du wärst für heute fertig damit. Mein Fehler.« Jamie holte die Socke wieder aus der Kiste und warf sie Mac zu. Doch der würdigte sie keines Blickes, sondern starrte Jamie weiterhin an.

Jamie blinzelte einige Male hintereinander. Sie hatte in einem Artikel gelesen, dass diese Geste »Katzenkuss« genannt wurde, denn sie war ein Zeichen der Zuneigung und bedeutete, dass kein Grund für einen Streit oder zur Rivalität bestand. Normalerweise blinzelte Mac immer zurück, doch dieses Mal tat er nichts dergleichen. Er hatte scheinbar vor, sie bis in alle Ewigkeit anzustarren.

»Ich habe echt keine Ahnung, was dir über die Leber gelaufen ist«, erklärte sie ihm. Er hatte sich gestern Abend wie gewöhnlich an ihren Kopf gekuschelt, also glaubte sie nicht, dass er noch immer wegen des Brustgeschirrs und der Leine wütend auf sie war. Natürlich hatte sie ihn ausgeschimpft, weil er den Müll aus dem Eimer in der ganzen Küche verteilt hatte, aber er war vollkommen unbeeindruckt geblieben. Wie immer, wenn sie ihn zurechtwies.

Aber warum machte sie sich eigentlich Gedanken darüber? Er war eine Katze. Und Katzen waren eben launisch.

Also ließ Jamie den Kater einfach sitzen, legte die Socke zu den anderen Fundstücken, und füllte Macs Futternapf. Nachdem sie sich geduscht und angezogen hatte, saß Mac immer noch auf der Veranda. Vermutlich hatte er einige Male geblinzelt, während sie nicht da gewesen war, aber jetzt tat er natürlich so, als hätte er ständig geradeaus gestarrt.

»Ich gehe spazieren und sehe mich ein wenig um«, erklärte

sie ihm. »Ich würde dich ja mitnehmen, aber du hasst die Leine und mich vermutlich auch, also musst du zu Hause bleiben.«

Rede ich eigentlich zu viel mit Mac?, fragte sie sich, als sie aus dem Haus trat. Aber wenn man eine Katze hatte, dann redete man doch auch mit ihr, oder nicht? Das war ganz normal. Oder war es nur für verrückte Katzenfrauen normal? Moment! War sie etwa eine verrückte Katzenfrau? Nein auf keinen Fall! Und falls doch, dann war es ohnehin zu spät, um etwas dagegen zu unternehmen.

Al war draußen im Vorgarten und säuberte ein Fenster mit einer nach Essig riechenden Flüssigkeit. »Haben Sie eigentlich auch mal frei?«, fragte Jamie. Al schien einfach ständig kleine Arbeiten rund ums Haus zu erledigen.

»Das ist das Geheimnis einer langen Ehe. Man sollte nicht zu viel Zeit miteinander verbringen«, antwortete Al, ohne sich vom Fenster abzuwenden. Einen Augenblick ging die Eingangstür auf, und eine schlanke Hand reichte Al eine Tasse Kaffee. Anschließend zog sie sich zurück, und die Tür schloss sich wieder.

Al wandte sich um und gab die Tasse an Jamie weiter. »Ich will Ihnen aber nicht den Kaffee wegtrinken«, protestierte sie.

Al deutete mit dem Kopf auf eine weitere Tasse auf dem kleinen Tisch zwischen den beiden Schaukelstühlen. »Das dort ist meiner.«

»Danke, Marie«, rief Jamie, denn sie glaubte, gesehen zu haben, wie sich der Küchenvorhang bewegt hatte. Sie nippte an dem herrlichen Kaffee und meinte: »Es ist so ruhig hier draußen. Ist das Pony Paula denn wieder aufgetaucht?«

Al zuckte mit den Schultern. »Kann schon sein. Vielleicht ist dem Mädchen auch die Kraft zum Brüllen ausgegangen.«

»Was ist eigentlich mit diesem Hud Martin los?«, fragte Jamie. »Er hat so getan, als wäre ein richtiges Pony gestohlen worden und als sei ich die Diebin.«

Al hob seine Kaffeetasse. »Er ist nie über diese Serie hinweggekommen.«

»Welche Serie?«

»Irgendetwas mit einem Privatdetektiv.« Al wandte sich wieder dem Fenster zu.

Die Tür öffnete sich erneut, und Marie trat heraus. »Er spielte einen Privatdetektiv. Die Serie hieß *Der Fang des Tages*«, erklärte sie Jamie. »Haben Sie ihn denn nicht wiedererkannt?«

Jamie schüttelte den Kopf. »Die Serie sagt mir überhaupt nichts.«

Helen erschien auf ihrer Veranda. »Du hast schon wieder den Zucker vergessen!«, rief sie und stellte ihre Tasse auf dem Geländer ab.

»Ich vergesse nie etwas!«, keifte Marie. Sie deutete auf Jamie. »Sie hat noch nie von *Der Fang des Tages* gehört.«

»Sie ist zu jung«, erklärte Al den beiden, ohne sich umzudrehen.

»Hud spielte einen Privatdetektiv aus Florida. Am Anfang jeder Episode fuhr er zum Fliegenfischen, doch er fand jedes Mal eine Leiche, oder eine Frau bat ihn um Hilfe – und dann übernahm er den Fall«, erklärte Helen.

»Das war vor etwa zehn Jahren. Sie sollten sich also daran erinnern«, meinte Marie.

»Die Serie wurde vor etwa *dreißig* Jahren ausgestrahlt«, korrigierte Al seine Frau.

»Sie lief doch damals, als meine Nichte Valerie geheiratet hat. Erinnerst du dich nicht daran? Jonathan trug seine Haare genauso wie Hud in der Serie. So, wie Hud auch heute noch herumläuft. Alle jungen Männer hatten damals diese Frisur. Und Valeries Hochzeit war …« Marie rechnete in Gedanken nach. »… 1989.«

»Also vor etwa dreißig Jahren«, murmelte Al.

Die Postbotin kam auf sie zu. Sie war Anfang vierzig und hatte ihre mit grauen Strähnen durchzogenen Haare zu einem Zopf geflochten. Ihre muskulösen Beine zeugten von den Kilometern, die sie aufgrund ihres Jobs jeden Tag zurücklegte.

»Vielleicht habe ich ihn ja woanders gesehen«, überlegte Jamie. »Was hat er denn sonst so gespielt?«

»Bloß ein paar Gastrollen«, antwortete Marie.

»Gar nichts«, meinte Al gleichzeitig.

»Von wem reden Sie?«, fragte die Postbotin.

»Hud Martin«, erwiderte Helen. »Wir versuchen gerade, uns zu erinnern, ob er nach seiner Serie noch irgendwo mitgespielt hat.«

»Er spielte einen Kerl mit Platzangst in einer Folge von *Zurück in die Vergangenheit,* einen Mordverdächtigen in *Mord ist ihr Hobby* – er war es nicht –, einen Mordverdächtigen in *Law and Order* – dieses Mal war er es – und einen Freund des älteren Bruders in *Alle lieben Raymond*«, ratterte die Postbotin herunter.

»Wow, Sie sind ja ein richtiger Fan«, scherzte Jamie.

Die Frau wurde rot. Aber nicht nur ihre Wangen. Die Farbe breitete sich über ihren ganzen Hals hinunter aus, und sogar die Ohrläppchen glühten.

»Nein, ich doch nicht! Aber ich liebe Quizsendungen. Ich bin sogar in einem Rateteam«, erklärte die Frau und lächelte. »Ich bin Sheila, Ihre freundliche Brieftaube. Und Sie sind sicher die Neue in der Glass Slipper Street 185, oder?« Jamie nickte, und Sheila reichte ihr die Werbung eines Supermarktes. »Ich soll die Post eigentlich immer in die Briefkästen stecken, aber ich bin eine Rebellin.« Sie winkte, während sie sich auf den Weg zurück zum Bürgersteig machte, und ein Dutzend bunte Schlüsselbänder schwangen an ihrem Gürtel hin und her.

»Sie ist sicher der Star in ihrem Rateteam«, vermutete Jamie. »Haben Sie gehört, wie schnell sie Huds Rollen heruntergeleiert hat? Sie hat nicht einmal eine Sekunde lang gezögert.« Sie wandte sich an Al. »Wenn Sie sagen, dass Hud nie über seine Serie hinweggekommen ist, dann meinen Sie also, dass er das Verschwinden von Pony Paula absichtlich zum Anfang einer Einbruchserie machen will?«, fragte sie ihn.

»Es würde mich nicht überraschen, wenn er das Ding selbst geklaut hätte, damit er sich anschließend auf die Suche danach machen kann«, grunzte Al. Dann zerknüllte er eine neue Zeitung und machte sich wieder daran, das Fenster zu putzen.

»Was meinen Sie dazu?«, fragte Jamie Marie.

»Ich bin immer noch der Meinung, dass es unter dem Bett oder irgendwo im Haus herumliegt. Die beiden Kinder sind doch meistens alleine. Ihre Mutter arbeitet die ganze Zeit. Und von ihrem Dad fehlt jede Spur.« Marie stieß ein missbilligendes Schnauben aus. »Addison bringt Riley in die Vorschule und holt sie auch wieder ab. Ich weiß gar nicht, was die beiden den restlichen Tag über machen. Vermutlich fernsehen und Fast Food essen.«

Jamie hob eine Augenbraue. »Ich hoffe, es ist nicht ganz so schlimm.« Sie wusste nicht, was sie sonst sagen sollte, also nippte sie erneut an ihrem Kaffee.

»Ich werde Al heute Abend mit einer Schüssel Nudeln und einem Salat hinüberschicken«, beschloss Marie.

»Paaaula! Paaaula!«

»Ah, sie ist wohl wieder zu Atem gekommen«, meinte Al mit einem Nicken, ohne seine Arbeit zu unterbrechen.

»Ich hoffe, ihre Schwester hilft ihr, das Ding zu finden. Oder lenkt sie zumindest ab«, meinte Jamie. Das kleine Mädchen klang total verzweifelt.

»Paaula!«

»Ich hole mir jetzt Ohrstöpsel«, erklärte Marie. »Wollen Sie auch ein Paar?«

Jamie schüttelte den Kopf. »Ich wollte gerade einen kleinen Spaziergang machen, um die Gegend zu erkunden«, erwiderte sie. »Hätten Sie denn vielleicht einen Vorschlag, wo ich hingehen könnte?«

»Der *Walk of Fame* beginnt nur einige Blocks entfernt von hier. Es ist nicht gerade Hollywoods beste Ecke, aber tagsüber sollte Ihnen da nichts passieren. Es wäre also sicher ein hübscher Spaziergang«, antwortete Marie und kehrte ins Haus zurück.

Jamie hatte sich bereits die Abdrücke auf dem *Walk of Fame* vor dem Grauman's angesehen. Aber sie beschloss, dass es Spaß machen könnte, sich auch die restlichen Namen anzuschauen. Außerdem hatte sie immer gute Einfälle, wenn sie spazieren ging. Vielleicht konnte sie danach einige neue Punkte zu ihrer Liste hinzufügen.

Sie brauchte etwa zehn Minuten bis zum ersten Stern. *Benny Goodman.* Sie wusste nicht viel über ihn. Er war ein berühmter Big-Band-Musiker gewesen – und das war's auch schon.

Während sie weiterging, entdeckte sie unzählige unbekannte Namen. *Richard Thorpe. Marvin Miller. Genevieve Tobin.* Der Geschichtefan in ihr wollte sofort alles über die Menschen hinter diesen Namen herausfinden. Waren sie glücklich gewesen? Sie hatten ganz offensichtlich Erfolg im Job gehabt, aber hatten sie auch das Gefühl gehabt, das zu tun, was ihnen vorherbestimmt war? Hatten sie sich darüber überhaupt Gedanken gemacht?

Es gab vermutlich genauso viele Antworten auf diese Fragen, wie es Sterne gab – nämlich 2500, wie Jamie auf ihrer Sightseeing-Tour erfahren hatte. Und mal abgesehen von den Menschen, deren Namen auf einem der Sterne verewigt waren – was war mit all den Menschen in den Autos, Läden, Restaurants und Büros und mit denen, die wie Wonder Woman am Hollywood Boulevard ihr Geld verdienten? Lebten sie alle ihren Traum?

Jamie kam sich auf einmal albern vor. Sie benahm sich ja wie eine Studentin im ersten Semester. Wer wanderte denn in ihrem Alter noch planlos umher, fragte sich, ob die Menschen glücklich waren und ein erfülltes Leben lebten, und versuchte herauszufinden, wofür sein Herz schlug?

Andererseits hatte sie Angst, dass ihr Leben einfach an ihr vorbeiziehen würde, wenn sie nie innehielt und sich Gedanken über diese Dinge machte.

Okay, vielleicht war sie tatsächlich zu emotional und ließ sich zu sehr gehen, doch dafür war dieses Jahr doch da, und sie wusste, wie glücklich sie sich dafür schätzen konnte. Ihre Mutter hatte ihr die Möglichkeit geschenkt, innezuhalten und sich zu überlegen, was ihr wirklich wichtig war, um sich anschließend auf die Suche danach zu begeben.

Ein Schild an einer unauffälligen Ladentür mit der Aufschrift *Applied Scholastics* erregte ihre Aufmerksamkeit. FREIWILLIGE NACHHILFELEHRER / -INNEN GESUCHT! Jamie blieb stehen und überlegte. Sie war sich eigentlich sicher, dass sie nicht mehr unterrichten wollte. Aber vielleicht wollte sie auch einfach nur nicht mehr in einem *Klassenzimmer* unterrichten … Einzelunterricht war doch etwas vollkommen anderes! Hier konnte sie im Gegensatz zu einer größeren Gruppe eine wirkliche Beziehung zu ihren Schülern aufbauen und tatsächlich eine Veränderung im Leben der Kinder bewirken.

Sie trat spontan durch die Tür. Der gut gekleidete Mittzwanziger hinter dem Empfangstisch begrüßte sie mit einem freundlichen Lächeln.

»Hi. Ich habe auf dem Schild an der Tür gelesen, dass Sie Nachhilfelehrer suchen, und ich würde gerne mehr darüber erfahren«, erklärte Jamie. »Ich bin ausgebildete Lehrerin«, fügte sie hinzu.

»Toll! Ich hole Suze. Sie ist für die Freiwilligen verantwortlich und wird mit Ihnen sprechen. Nehmen Sie doch Platz.« Er deutete auf ein paar Stühle in dem menschenleeren Raum und verschwand einen Flur hinunter. Doch anstatt sich zu setzen, trat Jamie vor eine Glasvitrine, in der mehrere Bücher ausgestellt waren.

Oh-oh!, dachte sie, als ihr Blick auf die Titel fiel. *Wie man ein Wörterbuch verwendet* von L. Ron Hubbard; *Das Lernen erlernen* von L. Ron Hubbard, *Lernstrategien fürs Leben* von L. Ron Hubbard; *Grammatik und Kommunikation für Kinder* von L. Ron Hubbard. *Oh-oh!*

Jamie warf einen schnellen Blick den Flur hinunter. Es war niemand zu sehen. Sie wandte sich um und eilte zur Tür, wobei sie gegen den Drang ankämpfte, auf Zehenspitzen zu schleichen.

Nachdem sie den Laden verlassen hatte, beschloss sie, dass dieser Moment unbedingt festgehalten werden musste, also überquerte sie die Straße und machte ein Foto von dem kleinen Nachhilfeinstitut. Jetzt war sie *definitiv* in Hollywood angekommen.

Und sie wusste eines mit absoluter Sicherheit: Ihre Leidenschaft bestand nicht darin, Freiwilligenarbeit für Scientology zu leisten.

»Hast du vielleicht eine meiner Socken gefressen?«, fragte David Diogee, und der Hund wedelte mit dem Schwanz. Das tat er jedes Mal, wenn jemand ein Wort sagte, das auch nur im Entferntesten mit Fressen zu tun hatte.

David hatte am Abend zuvor Wäsche gewaschen, und als er sie am nächsten Morgen in den Schrank räumen wollte, bemerkte er, dass ihm eine Bigfoot-Socke und eine Sportsocke fehlten. Er war nicht gerade der ordentlichste Mensch überhaupt, aber normalerweise achtete er peinlich genau darauf, dass keine Gegenstände herumlagen, die klein genug waren, um verschluckt werden zu können. Denn wenn Diogee in der Lage war, etwas zu verschlucken, dann tat er es in der Regel auch. Er hatte sogar einmal ein Stück Seife gefressen. Und außerdem ein Mousepad, eine Packung Kreide aus Lucys Handtasche, mehrere Quietschtiere und einen Schwamm. Bis jetzt hatten diese Dinge seinen Körper allerdings alle wieder auf natürlichem Weg verlassen.

David erinnerte sich dunkel daran, dass er die beiden Socken in den Wäschekorb im Badezimmer geworfen und danach die Tür verschlossen hatte, damit Diogee nicht aus der Toilette trank. Es schien also ziemlich unwahrscheinlich, dass er an die Socken herangekommen war. Trotzdem waren sie nicht da. Er wandte sich erneut an den Hund. »Hast du vielleicht *zwei* Socken gefressen?« Diogee wedelte noch eifriger mit dem Schwanz.

»Ach, verdammt!« David holte sein Handy aus der Tasche, rief in der Tierarztpraxis an und gab der Assistentin Becky eine kurze Zusammenfassung.

»Behalten Sie ihn einfach im Auge. Solange er frisst, trinkt und nicht lethargisch wirkt, müssen Sie ihn nicht vorbeibringen«, erklärte Becky ihm. »Ich rufe später noch mal an, um nachzufragen, wie es ihm geht«, fügte sie hinzu.

»Das müssen Sie aber nicht«, erklärte er ihr.

»Gehört alles zum Service«, erwiderte sie, bevor sie auflegte.

Sie klang freundlich. Sie war immer freundlich. Aber heute hatte sie extrafreundlich geklungen.

Weil du ein guter Kunde bist, erklärte David sich selbst. Diogee hatte bereits mehr als genug Tierarztbesuche hinter sich – einschließlich jener drei Male, als ihm ein Stinktier ins Gesicht gespritzt hatte. Die meisten Hunde hätten die Lektion beim ersten Mal gelernt. Oder beim zweiten Mal. Diogee war anders.

Trotzdem war Becky heute irgendwie *mehr* als freundlich gewesen. Hatte sie womöglich sogar mit ihm geflirtet? War sie immer schon so gewesen? Hatte Lucy vielleicht recht? War er bereit … – *weiterzuziehen* war nicht gerade das Wort, das er verwenden wollte. War er mittlerweile tatsächlich bereit, mit einer anderen Frau auszugehen, ohne es bemerkt zu haben? Fiel ihm deshalb plötzlich Beckys flirtender Tonfall auf? Hatte er deshalb ein Gespräch mit der hübschen Frau in der Tierhandlung begonnen? Überkam ihn deshalb immer wieder diese tiefe Trauer, weil er sich schuldig fühlte?

Das waren viel zu viele Fragen. Zu viel Selbstwahrnehmung war gefährlich.

»Willst du vielleicht spazieren gehen?«, fragte David seinen Hund, und Diogee stürzte auf die Box zu, in der seine Sachen verstaut waren. Er schnappte sich die Leine und raste zu David zurück. »Nein, lethargisch bist du sicher nicht«, stellte David fest, während er die Leine befestigte.

Nachdem Diogee ihn ins Freie gezerrt hatte, beschloss er, Ruby zu besuchen. Er wollte sich selbst beweisen, dass er sich das Haus ansehen konnte, ohne einen erneuten Zusammenbruch zu erleiden.

Es überraschte ihn nicht, Ruby vor dem Haus anzutreffen. Sie hatte eine Leiter dabei und verteilte gerade weiße Flocken auf den Bäumen in ihrem Garten. Sogar die Palmen wurden nicht verschont. Es konnte Tage dauern, bis alles fertig dekoriert war.

»Das sieht gut aus!«, rief David. Die Trauer war nicht mehr so stark wie am Vortag, als er mit Zachary unterwegs gewesen war, aber das lag vermutlich daran, dass er auf den Anblick des Hauses vorbereitet gewesen war.

»Danke!« Ruby kletterte von der Leiter. Er hörte ein leises Klingeln und sah, dass sie Elfenschühchen mit aufgerollter Spitze und einem kleinen Glöckchen trug. Sie dekorierte sich selbst wohl auch gerne. Clarissa hatte immer Rubys Fähigkeit bewundert, aus allem ein Ereignis zu machen.

»Ist der Junge heute wieder zur Schule gegangen?«, fragte sie. Als sie auf die beiden zukam, ließ Diogee sich zu Boden fallen, drehte sich auf den Rücken und streckte die Beine in die Luft. Ruby setzte sich neben ihn und begann, seinen Bauch zu kraulen.

»Ja, ich habe gesehen, wie er sich auf den Weg gemacht hat. Niemand wird merken, dass er versucht hat, sich ein Loch in den Schädel zu bohren«, lachte David.

»Das muss echt wehgetan haben! Ich verstehe nicht, warum er nicht aufgehört hat, bevor es zu schlimm wurde«, erwiderte Ruby, die Diogee noch immer kraulte.

»Ich erwarte täglich, dass seine Mom mich bittet, *Das Gespräch* mit ihm zu führen.« David beobachtete Diogee kopfschüttelnd. Sein Hund war in eine glückselige Trance verfallen.

Ruby lachte. »Sag ihr, sie soll es wie meine Eltern machen und einfach eine Ausgabe von *Alles, was Sie immer schon über Sex wissen wollten* auf dem Regal liegen lassen.«

»Das war alles, was du bekommen hast?«, fragte David.

»Es hat gereicht. Denn es stand tatsächlich alles in dem Buch, was ich schon immer wissen wollte – und auch einiges, was ich *nicht* wissen wollte«, erwiderte Ruby. »Willst du reinkommen? Ich probiere gerade ein neues Rezept für italienische Streuselplätzchen aus.«

»Die habe ich noch nie gemacht. Muss man sie nicht in eine Glasur tauchen und dann stundenlang trocknen lassen?«

»Ja, genau. Aber sie sind mittlerweile fertig und können gegessen werden.«

Bei dem Wort »gegessen« riss Diogee die Augen auf und sprang hoch. »Ich dachte vorhin, er hätte mindestens eine meiner Socken gefressen, aber in diesem Fall dürfte er keinen Hunger haben. Also geht es ihm vermutlich gut.«

»Er ist jedenfalls hungrig genug, um zu sabbern.« Ruby richtete sich ebenfalls auf und brachte ihre Elfenschuhe vor dem Sabber in Sicherheit.

»Hast du mit dem Pony dort etwas Bestimmtes vor?«, fragte David, als sie sich dem Haus näherten. Das rosarote und violette Plastiktier wirkte nicht gerade weihnachtlich.

»Es lag heute Morgen plötzlich auf meiner Fußmatte«, antwortete Ruby. »Ich dachte, jemand hätte es mir hiergelassen, damit ich es in die Deko einbaue. Mir fällt sicher etwas dafür ein. Vielleicht gruppiere ich irgendwo ein paar alte, verlassene Spielzeuge.« Sie ließ die Finger durch die violette Nylonmähne des Ponys gleiten, die in verschiedene Längen geschnitten worden war, und tippte dann auf eine kleine Einkerbung auf einem der Hufe. »Nein, das geht nicht. Das hier ist nicht alt und alleingelassen. Es wurde bloß von irgendjemandem ein bisschen kaputtgeliebt. Ich muss mir etwas Besonderes dafür überlegen.«

»Schätzchen, leg sofort das Pony weg und tritt zwei große Schritte zurück!«

David wusste, dass es Hud war, bevor er sich umgedreht hatte. Sein aufgesetzter Südstaatenakzent war unverkennbar. Diogees Schwanz schlug gegen Davids Bein. Der Hund liebte einfach jeden und erwartete, genauso viel Liebe zurückzubekommen, auch wenn Hud ihn immer ignorierte.

»Meinst du das hier?«, fragte Ruby und hielt das Plastikpferd hoch.

Hub hastete über das kleine Rasenstück und zog dabei einen Zettel aus einer der Dutzenden Taschen seiner Fischerweste. Er faltete ihn auseinander und hielt ihn hoch, sodass Ruby und David ihn sehen konnten. Es war eine Buntstiftzeichnung, auf der ein rosafarbener und ein violetter Kreis zu sehen waren, wobei aus dem größeren der beiden Kreise vier gerade Striche ragten. »Willst du etwa behaupten, dass das Pony in deiner Hand nicht dasselbe ist wie das hier auf dem Bild?«

David wickelte sich Diogees Leine mehrere Male um die Hand, und der Hund stieß ein aufgeregtes, schrilles Heulen aus. Diogee war überzeugt, dass Hud ihn jeden Augenblick beachten würde, doch Hud würdigte den Hund keines Blickes.

»Ja, das wäre möglich«, erwiderte Ruby, während sie sich die Zeichnung ansah. »Aber das hier könnte alles Mögliche sein.«

»Okay, dann willst du es also auf die harte Tour.« Hud klang überaus zufrieden.

»Hud, wir haben keine Ahnung, wovon du redest«, erklärte David.

»Ich rede von einem kleinen Mädchen mit gebrochenem Herzen. Und ich rede von einem herz*losen* Dieb«, antwortete Hud.

David und Ruby sahen einander ratlos an. »Wir wissen immer noch nicht, wovon du redest, Hud.«

»Du vielleicht nicht, Sportsfreund«, meinte Hud zu David. »Über dich mache ich mir später noch Gedanken. Aber deine Freundin hier weiß es. Sie versucht, es abzustreiten, aber sie hält Diebesgut in den Händen. Dieses Pony gehört Miss Riley Brewer aus dem Neverland Way.«

»Ich habe es heute Morgen auf der Fußmatte gefunden«, erklärte Ruby. »Ich dachte, jemand hätte es dort hingelegt, damit ich es als Weihnachtsdeko verwenden kann.« Sie gab ihm das Pony.

Hud musterte Ruby einen Augenblick lang. »Ich kann dir leider nicht das Gegenteil beweisen.« Er seufzte. »Man muss sie zuerst am Haken haben, um sie zu braten, und es scheint, als wärst du mir gerade vom Haken gesprungen. Dieses Mal.« Er stopfte das Pony in seine Westentasche und machte sich auf den Weg. Diogee bellte ihm hinterher, doch Hud drehte sich nicht mehr um.

Ruby kraulte tröstend Diogees Kopf. »Ich kenne ja einige Schauspieler, die Method Acting betreiben, aber *er* ist der Einzige, der auch noch Jahre nach Ende der Serie an seiner Rolle festhält.«

»Ich frage mich, wie das Pony den weiten Weg bis hierhin gekommen ist. Die Brewers wohnen doch bei mir um die Ecke«, überlegte David, und dann wurde ihm plötzlich einiges klar. »Das Pony muss Paula sein. Riley hat heute Morgen ganz schrecklich laut nach ihr gerufen.«

»Ja, das habe ich auch gehört. Riley und ihre große Schwester sind vorhin hier vorbeigegangen. Sie hat geweint, als hätte sie ihre beste Freundin verloren – was im Grunde ja auch der Fall ist. Ich habe gleich gespürt, dass das Pony jemandem mal sehr viel bedeutet hat. Vielleicht baue ich einen Stall für Paula. Einen Unterschlupf, damit sie nicht mehr so leicht verloren geht. Oder würden sie mich dann für eine verrückte alte Nachbarin halten? Ich kenne die Familie immerhin nur vom Sehen.«

»So etwas würde Riley sicher gefallen«, erwiderte David und fragte sich, ob Ruby es eigentlich bereute, keine Kinder bekommen zu haben. Clarissa hatte einmal eine Andeutung gemacht, dass Ruby gerne welche gehabt hätte.

Ruby ist wie ich, dachte er. *Sie hat gute Freunde, sie liebt ihren Job und ihre Hobbys – wie etwa, das Haus für Weihnach-*

ten zu dekorieren – und es scheint okay für sie zu sein. Es scheint ihr zu reichen.

Mac saß schnurrend am Fußende des Bettes, in dem das kleine Mädchen schlief, und seine Brust und sein Bauch vibrierten. Die Frau hatte seine Nachricht verstanden! Er roch sie auf dem Spielzeug, das das Mädchen im Schlaf an seine Brust drückte. Die Verbindung war hergestellt.

Er tappte zu dem Spielzeug, stieß mit der Pfote gegen das kleine Glöckchen, das an dem Band um den Hals des Ponys hing, und schnurrte so laut, dass er es in seinem ganzen Körper spüren konnte. Er hatte seine Mission erfüllt!

Er betrachtete das Mädchen noch ein wenig länger. Er wäre gerne noch geblieben und hätte seinen Erfolg genossen, doch Jamie brauchte seine Hilfe dringender.

Vielleicht hatte er den falschen Menschen für sie ausgesucht. Mac glaubte, Jamie ganz gut zu kennen, obwohl sie ihn auch immer wieder verblüffte. Beim Schlafen zum Beispiel. Sie schlief nicht annähernd genug und außerdem nur in der Nacht. Dabei war das doch die beste Zeit zum Spielen!

Vielleicht gefielen ihr die Geschenke, die er ihr mitgebracht hatte, einfach nicht. Daran hatte er noch gar nicht gedacht! Vielleich brannte ihr der Geruch in der Nase wie Mac das Spray, das Jamie immer in die Spüle sprühte.

Aber es gab ja auch noch andere hier in der Nachbarschaft, die einsam rochen und einen Partner gebrauchen konnten – vor allem einen Partner wie Jamie. Sie hatte schließlich kaum schlechte Angewohnheiten.

Heute Nacht würde er erst mal alle Möglichkeiten ausloten und verschiedene Gerüche sammeln. Er würde nicht aufgeben, bis er etwas gefunden hatte, das sie verstand! Genauso, wie die Frau den sehnsüchtigen Geruch auf dem Pony des kleinen Mädchens verstanden hatte.

Mac sprang vom Bett auf das Fensterbrett und zwängte sich hinaus. Bereits nach einem einzigen Atemzug war ihm klar, dass der Dummkopf in der Nähe war. Er beschloss, sich einen kleinen Spaß zu erlauben, bevor er sich an die Arbeit machte. Der Sprung über den Rücken des Köters war sogar noch lustiger gewesen, als mit Mausi zu spielen, und schrie nach einer Wiederholung.

Der Mond schien hell, also blieb Mac im Schatten. Seine leisen Tatzen und seine schnellen Reflexe ermöglichten es ihm, sich vollkommen geräuschlos fortzubewegen. Obwohl er gar nicht so vorsichtig sein musste. Vermutlich hörte der Köter über das schlabberige Hecheln hinweg ohnehin nichts.

Am Zaun des Dummkopfes trat Mac schließlich absichtlich auf einen Zweig, um den Hund auf sich aufmerksam zu machen – doch es funktionierte nicht. Er schlabberte sich lieber selbst ab. Dafür hatte Mac durchaus Verständnis. Sogar er war abgelenkt, wenn er das tat.

Er sprang auf den Zaun und stieß ein lang gezogenes, tiefes Heulen aus. Das hatte der Dummkopf gehört! Er sprang hoch, und Mac schoss los, landete auf dem Rasen und raste durch den Garten. Der Dummkopf galoppierte hinter ihm her. Mac führte ihn einmal und dann ein zweites Mal in großem Bogen durch den Garten und verringerte sein Tempo immer wieder ein wenig, um sicherzugehen, dass der Köter weiterhin glaubte, er hätte eine Chance. Während der dritten Runde raste Mac direkt auf den großen Baum zu, der ihm als Leiter gedient hatte, und sprang im letzten Moment auf den niedrigsten Ast, den er finden konnte. Der Hund konnte nicht mehr rechtzeitig bremsen und rammte seinen Dickkopf direkt in den Baumstamm.

Volltreffer!

Okay, das sollte für heute reichen. Mac musste sich wieder an die Arbeit machen! Er öffnete das Maul, um besser riechen zu können, und machte sich dann auf die Suche nach dem Menschen, der genauso einsam roch wie Jamie.

Kapitel 5

Jamie öffnete die Eingangstür und senkte sofort den Blick. Auf der Fußmatte lagen ein Paar Pinguin-Boxershorts, graue Retropants und eine altmodische weiße Männerunterhose. Sie warf die Tür zu und lehnte sich dagegen. »Was ist hier eigentlich los?«, meinte sie zu Mac. »Wer macht denn so was?«

Der Kater stieß sein typisches »Mhm«-Miauen aus. Jamie interpretierte es immer so, dass er sie zwar gehört hatte, es ihn aber nicht die Bohne interessierte.

»Du bist echt keine große Hilfe, MacGyver!«

Es war ja okay, dass ihr Vormieter eines seiner Handtücher vergessen hatte. Und was die Socken betraf … – na ja, sie hatte zwar keine Ahnung, woher sie stammten, aber Socken tauchten immer mal wieder an den seltsamsten Orten auf, oder nicht? Vielleicht war ihre Fußmatte ja eine Art Portal, und sämtliche verloren gegangenen Socken der Umgebung wurden hierher gebeamt.

Aber gleich *drei Paar* Männerunterhosen?

Jamie öffnete vorsichtig die Tür, warf einen weiteren kurzen Blick hinaus und schlug sie eilig wieder zu. Drei verschiedene Modelle in drei verschiedenen Größen, die alle am selben Morgen aufgetaucht waren.

»Das ist doch verrückt! Verrückt und außerdem ziemlich schräg.«

Mac stieß ein weiteres »Mhm« aus.

»Ich danke dir wirklich *vielmals*«, murmelte sie und machte sich auf den Weg zur Besenkammer, um den Karton mit den anderen Fundstücken zu holen. Dann ging sie in die Küche, nahm die Küchenzange und kehrte erneut zur Eingangstür zurück. Sie konnte die Männerunterhosen nicht einfach auf der Fußmatte liegen lassen, wo sie jeder sah. Sie wäre sofort das Gesprächsthema Nummer eins im Storybook Court – und zwar sicher nicht im positiven Sinn. Sie öffnete die Tür und beförderte die Unterhosen mit der Küchenzange in den Karton. Danach überlegte sie kurz, ob sie die Kiste mit Klebeband verschließen sollte, bevor sie sie zurückstellte, entschied sich aber dagegen. Vermutlich brauchte sie sie morgen früh sowieso wieder.

Die ganze Angelegenheit war nicht nur verrückt und ziemlich schräg, sondern auch ein wenig beängstigend. Sie hatte das Gefühl, als hätte irgendjemand sie ins Visier genommen, doch sie hatte keine Ahnung, warum. Aber vielleicht ging es hier gar nicht um sie, sondern um ihren Vormieter? Vielleicht hatte er jemanden verärgert, und dieser Jemand hinterließ nun aus Rache seltsame Gegenstände auf der Fußmatte?

Oder …

Ja, genau, das ergab noch mehr Sinn! Vielleicht hatte der Kerl – falls ihr Vormieter überhaupt ein Kerl gewesen war – die Dinge bei seiner Freundin vergessen. Und nachdem sie sich getrennt hatten, brachte sie ihm nun alles zurück. Womöglich war *das* sogar der Grund, warum er ausgezogen war. Seine Ex war eine verrückte Stalkerin, und er wollte sie endgültig loswerden!

Es gab zwei Menschen, die ihr vermutlich mehr über ihren Vormieter erzählen konnten – und das waren Marie und Helen. Sie hatten immerhin auch alles über Jamie gewusst, bevor sie sich überhaupt bei ihnen vorgestellt hatte. Jamie beschloss, mit den beiden zu reden.

Sie wollte eigentlich nicht mit leeren Händen bei Marie auftauchen, aber sie hatte kaum etwas zu Hause. Obwohl sie bereits eine Woche hier wohnte, hatte sie sich immer noch nicht richtig eingerichtet.

Sie durchsuchte ihre Küche – mehrere Dosen Katzenfutter in verschiedenen Geschmacksrichtungen (na klar!), Kaffee (aber Maries Kaffee war sehr viel besser als ihrer) und mehrere Snacks. Sie konnte sich zwar nicht mit einer Schale Goldfischli auf den Weg machen, aber wenn sie mehrere Sorten mischte, würde es gehen. Einige Handvoll Bretzeln, etwas Popcorn, Erdnüsse und ein paar Schoko-Rosinen – das Ergebnis sah aus wie Studentenfutter … Oh Mann, sie musste so langsam wirklich beginnen, sich wieder wie ein anständiger Mensch zu ernähren! Andererseits hatte sie meistens einfach keine Lust, für sich alleine zu kochen, obwohl das natürlich vollkommen falsch war. Ihr Lebensstil durfte nicht davon abhängen, ob sie sich gerade in einer Beziehung befand oder nicht. Vor allem nicht in »Jamies Jahr«.

Sie nahm die Schale und verabschiedete sich von Mac mit einer ziemlich miesen Schwarzenegger-Imitation von »I'll be back«.

Al war im Garten und füllte gerade frischen Beton in einen kaum erkennbaren Riss zwischen den Steinplatten, die vom Gehsteig zu seinem Haus führten. War er auch schon hier draußen gewesen, als sie vorhin die Unterhosen ins Haus geholt hatte? Keine Ahnung, aber mittlerweile war es ohnehin schon zu spät, um sich darüber Gedanken zu machen.

»Ist Marie da?«, rief sie ihm zu.

»Ja, sie ist im Haus. Mit Helen«, antwortete er, ohne den Blick zu heben.

»Super, ich wollte ohnehin mit beiden sprechen.«

Auf dem Weg zur Eingangstür bewunderte Jamie die Fahne, die an einem der Türmchen des burgähnlichen Hauses wehte. War das womöglich das Familienwappen der Defranciscos?

Jamie hob die Hand, um zu klopfen, doch die Tür öffnete sich, bevor ihre Knöchel überhaupt das Holz berührt hatten.

Marie entging wirklich *gar nichts*. Jamie streckte ihr die Schale mit der Snackmischung entgegen. »Für Sie. Als kleines Dankeschön für den Kaffee. Und außerdem wollte ich Sie etwas fragen. Sie und Helen, um genau zu sein. Al meinte, sie wäre auch hier?«

»Kommen Sie herein«, forderte Marie Jamie auf und trat einen Schritt zurück.

»Oooh. Was für ein herrlicher Kamin«, staunte Jamie. Er war einfach riesig – vor allem im Vergleich zum Wohnzimmer. Er nahm beinahe die ganze Wand ein und reichte mehr oder weniger bis zur Decke. Sie konnte sich durchaus vorstellen, wie sich die Ritter der Tafelrunde hier versammelten. Oder wie Al und Marie auf der gemütlichen Couch saßen und fernsahen …

»Wir sind in der Küche«, erklärte Marie. Sie zeigte Jamie den Weg und deutete auf einen Stuhl. »Jamie möchte uns etwas fragen«, meinte sie zu Helen.

»Ich *wusste*, dass Sie Ihre Meinung ändern würden!«, rief Helen begeistert. »Ich habe meinem Patensohn schon alles über Sie erzählt. Er würde Sie gerne kennenlernen! Und Sie müssen sich um nichts kümmern. Ich organisiere alles. Ich kenne den perfekten Ort für eine erste Verabredung.«

»Ich habe dir doch schon gesagt, dass er zu jung für sie ist! Außerdem hat er eine Katzenallergie. Und damit hat sich die Sache erledigt, oder?«, meinte Marie zu Jamie.

»Ja! Ja, damit hat sie sich *definitiv* erledigt.« Sie übernahm diese perfekte Ausrede nur allzu gerne, vor allem, wenn sie dadurch einer Verabredung mit Helens Patensohn entging.

Marie lächelte zufrieden und stellte die Schale mit dem Salzgebäck auf den Tisch. Helen streckte die Hand danach aus, doch Marie schob die Schüssel außer Reichweite. »Lass die Finger davon! Ich hole dir einen Apfel, wenn du hungrig bist. Nessie trägt immer noch Größe …«

»Ich habe dir doch schon gesagt, dass ich nicht über diese Person sprechen will! Sie kann mir gestohlen bleiben. Und du auch, Marie.« Helen beugte sich nach vorne und schnappte sich eine Handvoll Salzgebäck. »Es gibt mittlerweile doch sehr gute Medikamente gegen Allergien«, fuhr sie fort, bevor Jamie nachfragen konnte, wer Nessie war. »Außerdem leben Frauen länger, also ist es gut, wenn der Mann jünger ist. Und er ist Lehrer, das heißt, dass sie etwas gemeinsam …«

»Darüber wollte ich eigentlich gar nicht mit Ihnen reden«, unterbrach Jamie sie. »Ich wollte fragen, ob Sie meinen Vormieter kannten?«

»Sein Name war Desmond«, antwortete Marie. »Er war wundervoll. Er legte großen Wert auf Mülltrennung …«

Jamie fragte sich, ob Marie womöglich auch in den Mülleimern der Nachbarn herumschnüffelte. »Und was noch?«, hakte sie nach. »Hatte er eine Freundin? Warum ist er umgezogen?«

Die beiden Frauen fanden ihre Fragen offensichtlich nicht im Geringsten ungewöhnlich – vermutlich deshalb, weil sie sich selbst gerne über ihre Nachbarn ausließen. »Er wurde versetzt. Er arbeitet für eine dieser noblen Lebensmittelketten, die erntefrische Produkte vertreiben. Vier Stück Spargel für fünf Dollar!«

»Und außerdem gibt es dort auch noch Grünkohl-Guacamole. Dabei wird Guacamole doch aus Avocados gemacht«, warf Helen ein. »Keine Ahnung, wie sich der Laden überhaupt über Wasser hält, aber Dezzy ist trotzdem los, um in Austin eine Zweigstelle zu eröffnen.«

»Na, das ist doch schön für ihn!«, erwiderte Jamie. »Wissen Sie zufällig, ob er mit jemandem zusammen war? Gab es vielleicht eine schmutzige Trennung, bevor er fort ist?«

»Sein Freund hat sich spontan entschieden, mit ihm zu kommen«, antwortete Helen. »Kyle hat es als Drehbuchautor versucht, aber Sie wissen ja, wie das ist. Jetzt hat er sich einen Job bei einem Filmfestival geangelt.«

»Haben Desmond und Kyle viele Partys veranstaltet?« Jamie hatte keine Ahnung, warum sie das fragte. Egal, wie wild die Party – es war trotzdem nicht üblich, dem Gastgeber Unterwäsche vor die Tür zu legen.

»Einmal haben die Gäste Al und mich gebeten, ihnen draußen beim Springbrunnen zu zeigen, wie man Swing tanzt.«

»Und Desmond hat flambierte Bananen mit Vanilleeis gemacht«, fügte Helen hinzu.

»Das klingt ja toll!« Und das tat es tatsächlich. Jamie hätte Al und Marie gerne tanzen gesehen. Doch nichts, was die beiden ihr erzählt hatten, bot eine Erklärung für die ziemlich schrägen Vorkommnisse vor ihrer Haustür. Jamie erhob sich. »Ich muss jetzt wieder weiter. Ich war bloß neugierig, wer vor mir in dem Haus gewohnt hat, und ich wusste, dass Sie beide mir weiterhelfen würden. Danke!«

»Ich melde mich dann noch einmal wegen meines Patensohnes bei Ihnen«, erklärte Helen.

»Aber der ist doch viel zu jung! Ich möchte, dass sie sich vorher mit meinem Großneffen trifft«, entgegnete Marie. »Und außerdem kenne ich noch viele andere angemessene junge Herren.«

»Danke, kein Bedarf! Ich möchte im Moment lieber alleine sein. Aber danke für die Infos!«

Als Jamie die Küche verließ, hörte sie noch, wie Helen meinte: »Wenn du glaubst, dass dein Großneffe besser zu ihr passt, dann irrst du dich! Er hat doch nicht …«

»Ehrlich! Ich will nicht verkuppelt werden! Ich meine es ernst!«, rief Jamie.

»Ich sagte doch, dass mein Großneffe nur eine Möglichkeit von vielen ist …«, hörte Jamie Marie erwidern, bevor sie endgültig die Flucht ergriff.

»Die beiden hören mir einfach nicht zu!«, platzte sie heraus, als sie an Al vorbeikam. Er grunzte verständnisvoll.

Al war offensichtlich nicht der Richtige, um über ihre Probleme zu sprechen. Und in Avella war es drei Stunden früher, weshalb sich ihre Freundinnen vermutlich gerade für die Arbeit und ihre Kinder für die Schule fertig machten. Jamie bog um die Ecke, und ihr Blick fiel auf Rubys weihnachtlich dekoriertes Haus. Sie hatten sich bis jetzt zwar erst einmal miteinander unterhalten, aber es war ein sehr angenehmes Gespräch gewesen.

Jamie schlug den Weg zur Haustür ein und klopfte. Ein Lächeln breitete sich auf Rubys Gesicht aus, als sie öffnete, und Jamie erwiderte es. »Ich hätte vorher angerufen – aber ich habe deine Nummer nicht.«

»Mach dir keine Gedanken, komm lieber rein. Ich habe italienische Streuselplätzchen, die ein Profibäcker als *perfekt* bezeichnet hat.« Ruby winkte Jamie ins Haus und führte sie in die Küche.

»Was ist denn das?« Der Tisch war voller Stoffreste, Pailletten, Perlen, Knöpfe, Spitzenbordüren und Schleifen in Pink und Lila. »Alter Schwede! Ist das etwa eine Tackermaschine für Strasssteinchen?«, rief Jamie und deutete auf ein Gerät, das aussah wie eine übergroße Heftmaschine.

»Ja, die hab ich aus dem Fernsehen …«, erwiderte Ruby. »Aber hast du gerade tatsächlich ›Alter Schwede!‹ gesagt?«

»Ja, hab ich. Und ich stehe dazu«, erwiderte Jamie.

»Eine Frau, die ihren Überzeugungen treu bleibt. Das gefällt mir.« Ruby hob einen mit rosafarbenem Cordsamt überzogenen Karton hoch. »Das hier wird ein Stall für ein ganz besonderes Pony, das vor Kurzem ein ziemlich traumatisches Erlebnis hatte.« Sie schob eine Rolle mit lavendelfarbigem Netz beiseite, damit Jamie sich setzen konnte.

»Meinst du vielleicht Paula?«, fragte Jamie.

»Ja. Irgendwie ist sie gestern vor meiner Tür gelandet«, erwiderte Ruby und stellte einen Teller mit Plätzchen vor Jamie ab.

»Vor deiner Tür?«, wiederholte Jamie. »Bei mir lag in den letzten Tagen auch ständig was vor der Tür. Heute waren es zum Beispiel drei Paar Männerunterhosen. Langsam finde ich es ziemlich unheimlich.«

»Heute? Und wie oft ist es bisher vorgekommen?« Ruby drehte den Karton, der später als Stall dienen sollte, und begann, ein weiteres Stück Cordsamt abzumessen.

»Insgesamt vier Mal. Zuerst lag da ein Handtuch, dann eine Socke mit gelben Bigfoots und eine Sportsocke – und heute schließlich die Unterwäsche«, antwortete Jamie. »Ich dachte, mein Vormieter hätte die Gegenstände vergessen, aber das ergibt irgendwie keinen Sinn.«

»Mir fällt auch keine sinnvolle Erklärung ein … aber es klingt jedenfalls nicht so, als würde eine böse Absicht dahinterstecken. Vielleicht war es bloß ein dummer Streich. Hier in der Gegend wohnen immerhin einige Halbwüchsige.« Ruby schüttelte den Kopf. »Mein Gott, ich klinge, als wäre ich steinalt. ›Das waren sicher diese frechen Bengel.‹«

»Glaubst du, dass das Pony von derselben Person bei dir abgelegt wurde wie die Dinge vor meiner Tür?«

»Das wäre durchaus möglich.« Ruby schnitt ein Stück Stoff zurecht. »Ich kann mir nicht vorstellen, warum das kleine Mädchen bei mir vorbeigekommen sein sollte. Es sei denn, sie wollte sich die Weihnachtsdeko ansehen und hat dabei ihr Pony verloren. Andererseits ist sie noch zu klein, um ganz alleine herumzustreifen.«

»Gut, dann halten wir uns im Moment mal an die ›frechen Bengel‹. Könnten wir jetzt vielleicht noch über mein zweites Problem reden?«

»Klar.« Ruby gab Jamie eine Schere und ein Stück Cordsamt. »Schneid mir mal bitte noch ein solches Stück hier zurecht.« Sie gab Jamie das Rechteck, das sie bereits vorbereitet hatte.

»Okay, aber ich muss dich warnen: Ich bin handwerklich nicht wirklich begabt«, erwiderte Jamie. »Also: Ich habe ein Problem mit Marie und Helen. Die beiden wollen mich unbedingt verkuppeln und übertrumpfen sich dabei gegenseitig. Obwohl ich ihnen mehrmals gesagt habe, dass ich kein Interesse habe.«

»Marie und Helen. Ein eindrucksvolles Team. Aber sie können dich natürlich nicht zwingen, mit einem Kerl auszugehen.« Ruby schnitt eine Blume aus einem Stück blassrosa Tüll aus. »Ich werde die Blumen entlang des Stalles befestigen, damit es aussieht, als würden sie aus der Erde wachsen«, erklärte sie, bevor sie auf Jamies Problem zurückkam. »Nur weil die beiden zwei gutmütige alte Damen sind, musst du nicht gleich alles tun, was sie von dir verlangen.«

»Ja, ich weiß. Aber Marie macht mir andauernd Kaffee.« Jamie hatte ihr Stück fertig ausgeschnitten und verglich es mit Rubys Vorlage. Es war kleiner und auch nicht wirklich rechteckig. Sie hielt es seufzend hoch.

»Ich schneide es einfach für eine der Türen zurecht«, beruhigte Ruby sie. »Nimm ein Plätzchen – das hilft immer.«

»Ja, vor allem vor dem Mittagessen«, stimmte Jamie ihr zu. »Das fühlt sich so rebellisch und dekadent an.«

Ruby lachte. »Vielleicht wäre es ja gar nicht so übel, jemanden kennenzulernen. Du bist doch gerade erst hergezogen. Und du hättest dadurch die Möglichkeit …«

»Nein, nicht du auch noch!«, rief Jamie. »Erinnerst du dich daran, dass das hier ›Jamies Jahr‹ ist?« Ruby nickte. »Gut! Denn wenn ich mich wirklich darauf konzentrieren will, was ich möchte, dann darf ich mich mit niemandem verabreden. Männer machen mich fertig. Wenn ich jemanden kennenlerne, verbringe ich den Großteil meiner Zeit damit, mir Gedanken darüber zu machen, ob er mich mag oder nicht, obwohl ich noch nicht einmal weiß, ob *ich* ihn überhaupt gut finde. Ich überlege ständig, was der Mann will, und vergesse dabei vollkommen, dass ich ebenfalls gewisse Vorstellungen habe. Aber dieses Jahr will ich endlich herausfinden, was *ich* will. Und zwar nur ich. Ich will mir keine Gedanken machen, wie es sich auf einen anderen Menschen auswirkt.«

»Okay, verstanden.« Ruby schnitt eine weitere Blume aus einem glänzenden silberfarbenen Stoffstück aus. »Wie ist eigentlich dein Brainstorming neulich gelaufen?«

Jamie stöhnte erneut. »Ich habe erst mal alles aufgeschrieben, was ich gerne habe und mache – aber die Erleuchtung ließ auf sich warten.« Sie schüttelte den Kopf. »Vielleicht reicht es nicht, einfach eine Stunde lang in einem Coffeeshop rumzusitzen.«

»Du kannst unmöglich alles aufgeschrieben haben, was du gerne hast und machst. Es gibt doch sicher eine Billiarde Dinge, die du noch gar nicht ausprobiert hast, sodass du gar keine Ahnung haben kannst, ob du sie magst oder nicht. Surfen zum Beispiel! Warst du schon mal surfen?«

»Du glaubst, ich könnte mit Surfen meinen Lebensunterhalt verdienen?«

»Darum geht es doch nicht. Es geht darum, herauszufinden, ob du gerne surfst oder nicht.« Ruby war mit der zweiten Blume fertig. Dieses Mal war es eine perfekte kleine Rosenknospe geworden. »Also, hast du es schon mal ausprobiert?«

»Nein«, antwortete Jamie.

Ruby sprang auf und eilte zum Kühlschrank. Er war voller Magneten, Fotos, Postkarten, Zeichnungen und Visitenkarten. »Wo ist sie nur?«, murmelte sie. »Ah, hier ist sie!« Sie nahm eine Karte herunter und reichte sie Jamie. »Du musst auf jeden

Fall zu dieser Surflehrerin gehen. *Surfer Chick*. Ich habe mal eine Schnupperstunde bei einer Tombola gewonnen. Es war unglaublich.«

Jamie betrachtete die Visitenkarte. Vielleicht hatte Ruby recht, und sie versteifte sich tatsächlich zu sehr auf Dinge, von denen sie bereits wusste, dass sie sie mochte. Vielleicht gab es dort draußen etwas, wofür ihr Herz schlug, und sie hatte keine Ahnung davon, weil sie es noch nie ausprobiert hatte.

Sie ging zwar davon aus, dass es sich dabei nicht ums Surfen handelte – aber warum eigentlich nicht? In »Jamies Jahr« ging es immerhin darum, sich selbst zu entdecken! Sie steckte die Visitenkarte in ihre Hosentasche.

»Oh Mann, ich hoffe, du hast nicht auch noch meine Unterhose gefressen«, meinte David zu Diogee, der natürlich sofort mit dem Schwanz wedelte. Das funktionierte tatsächlich jedes Mal. Man musste nur irgendeine Form des Zeitwortes »fressen« verwenden, und schon ging es los.

David durchsuchte das ganze Haus, und Diogee folgte ihm. Er fand allerdings nicht den geringsten Hinweis auf seine Unterhose – und wenn der Hund sie tatsächlich gefressen hätte, dann hätte er doch irgendwo graue Stoffreste entdeckt, oder etwa nicht?

Er massierte Diogees Bauch. Als Becky, die Tierarzthelferin, nach der Sache mit der Socke noch einmal angerufen hatte, hatte sie ihn gefragt, ob es Diogee Schmerzen bereitete, wenn man seinen Bauch abtastete. Damals war das nicht der Fall gewesen – und jetzt auch nicht. Stattdessen ließ sich Diogee fallen und streckte David den Bauch entgegen, damit er leichter rankam. Er schien es zu genießen.

Diogee trank, fraß, kackte und hatte ganz offensichtlich keine Bauchschmerzen. Aber wenn der Hund seine Unterhose nicht verschluckt hatte, wo war sie dann? David war sich sicher, dass er sie am Abend zuvor nach dem Duschen auf dem Badezimmerboden liegen gelassen hatte. Seine Jeans und das T-Shirt hatten am Morgen noch immer an derselben Stelle gelegen, aber seine Unterhose war verschwunden gewesen.

Die einzige Möglichkeit war, dass Diogee sie sich geschnappt hatte – obwohl sich David ziemlich sicher war, dass er die Badezimmertür abgeschlossen hatte. Seit den verschwundenen Socken war er noch vorsichtiger geworden. Abgesehen davon, wirkte Diogee nicht, als hätte er etwas anderes als sein übliches Futter, die Leckerlis und den einen oder anderen Kauknochen verschlungen.

Du solltest kein Drama daraus machen!, ermahnte David sich selbst. Vermutlich steckte die Unterwäsche in einem Hosenbein, und die Socken hatten sich in einem seiner T-Shirts verfangen. Er würde früher oder später alles wiederfinden. Oder auch nicht. Solange sie nicht den Weg in Diogees Magen gefunden hatten, war alles gut. Und im Moment sah es nicht danach aus.

David schlenderte zurück ins Wohnzimmer und ließ sich auf die Couch fallen. Er machte den Fernseher an, in dem gerade eine Gerichtsshow lief, und machte ihn sofort wieder aus. Das Nachmittagsfernsehen war echt zum Vergessen. Und die Arbeitszeiten eines Bäckers ebenfalls. Er hatte eine Menge Filme aufgezeichnet und außerdem Netflix abonniert, aber er hatte keine Lust, sich durchzuzappen. Er nahm den Roman *Unendlicher Spaß* von David Foster Wallace zur Hand, der neben ihm auf dem Beistelltisch lag und mit dem er vor mittlerweile eineinhalb Jahren begonnen hatte. Gleich darauf legte er ihn wieder zur Seite. Er hatte heute einfach keine Geduld für die zahllosen, endlos langen Fußnoten. Vielleicht sollte er Musik hören – aber die Fernbedienung für die Stereoanlage lag außer Reichweite.

Diogee, der mittlerweile auf seinem Hundebett lag, stieß ein tiefes Seufzen aus. »Ja genau, du sagst es!«, murmelte David.

Er hatte sich doch erst vor ein paar Tagen selbst versichert, dass er einige gute Freunde, einen Job, den er gerne machte, und einen tollen Hund hatte – und dass ihm das reichte.

Aber heute reichte es ihm plötzlich nicht mehr. Heute hatte er das Gefühl, als wäre sein Leben ein viel zu enger, kratziger Anzug, den man ihm aufgezwungen hatte. Er war rastlos und hatte gleichzeitig keine Lust, irgendetwas zu unternehmen.

Er stemmte sich von der Couch hoch. Langsam ging er sich selbst auf die Nerven. Er war zwar nach der Arbeit mit Diogee draußen gewesen, aber er hatte das Gefühl, noch eine Runde laufen zu müssen – ob er wollte oder nicht. Er würde seine Muskeln so lange quälen, bis er dankbar vor Erschöpfung zusammenbrach.

»Hol die Leine!«, befahl er Diogee. Jetzt gab es kein Zurück mehr. Einmal angefixt, wollte der Hund nur noch raus. Einige Minuten später traten sie durch die Tür, und David begann zu laufen, als wäre der Teufel hinter ihm her, bis nur noch ein einziger Gedanke in seinem Kopf Platz hatte: *Lauf weiter. Lauf weiter. Lauf weiter.*

Mac lehnte sich gegen die Tür der Besenkammer. Verschlossen! Aber das war natürlich kein Problem.

Er duckte sich kurz und sprang dann zur Klinke hoch.

Daneben!

Er duckte sich erneut, spannte die Muskeln an und stieß sich vom Boden ab.

Volltreffer!

Er hatte das Metallstück mit beiden Pfoten getroffen, sodass es nach unten nachgab und ein Klicken ertönte. Mac schob eine Pfote in den schmalen Spalt und drückte die Tür auf.

Sein Blick fiel auf den Karton, in dem Jamie seine Geschenke verstaut hatte. Er konnte die Einsamkeit deutlich riechen – aber mittlerweile vermutete er, dass das auf Jamie vielleicht nicht zutraf. Mac vergaß immer wieder, wie unfähig sie war.

Er hüpfte mit einem Satz auf den Karton, der sofort zu wackeln begann. Dann balancierte er geschickt auf dem Deckel und verlagerte sein Gewicht abwechselnd nach links und nach rechts, bis das Behältnis zu Boden purzelte. Mac sprang rechtzeitig herunter, bevor es mit einem befriedigenden *Rums* am Boden aufkam.

Der Karton war durch den Aufprall aufgesprungen, sodass der Rest ein Kinderspiel war. Mac schnappte sich die erstbeste Unterhose, trottete ins Schlafzimmer und sprang aufs Bett, um sie Jamie auf die Brust zu legen – und zwar genau unter die Nase. Ohne aufzuwachen, drehte sie den Kopf zur Seite.

Mac stupste die Unterhose so lange an, bis sie sich erneut direkt vor Jamies Nase befand. Doch die drehte sich erneut zur Seite und wandte der Unterwäsche jetzt den Rücken zu. Sie schien selbst im Schlaf fest entschlossen zu sein, seine Bemühungen einfach zu ignorieren.

Aber Mac war genauso fest entschlossen! Er kehrte in die Küche zurück und holte die anderen beiden Unterhosen. Anschließend legte er ein Paar unter Jamies Nase und das andere auf ihre Brust, sodass sie der Geruch wie eine Wolke umgab. Er selbst empfand ihn einfach überwältigend und viel intensiver als die anderen Gerüche im Haus und auch als die Düfte, die durch das offene, mit einem Insektenschutzgitter versehene

Fenster drangen. Sobald Jamie wach war, würde sie ihn ebenfalls wahrnehmen und wissen, was er bedeutete.

Mac tippte ihr ungeduldig mit der Pfote auf die Wange und stieß dann ein herzzerreißendes Miauen aus, mit dem er normalerweise sein Frühstück einforderte. Jamie schlug die Augen auf, warf einen Blick auf ihren Wecker und stöhnte. »Mac, es dauert noch *Stunden*, bis es Frühstück gibt!« Sie zog sich die Decke über den Kopf.

Es sah nicht so aus, als hätte sie die Gerüche wahrgenommen, die er für sie vorbereitet hatte. Mac schob Jamie die Decke mit der Pfote vom Kopf, packte eine der Unterhosen und schleuderte sie ihr ins Gesicht. Jetzt würde sie wohl endlich verstehen, was er meinte!

Doch Jamie riss sich die Unterwäsche herunter und schleuderte sie quer durchs Zimmer, ohne ein einziges Mal daran zu riechen. Dann entdeckte sie auch noch die anderen beiden Unterhosen und warf sie eilig aus dem Bett.

»Igitt! Igitt, igitt, igitt! Und noch mal: Igitt!«

Mac knurrte frustriert. Er liebte Jamie, aber manchmal war sie einfach wahnsinnig begriffsstutzig. *Er* hatte doch sofort verstanden, was sie brauchte. Warum fiel es ihr selbst so schwer?

Jamie hastete ins Badezimmer, und Mac folgte ihr. Sie zog ein Tuch aus einer Packung, dessen Geruch ihm immer in der Nase brannte, und wischte sich damit übers Gesicht. Dann ging sie in die Küche und holte die Küchenzange aus einer der Schubladen neben dem Herd und den Karton aus der Besenkammer. Im Schlafzimmer benutzte sie die Zange schließlich, um die Unterhosen wieder in den Karton zu befördern.

Jamie war wie ein Katzenjunges, das nicht wusste, wie man eine Katzentoilette benutzte, und dem seine Mutter erst zeigen musste, dass man sein Geschäft eingrub. Was bedeutete, dass Mac einen anderen Weg finden musste, um Jamie zu zeigen, dass es ganz in der Nähe auch noch andere Menschen gab, die Gesellschaft brauchten.

Er sprang in den Karton und schleuderte die beiden Socken heraus. Wenn sie sie oft genug anfasste, würde der Geruch irgendwann an ihr haften bleiben, auch wenn sie die Gegenstände wieder in die Besenkammer sperrte.

Jamie seufzte. »MacGyver, komm schon! Es ist mitten in der Nacht. Und um diese Uhrzeit wird nicht gespielt.« Sie verwendete erneut die Zange, um auch die Socken in den Karton zurückzubefördern. »Gibt es eigentlich einen Platz, wo du nicht hinkommst?«, fragte sie ihn. »Vermutlich nicht, aber ich versuche es mal hiermit.« Sie stellte den Karton ins oberste Fach ihres Kleiderschrankes und schloss energisch die Tür. »Und jetzt gute Nacht!« Sie warf sich ins Bett und verschwand unter der Decke.

Mac betrachtete sie einen Moment lang, bevor er sich abwandte und leise zu seinem geheimen Ausgang schlich, um in die Nacht hinauszuschlüpfen. Er musste gar nicht erst schnuppern, um zu wissen, wo er hinmusste, denn heute war einer der Gerüche sehr viel stärker als alle anderen. Die Einsamkeit brannte ihm beinahe in der Nase – aber da war auch noch etwas anderes. Ein Schmerz, der Mac bis in die Knochen drang. Mac kannte diesen Geruch, aber er wusste nicht, woher. Auf jeden Fall spürte er das Verlangen, sofort zu handeln – und er begann zu laufen.

Der Geruch kam aus dem Haus, in dem er schon einige Male gewesen war. Das Haus mit dem Köter. Der Dummkopf war jedoch nicht im Garten, als Mac ankam. In den anderen Nächten wäre er enttäuscht gewesen, aber heute gab es Wichtigeres. Und es ging nicht mehr nur um Jamie. Mac musste dem Menschen helfen, der diesen eindringlichen Geruch verströmte. Dem Menschen, der so großen Schmerz erlebte.

Er lief auf den Baum zu und war bereits zur Hälfte hochgeklettert, als er merkte, dass das Badezimmerfenster verschlossen war. Egal! Mac kletterte weiter und sprang vom Baum aufs Dach. Er roch, dass es dort eine Öffnung gab, die ins Haus führte, und er brauchte nur wenige Sekunden, um sie zu finden. Den Kamin!

Mac warf einen Blick in die Tiefe. Das war locker zu schaffen! Er stemmte die Vorderpfoten an eine und die Hinterbeine an die andere Seite des Steintunnels und begann, sich Stück für Stück hinunterzuarbeiten. Etwa bei der Hälfte fing der Dummkopf an zu bellen. Sollte er doch! Mac wusste genau, dass niemand zu Hause war.

Bell ruhig weiter! Zumindest wusste MacGyver so immer ganz genau, wo sich der Köter befand. Hunde verstanden nicht, dass es durchaus Vorteile hatte, wenn man unbemerkt blieb. Das war einer der Gründe, warum die Schwanzwedler gegen Katzen wie Mac nie eine Chance haben würden.

Am Ende des Kamins hielt Mac inne. Er brauchte nichts weiter zu tun, als zu warten, denn ihm war klar, was der Köter tun würde. Und tatsächlich – da kam er auch schon! Mac konnte direkt hören, was er sich dachte: *Katze im Kamin! Warum kommt die Katze nicht raus?*

Ähm … weil es eine Falle war, vielleicht? Eine Katze zog diese Möglichkeit immer in Betracht. Im Gegensatz zu dem Schwanzwedler. Der steckte stattdessen den Kopf in den Kamin – und Mac ließ sich mit ausgefahrenen Krallen auf ihn fallen.

Der Hund fuhr zurück. *Patsch, patsch, patsch, patsch!* Mac verpasste ihm eine Salve Ohrfeigen, und der Dummkopf versuchte verzweifelt, ihn abzuschütteln. Als er an der Treppe vorbeikam, sprang Mac von seinem Kopf auf das Geländer. Der Hund lief weiter, und Mac machte sich auf den Weg ins obere Stockwerk.

Die Badezimmertür war zu, und es gab keine Klinke, sondern bloß einen runden Türknauf. Solche Türen waren schwieriger zu öffnen – zumindest für manche Katzen. Aber nicht für Mac! Er stellte sich auf die Hinterbeine, legte beide Pfoten auf den Knauf und bewegte sie langsam auf und ab. Im nächsten Moment klickte es, und Mac drückte die Tür auf.

Sein Blick fiel auf den Gegenstand, der den intensiven Geruch verströmte. Ein schweißnasses T-Shirt. Ach, diese Menschen und ihr Schweiß! Wenn Mac heiß war, schwitzte er ein wenig zwischen den Zehen, und das fühlte sich eigentlich ziemlich erfrischend an. Menschen produzierten hingegen eine geradezu lächerliche Menge Flüssigkeit. Das T-Shirt sah aus, als hätte es der Regen erwischt. Mac schüttelte sich angeekelt.

Der Schweiß verstärkte den Geruch nach Einsamkeit so sehr, dass selbst Jamie ihn wahrnehmen würde. Mac hob das T-Shirt mit den Zähnen hoch. Die Einsamkeit und der Schmerz, die sich in dem Gewebe festgesetzt hatten, waren beinahe überwältigend, aber er ließ nicht los. Nicht mal, als er hörte, wie der Dummkopf die Treppe hochkam. Er brauchte seine Zähne nicht, selbst wenn der Kampf in die zweite Runde gehen sollte.

Mac sah, dass die Tür in die Dusche offen stand. Er hasste Wasser, aber die Dusche war gerade nicht an, und er hatte da eine Idee … Er schlüpfte hinein und wartete darauf, dass der Köter ihn entdeckte. Der Hund stürzte ins Zimmer, blieb wie angewurzelt stehen und sah sich verwirrt um. Ganz offensichtlich konnte er Mac nicht sehen, obwohl die Duschkabine aus Glas war. Das war so erbärmlich!

Mac stieß ein kurzes Jaulen aus, um seine Aufmerksamkeit zu erregen.

Der Dummkopf knurrte triumphierend und sprang in die Dusche. Was dann folgte, war zugegebenermaßen ziemlich knapp: Mac schaffte es gerade noch unter den Beinen des Hundes hindurch zur Tür hinaus, die er anschließend mit vollem Körpereinsatz zustieß. Sie schloss sich mit einem zufriedenstellenden Klicken.

Nach getaner Arbeit stolzierte Mac aus dem Badezimmer und lauschte zufrieden dem frustrierten Geheul des in der Dusche gefangenen Hundes. Eigentlich hatte er keine Zeit für solche Spielchen, aber es hatte trotzdem Spaß gemacht.

Doch jetzt musste er das T-Shirt nach Hause bringen. Wenn Jamie den Geruch wahrnahm – und dieses Mal würde sogar sie ihn schon von Weitem riechen –, würde sie erkennen, dass sich der Mensch, der es getragen hatte, genauso sehr nach Gesellschaft sehnte wie sie.

Kapitel 6

Davids Magen zog sich zusammen, als er die Bar betrat, obwohl er sich eigentlich bloß mit Adam auf einen Drink treffen wollte. Nein, das war Schwachsinn. Er *würde* zwar etwas mit Adam trinken, aber das war nicht der wahre Grund, warum er hier war. Er wollte sich bei Counterpart.com anmelden, und er brauchte Unterstützung. Nicht, weil er es alleine nicht schaffte, ein Profil zu erstellen und hochzuladen, sondern weil er keine Ahnung hatte, wie es danach weitergehen sollte.

Er war praktisch sein ganzes Leben lang mit Clarissa zusammen gewesen. Sie hatten sich bei einer Tanzveranstaltung während der Orientierungswoche an der UCLA kennengelernt. Damals war David noch der Meinung gewesen, dass er einen Abschluss in Betriebswirtschaft oder einer ähnlichen Studienrichtung anstrebte. Er wusste nicht, was er sonst mit seinem Leben anfangen sollte, und nach der Highschool gingen alle aufs College, weshalb er sich ebenfalls für diesen Schritt entschieden hatte. Doch er blieb nur ein Semester. Danach hielt er sich mit verschiedenen – meistens ziemlich beschissenen – Jobs über Wasser. Sein achtzehnjähriges Ich wäre wohl schockiert gewesen, hätte es damals schon gewusst, dass einmal ein Bäcker aus ihm werden würde – auch wenn er eigentlich immer schon gerne in der Küche gestanden und mit Rezepten experimentiert hatte.

Clarissa war das genaue Gegenteil gewesen. Sie wusste von Anfang an, dass sie Physiotherapeutin werden wollte, machte ihren Abschluss und bekam einen Job in einem Altenheim, den sie liebte. Sie hatte darüber nachgedacht, sich selbstständig zu machen, bevor sie …

Aber jetzt war nicht die Zeit, um über Clarissa nachzudenken. Sein Problem war, dass er ewig mit ihr zusammen gewesen war und vergessen hatte, wie man jemanden anbaggerte. Er hatte sich eigentlich ganz gut mit der Frau im *Blue Palm* unterhalten – bis er nach etwa zehn Sekunden seine tote Frau ins Spiel gebracht hatte. Er brauchte einfach Hilfe, und deshalb hatte er Adam gebeten, sich hier mit ihm zu treffen. Er rutschte in eine der Sitzecken, zog sein Handy heraus und öffnete die Counterpart-App.

Aber er war einfach noch nicht bereit. Er brauchte zuerst einmal einen Drink – einen *richtigen* Drink. Er hatte genau diese Bar ausgesucht, weil hier nicht mit Hochprozentigem gespart wurde – obwohl er sich bestimmt später Adams Gejammer würde anhören müssen, dass die Bar kein echter Geheimtipp mehr sei und dass es nicht einmal mehr Gratispopcorn gebe.

Er hatte gerade seinen Gin Tonic bekommen, als Adam auftauchte. »Warum kommen wir eigentlich immer noch hierher? Ich bekomme jedes Mal Depressionen, wenn ich zur Tür reinkomme. Es war früher ein echter Geheimtipp, aber jetzt *tun* sie nur noch so, als wären sie einer. Wie eine Filmkulisse. Bukowski würde tot umfallen, wenn er das hier sehen würde.«

»Wenn er nicht schon längst gestorben wäre«, konnte David gerade noch einwerfen, bevor Adam seine Schimpftirade fortsetzte.

»Außerdem gibt es kein Gratispopcorn mehr. Dabei habe ich mich früher ausschließlich von Popcorn ernährt – es hat den ganzen Alkohol aufgesaugt und meine Leber gerettet.«

David lachte. Er kannte Adam anscheinend wirklich ziemlich gut. »Das Popcorn schmeckte sowieso nicht, wir können uns jetzt unser eigenes Essen leisten, und wir verzichten auf leberschädigende Mengen Alkohol, weil wir mittlerweile erwachsen geworden sind. Außerdem läuft AC/DC, und es ist noch genauso schmutzig wie früher.«

»Na gut, okay. Aber wenn du genau hinsiehst, sind das dort an der Jukebox Hipster und keine erschöpften Männer mittleren Alters, die sich AC/DC ohne ironischen Hintergedanken anhören«, erwiderte Adam. Er warf einen Blick auf Davids Drink. »Heute mal kein Corona?«

»Ich muss mir Mut antrinken«, erklärte David. »Ich habe beschlossen, die Welt des Online-Dating zu erkunden, und ich brauche deinen Rat.«

Adam stieß triumphierend die Faust in die Luft, und David tat es ihm nach. »Du weißt aber schon, dass du ein Vollpfosten bist, oder?«

»Lenk jetzt ja nicht ab! Es geht hier nicht um mich, sondern darum, dass du dich wieder ins Spiel bringen willst.« Die Kellnerin trat an den Tisch, und Adam bestellte einen Rusty Nail. »Lucy hat mir von eurem Gespräch erzählt, deshalb überrascht es mich ein wenig, dass du …«

»Im Grunde hat sich auch nichts geändert – aber andererseits bin ich auch zu der Erkenntnis gelangt, dass ich nicht für den Rest meines Lebens alleine bleiben will«, erklärte David.

Er war gestern so lange gelaufen, bis er nicht mehr konnte. Er hatte es sogar geschafft, dass Diogee vollkommen fertig war. Nachdem er sich nach Hause zurückgeschleppt hatte, war er wie geplant auf der Couch zusammengebrochen. Aber seine Gedanken waren trotzdem nicht zur Ruhe gekommen. Er konnte einfach nicht mehr länger abstreiten, dass das Leben, so wie er es zurzeit führte, ihm nicht mehr reichte. Also hatte er Adam angerufen und ihn gebeten, sich mit ihm zu treffen.

Die Kellnerin kehrte mit Adams Drink zurück. »Du beschwerst dich über die Hipster in dem Laden, obwohl wir beide ganz genau wissen, dass du bloß auf Rusty Nails abfährst, weil du gerne so tust, als hättest du zum Rat Pack gehört.«

»Weißt du eigentlich, was Queen Elizabeth am liebsten trinkt?«, feuerte Adam zurück. »Ja, genau: *Gin Tonic.*« Er deutete mit dem Kopf auf Davids Glas.

»Ich empfinde tiefsten Respekt für die Queen«, erwiderte David.

»Und für Gerald Ford«, grinste Adam. »Aber glaub ja nicht, dass ich nicht bemerkt habe, dass du schon wieder ablenken willst. Wir sprechen hier nicht über Drinks, sondern über Dating-Apps. Hast du dein Profil neulich eigentlich fertiggestellt?«

»Nicht ganz«, gab David zu.

»Weiß ich doch. Ich habe nachgesehen. Also, dann legen wir mal los. Gib mir dein Handy.«

David gab es ihm.

»Ich habe dein Profil im Grunde bereits vorbereitet«, erklärte Adam. »Ich dachte, es könnte nicht schaden. Das war noch, bevor du mit Lucy gesprochen hast. Dein Username ist Baker-Man und dein Passwort ist Diogee. Mit großem D und großem G und einem Fragezeichen zu Beginn.«

»BakerMan?«, fragte David.

Adam zuckte mit den Schultern. »Lucy fand es toll – und sie gehört immerhin zur Zielgruppe. Wir haben ein Foto von dir ausgesucht, auf dem du mit der Torte zu sehen bist, die du zum Murmeltiertag gebacken hast, und Lucy fand es – ich zitiere – ›sooo süß‹! Du wirst gleich sehen, dass sich das Bäcker-Thema durch das ganze Profil zieht.« Adam reichte David sein Handy.

David überflog den Text. »Du hast die Beschreibung als *Rezept* formuliert?«

»Ja, Lucy fand das klasse. Wir haben uns gemeinsam einige Profile angesehen, die sich teilweise wie professionelle Werbeanzeigen lesen. Also habe ich dich als süß und kreativ vermarktet – und ein wenig verschroben, wie die Murmeltiertorte beweist«, erklärte Adam. »Nur fürs Protokoll: Ich *persönlich* finde dich überhaupt nicht süß, aber Lucy nun mal schon. Es gibt auch ein Bild, auf dem du Diogee selbst gebackene Hundekekse fütterst.« Er nippte an seinem Drink. »Also, bist du bereit? Dann drücke auf ›Veröffentlichen‹.«

David zögerte und starrte einige Sekunden lang auf das Display, bevor er den Button drückte. Er fühlte sich nicht wirklich bereit – allerdings wollte er sein Leben auch nicht auf diese Art weiterführen. Es wurde einfach Zeit.

»Nachdem du jetzt angemeldet bist, kannst du dir auch die anderen Profile ansehen. Abchecken, was sich in deiner Nähe tut. Wenn du eine Frau siehst, die dich interessiert, kannst du hier auf das Herz drücken oder ihr eine Nachricht schicken«, erklärte Adam.

»Du weißt irgendwie viel zu viel über diesen Kram«, meinte David.

»Schaust du dir eigentlich ab und zu meine Serie an? Jess hat es auch ein paar Folgen lang mit Online-Dating versucht.«

»Ist danach nicht eine der Frauen bei ihm eingebrochen und hat für ihn gekocht?«, fragte David. »Obwohl sie bis dahin nur einen Kaffee miteinander getrunken hatten?«

»So ist das im Fernsehen nun mal. Es interessiert doch niemanden, wenn zwei Menschen ein nettes, normales erstes Date erleben. Und wenn du dir die Profile der Frauen nicht ansehen willst, dann gib her!«, fügte Adam hinzu und streckte die Hand aus.

»Nein, ich mache das schon«, protestierte David.

»Aber du bist viel zu langsam«, erwiderte Adam. »Du musst dich spontan entscheiden. Wenn du einer Frau ein Herz schenkst, bedeutet das nicht gleich, dass du mit ihr ausgehen willst. Es zeigt ihr bloß, dass du *eventuell* Interesse hättest. Und wenn sie das Gleiche empfindet, dann tauscht ihr danach ein paar Nachrichten aus.« Adam klickte sich durch die Profile und wischte nach rechts und links. »Okay«, murmelte er. »Okay. Okay. Bähh, nein! Okay.«

»Stopp! Das reicht!«, unterbrach David.

»Es geht hier um die Menge«, erklärte Adam. »Du musst dir viele Möglichkeiten offenhalten.« Das Handy piepte. »Hey, du wurdest gerade mit einem Herz markiert! Sie nennt sich *Büchermaus*.« Er hob den Blick. »Also ich würde sie nehmen. Und du?« Er drehte das Display, damit David einen Blick darauf werfen konnte. Die Frau war hübsch. Glatte braune Haare, Cateye-Brille. »Sie bezeichnet sich als sexy Bibliothekarin, darauf steht doch jeder, oder?«

»Ja, vielleicht. Warum nicht?«, erwiderte David.

Adam gab ihm das Handy. »Schreib ihr. Dein Ziel ist, ihre Telefonnummer zu ergattern oder sie auf ein paar Drinks zu treffen. Bleib locker und entspannt. Und erwähne bloß nicht …«

»Die tote Ehefrau«, warf David ein.

»So wollte ich es eigentlich nicht ausdrücken«, protestierte Adam. »Aber du hast recht. Du solltest dieses Thema erst ansprechen, nachdem du schon ein paarmal mit der Frau ausgegangen bist.«

»Okay.« David tippte *Hi*.

Adam stöhnte. »Du hast jetzt aber nicht bloß ›Hi‹ geschrieben, oder?«

»Doch. Was stimmt denn damit nicht?«

»Sie unterhält sich vermutlich gerade mit einem Dutzend anderer Männer – und du willst doch herausstechen.«

»Willst du dich auf einen Drink treffen? Ich backe richtig tolle Blaubeer-Cabernet-Cupcakes.«

Adam nickte zufrieden. »Nett. Das passt zu dir. Als hätte ich es selbst geschrieben.«

»Sie hat ein Emoji zurückgeschickt, das sich über die Lippen leckt«, erklärte David. »Und sie schreibt: *Wenn es die wirklich gibt, dann will ich einen.*«

»Okay, und jetzt mach Nägel mit Köpfen. Leg eine Zeit und einen Ort fest«, forderte Adam David auf.

Morgen um 6 in der Mix It Up Bakery in Los Feliz?, schrieb David und bekam kurz darauf ein Ja als Antwort.

»Wir treffen uns morgen um sechs in der Bäckerei«, erklärte er Adam benommen. Das ging ja schnell …

»Sehr gute Arbeit!«, lobte Adam. »Aber in Zukunft schlägst du besser einen neutralen Treffpunkt vor. Du willst doch nicht, dass dich eine Verrückte ständig bei der Arbeit belästigt, oder? Obwohl sie natürlich nicht wie eine Verrückte aussieht«, fügte er eilig hinzu.

»Außerdem treffen wir uns ja nur auf ein paar Cupcakes«, erwiderte David. »Wenn es nicht so läuft, wie ich es mir vorstelle, dann kann ich die Sache ganz schnell beenden.«

Jamie parkte ihr Auto und sah auf die Uhr. Sie hatte noch mehr als eine Stunde Zeit. Nachdem sie am Morgen das schweißnasse T-Shirt vor ihrer Haustür gefunden hatte, wollte sie einfach nur noch weg. Also hatte sie beschlossen, vor ihrer Surfstunde noch ein wenig die Umgebung von Venice Beach zu erkunden. Vor ihrer *Surfstunde!* Alleine beim Gedanken daran zog sich ihr Magen zusammen. Aber Ruby hatte recht. Jamie wollte herausfinden, wofür ihr Herz schlug, und es schränkte sie zu sehr ein, wenn sie sich nur auf Dinge konzentrierte, die sie bereits kannte.

Sie schnappte sich ihren Rucksack und machte sich auf den Weg. Sie wollte den Ocean Front Walk bis zum Santa Monica Pier entlangschlendern, wo sie sich mit ihrer Surftrainerin Kylie – alias *Surfer Chick* – treffen würde.

Laut Reiseführer war die Strandpromenade absolut sehenswert, und tatsächlich zog Jamie sofort ihr Handy aus der Tasche. Hier gab es tausend Dinge, die fotografiert werden mussten. Angefangen bei dem Kerl in der knappen goldenen Badehose, der gerade an einem Smoothie nippte und eine Riesenschlange über den Schultern trug. Jamie drückte genau in dem Moment ab, als die Schlange ihre Zunge nach dem Becher ausstreckte.

»Ein Dollar pro Bild«, erklärte der Mann.

Jamie starrte ihn verständnislos an.

Er lächelte. »Mir wäre es ja egal, aber die Schlange arbeitet als Modell und macht nichts umsonst.«

Jamie lachte, doch der Mann lachte nicht mit. Und die Schlange auch nicht. Sie zog eine Dollarnote heraus und gab sie ihm. »Ich danke Ihnen vielmals«, erklärte er und wollte bereits weitergehen.

»Hey, warten Sie!«, rief Jamie ihm nach. Er drehte sich um. »Darf ich Sie etwas fragen?«

»Haben Sie noch einen Dollar?«

Jamie holte einen weiteren Schein heraus. »Können Sie und Ihre Schlange von dem hier leben?«

»Wir verdienen genug, um uns ab und zu einen Smoothie und eine Ratte leisten zu können.«

»Und *gefällt* es Ihnen? Mögen Sie, was Sie hier tun?«, fragte Jamie.

»Ja, klar. Ich bin den ganzen Tag am Strand, es gibt keine Stechuhr, und ich treffe ständig neue Leute und alte Freunde.« Er strahlte, und Jamie konnte nicht widerstehen. Sie schoss noch ein Foto und gab ihm ungefragt einen weiteren Dollar, bevor sie weiterging.

Freunde treffen, neue Leute kennenlernen, sich die Zeit selbst einteilen, im Freien arbeiten und jeden Tag etwas anderes erleben – das klang ziemlich gut. Allerdings spielte die Schlange bei dem Job eine wichtige Rolle, weshalb er vermutlich doch nicht das Richtige für sie war. Und was machte der Mann, wenn er irgendwann in den Ruhestand ging? *Vielleicht muss er gar nicht in den Ruhestand gehen*, überlegte sie. Ein Achtzigjähriger in einer knappen goldenen Badehose und einer Schlange auf den Schultern verdiente womöglich sogar noch mehr als sein jüngeres Ich.

Alle, die entlang der Strandpromenade arbeiteten, schienen irgendwie glücklich. Die Frauen, die Henna-Tattoos anfertigten; die Männer, die die Namen der Passanten auf Reiskörner malten; die Jungen, die mit ihren Drehungen und Sprüngen sämtlichen physikalischen Gesetzen zuwiderhandelten. Jamie wollte sie alle fotografieren und hatte Tausende Fragen, aber leider hatte sie nicht genug Kleingeld dabei. Als sie jedoch einen bärtigen Mann mit einem Schild sah, auf dem »EIN SCHLECHTER RATSCHLAG, EIN DOLLAR« stand, konnte sie nicht widerstehen.

Sie steuerte auf seine Bank zu, und er klopfte auf den freien Platz neben sich. Jamie gab ihm einen Dollar und wartete. Der Mann strich über seinen Bart und überlegte. »Also, ich erkläre Ihnen jetzt, wie Sie sich am besten von einem Hai fressen lassen.«

»Oh nein, bitte nicht! Ich gehe gleich zum ersten Mal surfen«, protestierte Jamie.

»Dann ist der Ratschlag extraschlecht. Okay, Sie müssen Folgendes tun: Gehen Sie am besten in der Morgen- oder Abenddämmerung schwimmen. Das steigert die Chance, dass der Hai Sie mit einem Beutefisch verwechselt. Schwimmen Sie alleine und tragen Sie bunte Farben – die sehen aus wie Fischschuppen, die im Sonnenlicht glänzen. Außerdem sollten Sie sich ein paar kleine Schnittwunden zufügen. Haie riechen Blut aus mehreren Kilometern Entfernung.«

»Okay, jetzt haben Sie mir aber ordentlich Angst eingejagt«, gestand Jamie. »Aber ich schätze, ich kann den Ratschlag auch umdrehen, dann habe ich ein paar gute Tipps erhalten, was man tun kann, um *nicht* gefressen zu werden.«

Er zwinkerte ihr zu. »Dafür haben Sie zwar nicht bezahlt, aber wenn Sie meinen …«

»Darf ich Ihnen eine Frage stellen, die nichts mit guten oder schlechten Ratschlägen zu tun hat?«

»Klar. Und es kostet auch nicht extra«, erwiderte er.

Jamie lehnte sich ein wenig näher heran. »Machen Sie das hier gerne? Wenn Sie alles tun könnten, was Sie wollten, würden Sie sich dann immer noch mit schlechten Ratschlägen Ihren Lebensunterhalt verdienen?«

Er lachte wiehernd, und Jamie drückte den Auslöser. »Ich verkaufe nicht nur schlechte Ratschläge. Ich bin Unternehmer. Ich überlege mir gerne neue Arten, um einen Dollar zu verdienen – und den Leuten dabei das Gefühl zu geben, es wäre das Geld wert gewesen.«

»Ja, Sie waren auf alle Fälle Ihr Geld wert«, erklärte Jamie und stand auf. »Was bekommen Sie für das Foto?«

Der Mann schüttelte den Kopf. »Das gehört alles zum Service.«

Für diesen Mann schien also Kreativität der Schlüssel zu sein. Und das traf in gewisser Weise auch auf Jamie zu. Sie hatte sich als Lehrerin furchtbar eingeengt gefühlt, denn es war lediglich darum gegangen, den Kindern das nötige Wissen für den nächsten Test zu vermitteln. Sie hatte keine Zeit gehabt, sich neue Methoden zu überlegen, mit denen sie ihre Schüler für Geschichte begeistern konnte. Stattdessen musste sie sie mit so vielen Fakten wie möglich vollstopfen, damit sie gute Noten bekamen, die der Schule wiederum die nötigen Förderungen sicherten.

Jamie schlenderte weiter die Strandpromenade entlang und entdeckte noch zahllose Möglichkeiten, ein paar Dollar loszuwerden. Da waren zum Beispiel ein kleiner Hund, der einen rosafarbenen Bikini trug, und zwei Plastikaliens, mit denen man ein Foto machen konnte. Etwas weiter sah sie ein riesiges Marihuana-Blatt, wo sie für dreißig Dollar einen »Gesundheitscheck« machen lassen konnte, um das »Rezept« anschließend in dem medizinischen Marihuana-Shop nebenan einzulösen.

Alle schienen fröhlich und gut gelaunt – doch dann fiel ihr Blick auf eine Frau, die selbst gemalte Bilder verkaufte. Es war vermutlich ziemlich hart, wenn jeden Tag Hunderte Menschen an den Arbeiten vorbeigingen, ohne sie eines Blickes zu würdigen. Jamie trat einen Schritt zurück, um die Frau besser betrachten zu können. Sie versuchte nicht, Jamie in ein Gespräch zu verwickeln, sondern konzentrierte sich weiter auf ihre Arbeit. Ihr Job war ganz offensichtlich kreativ, doch in diesem Fall reichte das nicht.

Ihre Bilder vom Strand waren »okay«, mehr nicht. Jamie verstand, warum nur wenige Leute stehen blieben. Aber mit der Leidenschaft war es eben immer so eine Sache. Nur weil man für etwas brannte, bedeutete das nicht, dass man auch gut darin war. Was allerdings nicht hieß, dass man es bleiben lassen sollte. Aber in diesem Fall blieb der Traumjob eben nur ein Traum, mit dem man kein Geld verdienen konnte.

Jamie brachte es einfach nicht über sich, der jungen Frau dieselben Fragen zu stellen, die sie dem Kerl mit der Schlange und dem Mann mit den schlechten Ratschlägen gestellt hatte. Es erschien ihr einfach zu aufdringlich. Außerdem wollte sie gar nicht hören, ob die Frau mit ihrem Job glücklich war oder nicht. Also ging sie eilig weiter und hatte beinahe ein schlechtes Gewissen, weil sie nichts gekauft hatte.

So langsam fühlte sie sich reizüberflutet – und als schließlich ein Mann mit Turban auf Rollerskates und einer Gitarre in der Hand an ihr vorbeiraste, blieb sie nicht stehen und sah ihm noch nicht mal nach. Auch der Teenager, der sich als Meerjungfrau verkleidet hatte und Seifenblasen pustete, interessierte sie nicht. Jamie ging jetzt schneller, und zehn Minuten später war sie bereits am Santa Monica Pier angekommen.

Obwohl sie zu früh dran war, wartete Kylie schon auf sie. Mit ihrem rosafarbenen T-Shirt mit der Aufschrift »Surfer Chick« war sie nur schwer zu verfehlen. Sie war an die dreißig und hatte genauso muskulöse Oberarme wie Michelle Obama. Jamie atmete tief durch und ging auf sie zu. »Hi. Ich bin Jamie, und ich möchte surfen lernen.« Irgendwie klang das alles ziemlich surreal.

»Okay, dann legen wir los«, lachte Kylie. »Das Wichtigste ist, dass du Spaß daran hast. Es ist mir egal, ob du ein perfektes Take-off hinbekommst. Du sollst nach der Stunde lieber vollkommen high sein.«

»High?«, wiederholte Jamie.

»Ja, vom Surfen wird man high«, erklärte Kylie. »Es werden Unmengen an Dopamin und Adrenalin ausgeschüttet, und die Wellen erzeugen einen Nebel aus aufgeladenen Ionen. Die Mischung macht dich regelrecht euphorisch – solange du nicht erwartest, dass du bereits beim ersten Mal alles perfekt beherrschst.«

»Nein, sicher nicht«, erwiderte Jamie. »Aber ein wenig Spaß wäre toll.«

»Okay, dann holen wir dir einen Anzug. Hier entlang.« Kylie bedeutete Jamie, ihr zu folgen.

»Brauche ich echt einen Anzug?«, fragte Jamie. »Es ist doch noch so warm.«

»Das Wasser hat an die fünfzehn Grad – da wirst du einen Anzug haben wollen«, antwortete Kylie, während sie nebeneinander hergingen.

Sie betraten einen kleinen Surfer-Laden, und Kylie zog einen Neoprenanzug und zwei Plastiktüten unter dem Ladentisch hervor. »Zieh dir die beiden Plastiktüten über die Füße, dann kommst du besser in den Anzug. Und dann sind die Hände dran.« Sie zog einen mit Palmen bedruckten Vorhang beiseite, hinter dem sich eine winzige Umkleidekabine befand. »Ruf mich, wenn du Hilfe brauchst.«

Jamie betrat die Kabine und schloss den Vorhang. Sie zog sich bis auf den Bikini aus und schlüpfte in die beiden Plastiktüten.

»Oh, warte …« Kylie warf ein Lycrashirt in die Kabine. »Trag das hier unter dem Anzug. Dann bekommst du keinen Surfer-Ausschlag.«

»Surfer-Ausschlag?« Jamie hatte langsam das Gefühl, dass sie sich vielleicht ein wenig auf die Stunde hätte vorbereiten sollen.

»Ja, den bekommt man, wenn der Anzug auf der Haut zu reiben beginnt«, antwortete Kylie.

Jamie zog das enge limettengrüne Shirt an und versuchte anschließend, mit einem Fuß in den Neoprenanzug zu schlüpfen. Sie wackelte ein wenig hin und her, doch nichts passierte. Sie zog und zerrte und schaffte es schließlich, den Anzug bis zur Mitte des Unterschenkels hochzuziehen. »Ähm, ich glaube, die Größe passt nicht ganz.«

»Immer mit der Ruhe«, riet Kylie. »Er wird weiter, wenn du erst mal im Wasser bist.«

Jamie versuchte es noch einmal. Sie schaffte es mit schmerzenden Armen, den Anzug bis zum Knie hochzuziehen. Er schloss sich wie eine eiserne Faust um ihren Oberschenkel. »Kann einem ein solcher Anzug eigentlich auch das Blut abschneiden?«, rief sie, während sie auf einem Bein in der Kabine auf und ab hüpfte.

»Na ja, ich habe so etwas zwar noch nie erlebt, aber …«

Das Zögern nach dem »aber« reichte Jamie: »Ich glaube, ich spüre meine Zehen nicht mehr!«, rief sie. »Du musst mir dieses Ding herunterschneiden!«

Kylie riss den Vorhang auf, sodass dem Kerl hinter dem Ladentisch und seinen beiden Kunden ein netter Ausblick auf das enge Surfshirt und Jamies Bikinihöschen zuteilwurde – und natürlich auf den Anzug des Todes.

»Hat sie etwa …?«, begann der Kerl hinter dem Ladentisch, bevor er abbrach und lauthals zu lachen begann. Die beiden Kunden stimmten mit ein, und sogar Kylies Lippen zuckten verräterisch.

»Keine Sorge, Kooky. Du hast nur gerade versucht, dein Bein in den Ärmel zu stecken«, erklärte Kylie. Sie verkniff sich ein Lachen.

»Oh! Okay! Na das erklärt so einiges …« Jamie kam sich vor wie ein Idiot. »Ich bin wohl nervöser als gedacht.« Ihr Magen zog sich wieder einmal zusammen.

»Komm, wir beginnen noch mal von vorne.« Kylie half Jamie zu dem kleinen Hocker in der Ecke der Umkleidekabine und zog den Vorhang zu. Sie befreite Jamies Bein aus dem Neoprenärmel, rückte die beiden Plastiktüten zurecht und schob Jamies Fuß vorsichtig in die richtige Öffnung des Anzuges. Im Vergleich zum Ärmel fühlte sich das Bein ziemlich geräumig an.

Etwa zehn Minuten später schloss Kylie den Reißverschluss. »Na, hat das nicht Spaß gemacht?«, scherzte sie.

»Na ja, zumindest habe ich mittlerweile auch die kleinste Hoffnung aufgegeben, dass ich heute noch zur Perfektion gelangen werde«, erwiderte Jamie. »Was wohl bedeutet, dass der Spaß nun jeden Moment beginnen wird.«

Kylie klopfte ihr auf den Rücken. »Das ist die richtige Einstellung, Kooky!«

»Was heißt eigentlich *Kooky*?« Es war bereits das zweite Mal, dass Kylie sie so genannt hatte.

»So heißen hier alle Anfänger«, erklärte Kylie. »Bist du bereit?« Sie deutete mit dem Kopf auf den Vorhang.

»Ja, besser wird's ohnehin nicht mehr«, erwiderte Jamie.

Kylie zog den Vorhang zurück, und die Kerle begannen zu kichern.

»Verbeug dich«, flüsterte Kylie Jamie zu. Und als Jamie den Rat befolgte, wurde ihr Abgang von donnerndem Applaus begleitet.

Vor dem Laden reichte Kylie ihr ein weiches, leuchtend gelbes Surfboard. Sie hatte sich eigentlich ein schmales, schnittiges Board wie das von Kylie erwartet, doch das hier bestand aus demselben Material wie eine Schwimmnudel. Vielleicht hatte sie *doch* insgeheim erwartet, dass alles perfekt laufen würde. Wenn sie ehrlich war, hatte sie sogar einige Male davon geträumt, wie sie durch einen Wellentunnel surfte und dabei extrem cool aussah.

Kylie warf einen Blick in Jamies enttäuschtes Gesicht. »Anfänger bekommen immer das Schaumstoffboard. Damit ist es viel einfacher, das Gleichgewicht zu halten. Und falls – ich meine – *wenn* du herunterfällst, dann tut es nicht so weh, wenn dir das Board auf den Kopf knallt. Es wird mit einer Leash an deinem Knöchel befestigt.« Kylie deutete auf eine türkisfarbene Leine mit einem Klettverschluss am Ende.

»Wir beginnen in Strandnähe. Die Wellen hier geben dir ein

Gefühl, wie sich das Wasser unter dem Board anfühlt, ohne dass es zu gefährlich wird. Außerdem kommen wir den professionellen Surfern nicht in die Quere. Sie können ziemlich unausstehlich sein und benehmen sich gerne so, als würde der Strand ihnen gehören.«

Sie waren mittlerweile am Wasser angekommen. »Wir gehen direkt hinein. Wie schon gesagt: Der Spaß zählt! Und Trockenübungen am Strand bringen dich dem Board nicht näher. Wir gehen so weit wie möglich hinaus. Du hältst dich dabei mit den Händen rechts und links am Surfboard fest und streckst es mit einer Armlänge Abstand seitlich von dir. Wir wollen ja nicht, dass es dir ins Gesicht schlägt, wenn eine Welle kommt.«

»Nein, das wollen wir nicht«, stimmte Jamie ihr zu und begann, ins Wasser zu waten.

Klick!, dachte sie. Sie hatte sich vor einiger Zeit angewöhnt, imaginäre Fotos zu schießen, wenn sie ihr Handy nicht dabeihatte. Und sie wollte sich definitiv an den Moment erinnern, als sie zum ersten Mal einen Fuß in den Pazifischen Ozean gesetzt hatte. Und zwar mit einem Surfboard!

»Okay, und jetzt dreh die Spitze des Boards, sodass sie in Richtung Strand zeigt«, rief Kylie. »Wenn du so weit bist, wirfst du einen Blick über deine Schulter und hältst nach einer guten Welle Ausschau. Sie sollte groß genug sein, um dich zu tragen, und nicht vor dir brechen.«

Jamie betrachtete die Wellen, die langsam auf sie zurollten. Sie hatte keine Ahnung, welche sie tragen würde. »Wie groß ist denn groß genug?«

»Sie muss nicht allzu groß sein, denn du hast ja das Schaumstoffboard«, antwortete Kylie. »Wenn du eine siehst, die du ausprobieren möchtest, dann legst du dich mit dem Bauch auf das Board und beginnst zu paddeln. Paddle einfach so lange weiter, bis du spürst, wie dich die Welle nach oben hebt. Und denk immer dran: Spaß ist das Allerwichtigste!«

Jamie nickte, obwohl es schwer war, sich auf die Wellen zu konzentrieren und gleichzeitig Spaß zu haben. »Die dort? Die zweite, die gerade auf mich zukommt?«

»Ja, die passt gut!«, rief Kylie.

Jamie zog sich auf das Board, rutschte ein wenig herum, bis sie genau in der Mitte lag, und begann zu paddeln. Die Welle hob sie hoch – und trug sie bis zum Strand. Sie ließ sich im letzten Moment vom Board fallen und tauchte lachend wieder auf. »Das war genial!«, rief sie. »Echt genial! Das muss ich gleich noch mal versuchen!«

Am Ende der Stunde hatte es Jamie drei Mal geschafft, sich auf dem Board aufzurichten, und war vollkommen high. Sie hatte das Gefühl, als hätte sie ein Glas Champagner getrunken – Champagner und Sonnenschein –, und ihr ganzer Körper prickelte.

Sie konnte nicht aufhören zu lächeln, bis sie wieder bei ihrem Auto war.

Vermutlich würde sie zwar nie ihren Lebensunterhalt mit Surfen verdienen, aber es war definitiv ein neuer Punkt für ihre Liste. Sie *liebte* es einfach!

Heute war auf jeden Fall ein würdiger Tag in »Jamies Jahr« gewesen.

Mac schnurrte und knetete Jamies Haare. Heute roch sie zur Abwechslung einmal glücklich und verströmte viele neue Gerüche, die Mac nicht zuordnen konnte. Er wäre am liebsten die ganze Nacht über bei ihr geblieben, aber Jamie brauchte immer noch einen Partner – das hatten Hunde und

Menschen nun mal gemeinsam. Sie waren machtlos dagegen. Außerdem gab es auch noch andere Leute, die Macs Hilfe benötigten. Sie gehörten zwar nicht unmittelbar zu ihm, aber er konnte ihre Einsamkeit trotzdem nicht einfach ignorieren. Vor allem, weil sie anscheinend alle zu dumm waren, um selbst etwas dagegen zu unternehmen.

Oder vielleicht war es ja gar keine Dummheit. Vielleicht waren ihre Nasen einfach viel zu schlecht.

Er stand auf, streckte sich und sprang aus dem Bett. An die Arbeit! Er schlüpfte in die Nacht hinaus und eilte durch die Schatten auf das Haus des kleinen Mädchens zu. Er musste einfach noch mal nach ihr sehen. Er quetschte sich durch ein Fenster, das einen Spaltbreit offen stand, und tappte in ihr Zimmer. Ihr Plastikpony stand in einem Karton, der nach der Frau roch. Der Geruch beinhaltete Zufriedenheit, und das kleine Mädchen roch glücklich.

Mac wandte sich triumphierend ab und wollte das Haus bereits verlassen, doch auf dem Weg nach draußen kam er an der Couch vorbei. Das Mädchen, das dort lag, war kein Kind mehr, aber sie war auch noch nicht erwachsen. Und sie roch nach Wut und Schmerz. Er wusste nur zu gut, wie er sich in diesem Alter gefühlt hatte. Vom Wahnsinn gepackt, wollte er oft nur noch im Kreis laufen und die Wände hochgehen. Mac schnupperte eingehend. Er würde sich etwas einfallen lassen, um auch ihr zu helfen.

Aber jetzt hatte er sich erst mal etwas Spaß verdient! Er reckte den Schwanz in die Höhe, und seine Schnurrhaare zuckten, als er sich auf den Weg machte. Der Dummkopf war nicht im Garten, aber er befand sich ganz in der Nähe. Mac steckte den Kopf durch die Hundeklappe, sah sich eilig um und schlüpfte dann schnell hindurch. Eine Sekunde später begann der Dummkopf auch schon, lautstark zu bellen. Mac stolzierte in die Küche und sprang auf die Arbeitsplatte. Er entdeckte ein Gefäß und schob es mit der Pfote bis an den Rand der Platte. Als der Riesenköter schließlich an ihm vorbeihetzte, versetzte er dem Gefäß einen letzten Schubs, und es landete direkt auf dessen Hintern. Das Bellen verwandelte sich in ein Heulen, und ein weißes, unbekanntes Pulver verteilte sich auf dem Hundefell.

Mac nahm ein weiteres Gefäß ins Visier und schob es ebenfalls an den Rand. »Diogee, was machst du denn?«, rief der Mitbewohner des Hundes, und Schritte polterten die Treppe hinunter.

In diesem Moment entdeckte der Dummkopf die Katze auf der Arbeitsplatte – und zwar gerade rechtzeitig, um zu sehen, wie Mac das nächste Gefäß über die Kante beförderte. Er sprang mit einem Jaulen zurück, und Macs Geschoss verfehlte sein Ziel. Es kam mit einem lauten Krachen auf dem Boden auf, und das Pulver verteilte sich in der ganzen Küche. Mac erkannte es sofort. Kaffee. Jamies Katzenminze.

Der Mann stürzte in die Küche. »Bist du wahnsinnig geworden?«, brüllte er, und der Hund rollte sich unterwürfig auf den Rücken. Es war so erbärmlich! Aber es gab Mac immerhin die Möglichkeit, unbemerkt zu verschwinden.

Er lief auf die Hundeklappe zu, doch dann entschied er sich um und hastete die Treppe hoch. Er würde noch ein kleines Geschenk für Jamie mitnehmen. Sie hatte zwar das T-Shirt gefunden und den Geruch des Mannes wahrgenommen, aber sie hatte wieder mal nichts unternommen. Sie brauchte einen weiteren Anstoß, eine weitere kleine Erinnerung. Manchmal musste Mac sie sogar an sein Frühstück erinnern, obwohl sie ganz genau wusste, dass er sofort nach dem Aufstehen etwas zum Fressen brauchte.

Mac hatte beschlossen, dass er ihr noch ein paar andere

Gerüche zur Auswahl bringen wollte, auch wenn er selbst den Geruch des Mannes am liebsten mochte. Er war der Meinung, dass er genauso sehr einen anderen Menschen in seinem Leben brauchte wie Jamie. Vielleicht sogar noch mehr.

Also würde er einfach so weitermachen, und irgendwann würde sogar Jamie verstehen, was sie zu tun hatte.

Kapitel 7

Jamie griff stöhnend nach der Katzenfutterdose. Die gestrige Surfstunde war unglaublich gewesen, aber als sie heute Morgen aus dem Bett gestiegen war, hatte sie gemerkt, wie sehr sie ihr körperlich zugesetzt hatte. Ihre Rippen taten weh, ihre Arme taten weh – und sogar ihre *Zehen* taten weh. Auf einem Surfboard zu liegen und zu paddeln klang zwar nicht gerade anstrengend, aber mittlerweile war ihr klar, woher Kylies Oberarmmuskeln stammten. Ihre Zehen schmerzten vermutlich, weil sie sich so am Board festgeklammert hatte, aber sie hatte keine Ahnung, warum auch die Rippen wehtaten. Sie war zwar einige Male vom Board gefallen, doch das war nicht der Rede wert gewesen.

»Aber trotzdem bin ich jetzt süchtig«, erklärte sie Mac, der sich um ihre Knöchel wand. »Und ich habe mich bereits für die nächste Stunde eingetragen. Vielleicht sollte ich bis dahin etwas für meine Muskeln tun? Ich könnte zum Beispiel Gewichte heben.« Sie nahm Mac spielerisch hoch und hob ihn über ihren Kopf. Er stieß ein missbilligendes Miauen aus, und sie stöhnte schmerzerfüllt auf. »Okay, das war vielleicht keine so gute Idee«, gestand sie und setzte Mac wieder ab. Er starrte sie anklagend an, doch sie kannte die perfekte Methode, damit er ihr vergab: Sie musste bloß seinen Napf füllen. Heute stand eine Mischung aus Wild und Lachs auf dem Speiseplan.

Nachdem das erledigt war, wandte sie ihre Aufmerksamkeit wieder ihrem schmerzenden Körper zu. Am liebsten hätte sie sich ein Bad mit Epsom Salz eingelassen, aber sie hatte keines zu Hause. Ging normales Salz eigentlich auch? Nachdem sie keine Ahnung hatte, entschied sie sich für ein einfaches Schaumbad. Sie hatte in einem kleinen Laden ganz in der Nähe einen neuen Duft entdeckt, Lavendel und Basilikum. Er roch einfach herrlich! Die Besitzerin des Ladens hatte Jamie sogar ihre Werkstatt gezeigt, und Jamie hatte ein paar Fotos gemacht. Der begeisterte Gesichtsausdruck der Frau, als sie Jamie die Eigenschaften der verschiedenen Pflanzen näherbrachte, hatte sie besonders beeindruckt.

Jamie ließ Wasser in die Wanne laufen, das so heiß war, dass sie es gerade noch aushielt. Kurz darauf drehte sie den Wasserhahn wieder zu. Ob wohl wieder etwas auf der Fußmatte lag? Sie musste mal eben schnell nachsehen gehen. Wenn sie es nicht tat, würde sie sich die ganze Zeit Gedanken darüber machen.

Jamie humpelte zur Tür, öffnete sie und zwang sich, nach unten zu sehen. Ihr Blick fiel auf eine abgetragene Männersandale, eine Haarbürste, eine Baseballkappe der Red Sox und ein zerknülltes, feuchtes Taschentuch.

Wer machte denn so was? Was hatte das alles zu bedeuten? Sie überlegte, eine Nachricht an der Tür zu befestigen, dass Desmond nicht mehr hier wohnte. Das Zeug war sicher für ihn bestimmt. Oder waren es doch ein paar Kinder, die sich einen Spaß erlaubten? Sie würde Ruby fragen, ob sie außer dem Pony noch etwas vor ihrer Haustür gefunden hatte.

Aber was, wenn es keine Kinder waren? War es möglich, dass ein einziger Mann dafür verantwortlich war? Und war er vielleicht besessen von ihr? Aber warum? In L.A. gab es doch genügend Schauspielerinnen und Models, denen man nachstellen konnte. Die Vorstellung, dass jemand sie ins Visier genommen hatte, war irgendwie unheimlich. Sie versuchte, den Gedanken beiseitezuschieben. Ihr war ehrlich gesagt viel zu mulmig dabei. Und die Unterhosen hatten verschiedene Größen gehabt, was bedeutete …

»Guten Morgen, Schätzchen!«

Jamies Kopf fuhr hoch, und sie sah Hud Martin, der gerade auf ihr Haus zukam. Sie eilte die Treppe hinunter, um ihm entgegenzugehen. Wenn er die Gegenstände vor ihrer Tür sah, würde er sicher Fragen stellen. Eine Menge Fragen. Und dazu war sie nicht in der Stimmung.

Sie wollte sich einfach mit einem Buch in die Badewanne legen und die unheimlichen Vorgänge eine Weile vergessen.

»Guten Morgen«, erwiderte sie und rang sich ein Lächeln ab. »Gehen Sie zum Fischen?« Hud trug wiedermal seine Weste.

»Ja, das war der Plan, aber irgendwie kommt jedes Mal etwas dazwischen, das meine Aufmerksamkeit erfordert«, erwiderte er. »Heute ist es ein verschwundener Schuh.« Er zog ein kleines Notizbuch aus einer seiner zahllosen Taschen. »Eine Teva-Sandale. Größe zehn. Mit Mosaikmuster. Sie haben sie nicht zufällig gesehen?«

Jamies Herz schlug ein wenig schneller. Sie fühlte sich schuldig, obwohl es keinen Grund dafür gab. Sollte sie Hud erzählen, dass der Schuh vor ihrer Tür lag? Er würde sie sicher ausführlich befragen, aber wenn er den Schuh entdeckte, und sie hatte nichts gesagt …

»Ja, das habe ich«, erwiderte sie. Vielleicht konnte er ihr sogar dabei helfen, endlich herauszufinden, was hier los war. Al hatte doch erzählt, dass Hud ständig auf der Suche nach einem neuen Fall war. »Er ist heute Morgen vor meiner Tür aufgetaucht.« Sie trat einen Schritt zurück und deutete auf ihr Haus. »Zusammen mit einer Bürste und einer Baseballkappe. Ach ja, und einem Taschentuch.«

»›Aufgetaucht‹ sagen Sie.«

»Ja, ›aufgetaucht‹ sagte ich«, wiederholte Jamie, und Hud notierte etwas in seinem kleinen Buch. »Könnten Sie den

Schuh vielleicht zu seinem Besitzer zurückbringen? Oder mir sagen, wem er gehört, damit ich es erledigen kann?«, fragte sie.

»Sie behaupten also, dass Sie den Schuh und die anderen Gegenstände heute Morgen zum ersten Mal gesehen haben?«

»Ja, genau das behaupte ich.«

Er starrte sie an. Sie starrte zurück.

Wer weiß, wie lange es noch so weitergegangen wäre, wenn Ruby nicht vorbeigekommen wäre. Hud wandte sich zu ihr um. »Gibt es einen bestimmten Grund, warum du gerade *jetzt* hier auftauchst?«

»Brauche ich denn einen Grund?«, fragte Ruby, und Hud betrachtete sie eingehend. Er konnte beinahe genauso gut starren wie Mac. Ruby seufzte. »Anscheinend glaubst du wirklich, dass ich einen Grund brauche, um mich hier im Storybook Court auf der Straße aufzuhalten. Also: Ich bin hier, weil ich meine Freundin besuchen will.« Sie deutete mit dem Kopf auf Jamie. »Ich wollte sie fragen, wie es beim Surfen war.«

Hud wandte sich erneut an Jamie. »Beim Surfen? Das ist aber ein kostspieliges Hobby, oder?«

Jamie hatte Huds unterschwellige Anschuldigungen langsam satt. »Wenn ich dafür Diebesgut verkaufen müsste, warum habe ich dann nicht *beide* Schuhe geklaut?«

»Sie haben sich offenbar bereits einige Gedanken zu diesem Thema gemacht, oder?«, entgegnete Hud.

»Hilf mir!«, meinte Jamie flehend zu Ruby. »Bitte hilf mir einfach!«

»Es ist wirklich interessant, dass ihr beide befreundet seid«, erklärte Hud, bevor Ruby zu Wort kam. »Vor allem, wenn man bedenkt, dass das Schätzchen hier ebenfalls Diebesgut vor ihrer Tür gefunden hat und behauptet, sie habe keine Ahnung, woher es stamme.«

»Ja, das stimmt ja auch, aber weißt du was? Die kleine Riley hat mir so leidgetan, dass ich ihr einen Stall für ihr Pony gebaut habe. Sie war hellauf begeistert«, meinte Ruby zu Hud.

»Und das war ein echt gutes Gefühl, oder?« Hud nahm eine kleine Schere von dem Schlüsselband um seinen Hals und begann, sich damit die Fingernägel zu säubern.

»Natürlich. Ich habe noch nie ein so breites Grinsen gesehen«, erwiderte Ruby.

»Die Psyche von Kriminellen ist wirklich faszinierend«, erklärte Hud. »Wir glauben, dass Profitgier oder Rache die häufigsten Motive sind, aus denen ein Verbrechen verübt wird – und das stimmt auch. Aber manchmal sind die Gründe seltsamer und verdrehter. Es kommt durchaus vor, dass ein Krimineller etwas stiehlt, um anschließend als Held dazustehen, wenn er es zurückbringt.«

»Dann glaubst du also, dass ich das Pony gestohlen habe, weil ich auf die Dankbarkeit des kleinen Mädchens aus war? Und danach habe ich ihr auch noch einen Stall gebaut?«, wollte Ruby wissen.

»Habe ich das gerade so gesagt?«, fragte Hud und riss unschuldig die Augen auf. *Kein Wunder, dass er keine Rollen mehr bekommen hat*, dachte Jamie. Er war ein grauenhafter Schauspieler.

»Ja, genau das hast du«, erwiderte Ruby.

»Und ich stehe vermutlich auf benutzte Taschentücher, oder?«, fragte Jamie. »Glauben Sie, dass mir der Besitzer dankbar um den Hals fallen wird, wenn ich es ihm wiederbringe?«

Hud säuberte weiter seine Nägel. »Ein schlauer Verbrecher versteht es, den Ermittler in die Irre zu führen.«

Jamie schüttelte den Kopf. »Also ich gehe jetzt rein. Kommst du mit?«, fragte sie Ruby.

»Sicher. Wir müssen immerhin unseren nächsten Coup planen«, erwiderte Ruby.

»Es kommt immer wieder vor, dass Verbrecher mit ähnlichen Psychosen zusammenfinden. Die Folgen sind jedes Mal verheerend«, rief Hud ihnen nach.

»Er ist wirklich sehr scharfsinnig. Fast wie Sherlock.« Jamie ließ Ruby ins Haus.

»Ja, ich hätte beinahe gestanden und zugegeben, dass wir Thelma und Louise vom Storybook Court sind«, erwiderte Ruby.

»Also, ich brauche jetzt einen Kaffee. Willst du auch einen?«, fragte Jamie und machte sich auf den Weg in die Küche.

»Ja, auf alle Fälle.« Ruby setzte sich an den Küchentisch, und im nächsten Moment sprang Mac auf ihren Schoß.

»Wow. Normalerweise braucht er länger, bis er jemanden mit seiner Anwesenheit beehrt«, staunte Jamie. »Macht es dir etwas aus?«

»Nein, natürlich nicht.« Ruby kraulte Mac unterm Kinn, und er schloss verzückt die Augen.

»Lag bei dir heute Morgen auch wieder etwas vor der Tür?«, fragte Jamie und stellte zwei große Becher Kaffee auf den Tisch.

»Nein. Aber bei dir, oder?«

»Ja. Seit dem letzten Mal waren es ein verschwitztes T-Shirt und die Dinge, die du gerade gesehen hast. Ich werde langsam wahnsinnig.« Jamie rührte zwei große Löffel Zucker in ihren Kaffee und nahm einen Schluck.

»Es ist wirklich seltsam, aber es muss keine böse Absicht dahinterstecken«, erklärte Ruby und kraulte weiter Macs Kinn.

»Was ist eigentlich mit dem Ex-Fernsehdetektiv? Wird er uns verpfeifen?«

Ruby lachte. »An wen denn? Abgesehen davon, liebt er ungelöste Fälle zu sehr, um das Spiel jetzt schon zu beenden. Also, wie war das Surfen?«

»Ich bin so froh, dass du es vorgeschlagen hast! Es war unglaublich. Ich bin bereits richtig süchtig danach – und ich habe einen wahnsinnigen Muskelkater«, antwortete Jamie.

»Ich wusste, dass es dir gefallen wird. Kylie ist toll.«

»Ja, vor allem, weil ihr der Spaß an der Sache so wichtig ist. Sieh dir mal die Fotos an, die ich von ihr gemacht habe.« Jamie holte ihr Handy, öffnete die Galerie und reichte es an Ruby weiter. »Das erwarte ich mir von meinem Traumjob auch. Er muss einfach Spaß machen – zumindest ab und zu.«

»Die Fotos sind echt gut«, erklärte Ruby und klickte sich durch. »Du hast Kylies Persönlichkeit perfekt eingefangen. Und das Bild von dem Kerl mit den schlechten Ratschlägen gefällt mir auch sehr gut.«

»Danke.«

»Jamie! Marie lädt Sie morgen Abend zum Essen ein!«, brüllte Al.

»Was macht er eigentlich im Winter, wenn die Nachbarn die Fenster zuhaben?«, flüsterte Jamie Ruby zu, bevor sie zurückrief: »Das klingt super! Was soll ich mitbringen?«

»Nichts. Aber Marie sagt, dass Sie ein Kleid anziehen sollen. Wir fangen um sieben an.«

»Oh-oh«, meinte Ruby.

»Eine Einladung zum Abendessen ist doch nicht schlimm, und ich mag die beiden irgendwie«, erwiderte Jamie.

»Ja, ich doch auch. Und ich war auch schon bei ihnen zum Abendessen eingeladen. Aber Marie hat mir nie vorgeschrieben, was ich anziehen soll.« Ruby nippte an ihrem Kaffee und lächelte. »Ich glaube, du sollst morgen verkuppelt werden, meine Liebe.«

»Aber ich habe Marie und Helen doch gesagt, dass ich das nicht will!«, rief Jamie.

»Du kennst Marie zwar noch nicht so lange, aber du hast doch sicher schon bemerkt, dass ihr das egal ist.«

»Wenn du recht hast, dann hat sie sicher ihren Großneffen eingeladen. Sie spricht andauernd von ihm. Und dann fängt Helen jedes Mal mit ihrem Patensohn an. Kann ich nicht einfach absagen? Kann ich behaupten, ich sei krank?«, fragte Jamie.

»Marie würde sofort rüberkommen und dir Cola, Salzstangen und Hühnersuppe vorbeibringen – und gleichzeitig natürlich auch dein Alibi checken«, vermutete Ruby. »Du kannst ihr nicht entkommen. Am besten bringst du es so schnell wie möglich hinter dich.«

Jamie seufzte. »Du hast recht. Und es ist ja nur ein Abendessen mit Al, Marie und dem Patensohn – wie schlimm kann das schon werden?«

Es dauert sicher nicht länger als eine halbe Stunde, beruhigte sich David. Er war natürlich davon ausgegangen, dass er ein wenig nervös sein würde. Immerhin war es lange – sehr lange – her, seit er das letzte Mal eine Verabredung hatte. Allerdings hätte er nicht erwartet, dass er sogar zwischen den Fingern schwitzen würde.

Außerdem war das hier doch gar kein Date. Sie würden sich einfach kurz treffen, damit sie beide wussten, womit sie es zu tun hatten. Er hatte Madison – der Jugendlichen, die Teilzeit im Laden aushalf – erzählt, dass eine Freundin auf einen Sprung vorbeikommen würde. Mehr musste sie nicht wissen, und außerdem war sie ohnehin mit den anderen Kunden beschäftigt. Viele Leute legten auf dem Nachhauseweg von der Arbeit einen Zwischenstopp in der Bäckerei ein. Beim nächsten Mal würde er ein Lokal aussuchen, in dem er niemanden kannte.

David sah auf die Uhr. Kurz vor sechs. Er trug einen Teller mit seinen neuesten Cupcake-Kreationen zu einem Tisch am Fenster, setzte sich und wischte sich mit einer Serviette den Schweiß von den Händen, während er noch einmal mögliche Gesprächsthemen durchging. Er hatte mehrere Online-Artikel darüber gelesen. »Was ist dein Traumjob?«, »Bist du ein Hunde- oder ein Katzenmensch?« Und der Klassiker: »Wie war dein Tag?« Er hatte sich sogar überlegt, Rubys Lieblingsfrage auszuleihen: »Wenn es einen Film über dein Leben geben würde – wie wäre dann der Titel?« Normalerweise hatte er zwar keine Probleme, mit jemandem ins Gespräch zu kommen, aber das hier war neu.

Er widerstand dem Drang, sich noch einmal Sabrinas Bild anzusehen, denn er wusste ohnehin noch genau, wie sie aussah. Sie hatten sich den Tag über einige Nachrichten geschickt, und sie hatte ihm gut gefallen. Sie war humorvoll und schlagfertig, obwohl sie seine Anspielung auf *Pulp Fiction* nicht verstanden hatte, und Leute, die *Pulp Fiction* nicht zu schätzen wussten, waren ihm irgendwie nicht ganz geheuer.

Die Glöckchen über der Tür klingelten – und da war sie. Sie sah genauso aus wie auf dem Foto, obwohl Adam ihn gewarnt hatte, dass das vielleicht nicht der Fall sein würde. Aber hier stimmte einfach alles. Zumindest, bis sie hinter dem Sideboard hervortrat, das den Eingang begrenzte, und er sie von der Brust abwärts sah.

Sie war schwanger! Schwanger! Im achten Monat? Oder sogar noch weiter? Er hatte keine Ahnung. Sie war jedenfalls *richtig* schwanger, und vermutlich würde bald ein Krankenwagen notwendig sein. Davids Gehirn sandte hektisch Befehle aus: *Lächeln! Nicht auf ihren Bauch starren! Stell dich vor!*

Er erhob sich lächelnd. »Sabrina?«

Sie lächelte ebenfalls. Es war ein nettes Lächeln. »David?«

Er nickte und deutete mit dem Kopf auf den Stuhl gegenüber. »Und das sind die Cocktail-Cupcakes, die ich dir versprochen habe.«

»Wunderbar.« Sie setzte sich und nahm gleich mal einen Bissen. »Mein Freund würde ausflippen, wenn er das sieht. Er hat Angst, dass ich zu fett werde.«

»Dein Freund …«, wiederholte David. War seine erste Counterpart-Verabredung tatsächlich eine schwangere Frau mit festem Freund?

»*Ex*-Freund«, verbesserte sie sich. »Er tat immer so, als wollte er nicht, dass ich Junkfood esse, weil er Angst um meine Gesundheit und die des Babys hatte. Aber eigentlich wollte er nicht, dass ich *fett* werde. Vermutlich erwartet er – *erwartete* er –, dass ich das Krankenhaus mit einer Bikinifigur verlasse.« Sie biss noch mal in den Cupcake. »Mann, ist der lecker.«

Irgendwie klang das alles nicht wirklich so, als wäre der Kerl schon lange ihr Ex-Freund. Was zum Teufel sollte er bloß tun? »Willst du vielleicht Kaffee oder Tee dazu?«, fragte er. Verdammt, er würde einfach so tun, als wäre alles ganz normal. Er würde einen Kaffee mit ihr trinken und ihr anschließend sagen, dass es toll war, sie kennenzulernen. Und dann würde er mit seinem Leben weitermachen.

»Kaffee, bitte«, erwiderte sie. »Das wollte mir mein Freund – mein *Ex-Freund* – auch verbieten. Laut Arzt sind kleine Mengen Koffein in Ordnung, aber das reichte Patrick natürlich nicht. Er wollte, dass ich die ganzen neun Monate keinen Tropfen Kaffee trinke. Allerdings war er selbst nicht bereit, auch nur einen einzigen Tag auf seinen extrastarken Espresso zu verzichten, um mich moralisch zu unterstützen. Er meinte andauernd, dass er ja nicht schwanger sei und dem Baby damit nicht schade. Er behauptete, es sei unvernünftig von mir, von ihm zu erwarten, dass er alles aufgebe.«

»Ich bin gleich wieder da«, stammelte David und ließ sich so lange wie möglich Zeit, um den Kaffee, die Sahne und den Zucker zu holen.

»Ich hätte dich vermutlich vorher fragen sollen«, meinte Sabrina, als er sich wieder setzte, »aber es ist doch nicht zu viel Alkohol in den Cupcakes, oder?«

»Du müsstest schon ein Dutzend davon essen, um auf eine Flasche Bier zu kommen«, erwiderte David. »Es sei denn, du drückst die Pipetten hier aus.«

Sabrina fuhr mit dem Finger über einen der Cupcakes und schleckte die Glasur herunter. »Ich frage gar nicht, wie viele Kalorien sie haben. Es waren lange achteinhalb Monate.«

»Das kann ich mir vorstellen«, erwiderte David. Er wollte auf die Uhr sehen, aber er hielt sich davon ab. Er würde warten, bis sie ihren Kaffee ausgetrunken hatte, was hoffentlich nicht allzu lange dauern würde. Danach würde er eine Entschuldigung finden und abhauen.

Sabrina schnaubte. »Ihr Männer tut immer so mitfühlend und verständnisvoll. Aber ihr könnt euch unmöglich in unsere Lage versetzen – also versucht es erst gar nicht!« Ihre Stimme klang mittlerweile ziemlich schrill, und sie hatte die Augen aufgerissen wie eine Irre. Vielleicht war es aber auch nur der Zucker. Es war immerhin bereits ihr zweiter Cupcake.

»Ja, klar, da hast du sicher recht«, erwiderte David möglichst ruhig. »Kein Mann wird je verstehen, wie es ist, wenn man schwanger ist.«

Sie kaute so heftig, dass er hörte, wie ihre Zähne aufeinanderschlugen. »Und jetzt bemühst du dich, beruhigend auf mich einzureden, als wäre ich ein tollwütiges Tier, das dich beißen will.«

Ja, da hast du vollkommen recht!, dachte David. Anscheinend konnte er ohnehin nichts richtig machen, also konzentrierte er sich darauf, Zucker in seinen Kaffee zu rühren.

»Siehst du? Du erwartest von mir, dass ich keinen Zucker esse, aber du nimmst ihn sehr wohl. Und zwar direkt vor meiner Nase!«, meinte Sabrina anklagend.

»Moment mal!«, beschwerte sich David. »Wir kennen uns doch gar nicht. Ich erwarte überhaupt nichts von dir.«

»Dann ist dir das Baby also vollkommen egal.« Sabrina hatte den zweiten Cupcake fertiggegessen und schnappte sich auch noch den halben Cupcake von Davids Teller.

»Hör zu, das ist jetzt vielleicht kein guter Zeitpunkt, um etwas Neues anzufangen. Ich hoffe, dass alles gut …«

Sabrina ließ ihn gar nicht erst ausreden. »Du ekelst dich vor mir! Aber man kann einfach nicht schwanger sein, ohne fett zu werden. Das ist schlichtweg unmöglich.«

»Ich will mich nicht mit dir streiten. Warte, ich packe dir ein paar Cupcakes für später ein.« David stand so schnell auf, dass er beinahe seinen Stuhl umwarf. Er trat hinter den Ladentisch und bereitete ein halbes Dutzend Cupcakes vor, während seine Gedanken rasten. Würde er es schaffen, sie aus dem Laden zu befördern, bevor sie einen Zusammenbruch erlitt? Konnte die Aufregung Wehen auslösen?

Er warf einen schnellen Blick auf Madison, die jedoch bloß große Augen machte. Sie würde ihm keine große Hilfe sein.

»Hier, bitte.« David stellte den Karton mit den Cupcakes vor Sabrina auf den Tisch, ohne sich noch einmal zu setzen. »Zwei sind mit Alkohol, der Rest ist ohne.«

»Ich kann selbst entscheiden, was gut für mich ist, weißt du?«, schrie Sabrina. »Ich habe an die vierhundert Schwangerschaftsratgeber gelesen. Ich weiß, was okay ist und was nicht.«

»Ja. Natürlich.« David trat einen Schritt zurück und hob ergeben die Hände. Ein Hund, gute Freunde, einen Job, den er gerne machte – das klang doch ganz gut. Nein, es klang sogar *hervorragend!*

Die Glöckchen über der Tür klingelten erneut, und ein großer Kerl mit schütterem roten Haar stürzte herein. »Sabrina! Was zum Teufel soll das?«, rief er.

Sie reckte das Kinn in die Höhe. »Jetzt hast du mich erwischt. Ich esse Cupcakes – mit Alkohol. Und ich trinke Kaffee. Wenn es dir wirklich um das Baby gehen würde, würdest du nicht so herumbrüllen. Du sagst doch andauernd, dass Stress nicht gut für sie ist.«

»Ich spreche doch nicht von den verdammten Cupcakes«, zischte der Mann so laut, dass es trotzdem jeder hören konnte. »Ich spreche von deinem *Date*.«

»Na und?«, fragte Sabrina. Sie öffnete den Karton und schob sich den nächstbesten Cupcake zur Hälfte in den Mund, ohne vorher das Papier zu entfernen. »Du willst doch ganz offensichtlich nicht mit mir zusammen sein. Ich bin dir zu fett, zu selbstsüchtig und zu dumm.«

David trat noch ein paar Schritte rückwärts, während sich Madison gespannt nach vorne beugte.

»Du weißt, dass das nicht wahr ist, Liebling«, meinte der Mann mit schmachtender Stimme. Er kniete sich neben Sabrina auf den Boden und schlang die Arme um sie. »Du bist perfekt. Absolut perfekt.«

Madison warf David einen Blick zu, als wollte sie sagen: »Hast du das gehört?« Der Mann sah mittlerweile ebenfalls zu David hinüber, und seine Gesichtszüge wurden hart. »Es ist echt erbärmlich, sich an eine Frau heranzumachen, deren Hormone verrücktspielen und die so wahnsinnig verletzlich ist.«

»Ich habe doch gar nicht …« David brach ab. Alles, was er jetzt sagte, konnte dazu führen, dass der Kerl und Sabrina die Beherrschung verloren. »Es tut mir leid.« Und das stimmte auch. Es tat ihm wirklich *wahnsinnig* leid.

»Ich bringe dich jetzt nach Hause«, meinte der Mann zu Sabrina und streichelte sanft über ihren Bauch.

Sabrina stemmte sich hoch und schenkte David ein Lächeln, als wäre sie nicht gerade noch bereit gewesen, ihn mit dem nächstbesten Messer niederzustechen. »Du bist sicher ein netter Kerl. Und ich bin mir sicher, dass du die Richtige finden wirst. Aber ich bin es nicht. Ich war ziemlich durcheinander, als ich mein Profil online gestellt habe.«

»Kein Problem«, erwiderte David. Er sah zu, wie Sabrina und ihr Doch-nicht-Ex-Freund die Bäckerei verließen, und blickte ihnen nach, bis sie nicht mehr zu sehen waren. Erst dann erlaubte er sich, wieder zu atmen. »In ihrem Fall tippe ich auf eine ausgeprägte reaktive Bindungsstörung, und bei ihm auf eine abhängige Persönlichkeitsstörung«, erklärte Madison, die Psychologie studieren wollte und für jeden die passende Diagnose hatte.

»Und ich würde sagen, dass die beiden total meschugge sind«, murmelte David. »Ich bin dann mal weg.«

Er wollte nur noch mit dem Hund spazieren gehen, sich dann mit einer Flasche Bier vor den Fernseher setzen und sich ein Sportprogramm suchen, um bis zum nächsten Morgen an nichts mehr denken zu müssen. Doch als er nach Hause kam, saß Zachary auf der Treppe vor der Tür, und Diogee lehnte sich an ihn. Es war offensichtlich, dass der Junge etwas auf dem Herzen hatte.

»Was geht ab, Kumpel?«, fragte David und ließ sich neben Zachary nieder. Diogee erhob sich und streckte David den Hintern entgegen, damit er ihn ausgiebig kratzen konnte.

Zachary hielt ein kleines Buch mit einem violetten Zebra-Einband hoch. »Das hier habe ich heute Morgen vor der Tür gefunden.«

David nahm es und schlug es auf. Auf der ersten Seite stand in eindringlichen Großbuchstaben und dicker schwarzer Tinte eine Warnung: ALLE, DIE DAS LESEN, WERDEN IN STÜCKE GEHACKT!!

»Das ist Addison Brewers Tagebuch«, erklärte Zachary.

»Hast du es denn gelesen?«, fragte David und gab ihm das Büchlein wieder zurück.

»Nein! Na ja, ein bisschen. Ich wollte wissen, wem es gehört«, gab Zachary zu. »Und jetzt weiß ich nicht, was ich tun soll. Wenn ich es ihr zurückgebe, bringt sie mich vermutlich um, weil sie denkt, ich hätte es gelesen.«

»Was du ja auch getan hast«, erinnerte David ihn.

»Aber nicht alles«, protestierte Zachary. »Vielleicht sollte ich es ihr heimlich vor die Tür legen, aber was, wenn sie mich erwischt? Dann wäre ich so gut wie tot. Es stehen da ein paar echt persönliche Dinge drin …«

»Die du natürlich *nicht* gelesen hast«, stellte David fest.

»Nein, nicht alles«, wiederholte Zachary. »Sie würde vermutlich den Verstand verlieren, wenn sie wüsste, wer es gehabt hat. Ich dachte, du könntest vielleicht …«

»Keine Chance. Ich würde echt viele Dinge für dich tun, Junge, aber ich will nicht riskieren, dass ich in Stücke gehackt werde«, erklärte David.

»Vielleicht könnte Diogee es zerkauen?«, fragte Zachary und klang ziemlich hoffnungsvoll.

Diogees Schwanz setzte sich in Bewegung, als er seinen Namen in Verbindung mit dem Hinweis hörte, dass er etwas zu fressen bekommen sollte. »Das würde er sicher sehr gerne tun«, antwortete David. »Aber lieber nicht. Hast du eine Ahnung, wie viel es kosten würde, wenn ihm der Tierarzt alle vier Beine wieder annähen muss?«

Er überlegte kurz. »Wie wäre es, wenn wir es mit der Post

zurückschicken? Wir könnten ein Etikett ausdrucken und Gummihandschuhe tragen. So kann sie weder die Handschrift analysieren noch Fingerabdrücke nehmen.«

»Das ist genial!« Zachary lehnte sich zurück und stützte sich mit den Ellbogen auf der Treppe hinter ihm ab. »Weißt du, auf den Seiten, die ich gelesen habe …«

»Die Seiten, die du *zufällig* gesehen hast …«

»Ich habe echt nicht alles gelesen!«, rief Zachary. »Aber ich habe ein paar Dinge gesehen, die klingen, als wäre ihr Freund ein ziemlicher Arsch.«

»Das weiß ich auch, ohne ihr Tagebuch zu kennen.« Davids Finger begannen langsam zu schmerzen, doch sobald er aufhörte, Diogee zu kratzen, warf ihm der Hund einen flehenden Blick zu, sodass er wieder von vorne begann. »Die ganze Nachbarschaft hört doch andauernd, wie sie ihn am Handy anbrüllt. Obwohl es natürlich auch eine Kombination aus der Tatsache, dass er ein Arsch ist, und Addisons viel zu hohen Erwartungen sein kann.«

»Ich glaube nicht, dass es zu viel erwartet ist, dass er sie nicht vor seinen Freunden verleugnet, dass er zum vereinbarten Zeitpunkt aufkreuzt und dass er ihren Geburtstag nicht vergisst. Sogar *ich* erinnere mich an ihren Geburtstag«, entgegnete Zachary.

Er mag sie, dachte David. Er hatte bereits vermutet, dass der Rote-Kreuz-Vorfall mit einem Mädchen zu tun hatte, aber er wäre nicht in einer Milliarde Jahren auf die Idee gekommen, dass es sich bei dem Mädchen ausgerechnet um Addison Brewer handeln sollte. Nicht, dass Addison nicht hübsch wäre. Aber Zachary selbst sagte doch immer, dass sie eine Kratzbürste war – zumindest war sie im letzten halben Jahr zu einer geworden. Aber vielleicht verhielt sie sich nur so, weil ihr Freund sie in den Wahnsinn trieb.

Er musterte Zachary. War dem Jungen eigentlich bereits bewusst, dass er in Addison verschossen war?

»Sollten wir vielleicht eine Nachricht mitschicken?«, fragte Zachary und richtete sich auf. »Glaubst du nicht, dass sie ausrastet, wenn sie das Tagebuch mit der Post bekommt, obwohl ihre Adresse nicht drinstand? Dann glaubt sie vielleicht, dass sie einen Stalker hat.«

»Weißt du was? Ich hab's!«, beruhigte David ihn. »Ich weiß zufällig, dass Ruby einen Stall für Rileys Pony gebastelt hat. Sie soll das Tagebuch einfach unter die Couch schieben, wenn sie die Kleine das nächste Mal besucht. Dann merkt Addison gar nicht erst, dass es fort war.«

»Genial!« Zachary lehnte sich erneut zurück. »Danke!«

»Kein Problem«, erwiderte David. »Kommst du mit auf einen Spaziergang?« Bei dem Wort »Spaziergang« wetzte Diogee durch die Hundeklappe, die genauso rund war wie Davids Hobbit-Haustür.

»Klar!«

Als Diogee wieder mit der Leine im Maul herausgestürmt kam, vibrierte Davids Handy. Er warf einen Blick darauf, es war Adam. Sein Freund würde ihm keine Ruhe lassen, bis er ihm von Sabrina erzählt hatte.

»Ich muss da mal rangehen«, erklärte er Zachary. »Geht ihr doch schon mal vor. Ich komme gleich nach.«

Zachary nickte. Er nahm Diogee die Leine ab, befestigte sie an dem Halsband und ließ sich von dem Hund über den Rasen schleifen. David fiel auf, dass Diogee Zachary nicht zuerst durch das Gartentor gehen ließ.

David hob ab und hielt sich gar nicht erst mit einem »Hallo« auf. »Sie war schwanger. Und sie hatte einen Freund«, erklärte er.

»Das darf dich aber nicht davon abhalten, es weiter zu versuchen«, meinte Adam, als er schließlich zu lachen aufgehört hatte. David hörte Lucys Stimme im Hintergrund und wartete, bis Adam ihr alles erzählt hatte. »Lucy meinte gerade, dass sie die nächste Kandidatin aussuchen möchte – denn wir beide haben es offensichtlich versaut.«

»Ich brauche jetzt erst mal ein wenig Zeit, um mich zu erholen«, erwiderte David. »Ich habe das Gefühl, als hätte sich mein Leben in eine Daily Soap verwandelt.«

»Vergiss es«, entgegnete Adam. »›Ein wenig Zeit‹ wird schnell zu einem ganzen Jahr. Lucy wird jemanden für dich finden.« Er legte auf, bevor David ablehnen konnte.

Kapitel 8

Jamie lag ausgestreckt auf dem Bauch und machte ein Foto von Ruby und Riley, die gerade Paulas Stall begutachteten. Die beiden wirkten aufgeregt und konzentriert zugleich, während sie darüber diskutierten, was Paula alles brauchen würde. Wollte sie lieber ein Bett, ein weiches, golden glänzendes Strohlager oder doch etwas aus rosaroten Wolken?

»Ich hab's!«, rief Ruby schließlich. »Wie wäre es mit einem Himmelbett, aber mit Stroh anstatt einer Matratze?«

»Und mit einem rosaroten Wolkenkissen!« Riley klatschte in die Hände und ließ auch Paula in die Hufe klatschen.

Ruby zog ihre Tasche von Rileys Bett zu ihnen auf den Boden. »Ich habe mehrere Stoffe zur Auswahl mitgebracht. Mal sehen, was wir als Himmel verwenden können.«

Jamie machte lächelnd noch ein paar weitere Fotos, während die beiden einen hauchdünnen Stoff im Blumenmuster aussuchten. Natürlich in Lila und Pink.

Wahrscheinlich arbeitet Ruby genauso mit ihren Regisseuren, dachte Jamie. *Sie hört sich deren Vorstellungen an und findet dann den besten Weg, diese umzusetzen.* Ruby hatte ganz offensichtlich ihre Leidenschaft gefunden und verdiente auch noch ihren Lebensunterhalt damit. Ganz zu schweigen davon, dass sie gerade ein kleines Mädchen unglaublich glücklich machte.

Plötzlich wurde die Tür in Rileys Zimmer aufgestoßen, und Jamie, Ruby und Riley rissen erschrocken die Köpfe hoch. Es war Addison – Rileys große Schwester –, die mit ihrem Tagebuch in der Hand vor ihnen stand. Jamie wusste, dass es sich um Addisons Tagebuch handelte, weil ihr Ruby erzählt hatte, dass ein Nachbarsjunge es vor seiner Tür gefunden hatte und sie es nun unbemerkt ins Haus zurückschmuggeln musste.

»Riley, du hast doch gesagt, dass du das hier nicht angerührt hast.« Addison streckte ihrer kleinen Schwester das Tagebuch entgegen.

»Hab ich ja auch nicht«, jammerte Riley.

»Und wie kam es dann in die Ecke hinter dem Lehnstuhl? Zusammen mit deinem Prinzessin Sofia Malbuch und deinem Feenstab?«, wollte Addison wissen.

»Ich hab gar nichts gemacht«, wiederholte Riley.

»Bei mir tauchen auch ständig irgendwelche Sachen an Orten auf, wo ich sie sicher nicht hingelegt habe«, wandte Ruby eilig ein. »Neulich fand ich eine Packung Tiefkühlerbsen – oder besser gesagt: *aufgetaute* Erbsen – in meiner Sockenschublade. Könnt ihr euch das vorstellen? In der *Sockenschublade!*«

»Ja, das ist mir auch schon mal passiert«, gab Jamie zu. »Vielleicht hast du es auf den Stuhl gelegt, und es ist runtergerutscht?«

»Ja, kann sein«, murmelte Addison. »Aber fass es auf keinen Fall jemals wieder an, Riley!«, fauchte sie noch, bevor sie verschwand.

»Ich hab doch gar nichts gemacht«, meinte Riley noch einmal. Sie drückte den Stoff an ihre Wange und ließ ihn dann über den Rücken des Ponys gleiten. »Paula gefällt der hier.«

»Gute Wahl«, lobte Ruby sie. »Aber Jamie und ich müssen jetzt leider gehen. Ich soll ihr helfen, sich für ihr großes Date zurechtzumachen.«

»Es ist gar kein *richtiges* Date«, meinte Jamie zu Riley und kam sich im nächsten Moment dämlich vor, weil sie sich tatsächlich gegenüber einer Vierjährigen rechtfertigte.

»Ich sagte doch schon: Bleib einfach für alles offen«, erklärte

Ruby Jamie. Dann nahm sie ihre Tasche, fuhr Riley durch die Haare und tätschelte Paula. »Ich fange gleich mal mit dem Himmelbett an, und wenn es deine Mom erlaubt, dann kannst du morgen vorbeikommen und dir das Stroh und den Stoff für die Wolkenkissen aussuchen.«

»Das geht schon in Ordnung. Ich bringe sie nach der Schule vorbei«, rief Addison aus dem Wohnzimmer. »Sie muss nur um sieben wieder da sein. Mom besteht darauf, dass wir zusammen zu Abend essen, wenn sie mal früher da ist.« Das Mädchen klang hocherfreut. Es musste schwer sein, die Verantwortung für seine kleine Schwester zu übernehmen, selbst wenn sie so süß war wie Riley. Die Freundschaft zwischen Ruby und Riley war also für alle von Vorteil. Addison hatte mehr Zeit für sich, Riley bekam mehr Aufmerksamkeit, und Ruby hatte die Gelegenheit, Zeit mit einem Kind zu verbringen. Jamie erinnerte sich, wie wehmütig Ruby geklungen hatte, als sie ihr erzählt hatte, dass sie die Chance verpasst hatte, selbst welche zu bekommen.

»Super, abgemacht«, erwiderte Ruby. »Bye-bye, meine Süße.«

»Bye. Und danke, dass ich mitkommen durfte«, fügte Jamie hinzu.

»Bye«, antwortete Riley und starrte in den Stall, als würde sie das Himmelbett bereits vor sich sehen.

Jamie und Ruby hatten gerade das Haus verlassen, als sie einen gellenden Schrei hörten. Sie hasteten wieder zurück. »Was ist denn los? Was ist passiert?«, rief Ruby und sah von Addison zu Riley.

Addison schleuderte ihr Handy auf den Boden. »Was passiert ist? Mein Freund ist ein …« Sie warf einen Blick auf ihre kleine Schwester. »Er ist nicht sehr nett, okay? Er hat mir gerade ein Foto geschickt. Er hockt mit seinen Freunden bei McDonald's, und die Kellnerin sitzt praktisch auf seinem Schoß. Sie heißt

Olivia und geht mit uns zur Schule, und man sieht genau, wie es ihm gefällt. Er hat es an mehrere Leute geschickt – vermutlich sollte ich es gar nicht bekommen. Aber das ist auch egal. Er ist in jedem Fall ein … na ja, er ist eben nicht sehr nett.«

»Wie lange bist du denn schon mit ihm zusammen?«, fragte Jamie, während Ruby Riley in ihr Zimmer begleitete.

»Zwei Jahre. Wenn man die Zeit mitzählt, die wir getrennt waren«, antwortete Addison. »Und ich zähle sie mit, weil wir ja immer wieder zusammenkamen.«

»Ja, das klingt logisch«, erklärte Jamie.

»Nur, dass du es weißt: Dein Schrei hat Paula wahnsinnig erschreckt, aber Riley meint, dass es ihr schon wieder besser geht«, erklärte Ruby, als sie zurück ins Wohnzimmer trat. »Und ich muss zugeben, dass mein Herz ebenfalls einen Moment lang ausgesetzt hat, Addison. Es klang, als hätte dich jemand erstochen, und nicht, als wäre dein Freund gerade nicht sehr nett zu dir gewesen.«

Addison hob ihr Handy hoch. »Ich schreibe ihm, dass das gleichzeitige Einatmen von Pickelcreme und Hamburgerfett Krebs verursachen kann«, verkündete sie.

»Wir müssen jetzt los«, meinte Ruby. »Und denk bitte dran, Riley morgen nach der Schule zu mir zu bringen.«

»Ja, ja«, erwiderte Addison, deren Blick allerdings starr auf das Handy gerichtet blieb.

»Ich wollte ihr eigentlich erklären, dass sie aufhören soll, ihre Zeit mit diesem Kerl zu verschwenden«, erklärte Jamie, sobald sie das Haus verlassen hatten. »Aber alles, was mir einfiel, klang irgendwie wie eine Moralpredigt. Obwohl ich aus Erfahrung weiß, wie es ist, wenn man zu lange mit dem Falschen zusammenbleibt.«

»Wissen wir das nicht alle?«, fragte Ruby, während sie sich auf den Weg zu Jamies Haus machten. »Mir hätte bereits vor der Hochzeit klar sein sollen, dass mein Ex und ich nicht dasselbe wollen. Allerdings hat er mittlerweile Kinder – also wollte er vielleicht *doch* dasselbe wie ich. Bloß nicht mit mir.« Sie winkte ab. »Das Thema treibt mich in den Wahnsinn, also lassen wir das. Ich sollte mir lieber Gedanken über Paulas Stall machen. Ich könnte die Stützen für das Bett selbst schnitzen …«

Jamie verstand durchaus, dass es Dinge gab, über die man lieber nicht zu lange nachdachte. Ihr ging es ähnlich, was ihre Ex-Freunde betraf. »Schnitzen? Du bist ja total talentiert«, staunte sie stattdessen.

»Ich habe einmal kleine Holztiere für einen Film geschnitzt. Das ist eines der Dinge, die ich an meinem Job so liebe. Ich lerne ständig etwas Neues dazu«, erklärte Ruby. »Ich bin richtig süchtig danach.«

»Das will ich auch. Immer und immer wieder dasselbe zu unterrichten war echt anstrengend. Übrigens danke noch mal für den Tipp mit dem Surfen«, fügte sie hinzu. »Hast du vielleicht noch eine Idee, was meinen Selbstfindungstrip angeht? Vielleicht sogar eine, mit der ich auch noch Geld verdienen kann?« Denn darauf wollte sie sich konzentrieren: auf die Zukunft und nicht auf die Vergangenheit.

»Vom Geldverdienen habe ich keine Ahnung, aber ich habe einmal einen Improvisationskurs besucht. Bei den *Groundlings*. Dort hat auch Melissa McCarthy angefangen. Und Cheri Oteri, Lisa Kudrow, Julia Sweeney, Kristen Wiig und Jennifer Coolidge. So viele tolle Frauen. Und Männer. Der Kurs war der Wahnsinn«, antwortete Ruby.

»Das klingt irgendwie ziemlich Furcht einflößend.«

»Was dich nicht umbringt, macht dich stärker«, erwiderte Ruby. »Ist es okay, wenn ich mir mal deinen Kleiderschrank ansehe?«, fragte sie, nachdem sie durch Jamies Tür getreten waren, und machte sich auch gleich auf den Weg ins Schlafzimmer. Mac trottete hinter ihr her.

»Ja, klar. Aber ich habe nicht viele Kleider. Außerdem befinde ich mich gerade in einer Phase, in der sich die meisten meiner Klamotten irgendwie fremd und unpassend anfühlen. Kennst du das?«, fragte Jamie.

»Mein Kleiderschrank sieht aus, als würde ich unter einer multiplen Persönlichkeitsstörung leiden. Aber ich hab eben gerne eine große Auswahl.« Sie öffnete Jamies Schrank und begann zu stöbern. »Ah, ein kleines Schwarzes«, meinte sie schließlich. »Nett, aber nicht ganz das Richtige für ein Abendessen mit den Nachbarn.« Sie machte weiter. »Es sieht so aus, als stünde sonst nur dieses Kleid hier zur Auswahl. Und das könntest du genauso gut auf einer Beerdigung tragen.«

»Ja, dort *habe* ich es ja auch das letzte Mal getragen. Auf Moms Beerdigung«, gestand Jamie und streckte die Hand aus, um über den Ärmel des marineblauen Etuikleides zu streichen.

»Tut mir leid«, murmelte Ruby.

»Schon gut. Glaubst du, dass Marie auch mit einem Rock zufrieden wäre?« Jamie zog einen beige-braun karierten Bleistiftrock heraus, den sie immer am Elternabend angezogen hatte. »Es ist zwar nichts Besonderes, aber das ist die einzige Alternative.«

»Wir müssen unbedingt zusammen einkaufen gehen«, erwiderte Ruby. »Ich kenne da einen tollen Vintage-Laden. Fürs Erste ist der Rock aber okay, denke ich. Mit dem hier.« Sie zog ein legeres Chambray-Oberteil heraus. »Unter dem hier.« Sie griff nach einem grün-weiß gestreiften Pullover. »Und diesen Schuhen, die ich auch gerne hätte.« Sie nahm Jamies Lieblings-Peeptoe-Stiefletten, die sie sich vor Jahren einmal geleistet hatte.

»Ich hätte das nie kombiniert«, gestand Jamie. »Du hast wirklich ein sehr gutes Auge. Hast du eine Ahnung, wen Marie

heute Abend für mich eingeladen hat? Sie hat von einem Großneffen gesprochen. Kennst du ihn?«

Ruby schüttelte den Kopf. »Ich beneide dich nicht, dass du
jetzt Teil eines Wettkampfes zwischen Marie und Helen geworden bist. Der Streit darüber, wer das bessere Sodabrot macht,
hat epische Ausmaße angenommen. Er dauerte mehr als ein
Jahr, und sogar Nessie, Helens Schwester, wurde hineinzo-
gen. Natürlich sprachen die beiden kein Wort miteinander – es
lief alles über Marie.«

»Marie hat Nessie einmal erwähnt, aber ich wusste nicht,
von wem sie spricht«, erklärte Jamie.

»Sie ist Helens Zwillingsschwester. Die beiden sind hier im
Storybook Court aufgewachsen. Ihre Eltern ließen sich scheiden, als sie elf waren, und ihr Dad ist auf die andere Seite gezogen, während ihre Mom in dem Haus neben den Defranciscos
blieb. Nessie – die eigentlich Clyemnestra heißt, ob du es
glaubst oder nicht – ging mit ihrem Dad mit. Helen blieb bei
ihrer Mom. Seitdem haben die beiden kein Wort mehr miteinander gesprochen.«

»Das ist aber traurig«, meinte Jamie.

»Ja, das ist es. Ich könnte mir nicht vorstellen, nie mehr mit
meiner Schwester zu reden. Ich wünschte, sie würde nicht so
weit weg wohnen. Sie lebt in New Orleans«, antwortete Ruby.

»Ich hätte gerne eine Schwester. Oder einen Bruder. Jetzt, da
meine Mom gestorben ist, habe ich keine Familie mehr. Na ja,
außer ein paar Verwandten, denen ich jedes Jahr zu Weihnachten schreibe.« Jamie sah, dass Mac in den Schrank geschlichen
war und den Karton mit den Fundstücken fixierte. Sie hob ihn
hoch, setzte ihn aufs Bett und schloss eilig die Schranktür, damit er nicht wieder hineinhuschen konnte. Er knurrte beleidigt,
aber sie ignorierte ihn. Es gab Zeiten, in denen man MacGyver
einfach ignorieren musste.

»Was ist mit deinem Dad?«, fragte Ruby.

»Er hatte einen Autounfall, als ich etwa so alt war wie Riley. Ich kann mich ehrlich gesagt kaum noch an ihn erinnern«, antwortete Jamie.

»Das ist hart«, meinte Ruby und drückte Jamies Schulter. Jamie wechselte das Thema. Sie wollte nicht ausgerechnet vor dem Blind Date bei Marie und Al sentimental werden.

»Weißt du, was frustrierend ist? Marie weiß genau, dass ich nicht verkuppelt werden will. Ich habe laut und deutlich abgelehnt. ›Nein, nein, nein, nein‹, hab ich gesagt. Vielleicht ist es ja doch nur ein ganz normales nachbarschaftliches Abendessen?«, hoffte Jamie.

»Die Zeichen sagen was anderes«, erwiderte Ruby. »Marie hat ihren Großneffen mir gegenüber nie erwähnt, also kann ich dir auch keine Insiderinformationen liefern. Helens Patensohn habe ich zwar mal getroffen, aber er hat keinen bleibenden Eindruck bei mir hinterlassen.«

Mac begann lautstark zu schnurren, und Jamie sah, dass er es sich auf ihrem Outfit für den Abend bequem gemacht hatte. »Zumindest brauche ich keine Accessoires. Dafür habe ich Katzenhaare.« Sie schubste ihn hinunter, und er sprang vom Bett und stolzierte verärgert und mit hoch erhobenem Schwanz aus dem Zimmer. »Versucht Marie eigentlich alle zu verkuppeln? Oder bin ich etwas Besonderes?«

»Sie wollte vor Jahren einmal einen Mann für mich finden. Aber du bist seit einiger Zeit der erste Neuankömmling.«

»Und was ist mit Helen? Wollte Marie sie auch einmal unter die Haube bringen?«, fragte Jamie.

»Nein, soweit ich weiß, nicht«, antwortete Ruby. »Aber im Gegensatz zu dir und dem Rest von uns schafft es Helen, mit Marie mitzuhalten, und gewinnt sogar ab und zu.«

»Okay.«

»Ich muss jetzt weiter. Ich will mit meiner Weihnachts-
bäckerei nicht zu sehr in Verzug geraten«, erklärte Ruby.

»Ja, klar, es ist immerhin bald Ende September. Dir läuft die
Zeit davon«, scherzte Jamie.

»Ich erwarte morgen einen detaillierten Bericht von dir!
Oder auch noch heute Abend – komm einfach vorbei, wenn du
Lust hast.« Ruby machte sich auf den Weg zur Haustür, doch
Jamie hielt sie zurück. »Warum kommst du nicht einfach mit?
Ich verspreche dir, dass ich dir dafür beim Backen helfe. Ich
backe dir eine Million Plätzchen! Und Marie macht es sicher
nichts aus. Sie hat vermutlich genug Essen für eine Kompanie
gekocht.«

»Mindestens. Wahrscheinlich schickt mir Al nachher ein
paar Reste vorbei«, stimmte Ruby ihr zu. »Aber ich kann nicht
uneingeladen dort aufkreuzen. Marie würde mich einfach nach
Hause schicken.«

Vermutlich hatte sie recht. Jamie hatte bereits mitbekom-
men, dass Marie keinerlei Probleme damit hatte, zu sagen, was
sie sich dachte. Höflichkeit wurde überbewertet.

»Denk positiv«, meinte Ruby. »Vielleicht ist er sogar ganz
nett. Und ein Kerl muss auch nicht unbedingt ›Jamies Jahr‹ in
die Quere kommen. Nimm ihn dir doch einfach nur fürs Bett.«

Denk positiv, sagte sich Jamie, als sie ein paar Stunden später
bei den Defranciscos klopfte. Marie kam an die Tür und winkte
sie kopfschüttelnd ins Haus. »Na ja, wenigstens tragen Sie
einen Rock. Aber ein Karomuster passt doch nicht zu einem
gestreiften Pullover! Sie sehen aus wie ein Landstreicher.«

Jamie wollte ihr erklären, dass man den Kleidungsstil Boho-
Chic nannte und dass ihr das kuriose Outfit, das Ruby für sie
zusammengestellt hatte, durchaus gefiel. Allerdings war ihr
klar, dass sie Marie niemals überzeugt hätte. Also reichte sie ihr

stattdessen den Blumenstrauß, den sie als Gastgeschenk mitgebracht hatte. Dieses Mal nickte Marie anerkennend. »Al, hol eine Vase!«, rief sie.

Al tauchte im Flur auf, nahm die Blumen mit einem Grunzen entgegen und verschwand in der Küche. Marie deutete auf die – leere! – Couch im Wohnzimmer, und Jamie ließ sich erleichtert darauf nieder. Doch die Freude währte nur kurz, dann läutete es an der Tür.

»Unser Steuerberater hat sich das Handgelenk gebrochen. Er isst schon seit Tagen nur noch Dosenfutter, also habe ich ihn zum Abendessen eingeladen, als ich ihn vorhin zufällig im Supermarkt getroffen habe«, erklärte Marie, bevor sie sich auf den Weg zur Tür machte.

Vorhin, ja klar, dachte Jamie. Deshalb hatte Marie Al auch gestern bereits aufgetragen, dass Jamie ein Kleid tragen sollte, wenn sie zum Essen kam. Sie fragte sich, wie gut Marie den Steuerberater kannte und wie sie darauf kam, dass Jamie und er gut zusammenpassten. Vielleicht dachte sie, dass Jamie mit vierunddreißig Jahren schon so alt war, dass jeder Mann mit einem voll funktionstüchtigen Herzen zu ihr passte.

Doch der Mann, den Marie schließlich ins Wohnzimmer führte, hatte mehr zu bieten als bloß ein schlagendes Herz. Jamies Mutter hätte ihn wohl als »nette Erscheinung« bezeichnet. Er hatte eine durchschnittliche Figur, war durchschnittlich groß und hatte sich offenbar Mühe gegeben, denn er trug ein Sakko, eine Krawatte und gebügelte Kakihosen. Jamie fragte sich, ob Marie ihm wohl ebenfalls aufgetragen hatte, sich angemessen zu kleiden. Er schien jedenfalls nicht überrascht, sie zu sehen.

»Das ist unsere neue Nachbarin Jamie Snyder. Sie kommt aus Pennsylvania und unterrichtet Geschichte an der Highschool«, erklärte Marie.

Der Mann lächelte, und sein durchschnittliches Gesicht wurde plötzlich ungeheuer attraktiv.

»Das ist Scott Reid. Er ist unser Steuerberater, seit sein Vater vor acht Jahren in Rente ging«, fuhr Marie fort.

»Es freut mich, Sie kennenzulernen«, meinte Scott zu Jamie und wandte sich dann erneut an Marie. »Ich habe Ihnen das hier mitgebracht. Danke für die Einladung.« Er gab ihr eine Schachtel Pralinen.

Er hat gute Manieren, dachte Jamie. Aber das hätte sie bei einem Mann, der von Marie abgesegnet worden war, eigentlich nicht überraschen sollen.

Marie stellte die Pralinen auf den Couchtisch. »Ich helfe Al mit den Cocktails«, erklärte sie anschließend und ließ Jamie und Scott alleine.

»Wie haben Sie sich denn den Arm gebrochen? Oder nervt Sie diese Frage inzwischen schon?«

»Nein, sie nervt mich nicht, aber sie bringt mich ein wenig in Verlegenheit«, erwiderte Scott. »Ich bin vom Boogieboard gefallen.«

»Dafür müssen Sie sich nicht schämen«, erwiderte Jamie. »Jeder fällt mal vom Board. Ich hatte neulich meine erste Surfstunde und bin wahnsinnig oft runtergefallen. Manchmal sogar, bevor ich überhaupt versucht habe aufzustehen.«

»Sie surfen? Sie wissen aber schon, dass wir jetzt Erzfeinde sind, oder?«, fragte Scott.

»Nein, warum?«

»Die Surfer denken, sie wären die Größten und dass man sich das Recht auf die Wellen erst erarbeiten muss«, erklärte Scott. »Was ich ja auch irgendwie verstehe. Es braucht ziemlich viel Übung, um aufrecht zu surfen, und dann kommt so ein Boogieboarder und bezwingt die Welle mehr oder weniger beim ersten Mal. Und zwar liegend, auf einer Art Schwamm.«

»Mein Board sah auch aus wie ein Schwamm. Laut meiner Trainerin vergibt es Balancefehler leichter. Ich bin allerdings trotzdem runtergefallen. Aber es war wirklich toll. Ich habe es sehr genossen«, erwiderte Jamie.

Marie kam ins Wohnzimmer zurück, und hinter ihr folgte Al mit einem Tablett mit Martinigläsern mit einer goldenen Flüssigkeit. »Was ist das? Birnen-Martinis?«, fragte Jamie.

»Barbarin! Das sind Sidecars«, scherzte Scott. »Und Sie haben sogar den Rand in Zucker getaucht!«, staunte er, als Al ihm ein Glas reichte. Al grunzte zufrieden.

Jamie nippte an ihrem Cocktail »Mmmm. Ich fühle mich wie auf einer von Gatsbys Partys.«

»Ja, diese Drinks gehören definitiv nach East Egg«, stimmte Scott ihr zu.

Vielleicht hatte Ruby recht. Scott hatte auf alle Fälle Potenzial. Er surfte, er kannte sich mit Literatur aus und er hatte ein angenehmes Lächeln. Sie wollte zwar im Moment auf keinen Fall eine Beziehung, aber vielleicht ein wenig Sex – und ein paar Gespräche, einen Ausflug an den Strand … nichts Festes. Nichts, was sie von ihren Zielen abbringen würde.

»Es hat dir Spaß gemacht!«, meinte Ruby, als sie einige Stunden später ihre Haustür öffnete.

»Ja«, gab Jamie zu.

»War es der Großneffe?«, fragte Ruby, während sie sich auf den Weg in die Küche machten. Für Ruby war die Küche ihr Wohnzimmer.

»Nein. Es war Als und Maries Steuerberater.« Jamie reichte Ruby eine große Papiertüte. »Das hier sind ein paar Reste. Ich habe Al angeboten, dass ich die Lieferung übernehme.«

»Habt ihr Cocktails getrunken? Sicher habt ihr das! Al ist ein wahnsinnig toller Barkeeper. Einmal hat er mir einen

Grasshopper mit echten Schokospänen gemacht. Und einen French 75 mit einer perfekt gedrehten Zitronenschale. Der Mann versteht etwas von Präsentation.«

»Wir hatten Sidecars. Aber ich habe sie nicht gleich erkannt. Ich kenne mich nicht so gut mit Cocktails aus«, erklärte Jamie.

»Wieso reden wir hier überhaupt über Cocktails? Du hattest Spaß, das bedeutet, dass der Steuerberater zumindest eine nette Partie war.« Ruby öffnete die Papiertüte, schnupperte und lächelte. »Maries Kiewer Kotelett?«

»Genau. Und Kuchen mit Buttertoffee.«

»Lecker!« Jamie nickte. »Aber warum reden wir übers Essen? Erzähl mir von dem *Mann*.« Ruby schloss die Tüte wieder.

»Er könnte interessant sein. Er ist klug, hat viele Interessen, exzellente Manieren und ein tolles Lächeln«, erwiderte Jamie.

»Ich hab dir ja gesagt, dass du positiv denken sollst!«, rief Ruby. »Habt ihr Handynummern ausgetauscht?«

»Ja, haben wir.« Jamie spürte, wie sich ein Grinsen über ihr ganzes Gesicht ausbreitete, und versuchte, es auf ein normales Lächeln zurückzuschrauben. »Aber ich will mich nicht verrückt machen. Es gibt wichtigere Dinge als eine Romanze.«

»Willst du *mich* überzeugen? Oder doch eher dich selbst?«, fragte Ruby. Sie öffnete die Tüte erneut und holte einen Tupperware-Behälter heraus. »Ich habe zwar bereits gegessen, aber ich muss trotzdem etwas davon probieren. Macht es dir etwas aus?«

»Natürlich nicht«, erklärte Jamie.

»Er muss dir ja nicht gleich bei deiner Selbstfindung in die Quere kommen. Er könnte einfach ein netter Bonus sein. Wie das Surfen.« Ruby lehnte sich in ihrem Stuhl zurück und schaffte es, eine Gabel aus der Schublade zu ziehen, ohne aufzustehen.

»Na ja, wir werden ja sehen, ob er anruft«, meinte Jamie.

»Er wird anrufen«, versicherte ihr Ruby.

»Alter Schwede, gerade als du das gesagt hast, hat mein Handy vibriert!« Jamie zog das Handy aus ihrer Tasche.

»Ich kann immer noch nicht glauben, dass ich eine Freundin habe, die allen Ernstes ›alter Schwede‹ sagt«, meinte Ruby.

»Er hat eine Nachricht geschrieben«, erklärte Jamie.

»Er tut also nicht so, als wäre er nicht interessiert. Das ist gut.« Ruby nahm einen Bissen von dem Hähnchen.

Jamie las die Nachricht. Dann las sie sie noch einmal. Und noch einmal. Und noch einmal.

»Also, was schreibt er?«, fragte Ruby. Sie nahm gerade einen weiteren Bissen, als Jamie ihr das Handy reichte. Sie brachte es nicht über sich, die Nachricht laut vorzulesen.

Ruby las sie, begann zu husten, schnappte sich eine Serviette und spuckte das Hähnchen hinein. »Marie würde … ich kann mir gar nicht vorstellen, was Marie tun würde, wenn sie das liest!«

»Das wird sie nicht. Ich werde es sofort löschen.« Jamie drückte die entsprechenden Tasten. Aus ihrem Gedächtnis war die Nachricht allerdings nicht so leicht zu verbannen:

Ich kann es dir mit meinem Gips nicht richtig besorgen, und ich will nicht, dass du was verpasst. Hast du vielleicht einen heißen Freund, der mitmachen würde? Ich hätte später noch Zeit.

Mac konnte Jamies Geruch einfach nicht einordnen. Er öffnete den Mund und atmete tief ein, aber er wurde einfach nicht schlauer. Und deshalb wusste er auch nicht, was er ihr heute mitbringen sollte.

Trotzdem war er irgendwie ruhelos und wollte noch nicht schlafen. Er würde einfach durch die Nachbarschaft streifen. Dort draußen gab es immerhin noch einige andere, die seine Hilfe benötigten.

Außerdem musste er dem Dummkopf noch ein bisschen mehr Demut beibringen.

Kapitel 9

Hey, die hier klingt toll!«, rief Lucy. »Sie steht auf stumpfsinnige Quiz-Seiten im Internet. Das gefällt mir! Es ist echt nervig, wenn alle immer behaupten, dass sie in ihrer Freizeit gerne neue Kulturen kennenlernen und Proust lesen. Andererseits klingt sie auch nicht zu seicht – einer ihrer Lieblingsfilme ist immerhin *Vergiss mein nicht*. Es gibt keine lange Liste mit Dingen, die sie an einem Mann nicht ausstehen kann, und auch keine Forderungen, die du unbedingt erfüllen musst.«

»Hat deine Frau vorhin eigentlich gehört, dass ich noch ein wenig Zeit brauche, um mich von der Schwangeren zu erholen, die mich mit ihrem Freund verwechselt hat? Ich habe euch doch *erzählt*, dass sie einen Freund hatte, oder?«, fragte David Adam. Sie saßen zu dritt auf Adams und Lucys Veranda und hatten das Babyfon vor sich stehen. Lucy hatte Angst, dass ihre Jüngste – die dreijährige Maya – einen Albtraum haben könnte und sie sie nicht hören würden. Auch wenn die Kleine bei einem Albtraum so laut brüllte, dass die ganze Nachbarschaft aus dem Schlaf gerissen wurde.

»Das ist doch jetzt schon ein paar Tage her«, erwiderte Lucy und scrollte sich weiter durch die Profile. »Wenn wir zulassen, dass du zu lange wartest, gehst du nie mehr zu einem Date.«

»Manchmal fühle ich mich wie euer drittes Kind«, erklärte David.

»Unser zu groß geratenes, leicht beschränktes drittes Kind …«, überlegte Adam. »Ja! Genau so sehen wir dich.«

»Und wir wollen, dass du glücklich bist«, fügte Lucy hinzu. »Hier ist übrigens noch ein interessantes Profil. Sie schreibt, dass sie schon mal Gänselebereis in einem Molekular-Restaurant probiert hat. Sie liebt neue Erfahrungen, weil es zur Bildung neuer Nervenbahnen beiträgt, aber am liebsten sind ihr trotzdem die Fritten bei McDonald's. Sie klingt klug, abenteuerlustig und bodenständig.«

»Zeig doch mal!«, meinte Adam und streckte die Hand nach dem Handy aus.

Doch Lucy gab es ihm nicht. »Es ist doch egal, wie sie aussieht. Oder liebst du mich nur deshalb, weil ich attraktiv bin?«, fragte sie ihren Mann.

»Gibt es eigentlich eine passende Antwort auf diese Frage?«, wollte David wissen.

»Aber natürlich!«, erwiderte Adam und sah Lucy tief in die Augen. »Ich liebe einfach alles an dir.«

»Aha.« David nahm einen Schluck Corona.

»Außerdem ist sie ziemlich hübsch. Ich glaube nur einfach nicht, dass das das Wichtigste ist.« Lucy drehte das Handy zu Adam herum, und er lehnte sich nach vorne. »Ja, die ist in Ordnung«, bestätigte er.

»Also, was soll ich ihr denn schreiben?«, fragte Lucy ihren Mann.

»Das kann ich immer noch selbst!«, protestierte David.

»Okay, was würdest du ihr denn gerne sagen?«, fragte Lucy.

»Ich meine, ich *könnte* selbst mit ihr Kontakt aufnehmen, wenn ich wollte. Aber ich will nicht«, entgegnete David und fühlte sich plötzlich wahnsinnig müde. Sie ackerten sich mittlerweile seit einer Stunde durch die Profile.

»Was hast du denn gegen sie?«, fragte Lucy. »Ach warte, ich such dir noch eine!«

David fuhr sich mit den Fingern durch die Haare. Es gab nur eine Möglichkeit, das hier zu beenden: Er musste mit einer der Frauen ausgehen. Mit *irgendeiner.* Vermutlich war es falsch, das Online-Dating aufgrund einer einzigen schlechten Erfahrung zu verteufeln – und das Profil dieser Frau war durchaus annehmbar. Außerdem wollte er auf keinen Fall für den Rest seines Lebens alleine bleiben. »Gib mir das Handy«, seufzte er schließlich.

Lucy reichte es ihm triumphierend. David las das Profil der Frau, die sie ausgesucht hatte, sah sich die Fotos an und schickte anschließend eine kurze Nachricht: Er würde ebenfalls gerne neue Nervenzellen ausbilden, indem er es mit Online-Dating versuchte und mit neuen – fleischlosen – Cupcake-Kreationen experimentierte.

»Du könntest sie ja ins Stummfilmkino einladen«, schlug Lucy vor. »Das wäre sicher ein denkwürdiges erstes Date.«

»Ja, aber nur, weil es so langweilig wäre«, mischte Adam sich ein. »Ich liebe Kinofilme, aber die Gesichter, die sie in diesen Filmen immer schneiden …« Er spitzte die Lippen und klimperte übertrieben mit den Wimpern wie jemand, der sich gerade Hals über Kopf verliebt hatte. »Filme brauchen einfach Dialoge.«

»Du bist ja auch Drehbuchautor«, wandte David ein.

»Komm schon, nicht einmal Clarissa wollte mit dir dorthin!«, schoss Adam zurück.

Einen Moment lang hörte man nur Mayas Atmen durch das Babyfon. David sah, wie Lucy Adam einen wütenden Blick zuwarf, als könnte sie nicht glauben, dass er das gerade gesagt hatte.

»Ich nehme sicher niemanden ins Stummfilmkino mit«, erklärte David, um das unangenehme Schweigen zu beenden. »Was, wenn es ihr gut gefällt, obwohl wir einander nicht ausstehen können? Dann treffe ich sie womöglich jedes Mal, wenn ich dorthin gehe. Ich will nicht gezwungen sein, einen meiner Lieblingsläden in ganz L.A. zu meiden.«

»Du solltest positiv denken«, erklärte Adam und klopfte ihm auf die Schulter. »Du hattest *ein* mieses Date, aber das bedeutet doch nicht, dass sie alle furchtbar sein werden.«

Adam hatte recht. Wenn er eine Frau finden wollte, dann musste es besser laufen als beim letzten Mal.

Jamie nahm in dem kleinen Theater am Campus des Los Angeles Community Colleges Platz. Der nächste Improvisationskurs der *Groundlings* fand erst in ein paar Monaten statt, aber sie hatte einen anderen Kurs am Community College entdeckt und sich sofort angemeldet.

Neue Erfahrungen machen! Juhu!

Allerdings war sich ihr Magen scheinbar nicht so sicher, ob es wirklich eine gute Idee war, sich vor fremden Menschen auf eine Bühne zu stellen. *Hey, Magen, du warst auch nicht gerade begeistert, was das Surfen anging,* erklärte sie ihm.

Außerdem war sie nicht die Einzige, die nervös war. Die Frau, die einige Reihen vor ihr saß, kaute auf ihrem Daumennagel herum, und der etwa siebzigjährige Mann, der einige Stühle weiter Platz genommen hatte, trommelte in einem fort mit dem Fuß auf den Boden. Jamie lächelte ihn an. »Was hat Sie dazu veranlasst, sich für diesen Kurs anzumelden?«

Er zuckte kaum merklich zusammen, doch dann lächelte er ebenfalls. »Eigentlich bin ich nach L.A. gekommen, um Schauspieler zu werden.«

»Echt? Wann denn?«, fragte Jamie und versuchte, ihre Überraschung zu verbergen. »Ich bin nämlich auch gerade erst hierhergezogen.«

Der Mann lachte. »Bei mir ist es schon zweiundfünfzig Jahre

her«, antwortete er. »Damals hatte ich noch Haare auf dem Kopf, und mein Gesicht war wie fürs Kino gemacht.«

»Was ist passiert?«, fragte Jamie.

»Ich war bei unzähligen Vorsprechen und hatte sogar einen Agenten. Viele Leute sagten, sie wären begeistert von mir. Ich habe ziemlich lange gebraucht, um zu erkennen, dass das mehr oder weniger ein Standardsatz ist.« Er lachte erneut. »Schließlich bekam ich eine Rolle in einem Werbespot. Na ja, eigentlich war es eine Dauerwerbesendung, die zwischen vier und fünf Uhr morgens lief. Ich habe sogar eine Videokassette, um es zu beweisen. Irgendwann begriff ich, dass sich mein Traum von der Hollywood-Karriere nicht erfüllen würde. Ich bekam einen Job in einer Apotheke …« Er sprach immer schneller und schneller, bis seine Worte sich beinahe dem Rhythmus seines Fußes angepasst hatten. »Zum Glück habe ich auf meine Eltern gehört, die mir eine zusätzliche Ausbildung ans Herz legten, um eine Notlösung parat zu haben. Aber jetzt bin ich in Rente, und ich dachte, ich nehme einfach so zum Spaß ein wenig Schauspielunterricht. Außerdem muss ich ab und zu aus dem Haus, sonst lässt sich meine Frau womöglich noch von mir scheiden. Mittlerweile überlege ich zwar, ob ich nicht doch lieber einen Malkurs belegt hätte, aber eigentlich spielt es keine Rolle, ob irgendjemand hier denkt, dass ich mies bin.« Er musste absetzen, um endlich einmal Luft zu holen.

»Es ist für jeden hier das erste Mal«, erklärte Jamie. »Wahrscheinlich sind wie alle nervös. *Ich* bin es auf jeden Fall.«

Er streckte die Hand aus und schüttelte ihre. »Clifton.«

»Jamie. Es freut mich, Sie kennenzulernen.«

Die Tür ging auf, und eine kleine Frau mit langen, brünetten Haaren betrat die Bühne. »Willkommen zum Einführungskurs Schauspiel!«, rief sie. »Es freut mich, dass Sie gekommen sind! Also, warum fangen wir nicht gleich an? Ich würde sagen, wir stellen uns vor und erzählen den anderen, warum wir hier sind. Ich beginne. Mein Name ist Ann Purcell, und ich bin hier, weil ich meine Leidenschaft für die Schauspielerei an Sie weitergeben möchte. Ich bin ein Gründungsmitglied des *L. A. Journey Theater Ensembles* und arbeite dort als Schauspielerin und auch als Regisseurin. Okay, wer will als Nächstes?«

Jamie beschloss, dass sie es lieber gleich hinter sich bringen wollte, anstatt ängstlich darauf zu warten, bis sie an der Reihe war, also erzählte sie den anderen, dass sie etwas Neues ausprobieren wollte. Die Frau, die auf ihren Nägeln herumkaute, war eine Drehbuchautorin, die hoffte, ihre Projekte durch den Schauspielkurs besser vermarkten zu können, und Clifton wiederholte seine Geschichte – wobei er noch schneller sprach als zuvor. Mit seiner Dauerwerbesendung war er von alle Kursteilnehmern der professionellen Schauspielerei am nächsten gekommen.

»Wunderbar!«, meinte Ann, als sie schließlich fertig waren. »Mir gefällt eure Abenteuerlust! Wir beginnen gleich mal mit einer Improvisationsübung, die meiner Meinung nach sehr gut geeignet ist, um Emotionen freizusetzen. Ich glaube, ihr werdet überrascht sein, wie tief man schon zu Beginn vordringen kann, wenn man nur den richtigen Ansatz findet. Jamie, wollen Sie vielleicht wieder den Anfang machen?«

»Ähm, sicher«, antwortete Jamie und ignorierte ihren Magen, der erneut Protest einlegte.

Jamie trat zu Ann auf die kleine Bühne. Die Gruppe hatte bei der Vorstellungsrunde nicht sonderlich groß gewirkt, aber von der Bühne aus hatte sie das Gefühl, dass sie Hunderte Menschen anstarrten.

»Okay, Sie sind auf einem Friedhof und besuchen ein Grab. Es ist einfacher, wenn Sie sich im Moment noch auf Ihr eigenes Leben besinnen. Sie können sprechen oder schweigen. Wichtig ist, dass Sie wirklich dort sind. Und los!« Ann zog sich an den Rand der Bühne zurück und ließ Jamie alleine.

Natürlich fiel ihr sofort das Grab ihrer Mutter ein. Sie legte Blumen darauf ab und starrte anschließend auf den hölzernen Bühnenboden, während sie auf eine Eingebung wartete. »Hi, Mom«, begann sie schließlich und merkte, dass ihre Stimme zitterte. Allerdings nicht vor Nervosität, sondern weil die Emotionen sie übermannten. Alleine das Wort »Mom« trieb ihr die Tränen in die Augen. Das hätte sie nicht erwartet.

»Jetzt bin ich also hier in L.A.! Überraschung! Und das habe ich alles dir zu verdanken. Dir und dem Geld, das du mir hinterlassen hast. Ich nehme mir jetzt ein Jahr Zeit, um … um mein Leben neu zu erfinden. Um herauszufinden, was ich machen möchte. Du hast immer gesagt, dass ich alles tun kann, was ich mir in den Kopf gesetzt habe – obwohl wir beide wussten, dass das nicht ganz der Wahrheit entspricht. Aber weißt du was? Ich war surfen, und es war toll! Und jetzt suche ich nach anderen Dingen, die ich noch nie gemacht habe. Wie das hier. Ein Schauspielkurs. Also, danke. Danke, Mom!«

Zu ihrem Entsetzen liefen ihr mittlerweile Tränen über die Wangen. Sie wischte sie mit dem Handrücken fort und wandte sich an Ann. »Ich bin fertig, schätze ich.« Die Gruppe im Zuschauerraum bedachte sie mit einem donnernden Applaus.

»Ausgezeichnet«, lobte Ann. »Sie waren wirklich dort und haben zugelassen, dass etwas mit Ihnen geschieht. Sie haben sich damit selbst überrascht, nicht wahr?«

»Ich hätte nicht gedacht, dass ich zu weinen beginne«, gab Jamie zu.

»Das ist ein Teil der Schauspielerei. Man muss zulassen, dass die Gefühle hervorbrechen. Okay, wer möchte weitermachen?«

Jamie eilte zu ihrem Platz zurück. Clifton streckte beide Daumen in die Höhe, und Jamie schaffte es, ihm kurz zuzunicken. Es war einfach gewesen, sich vorzustellen, wieder auf dem Friedhof zu sein – die Rückkehr in die Wirklichkeit gestaltete sich allerdings etwas schwieriger. Ihre Gefühle spielten immer noch verrückt. »Ähm ... ich ... ich bin gleich wieder da.« Sie stolperte die Treppe hinunter und eilte hinaus.

Draußen lehnte sie sich an die Wand und atmete einige Male tief durch. Schon nach dieser einen Übung wusste sie mit ziemlicher Sicherheit, dass der Schauspielunterricht nicht das Richtige für sie war. Sie hielt ihre Gefühle lieber unter Verschluss und ließ sie nur in geeigneten Momenten heraus. Zum Beispiel in einem dunklen Kinosaal bei einem traurigen Film, der absolut nichts mit ihrem Leben zu tun hatte. Oder bei einem Glas Wein in der Badewanne.

Jamie beschloss, nach Hause zu gehen. Sie würde der Kursleiterin später eine E-Mail schreiben.

Als sie etwa eine halbe Stunde später auf dem Weg nach Hause war, freute sie sich auf eine kleine Kuschelpause mit ihrem Kater. Mac war zwar nicht immer zum Kuscheln zu bewegen, aber er schien zu spüren, wenn sie es wirklich brauchte, und ließ sich dann gnädig dazu herab.

Jamie steckte gerade ihren Schlüssel ins Schloss, als jemand ihren Namen rief. Sie hob den Blick und entdeckte Helen, die auf dem Gehsteig stand und sie wütend anstarrte. »Sie haben zugelassen, dass Marie Sie verkuppelt!«

»Aber nicht absichtlich«, widersprach Jamie. »Sie hat mich zum Abendessen eingeladen. Ich hatte keine Ahnung, dass noch jemand kommen würde.«

»Na gut, aber jetzt bin ich an der Reihe.«

»Nein! Wirklich, Helen! Ich möchte das nicht«, erwiderte Jamie so bestimmt, wie sie konnte. »Ich hätte auch Marie gegenüber ablehnen sollen. Im Grunde habe ich das sogar getan.

Sie waren doch dabei. Ich habe Ihnen *beiden* gesagt, dass ich das nicht möchte.«

Marie trat auf ihre Veranda hinaus. »Scott hat mir erzählt, dass er keine Antwort auf seine Nachricht bekommen hat«, meinte sie anklagend.

Ja, weil er ein Perverser ist, dachte Jamie. »Ich wollte seine Gefühle nicht verletzen«, log sie. »Es fällt mir schwer, jemandem zu sagen, dass ich kein Interesse habe. Ich dachte, wenn ich ihm nicht antworte, wird er es schon kapieren.« *Und außerdem habe ich auch seine Nummer blockiert,* fügte sie in Gedanken hinzu.

»Und warum wollen Sie nicht mal mehr mit ihm sprechen?«, wollte Marie wissen.

»Marie, ich habe Ihnen doch gesagt, dass ich im Moment niemanden kennenlernen will«, erwiderte Jamie und bemühte sich nach Kräften, ruhig zu bleiben.

»Jetzt müssen Sie meinem Patensohn aber auch eine Chance geben, sonst wäre es nicht fair«, meinte Helen und ging über den Rasen auf Jamie zu.

»Helen, wenn sie Scott nicht mochte, dann wird sie deinen Patensohn auch nicht mögen«, erklärte Marie. »Ich muss es wissen. Immerhin kenne ich beide.« Sie deutete mit dem Finger auf Jamie. »Sie müssen dringend Ihre Einstellung ändern. Anscheinend glauben Sie, dass es den einen Menschen gibt, der genau Ihren Vorstellungen entspricht – aber den gibt es nicht.«

Es war, als hätte sie gar nicht gehört, was Jamie gesagt hatte. »Das ist gut zu wissen. Ich schätze, genau das ist mein Problem. Sie haben Marie doch gehört, oder Helen? Ich bin zu wählerisch. Es hat keinen Zweck, mich mit Ihrem Patensohn bekannt zu machen. Also bis bald.« Sie wirbelte zur Haustür herum, öffnete sie, so schnell sie konnte, und verschwand im Haus.

Bevor sie die Tür vollständig geschlossen hatte, hörte sie noch, wie Helen meinte: »Ich glaube, mein Patensohn ist genau das, wonach sie sucht. Sie weiß es nur nicht, weil sie ihn noch nicht kennengelernt hat.«

»Noch nicht!«, rief Jamie verzweifelt, nachdem die Tür endlich ins Schloss gefallen war. »Sie hat ›noch nicht‹ gesagt. Ich bin verloren, Mac. Hoffnungslos verloren.«

Mac trottete zu ihr, und Jamie hob ihn hoch. Er rieb den Kopf an ihrem Kinn und begann zu schnurren. »Du bist der Einzige, den ich in meinem Leben brauche, MacGyver.«

Trotz ihrer Beteuerungen betrat Jamie drei Abende später ein kleines italienisches Restaurant namens *Sorella*, das nur wenige Blocks von ihrem Haus entfernt lag, und sah sich nach dem Mann auf dem Bild um, das Helen ihr gegeben hatte. Helen hatte einfach nicht lockergelassen. Es sei unfair, dass Marie ihre Chance bekommen hätte und sie nicht. Schließlich hatte Jamie nachgegeben. Nach dem heutigen Abend lagen Marie und Helen gleichauf – und Jamie hatte endlich wieder ihre Ruhe.

Es gab zwei Männer, die alleine an einem Tisch saßen. Der eine hatte dunkle Haare und wirkte ziemlich sportlich, der andere war blond, hatte eine Adlernase und schmale Lippen. Der Blonde war Helens Patensohn, aber der andere Typ sah um einiges einladender aus. Erstens war er nicht in die Speisekarte vertieft, als würde er sie für eine Prüfung auswendig lernen, und zweitens lächelte er, als er Jamie sah. Es war ein angenehmes Lächeln, bei dem die Fältchen um seine Augen zu tanzen begannen.

Moment mal! Sie kannte ihn! Na ja, sie *kannte* ihn nicht wirklich – aber sie hatte ihn zumindest schon mal gesehen. Sie hatten sich in der Tierhandlung miteinander unterhalten, als

Jamie eine Leine für Mac ausgesucht hatte. Jetzt verspürte sie den verrückten Wunsch, zu ihm zu gehen und sich an seinen Tisch zu setzen. Er hatte damals sehr nett und auch witzig gewirkt. Aber Maries Steuerberater Scott hatte am Anfang auch einen netten und witzigen Eindruck gemacht – und man hatte ja gesehen, was dabei herausgekommen war.

Eine Kellnerin kam auf sie zu, und Jamie erklärte ihr, dass sie mit dem Mann an dem Tisch im hinteren Teil des Restaurants verabredet war. Helens Patensohn las weiter angestrengt in der Speisekarte und hob auch nicht den Blick, als sie bereits direkt vor ihm stand.

»Charles?«

Endlich sah er auf und betrachtete sie schweigend. »Hi. Ich bin Jamie. Und Sie sind Helens Patensohn, oder?«

»Ja. Hi«, antwortete er.

Sehr freundlich, dachte Jamie sarkastisch. Aber vielleicht wollte Helens Patensohn auch nicht verkuppelt werden. Sie konnte sich gut vorstellen, wie die alte Frau ihn eingeschüchtert hatte, damit er sich mit Jamie traf.

Oder er war bloß schüchtern.

Jamie setzte sich. »Helen hat mir erzählt, dass Sie Lehrer sind. Ich habe früher auch unterrichtet.« Das hatte ihm Helen zwar sicher schon erzählt, aber es war trotzdem ein guter Einstieg.

»Und jetzt nehmen Sie sich ein Jahr Auszeit, um sich selbst zu finden.« Er malte zwar keine Anführungszeichen in die Luft, um die Worte »um sich selbst zu finden« hervorzuheben, aber er betonte sie so seltsam, dass es sich irgendwie lächerlich anhörte.

»Ja, genau. Ich hatte genug vom Unterrichten, und dann erhielt ich die Chance, ein Jahr hier in der Stadt zu verbringen«, antwortete Jamie. »Ich habe zwar vor, mir einen Job zu suchen, aber im Moment probiere ich einfach viele neue Dinge aus. Ich hatte neulich zum Beispiel eine Surfstunde.«

»Die meisten von uns können sich einen solchen Luxus nicht leisten«, erklärte Charles und klang irgendwie verbittert.

»Das stimmt natürlich. Ich weiß, dass ich mich glücklich schätzen kann«, antwortete Jamie. »Meine Mom hat mir etwas Geld hinterlassen, und deshalb kann ich es mir leisten.«

»Na ja, Sie wissen ja, wie schlecht Lehrer verdienen«, meinte Charles. »Und nachdem Sie anscheinend Ihr Leben genießen können« – auch das klang aus seinem Mund furchtbar abwertend –, »werden Sie heute Abend sicher die Rechnung übernehmen.«

»Ähm, klar. Natürlich.« Jamie fiel nichts Besseres ein – vor allem nicht, wenn man bedachte, dass er Helen anschließend vielleicht davon erzählte.

Eine junge Kellnerin in einer hübschen Bluse und einem Rüschenrock trat an ihren Tisch. »Was darf ich Ihnen zu trinken bringen?«

Bevor Jamie etwas sagen konnte, legte Charles bereits los. »Ich nehme das Steak mit den weißen Trüffeln als Vorspeise und dazu eine Flasche Vega Sicilia Unico.«

Er hatte sich nicht die Mühe gemacht, Jamie zu fragen, ob sie sich vielleicht eine Vorspeise teilen wollten, und sie war sich ziemlich sicher, dass der Wein ihr Budget bei Weitem überschritt. Na toll! Jamie sah zu dem Mann aus der Tierhandlung hinüber. Seine Verabredung war gerade angekommen. Er erhob sich, um sie zu begrüßen, und sagte etwas zu ihr. Vermutlich machte er ihr ein Kompliment.

»Und was möchten Sie trinken?«, fragte die Kellnerin. »Ach, und übrigens: Schöne Ohrringe.« Jamie lächelte. Die Kellnerin war um einiges freundlicher – und charmanter – als ihr Gegenüber.

»Danke, ich …«

»Ich glaube, ich nehme auch noch die Bruschetta dazu«, unterbrach Charles sie erneut.

»Haben Sie sich schon entschieden?«, fragte die Kellnerin.

David und Annabelle sahen einander an und begannen zu lachen. »Nein, wir haben immer noch nichts ausgesucht«, gestand Annabelle.

»Vermutlich deshalb, weil wir noch gar keinen Blick in die Speisekarte geworfen haben«, fügte David hinzu. »Es tut mir leid.«

»Kein Problem. Ich komme einfach in ein paar Minuten noch mal vorbei«, erwiderte die Kellnerin und verschwand.

David konnte gar nicht glauben, wie gut sich das Gespräch entwickelt hatte. Sie waren an der Oberfläche geblieben und hatten über Filme, Laufen und Comics gesprochen. Sie war ein Fan von Stan Sakai, wobei sie zugab, dass das vor allem an dem Samurai-Chonmage aus Hasenohren lag. »Eine Sache noch, bevor wir uns der Speisekarte zuwenden«, meinte Annabelle. »Selbst *du* musst doch zugeben, dass man die *Finder*-Comics nicht jeden Tag lesen kann. An Montagen zum Beispiel graut es mir vor den vielen Anmerkungen darin …«

»Ja, das ist ein guter Einwand. Es gibt tatsächlich Tage, da brauche ich einfach eine Dosis *Calvin und Hobbes*«, erwiderte David.

»Ja, die Comics sind echtes Seelenfutter«, stimmte Annabelle ihm zu, und beide lächelten. »So, jetzt aber die Speisekarte, sonst wirft man uns noch aus dem Lokal!«

Sie beschlossen, sich eine Vorspeise zu teilen, da sie beide gegrillte Muscheln liebten. Als der Teller serviert wurde, zog

Annabelle eine kleine Ampulle aus ihrer Tasche. »Ich gebe nur etwas MagMin auf ein paar Muscheln, ist das in Ordnung?« Sie hob eine ihrer dunklen Augenbrauen. David gefiel ihre Form. Sie ließen Annabelle ein wenig teuflisch wirken – aber auf gute Art.

Er hatte tatsächlich auf ihre Augenbrauen geachtet. Und ihre Augenbrauen *gefielen* ihm. Er konnte sich nicht erinnern, wann er eine Frau zum letzten Mal so genau angesehen hatte.

»Sicher«, erwiderte David. »Was ist denn MagMin?«

»Du hast noch gar nicht davon gehört? Es ist unglaublich! Eigentlich heißt es Magisches Mineralpulver. Ich verwende es seit etwa einem Jahr, und ich weiß, dass die Leute das andauernd sagen, auch wenn es gar nicht stimmt, aber in meinem Fall stimmt es: MagMin hat mein Leben verändert! Ich litt früher unter einigen grässlichen Nahrungsmittelallergien. Auswärts essen war ein Albtraum. Aber mittlerweile kann ich alles essen, worauf ich Lust habe.«

»Das ist ja toll. Und wie schmeckt es?« David nahm seine Gabel und löste eine Muschel aus der Schale.

»Probier doch mal!« Sie verteilte, ohne zu fragen, etwas Pulver auf der Muschel auf seiner Gabel. »Es hat eigentlich keinen bestimmten Geschmack, dafür hat es eine Menge Vorteile. Es hilft nicht nur bei Nahrungsmittelallergien, sondern zieht auch das Fett aus der Leber und kontrolliert den Blutzuckerspiegel. Außerdem befreit es den Körper von allen möglichen Giften, sodass die Haut reiner wird. Viel wichtiger ist jedoch, dass es Kopfschmerzen reduziert, gutartigen Tumoren und sogar Krebs vorbeugt und den Zellverfall aufhält.«

»Wow.« Annabelle wirkte wahnsinnig begeistert, als sie ihm von MagMin berichtete. David steckte sich die Muschel in den Mund – und musste sich zwingen, sie hinunterzuschlucken. Das Pulver schmeckte salzig, bitter und metallisch und hatte außerdem noch einen Beigeschmack, den er nicht in Worte fassen konnte. Er wusste bloß, dass er ihn nie wieder schmecken wollte, und nahm einen großen Schluck Wasser.

»Siehst du, man merkt gar nicht, dass man es mitisst«, schwärmte Annabelle. David nickte und leerte den Rest seines Wasserglases.

»Es ist unendlich wichtig, so viele Giftstoffe wie möglich abzubauen«, erklärte Annabelle. »Wusstest du, dass es drei verschiedene Toxine gibt?« Sie wartete seine Antwort gar nicht erst ab. »Zwei davon wohnen in unserem Körper und nennen sich Ama und Amavisha. Das dritte entsteht in der Umwelt und wird Garavisha genannt. Ama wird durch eine schlechte Verdauung verursacht, wenn du zum Beispiel frittierte oder kalte Speisen oder Reste isst.« Sie beugte sich nach vorne und legte eine Hand auf seine. »Ich esse das alles. Kannst du dir vorstellen, wie glücklich es mich macht, dass ich wieder Eiscreme essen kann? Wirklich *unglaublich* glücklich. Ich bin dazu in der Lage, weil das MagMin meine Allergien vertrieben hat und das Ama auslöscht. Amavisha hingegen ist …«

Sie redete weiter, doch David triftete ab. Er hatte das Gefühl, als wäre er gerade in ein Paralleluniversum gebeamt worden. Wer war diese Frau, die sich hier über die magischen Fähigkeiten einer Mineralstoffkombination ausließ? Er klinkte sich einen Moment lang ein. Sie redete gerade über Blähungen, die von Amavisha verursacht wurden – was auch immer das war –, und versicherte ihm, dass er keinerlei Körpergase bilden würde, sobald er das Nahrungsergänzungsmittel zu sich nahm.

David ermahnte sich, ihr noch eine Chance zu geben. Immerhin hatte er sich vor fünfzehn Minuten noch prächtig mit ihr unterhalten. Und da waren diese teuflischen Augenbrauen, die dichten dunkelbraunen Haare und der sportliche Körper. Klar redete sie nur noch von diesem Zeug, aber scheinbar hatte es ihr wirklich geholfen, also warum eigentlich nicht? Er spießte eine Muschel auf, die nichts abbekommen hatte, und wollte sie sich gerade in den Mund stecken, als Annabelle sich wie der Blitz nach vorne beugte und ihr Pulver darauf verteilte.

»Warte. Du wirst den Effekt bereits morgen früh deutlich spüren. Es kann sein, dass dir ein wenig übel ist und dass du mehr Zeit als üblich auf der Toilette verbringen wirst«, erklärte Annabelle. »Aber danach wirst du dich einfach waaaahnsinnig gut fühlen. Ich erzähle den Leuten einfach total gerne von MagMin, und mittlerweile vertreibe ich es auch selbst, um meinen Freunden einen Vorteil zu verschaffen. Und die haben inzwischen auch begonnen, es zu verkaufen. Wir machen es nicht wegen des Geldes, aber …« Sie beugte sich näher heran und drückte seine Hand. »… wir haben alle bereits eine Menge Kohle damit gemacht. Ich überlege sogar, ob ich meinen Job kündigen soll. Wie meine Freundin. Sie verdient jetzt beinahe doppelt so viel wie eine normale Friseurin – und ich rede von einem Job in einem trendigen Salon mit massenhaft Trinkgeld.«

David wurde mit einem Mal klar, dass es sich hier um gar kein Date handelte – es war vielmehr eine Masche, um ihn für ein Schneeballsystem zu gewinnen.

Er musste die Sache so schnell wie möglich hinter sich bringen! Er aß hastig, ohne viel zu reden, was ohnehin Annabelle übernahm, die ihm zahllose Geschichten erzählte, wie sie und ihre Freunde gesundheitlich und finanziell von MagMin profitiert hatten. Er ließ die Nachspeise und den Kaffee ausfallen und erklärte Annabelle, dass er frühmorgens wieder in der Bäckerei sein musste. Das stimmte zwar, aber es hätte ihn wohl kaum gekümmert, wenn der Abend so weitergegangen wäre, wie es zu Beginn den Anschein gehabt hatte.

Wenigstens hatten sie sich in einem Restaurant getroffen, sodass er sich keine Gedanken machen musste, ob er sie nach Hause bringen sollte – und wie er anschließend die Einladung, noch mit hineinzukommen, ausschlagen konnte. Ihre Wohnung war vermutlich mit Broschüren über das Magische Mineralpulver vollgestopft, die sie ihm sicher nur allzu gerne präsentiert hätte. So musste er sie nur zu ihrem Auto begleiten, wo sie ihm einen Kuss auf die Wange drückte und ihm erklärte, wie sehr sie sich freuen würde, ihn bald wiederzusehen. Er antwortete murmelnd und ausweichend und machte sich auf den Weg nach Hause. Da das Restaurant nur wenige Blocks von seinem Haus entfernt lag, war er zu Fuß gekommen.

Auf dem Heimweg blieb er schließlich vor dem Pub mit dem klingenden Namen *Thirsty Goat* stehen und beschloss, noch einen kleinen Abstecher einzulegen. Er konnte jetzt einen Drink vertragen. Er entdeckte einen freien Platz an der Bar und bestellte ein Corona mit Tequila. Es gab keine bessere Methode, um sich schnell und ausgiebig zu betrinken – und genau das hatte er vor.

»Ich habe so etwas schon seit dem College nicht mehr getrunken«, erklärte die Frau, die auf den gerade frei gewordenen Hocker neben ihm glitt. »Haben Sie vielleicht eine *Skittles Bomb*? Das ist Red Bull mit Cointreau«, fragte sie den Barkeeper.

David wandte sich neugierig zu ihr um. Die Frau hatte braune Augen und lockige, blonde Haare und kam ihm irgendwie bekannt vor.

»Ich weiß, ich sollte in meinem Alter nichts mehr bestellen, das nach einer Süßigkeit benannt wurde. Wissen Sie, wie sie *Skittles Bombs* in Frankreich nennen?«

»Einen Royal mit Käse?«

Die Frau stieß ein kurzes, anerkennendes Lachen aus. »Nahe dran. Einen *Retreau*. Den Käse können Sie behalten«, fügte sie hinzu. »Ich weiß genau, was *ich* hier tue, aber was tun Sie hier? Ich meine, ganz alleine? Vorhin im Restaurant sah es doch so aus, als hätten Sie einen netten Abend verbracht.«

David starrte sie verwirrt an.

»Tut mir leid. Das war eine total unangemessene Frage. Manchmal bin ich eben so. Aber ich bin nicht so furchtbar wie der Kerl, mit dem ich heute ein Blind Date in demselben Restaurant hatte wie Sie. Obwohl Sie mich offensichtlich nicht gesehen haben«, fuhr sie fort. »Nach zwei Minuten hat mich der Kerl praktisch gezwungen, die Rechnung zu übernehmen. Anschließend hat er zwei Vorspeisen bestellt – eine davon mit weißen Trüffeln – und hat nicht einmal angeboten, etwas davon mit mir zu teilen. Dazu trank er eine geradezu lächerlich teure Flasche Wein, von der ich ebenfalls nichts abbekam. Und danach gab es noch die teuerste Hauptspeise der Karte. Am Ende war er trotzdem überrascht, dass ich gleich nach dem Essen nach Hause wollte.«

»Ich hatte ebenfalls ein Blind Date. Sie hat versucht, mich für eine dieser Schneeballsysteme anzuwerben«, erwiderte David. »Am Anfang war sie einfach toll. Sie mochte alles, was ich auch mag. Aber jetzt, wo ich so darüber nachdenke, waren das alles Dinge, die ich in mein Profil geschrieben habe. Das war mir vorhin nicht klar. Ich dachte, wir würden wirklich gut zusammenpassen. Aber dann kam diese schreckliche Wendung …«

»Und so sind wir am Ende beide hier gelandet und bestellen Drinks, die uns möglichst schnell betrunken machen sollen«, ergänzte Jamie. Sie streckte die Hand aus. »Ich bin Jamie. Ich denke, wir können uns duzen. Tut mir leid, dass dein Abend ein Reinfall war.«

»Gerne, ich bin David«, erwiderte er.

»Wir haben uns vorhin im Restaurant nicht zum ersten Mal gesehen«, erklärte Jamie. »Oder besser gesagt: Ich habe dich gesehen. Du mich wohl eher nicht.«

»Ja, genau! In der Tierhandlung! Du hast Selbstgespräche geführt!«, rief David plötzlich.

Jamie lächelte. »Und du hast damit angegeben, dass du deinem Hund ein rosafarbenes Halsband aufgezwungen hast.«

»Ich habe mich doch entschuldigt«, erinnerte David sie. »Wie hat deinem Kater die Leine denn gefallen?«

»Er hat sie gehasst. Und mich gleich dazu«, erwiderte Jamie. »Übrigens, wenn du jetzt nach deinem Horrordate lieber deine Ruhe haben willst, dann bin ich durchaus zufrieden damit, einfach schweigend mit meinem Drink neben dir zu sitzen«, erklärte Jamie.

»Nein, es kommt mir vor, als wären wir irgendwie alte Kriegskameraden«, lachte David. »Gehst du oft zu Blind Dates?«

»In letzter Zeit waren es zwei. Weil ich Angsthase mich nicht gegen meine zwei betagten Nachbarinnen durchsetzen konnte. Aber jetzt durfte mich jede einmal verkuppeln – das reicht«, antwortete Jamie, während der Barkeeper die Drinks vor ihnen abstellte.

»Ich übernehme das«, erklärte David. »Du hast heute Abend schon genug ausgegeben.«

»Danke! Das ist wirklich nett! Aber falls wir eine zweite Runde trinken sollten, dann übernehme ich sie«, erwiderte Jamie. »Obwohl es vielleicht keine gute Idee ist, zwei von denen hier zu trinken.« Sie nippte an ihrem Drink. »Mmm. Der schmeckt wie die Wodka-Gummibärchen im College.«

»Das klingt nach einer Menge Spaß«, meinte David.

Jamie lachte. »Ja, das war es. Und überraschenderweise habe ich sogar noch etwas gelernt. Wie sieht's bei dir aus?«

»Ich war nicht auf dem College. Na ja, eigentlich war ich doch dort. Aber nur für ein Semester«, antwortete David und fragte sich, ob sie wohl zu den Leuten gehörte, die ihn für dumm hielten, weil er keinen Abschluss hatte. »Ich bin Bäcker. Ich habe mir mehr oder weniger im Laufe der Zeit alle notwendigen Kenntnisse angeeignet. Und ich habe meiner Mom früher immer mit den Weihnachtsplätzchen geholfen.«

»Gefällt dir dein Job?«, fragte sie und klang ehrlich interessiert.

»Ja, sehr. Ich kann mir nicht vorstellen, irgendetwas anderes zu tun.«

»Siehst du? Genau das will ich auch! Ich will einen Job, bei dem ich mich jeden Tag auf die Arbeit freue. Du freust dich doch auf die Arbeit, oder?«

»Ja, meistens.« David nahm einen Schluck von seinem Drink. »Außer morgen vielleicht, wenn ich heute noch mehr von denen hier trinke. Was machst du denn, dass es dir nicht gefällt?«

»Ich habe an einer Highschool Geschichte unterrichtet«, antwortete Jamie. »Ich mochte es anfangs noch. Aber mit der Zeit begann ich es zu hassen. Ich brauchte jeden Tag zum Mittagessen ein paar Kekse zur Belohnung, um es durchzustehen.«

»So schlimm war es? Du bist tatsächlich kekssüchtig geworden? Gut, dass du es beendet hast!«, meinte David.

»Ja, echt. Und jetzt versuche ich, mich selbst zu finden. Ich weiß, dass das dumm und selbstgefällig klingt. Das hat mir mein Date vorhin klargemacht. Ich glaube, ich muss mir eine andere Beschreibung für das einfallen lassen, was ich gerade mache. Im Grunde habe ich einfach die Gelegenheit erhalten, ein Jahr lang ausschließlich das zu tun, was ich will – und was ich am meisten will, ist, einen Job zu finden, bei dem ich mich so fühle wie du dich beim Backen.« Sie nippte an ihrem Drink. »Aber jetzt wieder zu dir. Die Blind Dates. Machst du das öfter?«

David schüttelte den Kopf. »Das war erst mein zweites, seit … na ja, eigentlich war es erst das zweite überhaupt. Das erste war vor einer Woche. Sie war hochschwanger und hatte einen Freund. Der schließlich auftauchte, während wir Kaffee tranken.«

Jamie stöhnte. »Oh Mann! Das war ja sogar noch schlimmer als *mein* erstes Blind Date. Am Anfang war er echt toll. Ich wollte mich eigentlich gar nicht mit ihm treffen, weil das hier das Jahr … ach, egal. Jedenfalls dachte ich, dass wir total gut zusammenpassen. Ich habe mich sogar auf ein Wiedersehen gefreut. Er hat mir schon eine Stunde später eine Nachricht geschickt. Ich dachte, er würde es ähnlich sehen, aber da lag ich wohl falsch. Er wollte, dass ich mit einem Freund zu ihm komme, um … sagen wir mal: um einen romantischen Abend zu dritt zu verbringen.«

Der Barkeeper musterte Jamie interessiert, und David drehte sich ein wenig zur Seite, um sie von den Blicken des Kerls abzuschirmen. »Dazu fällt mir echt nichts mehr ein«, gestand er. »Na ja, eigentlich fällt mir sogar *eine Menge* ein, aber ich habe Schwierigkeiten, mich für etwas zu entscheiden. Also versuche ich es mit: So ein Arschloch!«

»Fairerweise muss ich dazusagen, dass er einen Gips am Arm hatte und sich Sorgen machte, dass er mich nicht ordnungsgemäß befriedigen kann.«

»Okay, ich hatte recht: Arschloch«, meinte David und trank sein Glas leer.

»Willst du noch einen Drink?«, fragte Jamie. »Ich würde dich sehr gerne einladen. Das hast du dir verdient.«

»Das klingt zwar verlockend, aber: nein, danke. Ich muss morgen um fünf in der Backstube stehen. Und ein betrunkener Bäcker ist nicht zwangsläufig auch ein guter Bäcker. Obwohl ich in diesem Zustand schon einige echt gute Rezeptideen hatte – an die ich mich anschließend allerdings nicht mehr erinnern konnte.«

»Okay, dann werde ich jetzt auch nach Hause gehen. Aber zuerst …« Sie deutete mit dem Kopf in Richtung Toilette. »Danke für den Drink. Du hast gerade dazu beigetragen, meinen Glauben an die Männerwelt wiederherzustellen.«

»Und du meinen. Meinen Glauben an die *Frauen*, meine ich«, erwiderte David.

Als er schließlich aus der Bar trat, fragte er sich, ob er noch auf sie hätte warten oder sie nach ihrer Telefonnummer fragen sollen. Aber sie hatte ihm für den Drink gedankt und die Unterhaltung damit mehr oder weniger beendet.

Außerdem hatte er nach diesem Blind Date – oder besser gesagt, nach den *beiden* Blind Dates – einfach das Bedürfnis, einige Zeit alleine mit Diogee zu verbringen.

Mac saß auf Jamies Brust und starrte auf sie hinunter. Die verschiedenen Gerüche, die sie aussandte, waren sehr verwirrend. Ihre Gefühle schienen heute sehr widersprüchlich. Außerdem zog sie normalerweise jeden Tag neue Klamotten an, bevor sie sich ins Bett legte – doch heute hatte sie sich einfach auf die Tagesdecke fallen gelassen und war sofort eingeschlafen. Irgendetwas stimmte hier nicht.

Er musste noch stärker daran arbeiten, seine Mission endlich abzuschließen! Menschen waren eben sehr eigenartig – und manchmal brauchte es einen anderen Menschen, um sie wirklich zu verstehen.

Er eilte los. Heute Nacht lag ein Geruch in der Luft, der Jamies Geruch ähnelte. Es war eine Mischung aus Einsamkeit, Wut und noch etwas anderem. Es war wie eine Einladung. Mac folgte der Spur und gelangte schließlich zu einem altbekannten Haus. Das mit dem Dummkopf und dem einsamen Mann. Vielleicht bedeutete der einladende Geruch, dass er endlich erkannt hatte, dass er jemanden brauchte. Und nachdem Jamie ähnlich roch, hatte sie womöglich ebenfalls kapiert, dass Mac einen passenden Partner für sie aufgetrieben hatte.

Trotzdem würde er ihr heute auch wieder einige andere potenzielle Kandidaten vorschlagen – bloß für den Fall, dass sie nicht seiner Meinung war. Das kam immerhin ab und zu mal vor. So war es ihm zum Beispiel immer noch nicht gelungen, Jamie davon zu überzeugen, dass er *jedes Mal* gefüttert werden musste, wenn ihm der Sinn danach stand.

Natürlich standen Jamie und der Mann ganz oben auf seiner Liste. Aber er musste sich auch um das pubertäre Mädchen kümmern, das so wütend, traurig und frustriert zugleich war.

So viele Menschen brauchten seine Hilfe!

Kapitel 10

Am nächsten Morgen öffnete Jamie die Tür, um die Zeitung reinzuholen. Sie trug immer noch ihre Klamotten vom Abend zuvor. Wie konnte ein einziger Drink sie dermaßen umhauen? Oder war sie vielleicht einfach so schnell eingeschlafen, um nicht mehr an das furchtbare Date denken zu müssen? Obwohl das Gespräch mit David eine – *kleine* – Wiedergutmachung gewesen war.

Erst einen Moment später fiel ihr auf, dass Hud Martin auf der Treppe vor der Tür saß und einen Fliegenköder knüpfte. Er wandte sich lächelnd zu ihr um. Wie üblich trug er eine Sonnenbrille, obwohl es stark bewölkt war.

»Guten Morgen, Sonnenschein!«, begrüßte er sie. »Können Sie mir vielleicht etwas über die hier erzählen?« Er deutete auf mehrere Gegenstände, die Jamie noch gar nicht aufgefallen waren.

Sie beugte sich hinunter, um die Dinge näher zu begutachten – ein weiteres Paar Boxershorts, zwei unterschiedlich große T-Shirts, eine Speedo-Badehose in Neon-Orange, ein Nasenhaarschneider, ein Paar violette Socken, eine abgenützte Zahnbürste und ein Ledergürtel mit einer KISS-Schnalle. »Keine Ahnung. Noch nie gesehen.«

Hud sagte nichts, sondern sah sie bloß mit hochgezogenen Augenbrauen an.

Jamie verdrehte die Augen. »Wenn ich das alles gestohlen hätte, warum würde ich es dann vor der Haustür liegen lassen? Man muss nicht gerade ein verbrecherisches Genie sein, um zu wissen, dass man Diebesgut verstecken sollte.«

Hud antwortete nicht, sondern knüpfte weiter seinen Köder.

»Es wäre im Grunde echt toll, wenn Sie sich um den Fall kümmern würden. Ehrlich! Ich habe Ihnen ja schon gesagt, dass ständig seltsame Gegenstände vor meiner Tür auftauchen, seit ich hier eingezogen bin«, meinte Jamie eilig, um das Schweigen zu beenden. »Vermutlich hat jemand etwas gegen Desmond, meinen Vormieter. Vielleicht ein Ex-Freund. Oder ich habe einen verrückten Stalker – aber das ist eher unwahrscheinlich.« Sie hielt inne, um Luft zu holen. »Ehrlich gesagt bekomme ich langsam Angst. Ich wäre Ihnen sehr dankbar, wenn Sie herausfinden könnten, was hier los ist. Wirklich.«

Hud befestigte den fertigen Köder an seiner Weste, bevor er aufstand und einen Fuß auf der Treppe vor der Tür abstellte. »Interessant, dass Sie mir bis jetzt noch nie von Ihren Theorien erzählt haben.«

»Warum auch?«, fauchte Jamie. »Sie haben mir von Anfang an sehr deutlich zu verstehen gegeben, dass Sie mich verdächtigen. Mich und Ruby, um genau zu sein.«

»Ich bin für alle Möglichkeiten offen, bis ich den Täter geschnappt habe – und das gelingt mir, nebenbei bemerkt, jedes Mal. Allerdings werde ich sicher keine Beweismittel ignorieren – und die besagen nun mal, dass Sie sich im Besitz von mehreren Gegenständen befinden, die Ihnen nicht gehören. Das haben Sie ja gerade selbst zugegeben.«

»Diese Sachen befinden sich nicht ›in meinem Besitz‹. Sie liegen bloß hier rum«, platzte es aus Jamie heraus.

»Auf *Ihrem* Grundstück«, erwiderte Hud.

»Ja, auf meinem Grundstück. Wo Sie sich gerade ohne meine Erlaubnis aufhalten«, entgegnete Jamie. Sie wusste natürlich, dass sie sich nicht provozieren lassen durfte. Er war bloß ein alternder Schauspieler, der seine Glanzzeiten wieder aufleben lassen wollte. Aber seine Anschuldigungen und diese verdammte Fischerweste trieben sie einfach in den Wahnsinn. Die Weste hatte sicher noch nie einen Fluss oder See gesehen – höchstens einen Swimmingpool.

Hud nickte. »Ich gehe. Aber ich halte die Augen offen.« Jamie sah ihm nach, bis er um die Ecke gebogen war. Es hätte sie nicht überrascht, wenn er gegenüber ihrem Haus eine Überwachungsstation eingerichtet hätte.

Langsam wurde es Zeit, dass sie sich selbst der Sache annahm. Heute Abend würde sie sich auf die Lauer legen – und morgen früh wusste sie sicher ganz genau, wer diesen Müll anschleppte.

Jamie fuhr aus dem Schlaf hoch. Im Fernsehen lief die James-Gordon-Show. Sie konnte sich nur noch an die Late Night Show mit Stephen Colbert erinnern, der vor Gordon an der Reihe war. Sie war offensichtlich eingenickt. Sie stand auf und streckte sich, um ihren Rücken zu entspannen. Das Sofa war sehr bequem, um es sich gemütlich zu machen, aber zum Schlafen war es nicht geeignet.

Sie eilte zur Haustür und öffnete sie einen Spaltbreit. Die Fußmatte war leer. Gut, dann hatte sie die heutige Lieferung also nicht verschlafen. Sie ging zum Kühlschrank und holte sich eine Flasche Limonade heraus. Ein Glas würde sie nicht brauchen. Anschließend zog sie einen Stuhl an das Fenster neben dem Eingang, von dem aus sie einen guten Blick auf den Weg hatte, der zu ihrer Haustür führte.

Doch bevor sie überhaupt die Möglichkeit hatte, sich zu setzen, entdeckte sie bereits einen Schatten, der über den Rasen huschte. »Was war denn das?«

Jamie ließ vor Überraschung die Limoflasche auf ihren Fuß fallen, aber der Schmerz kümmerte sie nicht. Das dort draußen war Mac! Draußen?! Sie musste herausfinden, wie er hatte entwischen können – aber zuerst musste sie wissen, was er vorhatte.

Jamie folgte dem Kater durch die schlafende Nachbarschaft. Er trabte auf ein Haus zu, das Jamie an eine Hobbit-Behausung erinnerte, und eilte, ohne zu zögern, zur Hundeklappe. Doch anstatt hineinzuschlüpfen, bezog er seitlich davon Stellung. Nur wenige Sekunden später begann ein Hund zu bellen und streckte kurz darauf seinen riesigen Schädel ins Freie. Mac verpasste ihm vier schnelle Ohrfeigen, und der Hund zog jaulend den Kopf zurück.

Mein Kater ist ein kleiner Tyrann!, dachte Jamie und beobachtete gebannt, wie Mac quer über den Rasen auf einen großen Baum zuschoss und zu einem Fenster hochkletterte, das einen Spaltbreit offen stand. Er verschwand im Haus und kehrte eine Minute später mit einem Gegenstand im Maul wieder zurück.

»Oh nein«, flüsterte Jamie. »Mac ist der Dieb. Er ist ein Einbrecher.«

Mac stolzierte über den Rasen, sprang über den Zaun, kam direkt auf Jamie zu und legte ihr den Gegenstand vor die Füße. Es war ein Schutz, den Männer beim Sport trugen, um ihre Genitalien abzuschirmen – und es sah benutzt aus. Ihr Kater hatte ihr also gerade den erst kürzlich getragenen Genitalschutz eines fremden Mannes gebracht.

»Wir nehmen das hier sicher nicht mit nach Hause!«, erklärte Jamie ihm streng. »Du bist ein böses Katerchen!« Mac begann lautstark zu schnurren. Er hatte kein Problem damit, »böse« zu sein. Manchmal gefiel es ihm sogar – wie jetzt zum Beispiel.

Jamie warf einen Blick auf den Genitalschutz. Was sollte sie damit anstellen? Zurück in den Garten werfen? Ja, das war vermutlich okay.

Sie hob ihn vorsichtig hoch, doch bevor sie ihn über den Zaun schleudern konnte, umfing sie ein gleißendes Licht. Sie blinzelte und sah, dass Hud eine riesige Taschenlampe auf sie gerichtet hatte. »Haben Sie nicht behauptet, Sie hätten keine Ahnung, woher das Diebesgut stammt, Schätzchen?«, fragte er.

»Das war ich nicht!«, rief Jamie. »Er war's!« Sie deutete nach unten – doch Mac war verschwunden.

»Plädieren Sie vielleicht auf Unzurechnungsfähigkeit?«, fragte Hud. »Das funktioniert selten. Außerdem kann ich bezeugen, dass wir beide einige vollkommen klare Gespräche geführt haben.«

»Ich meinte meinen Kater. Er ist vermutlich davongerannt«, erwiderte Jamie. »Mac hat das hier gestohlen.« Sie schwenkte den Genitalschutz durch die Luft. »Er hat ihn vor mir abgelegt, und ich habe ihn aufgehoben. Kurz bevor Sie mit Ihrer Taschenlampe ankamen.« Er hatte sie immer noch direkt auf ihr Gesicht gerichtet. Sie hob die Hand, um ihre Augen abzuschirmen. »Könnten Sie sie vielleicht ein wenig zurückdrehen?«

»Ich stelle hier die Fragen«, erwiderte Hud. »Also, wie viele …«

Die Tür des Hobbit-Hauses ging auf, und weiches gelbes Licht schien heraus. »Was ist denn hier los?«

Diese Stimme kannte sie doch! Sie wandte sich blinzelnd um, doch sie konnte nichts erkennen. Vermutlich hatte die Taschenlampe ihren Augen einen bleibenden Schaden zugefügt.

»Ich habe den Dieb vom Storybook Court gefasst!«, rief Hud triumphierend. »Sie ist mir ins Netz gegangen. Genauso wie meine Fische – wenn mir dieser verdammte Job endlich mal Zeit zum Fischen ließe.«

Der Mann schnaubte. »Hängt dir dieser Satz nicht schon zum Hals raus? Wie viele Episoden hast du denn genau dasselbe gesagt?« Er öffnete das Gartentor und trat in den Lichtkegel der Taschenlampe.

»David?«, fragte Jamie.

»Jamie?« David – und das hier war ganz eindeutig David – wirkte genauso überrascht wie sie. »Was machst du denn hier?«

»Ich wohne hier. Also, natürlich nicht genau hier. Aber ganz in der Nähe«, antwortete Jamie. »Ich bin vor ein paar Wochen hergezogen.«

»Dann kennst du das Schätzchen also?«, fragte Hud. »Und sie hat dich angelogen, was ihre Adresse betrifft?«

»Ich habe ihn nicht angelogen. Es war nie ein Thema«, protestierte Jamie. »Er hat mir ja auch nicht gesagt, wo er wohnt.«

Ein riesiger Hund mit einem rosafarbenen Halsband schoss aus dem Haus und bewegte sich anschließend zögernd auf David zu, der ihn jedoch zurück in den Garten schob und das Tor schloss. »Du musst im Garten bleiben, Kumpel«, meinte er, bevor er seinen Blick von Hud zu Jamie wandern ließ. »Kann mir vielleicht jemand sagen, was hier los ist?«

»Sieh dir mal an, was sie da in der Hand hält«, schlug Hud vor. »Ich schätze, sie hat es gestohlen – und zwar von dir. Ich habe sie auf frischer Tat ertappt.«

Jamie merkte, dass sie den Genitalschutz immer noch in der Hand hielt. Sie ließ ihn fallen. »Mein Kater ist durch dein Badezimmerfenster geschlüpft und hat den hier mitgenommen.«

»Offensichtlich haben Sie Ihren Kater als Komplizen für Ihre Raubzüge abgerichtet«, meinte Hud, bevor er sich erneut an David wandte. »Wir sollten bei PETA anrufen. Und die Polizei alarmieren. Sie hat sogar Ruby Shaffer in ihre Verbrechen mit hineingezogen – eine Frau, die noch nie straffällig geworden ist.«

»Moment. Ein Kater?«, fragte David und sah sich um.

»Er ist davongelaufen. Eigentlich darf er gar nicht raus. Er ist eine Hauskatze«, erklärte Jamie eilig. »Aber er hat offensichtlich ein Schlupfloch gefunden. Ich muss das gleich mal untersuchen.«

»Ich übernehme die Sache ab hier«, meinte Hud zu David und nahm Jamie am Ellbogen, doch sie schüttelte ihn ab.

»Es gibt hier nichts zu übernehmen!«, fauchte sie.

»Dann haben Sie sicher nichts dagegen, dass wir Ihre Bleibe nach den anderen Gegenständen durchsuchen, die Sie gestohlen haben – egal ob mit oder ohne Hilfe Ihres Katers oder Ms. Shaffers?«

David bückte sich, hob den Genitalschutz hoch und stopfte ihn in seine Tasche. »Was auch immer hier passiert ist, es ist jedenfalls kein schwerer Diebstahl. Und ich habe nicht vor, Jamie anzuzeigen – also gibt es tatsächlich nichts, was du ›übernehmen‹ musst«, erklärte er Hud.

»Du denkst ganz offensichtlich gerade mit dem falschen Teil deines Körpers«, erwiderte Hud. »Ich werde auf alle Fälle auch die anderen Opfer aufsuchen und nachfragen, ob sie das genauso sehen.« Dann schlenderte er pfeifend davon.

Jamie und David starrten einander fassungslos an. »Danke«, murmelte Jamie schließlich. »Ich schwöre, dass mein Kater …« Sie schüttelte den Kopf. »Es klingt einfach zu lächerlich, um es noch einmal zu wiederholen.«

»Willst du vielleicht auf einen Kaffee reinkommen?«, schlug David vor.

»Ja, es wäre toll, wenn wir uns für dieses Gespräch setzen könnten«, gab Jamie zu.

»Dann komm.« Er öffnete das Gartentor, und Jamie trat hindurch. Im nächsten Moment spürte sie zwei tellergroße Pfoten auf ihrer Brust und stolperte nach hinten.

»Diogee! Runter!«, befahl David, doch der Hund behielt seine Pfoten, wo sie waren, und schleckte Jamie einmal quer übers Gesicht. »Tut mir leid«, entschuldigte sich David. Er packte den Hund am Halsband und zerrte ihn von Jamie herunter.

»Kein Problem. Ich gehöre nicht zu den Katzenmenschen, die Hunde nicht ausstehen können.« Sie tätschelte Diogees Kopf und wurde von dem eifrigen Schwanzwedeln, das darauf folgte, beinahe zu Boden geworfen. »Du kannst vorgehen, Diogee«, erklärte sie und wandte sich zu David um: »*Diogee*. Woher kommt denn der Name?«

»D.O.G«, buchstabierte David das englische Wort für Hund.

»Ah!«, meinte Jamie, als sie schließlich ins Haus traten. »Das ist clever – und gleichzeitig auch ziemlich einfallslos«, scherzte sie.

»Welchen brillanten Namen hast du dir denn für deinen Kater überlegt?«, fragte er.

»Mietzi«, antwortete Jamie und versuchte vergeblich, nicht zu grinsen. »Nein, eigentlich heißt er MacGyver. Aber vermutlich hätte ich ihn Robie taufen sollen. Nach dem …«

»… Juwelendieb John Robie, genannt ›die Katze‹, den Cary Grant in *Über den Dächern von Nizza* spielte«, beendete David den Satz für sie.

»Ja, genau!«, rief Jamie. »Ich liebe diesen Film. Die Farben sind so toll. Und erst der Grünstich der Szenen, die in der Nacht spielen.« Sie lächelte. »Da gerate ich gleich ins Schwärmen. Aber eigentlich mag ich alle Filme von Hitchcock. Egal ob Schwarz-Weiß oder in Farbe.«

»Wenn man Filme mag, muss man Hitchcock einfach lieben«, bestätigte David. »Er hat so viele moderne Regisseure beeinflusst. Tarantino wäre ohne ihn nicht Tarantino.«

»Der Koffer in Pulp Fiction – ein typischer MacGuffin«, stimmte Jamie ihm zu. »MacGuffin wäre übrigens auch ein toller Name für einen Kater. Ich könnte mir zu meinem MacGyver noch einen MacGuffin zulegen, aber ich glaube nicht, dass MacGyver eine andere Katze im Haus dulden würde. Er ist zu sehr daran gewöhnt, seinen Kopf durchzusetzen.« Jamie brach ab, denn gerade war ihr wieder eingefallen, dass sie hier überhaupt erst in Davids Haus stand, weil ihr Kater ihn mehrmals bestohlen hatte.

David fuhr sich mit der Hand durch die Haare. »Ich schätze, es ist vielleicht schon ein bisschen zu spät für eine Dosis Koffein. Oder gehörst du zu den Leuten, die rund um die Uhr Kaffee trinken?«

»Nein, ich brauche gerade nichts, danke. Außer vielleicht eine Chance, um mich bei dir zu entschuldigen und Danke zu sagen, dass du eingeschritten bist, als Hud mich abführen wollte«, erwiderte Jamie. David ließ sich auf das Sofa sinken, und im nächsten Augenblick saß auch schon Diogee neben ihm. Jamie entschied sich für einen der Lehnstühle. »Da du mich in dein Haus eingeladen hast, hältst du mich ja offensichtlich nicht für eine verrückte Stalkerin. Das ist ja schon mal was«, fügte sie hinzu.

»Nachdem ich dir weder meinen Nachnamen noch meine Adresse verraten habe, droht wohl keine unmittelbare Gefahr«, erwiderte David.

»Dabei dachte ich vor Kurzem noch, dass *ich* einen Stalker habe«, gab Jamie zu. »In letzter Zeit lagen ständig irgendwelche Gegenstände vor meiner Haustür – aber mittlerweile gehe ich davon aus, dass Mac sie alle angeschleppt hat. Vermisst du denn sonst noch etwas? Socken, ein T-Shirt, einen Schuh, eine Speedo-Badehose? Was gab's noch? Ach ja, ein Nasenhaarschneider. Also eigentlich vor allem kleinere Gegenstände. Sag einfach Bescheid, wenn dir etwas einfällt, dann sehe ich die Sachen durch. Oder du kommst vorbei und siehst selbst nach.«

»Die Badehose gehört nicht mir, aber die anderen Sachen

vermutlich schon«, erwiderte David. »Ich dachte, Diogee hätte sie gefressen. Ich habe sogar beim Tierarzt angerufen.«

Jamie zuckte zusammen. »Es tut mir so leid. Mir ist gar nicht aufgefallen, dass Mac ein Schlupfloch entdeckt hat. Ich kann immer noch nicht glauben, dass er das getan hat. Er hat mir zwar schon früher ab und zu einen toten Käfer als Geschenk gebracht, aber …« Sie hob hilflos die Hände und ließ sie wieder sinken. »Ich sollte jetzt gehen. Es ist schon spät. Du hast echt toll reagiert. Danke noch mal! Komm doch einfach in den nächsten Tagen mal vorbei, um dir die Beute meines Katers anzusehen. Ich wohne in dem Schneewittchen-Haus neben den Defranciscos.«

»Okay, das werde ich«, meinte David, während er Jamie zur Tür brachte. »Ich möchte den Dieb auf vier Pfoten nämlich unbedingt kennenlernen.«

Nachdem David am nächsten Nachmittag von der Arbeit nach Hause gekommen war, ließ er sich zuerst ein wenig von Diogee durch die Nachbarschaft zerren, bevor er unter die Dusche stieg.

»Ich gehe jetzt und hole mir meine Sachen wieder«, erklärte er dem Hund anschließend, der sofort hektisch mit dem Schwanz zu wedeln begann, als er das Wort »gehen« hörte. Diogee war nicht gerade der schlaueste Hund der Stadt, aber es gab einige Worte, die offensichtlich direkte Auswirkungen auf sein Hinterteil hatten. »Tut mir leid, aber dich meinte ich nicht.« Das Wedeln wurde langsamer und verwandelte sich in ein hoffnungsvolles Hin-und-her-Schwingen.

David holte ein Leckerli aus der riesigen Plastikschüssel, die auf der Arbeitsplatte in der Küche stand, und warf es Diogee zu. »Ich bin gleich wieder da.« Im nächsten Augenblick hing der Schwanz nur noch leblos herab, und als David schließlich das Haus verließ, erklang ein lang gezogenes, mitleiderregendes Jaulen. Zum Glück wusste er, dass Diogee in wenigen Augenblicken friedlich in seinem Hundebett schlummern würde.

Der leuchtend blaue Flyer, der an der Ecke an einem Baum befestigt worden war, stach ihm sofort ins Auge. So etwas war doch hier gar nicht erlaubt! Seltsam, dass Hud sich der Sache nicht schon längst angenommen hatte! Normalerweise achtete er penibel darauf, dass sich alle an die Regeln hielten. Und waren sie auch noch so unwichtig.

Als David nahe genug gekommen war, erkannte er, dass niemand Geringerer als Hud selbst den Flyer angeheftet hatte. Offensichtlich hatte er sich gleich nach dem Aufstehen an die Arbeit gemacht. Auf dem Flyer stand: »Tatort Storybook Court! Wenn euch auch etwas gestohlen wurde, dann kommt zum Springbrunnen. Wenn ihr unbekannte Gegenstände auf eurem Grundstück gefunden habt, bringt sie zum Springbrunnen. Dort wird eure Aussage aufgenommen. Und der Dieb und sämtliche Komplizen wandern zwei bis vier Jahre hinter Gitter.«

Das ergab doch keinen Sinn! Weshalb sollte ein Dieb sein Diebesgut auf einem fremden Grundstück ablegen? Zwar war Rileys Pony vor Rubys Haustür aufgetaucht, und Addisons Tagebuch hatte vor Zacharys Tür gelegen, was schon irgendwie seltsam war, aber es steckte doch sicher keine kriminelle Absicht dahinter, wie Hud es vermutete. Der Geldwert der Dinge, die David gestohlen worden waren, hätte vermutlich nicht einmal für einen Drink im *Blue Palm* gereicht.

Er kam an sieben weiteren Flyern vorbei, ehe er in Jamies Straße einbog. Hud hatte ganze Arbeit geleistet. Aber vermutlich konnte er gar nicht anders. Im Moment saß er jedenfalls auf dem Rand des Springbrunnens, knüpfte einen Fliegenköder und wartete auf eventuelle Zeugen.

Er schob seine Sonnenbrille hinunter, als er David entdeckte. »Hey, Sportsfreund! Schön, dich zu sehen! Hast du dich entschlossen, deinen Beitrag zum Gemeinwohl zu leisten und gegen den Dieb auszusagen?«

»Nein. Von meiner Seite aus ist alles geklärt. Es war doch bloß ein Schutz, Hud. Und ich werde sicher keine *Katze* anzeigen.«

»Eine Katze, die von einer Verbrecherin abgerichtet wurde«, entgegnete Hud.

David gab es auf und ging einfach weiter. In einem von Jamies Fenstern saß ein brauner Tigerkater und beobachtete Hud mit starrem Blick. Anschließend wandte er sich David zu, miaute zur Begrüßung und sprang vom Fensterbrett. Als Jamie schließlich die Tür öffnete, hielt sie den Kater unter dem Arm. »Ich traue ihm nicht. Womöglich haut er noch mal ab«, erklärte sie und trat einen Schritt zurück, um David ins Haus zu lassen. »Ich habe sein Schlupfloch gefunden. Es war ein Riss im Insektenschutzgitter. Ich habe es repariert, damit er dich nicht mehr belästigen kann. Und Diogee auch nicht. Ich hab es dir gestern gar nicht erzählt, aber ich hab gesehen, wie Mac Diogee geohrfeigt hat.« Sie hielt einen Moment lang inne. »Rede ich zu viel? Und zu schnell? Ja, das tue ich«, meinte sie und beantwortete ihre Frage damit gleich selbst.

»Kein Problem«, beruhigte David sie. »Diogee geht es gut. Es gibt keinerlei Anzeichen, dass er von einer Katze misshandelt wurde.«

»Gut.« Jamie atmete tief durch. »Heute ist ein seltsamer Tag – überall diese Flyer! Mein Name wird zwar nicht genannt, aber es ist klar, dass er mich meint.«

»Niemand in der Nachbarschaft nimmt Hud ernst«, versicherte David ihr.

»Na, wenigstens etwas. Hier sind übrigens die Sachen, die Mac auf der Fußmatte abgelegt hat.« Jamie führte David zu einem Karton, der auf dem Sofatisch im Wohnzimmer stand. Er setzte sich und öffnete ihn, während Jamie stehen blieb und ihm zusah. Mac sprang auf die Armlehne der Couch und beobachtete David laut schnurrend.

David zog die Bigfoot-Socke, die Sportsocke, ein T-Shirt und eine Unterhose aus dem Karton. »Das hier gehört alles mir.« Er griff nach dem weißen Handtuch. »Und das hier vermutlich auch.« Er wandte sich zu Mac um. »Du warst ganz schön fleißig.«

»Ich kaufe dir ein neues Handtuch. Das hier habe ich ehrlich gesagt als Staubtuch benutzt. Es war der erste Gegenstand, der vor der Tür aufgetaucht ist, und ich hatte keine Ahnung, dass es jemandem gehörte. Ich meine, ich wusste natürlich, dass es *nicht* mir gehörte, aber ich dachte, mein Vormieter hätte es vergessen. Und ich rede schon wieder viel zu viel.«

Sie war so nervös, dass ihre Wangen glühten und ihre Augen leuchteten. Die Aufregung stand ihr gut. David kraulte den Kater unterm Kinn, und Macs Schnurren erreichte einen neuen Höhepunkt. »Und er hat so etwas wirklich noch nie gemacht?«, fragte David Jamie.

»Nein, noch nie. Allerdings habe ich früher in einer Wohnung gewohnt, und er kam nie raus. Trotzdem kann ich kaum glauben, dass er das getan hat«, antwortete sie.

»Kannst du dich vielleicht setzen? Ich werde schon nervös, wenn ich dich nur ansehe«, erklärte David, und Jamie ließ sich nieder. »Es ist wirklich keine große Sache.« Er warf einen weiteren Blick in den Karton. »Es sieht so aus, als würde etwa die Hälfte der Sachen mir gehören. Ich frage mich nur, nach welchen Kriterien er seine Opfer ausgewählt hat.«

»Leider habe ich keine Ahnung, wie Katzen ticken«, erwiderte Jamie. »Vor allem nicht MacGyver.«

»Bei Diogee ist das einfach. Es gibt einige wenige Dinge, die er wirklich gerne hat – wie etwa lange Spaziergänge und Leckerli –, und die will er einfach rund um die Uhr. Außer wenn er schläft.«

»Typisch Mann eben.« Jamie schlug sich eine Hand vor den Mund und riss übertrieben entsetzt die Augen auf. »Habe ich das gerade wirklich gesagt?«, murmelte sie.

David lachte. »Ja, hast du. Aber ich fühle mich nicht beleidigt. Katzen und Frauen sind vielleicht komplizierter als wir – aber das bedeutet nicht, dass sie uns überlegen sind.«

Jamie ließ die Hand sinken und lächelte. »Das stimmt. Tatsächlich wünsche ich mir ab und zu, ich würde ein bisschen weniger nachdenken.« Sie seufzte. »Was soll ich denn mit den restlichen Sachen machen, die Mac angeschleppt hat?«, fragte sie. »Soll ich sie zum Springbrunnen bringen? Ihre rechtmäßigen Besitzer sollen sie zurückbekommen. Aber wenn Hud mich wieder verhört, dann mache ich am Ende vielleicht etwas, das ich anschließend bereuen werde. Na ja, *vermutlich* würde ich es bereuen …«

»Das ist ja interessant. Woran hast du denn da so gedacht?«, fragte David.

»Ich könnte … ich könnte ihn zum Beispiel in den Springbrunnen schubsen«, antwortete Jamie. »Etwas Schlimmeres fällt mir nicht ein. Siehst du? Ich bin einfach kein bösartiges Genie, das mithilfe seines Katers sämtliche Nachbarn ausraubt. Sonst würden mir vermutlich Hunderte Dinge einfallen, die ich mit Hud machen könnte.«

»Ich könnte dich begleiten«, bot David an. »Aber ich werde

dich sicher nicht aufhalten, falls du den Wunsch verspürst, Hud in den Springbrunnen zu schubsen. Das würde ich nämlich nur zu gerne sehen.«

»Danke.« Jamie nahm den Karton. »Dann bringen wir es am besten gleich hinter uns«, meinte sie und trat aus dem Haus.

»Du bist einer von den Guten, Sportsfreund!«, rief Hud. »Es gibt nicht viele Menschen, die so versöhnlich sind wie du und sich mit dem Dieb verbünden, der sie bestohlen hat. Aber ich denke, es kommt dem Schätzchen hier zugute, dass sie was fürs Auge ist.«

»Hud, das Schätzchen – ich meine, Jamie – hatte bis gestern Abend keine Ahnung, was ihr Kater so treibt.« Er sah, dass Mac sie vom Fenster aus beobachtete.

»Also was haben wir denn da?«, fragte Hud Jamie.

Jamie öffnete schweigend den Deckel und legte die Boxershorts, die weiße Unterhose, die orange Speedo-Badehose und die restlichen Gegenstände auf den Rand des Springbrunnens.

»Das soll alles zu den rechtmäßigen Besitzern zurück, die mein Kater bestohlen hat«, erklärte Jamie.

»Hey, Sugarbaby. Was wurde dir denn gestohlen?«, rief Hud, als Addison auf sie zukam.

»Nennen Sie mich ja nie wieder so!«, knurrte Addison. »Mir wurde gar nichts gestohlen. Dafür lag das hier vor unserer Tür.« Sie legte ein T-Shirt mit einem Comic neben Jamies Fundstücke.

»Das gehört Zachary«, erklärte David. Er wollte bereits anbieten, es ihm zu bringen, doch dann wurde ihm klar, dass Zachary sich über Addisons Besuch freuen würde.

Addison betrachtete das T-Shirt. »*Das* gehört Zachary? Er wirkt gar nicht wie ein Fan von *Adventure Time*.«

196

»Wann habt ihr beide euch eigentlich das letzte Mal unterhalten? Als ihr sieben wart vielleicht?«, fragte David. »Er ist auch erwachsener geworden, weißt du?«

»Ja, schon gut«, murmelte sie und verschwand mit dem T-Shirt. Stattdessen trat Marie neben David.

»Ich habe gehört, dass die Chemie zwischen Helens Patensohn und Ihnen nicht wirklich gestimmt hat«, meinte sie zu Jamie. »Helen meinte, er hätte erzählt, dass Sie viel zu verbittert gewirkt hätten – so wie manche Frauen eben sind, wenn sie in Ihrem Alter noch nicht verheiratet sind.«

Jamie öffnete den Mund und schloss ihn wieder, als würde ihr einfach nicht die richtige Antwort auf diesen Vorwurf einfallen. »Er hat *was* gesagt?«, fragte sie schließlich.

»Er ist eine kleine Kröte, das war er schon immer«, erklärte Marie. »Aber keine Angst. Ich habe zwar erfahren, dass mein Großneffe gerade mit jemandem ausgeht, aber unser Zahnarzt wurde vor Kurzem geschieden. Ich werde etwas arrangieren.«

»Nein, Marie! Auf keinen Fall! Ich habe Ihnen doch schon gesagt, dass ich niemanden kennenlernen will. Das hier ist ›Jamies Jahr‹«, platzte Jamie heraus.

Marie schnaubte missbilligend. »Das ist doch lächerlich.«

»Vielen Verbrechern fällt es schwer, soziale Bindungen aufzubauen«, mischte sich nun auch noch Hud ein. »Sie sind nur deshalb dazu fähig, andere zu bestehlen und ihnen noch Schlimmeres anzutun, weil sie nicht dieselben Gefühle verspüren wie wir.«

»Mit meinen Gefühlen ist alles in Ordnung«, fauchte Jamie. »Und falls mir einmal langweilig ist, treffe ich mich mit Ihrem Zahnarzt. Ansonsten … sollten Sie das so schnell wie möglich vergessen!«, meinte Jamie an Marie gewandt, bevor sie sich umdrehte und davonstapfte.

David folgte ihr. »Jamies Jahr?«, fragte er.

Jamie stöhnte. »Ich sage immer wieder Dinge, die ich mir eigentlich bloß denken sollte.« Sie ließ sich auf der Treppe vor ihrer Haustür nieder, und David setzte sich neben sie.

»Ich nenne dieses Jahr ›Jamies Jahr‹«, gab sie zu. »Meine Mom ist gestorben und hat mir genug Geld hinterlassen, sodass ich mir ein Jahr freinehmen konnte. Ich will herausfinden, was ich mit meinem Leben anfangen will. Aber das habe ich dir ja neulich schon erzählt. Und aus diesem Grund will ich im Moment auch keine feste Beziehung – obwohl Marie und Helen der Meinung sind, dass das oberste Priorität haben sollte.«

»Es tut mir leid, dass deine Mutter tot ist«, erklärte David.

»Danke«, erwiderte Jamie. »Es ist jetzt etwas mehr als ein Jahr her. Ich … der Schmerz war so wahnsinnig intensiv, aber jetzt, wo er langsam nachlässt, ist es fast noch schlimmer. Weil … weil die Einzelheiten langsam verblassen. Es scheint alles irgendwie verschwommen – und das hasse ich am allermeisten.«

»Ich weiß«, meinte David.

»Leben deine Eltern noch?«

»Ja. Sie wohnen in Nordkalifornien. Ich fahre ein paarmal im Jahr zu ihnen, und ich habe dort auch noch einen Bruder. Aber meine Frau, sie war … sie ist vor beinahe drei Jahren gestorben. Manchmal kann ich mich an gewisse Dinge nicht mehr so klar und deutlich erinnern wie früher. Zum Beispiel an ihr Lachen. Ab und zu höre ich es noch – und dann gibt es Augenblicke, in denen es mir einfach nicht mehr einfallen will.«

Jamie nickte. »Ja, ganz genau.«

Adam hätte vermutlich den Kopf geschüttelt. Immerhin hatte David wieder einmal Clarissa ins Spiel gebracht, obwohl er gerade neben einer attraktiven Frau saß. Aber das hier war nicht wie damals im *Blue Palm.* Er wollte Jamie nicht anbaggern. Sie unterhielten sich bloß – wie gute Freunde. Und er redete gerne mit ihr.

Mac öffnete den Mund und atmete tief ein. Es gefiel ihm, wie sich Jamies Geruch verändert hatte, nachdem sie mit dem Mann zusammen auf der Treppe gesessen hatte – und auch der Geruch des Mannes war jetzt anders. Die Einsamkeit hatte nachgelassen, und etwas anderes war an ihre Stelle getreten. Etwas Warmes, Einladendes.

Trotzdem verspürte Mac den Drang, noch weiter auf die Suche zu gehen. Er schlich auf die Veranda, hatte aber dabei vergessen, dass Jamie sein Schlupfloch repariert hatte. *Tsssss!* Als ob er sich von so etwas aufhalten ließe! Immerhin war er bereits einen Kamin hinuntergeklettert. Und hinauf sollte es nicht viel schwerer sein.

Er platzte beinahe vor Tatendrang, doch er beschloss zu warten, bis Jamie zu Bett gegangen war. Erst dann würde er sich erneut an die Arbeit machen.

Kapitel 11

Ehrlich gesagt, war ich nicht mehr bei einem Puppentheater, seit ich sechs war. Damals gab es eine Aufführung in der Bibliothek«, erklärte Jamie Ruby. »Deshalb gilt das hier heute wohl auch als neue Erfahrung.«

»Ja, auf jeden Fall«, erwiderte Ruby und parkte ihren Käfer zwischen einem SUV und einem Hydranten. »Aber *Almighty Opp* ist kein einfaches Puppentheater. Die Jungs, die es erfunden haben, bezeichnen es als *Messe*. Ich versuche erst gar nicht, es dir zu erklären – du musst es selbst miterleben.«

Sie stiegen aus dem Auto und überquerten die Straße. »Heiliger Bimbam, ist das etwa ein riesiger Eimer mit Hühnchenschenkeln?«, fragte Jamie.

»Alter Schwede, du hast recht!«, scherzte Ruby. »Gibt es in Pennsylvania etwa keine zehnstöckigen KFC-Restaurants in Form von Eimern?«

»Zumindest nicht in Avella oder sonst einer Stadt, die ich kenne«, erwiderte Jamie.

Ruby blieb an einer Bushaltestelle vor einem Ramschladen und ein paar Wohngebäuden stehen. Mehrere Jungen im Teenageralter hatten Gartenstühle aufgestellt und tranken Dosenbier. Ruby lächelte, und sie winkten ihr zu. »Ist das Theater hier in der Nähe?«, fragte Jamie.

»Gleich hier«, antwortete Ruby. »Auf dem Bürgersteig.«

»Glaubst du, dass man davon leben kann?«, fragte Jamie und beobachtete ein Hipster-Pärchen, das mit zwei Klappstühlen auf sie zukam.

»Sie spielen nur einmal im Monat, also bezweifle ich es, ehrlich gesagt. Sie sammeln Spenden, aber ich bin mir nicht sicher, ob sie damit ihre Kosten abdecken können. Die Jungs lassen sich ständig neue Sachen einfallen«, antwortete Ruby.

»Ich glaube, sie spielen einfach, weil es sie glücklich macht. Vielleicht wollen sie die Welt verändern – oder zumindest die Menschen, die zu den Vorstellungen kommen.«

»Danke, dass du mich mitgenommen hast.« Jamie konnte es kaum erwarten, dass die Show – oder besser gesagt die *Messe* – begann. Ruby zufolge hatten die Leute von Almighty Opp tatsächlich ihre Leidenschaft gefunden.

Ruby legte einen Arm um Jamie und drückte sie. »Ich habe deine L.A.-Weiterbildung bis jetzt ziemlich schleifen gelassen. Aber in Zukunft werde ich dich öfter mitnehmen und dir alles zeigen, was es zu sehen gibt.«

»Sollte es nicht eigentlich um neun beginnen?« Die Darsteller waren noch nirgendwo zu sehen.

»Pünktlichkeit gehört nicht gerade zum Repertoire von Almighty Opp«, erwiderte Ruby. »Aber sie kommen bestimmt.«

»Ich frage mich, ob heute Nacht wieder was geklaut wird. Ich habe Macs Schlupfloch vor zwei Tagen repariert, aber der Dieb treibt weiter sein Unwesen. Heute lag wieder ein ganzer Haufen vor dem Springbrunnen, doch Mac kann es dieses Mal nicht gewesen sein. Allerdings habe ich mir nicht die Mühe gemacht, Hud Bescheid zu sagen. Er verdreht ohnehin alles, was ich sage, um mich als kriminelles Mastermind abzustempeln. Er würde vermutlich behaupten, dass *ich* die Gegenstände bloß vor die Türen der Nachbarn gelegt habe, um den Verdacht von mir abzulenken. Er glaubt, dass ich die Sachen, die ich gerne hätte, selbst behalte, während die restlichen Gegenstände nur als Vorwand dienen. Weil ich mir ja nichts sehnlicher wünsche, als eine orangefarbene Badehose.«

»Vermutlich hätte es nicht mal was gebracht, wenn du ihn auf deine Veranda gezerrt und ihm den Riss gezeigt hättest, den du repariert hast«, erwiderte Ruby. »Er glaubt ja schließlich, dass Mac nicht dein einziger Komplize ist, weißt du noch? Selbst wenn du ihn tatsächlich davon hättest überzeugen können, dass Mac nicht mehr aus dem Haus kann, wäre er vermutlich bloß zu dem Schluss gekommen, dass *ich* die Diebestouren für dich unternommen habe. Er starrt mich immer so misstrauisch an, wenn er mich sieht. Er ist sich sicher, dass ich zu deiner Bande gehöre.«

»Das Verrückte daran ist, dass Mac ja wirklich etwas geklaut hat. Ich habe es selbst gesehen. Und es ist irgendwie eigenartig, dass er nicht der einzige Dieb ist.«

»Vielleicht hat Mac einen Trittbrettfahrer?«, schlug Ruby vor.

»Nein, das glaube ich nicht. Allerdings kenne ich mich mit solchen Dingen zu wenig aus – ich bin immerhin bloß ein kleines, naives Dummchen aus der Kleinstadt.« Jamie klimperte übertrieben mit den Wimpern. »Aber mal im Ernst: Du musst doch zugeben, dass es seltsam ist, oder?«

»Ja, klar«, lenkte Ruby ein. »Aber vor deiner Tür lag bis jetzt nichts mehr?«

»Nein, sonst hätte ich dir schon längst davon erzählt. Ich hoffe, es macht dir nichts aus, dass du mittlerweile zu meiner ersten Anlaufstelle geworden bist, wenn mich etwas aufregt und ich einen Rat und ein paar Plätzchen nötig habe«, meinte Jamie.

»Nein, es freut mich sogar«, antwortete Ruby. »Jedes Mal, wenn ich an einem Projekt arbeite, werden meine Kollegen zu einer Art Familie. Und nachdem der Film abgedreht ist, versprechen wir uns zwar immer, in Kontakt zu bleiben, aber das funktioniert nie – es sei denn, wir arbeiten zufällig wieder mal

zusammen. Ich könnte also durchaus eine Freundin gebrauchen, die nicht in dem Business arbeitet, vor allem weil die
Arbeiten für den nächsten Film erst in ein paar Monaten beginnen.«

Jamies Blick wanderte erneut die Straße entlang. »Sie kommen schon noch. Mach dir keine Sorgen«, beruhigte Ruby sie.
»Hast du David eigentlich auch noch mal beim Springbrunnen
gesehen?«

»Nein«, antwortete Jamie. »Offensichtlich wurde ihm nichts
mehr gestohlen. Ich schätze, er wäre vorbeigekommen, wenn
wieder etwas verschwunden wäre – nachdem ich ja auch alle
anderen Sachen hatte.«

»Es scheint, als wollte euch das Universum unbedingt zu-
sammenbringen. Zuerst trefft ihr euch in der Tierhandlung,
dann esst ihr mit euren Dates im selben Restaurant zu Abend,
und als sich beide Dates als Reinfall entpuppen, betrinkt ihr
euch auch noch in derselben Bar«, meinte Ruby. »Nicht zu vergessen, dass dein Kater David schon seit einiger Zeit beklaut.«

»Weißt du, ich komme gut damit klar, dass du dein Haus
bereits im September für Weihnachten dekorierst«, erwiderte
Jamie. »Ich finde es sogar charmant. Aber fang jetzt bitte nicht
von den Plänen an, die das Universum angeblich für mich be-
reithält – denn das ertrage ich einfach nicht.«

Ruby hob ergeben die Hände. »Okay, schon gut. Aber David
ist ein toller Kerl. Und du bist auch ganz toll. Ich will ja nicht
klingen wie Marie und Helen, aber …«

»Dann tu es auch nicht!«, bat Jamie. »Glaub mir einfach,
wenn ich dir sage, dass ich im Moment mit niemandem etwas
anfangen möchte. Selbst wenn er wirklich toll ist. Denn in dieser Hinsicht muss ich dir zustimmen: David scheint ein netter
Kerl zu sein. Er ist witzig, charmant und hat mir kein obszönes
Angebot nur wenige Stunden nach unserem ersten Treffen ge-

macht. Stattdessen hat er mir nach dem Abend mit dem Kerl, der mich bloß ausnutzen wollte, sogar noch einen Drink spendiert.«

»Außerdem hat er einen hübschen Hintern«, fügte Ruby hinzu.

»Okay, ja, er sieht auch gut aus – und zwar von allen Seiten«, gab Jamie zu. »Aber ich bin trotzdem nicht interessiert.«

»Ich weiß – und ich verstehe es ja auch. Wirklich! Aber ich kenne David seit Jahren, und ich wünsche ihm, dass er glücklich wird. Er hat einige wirklich harte Jahre hinter sich. Und dich kenne ich zwar erst seit ein paar Wochen, aber ich wünsche mir dasselbe für dich. Ich kann mir euch beide eben gut miteinander vorstellen. David würde dir nie im Weg stehen, während du dich selbst findest. Ich glaube, er würde dich sogar dabei unterstützen.«

Jamie beschloss, das Thema zu wechseln. »Ich habe heute mit dem Büro des Community College gesprochen, und es ist möglich, den Kursbeitrag für den Schauspielunterricht auf einen Make-up-Kurs für Special Effects umzubuchen«, erklärte sie. »Also befolge ich weiterhin deinen Rat und probiere neue Dinge aus – und lerne dabei auch gleich noch ein paar coole Tricks für Halloween.«

»Da kommen sie!«, rief Ruby plötzlich und deutete die Straße hinunter. Zwei Männer mit Clownsmasken fuhren mit Fahrrädern auf sie zu, an denen zwei kleine Planwagen befestigt waren.

Vielleicht ist das Universum ja doch auf meiner Seite, dachte Jamie. *Zumindest hat Ruby jetzt keine Gelegenheit mehr, noch mal von David anzufangen.* Die beiden Männer hielten vor der Bushaltestelle und gaben Jamie und Ruby mit einigen wortlosen Gesten zu verstehen, dass sie ihnen beim Aufbau helfen sollten.

Jamie verspürte ein aufgeregtes Kribbeln, als die Bühne –

mit zwei kleinen Zelttürmen, einer Konfettikanone und einer Sammlung herrlich skurriler Puppen – langsam Gestalt annahm. Wenn man beinahe unangekündigt in einer ruhigen Wohnstraße auftauchte, um eine Show zu veranstalten, die sich vermutlich nicht einmal rechnete, dann musste man das, was man tat, tatsächlich lieben. Und wenn diese beiden Männer etwas gefunden hatten, wofür ihr Herz schlug, dann würde *sie* es auch schaffen. Darauf wollte sie sich konzentrieren – was bedeutete, dass es in diesem geschenkten Jahr keine Männer geben würde. Und vor allem keinen David, denn es war durchaus möglich, dass er zu einer Ablenkung werden würde. Zu einer viel zu vergnüglichen Ablenkung.

»Addison hat mir mein *Adventure Time*-T-Shirt wiedergebracht«, erzählte Zachary David, nachdem sie sich mit Diogee auf den Weg gemacht hatten. »Sie meinte, es hätte vor ihrer Tür gelegen und du hättest ihr gesagt, dass es mir gehört.«

Es war bereits einige Tage her, seit Addison das T-Shirt zum Springbrunnen gebracht hatte. Sie hatte sich also Zeit gelassen, um es zurückzugeben. Aber das würde David Zachary natürlich nicht auf die Nase binden. Er merkte, dass der Junge sich bemühte, möglichst unbeteiligt zu klingen, aber es gelang ihm trotzdem nicht, sein Dauergrinsen zu unterdrücken. »Und wie geht es unserer Kratzbürste?« Er konnte einfach nicht widerstehen, den Jungen ein wenig aufzuziehen.

»Sie ist keine Kratzbürste«, protestierte Zachary, und David beschloss, ihn nicht daran zu erinnern, dass er es gewesen war, der Addison diesen Spitznamen verpasst hatte. »In ihrem Tagebuch …«

»Das du nicht gelesen hast …«, unterbrach ihn David, während Diogee stehen blieb, um einen Hortensienstrauch zu bewässern.

»Ich habe es nur durchgeblättert! Aber egal. Ab und zu klang sie darin echt wütend, und das verstehe ich auch, wenn man bedenkt, was für eine Scheiße ihr Freund andauernd abzieht. Aber manches war auch ziemlich witzig. Und die Gedichte waren sehr gefühlvoll.«

Es war offensichtlich schlimmer, als David angenommen hatte. »Ich glaube, sie mag *Adventure Time*. Immerhin hat sie das T-Shirt sofort erkannt. Habt ihr denn über die Serie gesprochen?«

»Ja, haben wir«, erwiderte Zachary. »Sie hat die Theorie aufgestellt, dass die Pilzbombe zu Mutationen geführt hat, und dass das Schleimmonster, das sich immer in der Nähe von Simon und Marcy aufhält, in Wirklichkeit eine menschliche Mutation ist. Ich bin mir zwar nicht sicher, ob ich dem zustimme, aber es klingt auf jeden Fall logisch.«

»Ich muss mir die Sendung, glaub ich, auch mal anschauen«, erklärte David.

»Ja, unbedingt.« Normalerweise hätte Zachary ihm jetzt den ganzen restlichen Spaziergang über alle Gründe aufgezählt, warum er keine einzige Folge verpassen durfte, doch dieses Mal meinte er: »Wir haben uns auch über Ms. Marvel unterhalten. Addison war überrascht, dass ich das Comic gelesen habe. Auf Reddit liest man dauernd Posts von irgendwelchen Kerlen, die der Meinung sind, dass ihnen diese Geschlechter-Diversität gegen ihren Willen aufgezwungen wird und dass Ms. Marvel bloß eine kleine Minderheit bedient. Als wären Frauen eine *Minderheit*! Wir sind jedenfalls beide der Meinung, dass Kamala Peter Parker ähnelt – sie hat einen ziemlich komplexen Charakter.«

David beschloss, den Jungen zu unterbrechen. Er wusste, dass sich Zachary unendlich lange über dieses Thema auslassen konnte, und normalerweise hörte er ihm gerne zu und las die

Kommentare auf den Comicseiten im Internet auch selbst, aber heute interessierte ihn die Sache zwischen Zachary und Addison mehr. Der Junge hatte durch die Verteidigung von Ms. Marvel sicher einige Pluspunkte gesammelt. »Hast du sie seither auch einmal in der Schule gesehen?«, fragte er.

Zacharys Lächeln verblasste. »Ja, im Englischkurs. Aber wir haben noch nicht mal richtig Zeit, um auch nur von einem Klassenzimmer ins nächste zu übersiedeln, deshalb hatten wir keine Gelegenheit, uns zu unterhalten. Und beim Mittagessen … Na ja, du weißt ja, wie das ist: Alle sitzen mit den Leuten zusammen, mit denen sie schon seit Anfang an zusammensitzen. Addison sitzt zum Beispiel immer bei ihrem Freund.«

»Aber es hat sich doch angehört, als wollte sie ihm den Laufpass geben, als sie neulich ihr Handy aus dem Fenster geschleudert hat«, meinte David.

»Ja, schon …« Zachary zuckte mit den Schultern. »Das dachte ich auch. Und in ihrem Tagebuch stand ja auch, dass sie es vorhatte.« Dieses Mal zog David ihn nicht damit auf, dass er das Tagebuch gelesen hatte. »Aber heute hat sie die ganze Zeit auf seinem Schoß gesessen und ihn mit Fritten gefüttert, also sind sie wohl wieder zusammen. Falls sie überhaupt einmal getrennt waren.«

»Weißt du, solche Dinge können sich schnell ändern. Immerhin hatte Mary Jane auch einen Freund, als Peter Parker sie kennenlernte«, erinnerte ihn David.

»Was soll denn das bitte heißen?«, rief Zachary so laut, dass Diogee mit dem Schnüffeln innehielt und sich argwöhnisch umdrehte. »Ich bin doch nicht …! Es ist mir egal, ob sie einen Freund hat oder nicht! Ich verstehe nur nicht, warum sie mit einem solchen Arsch zusammen ist.«

»Ja, du hast recht! Niemand sollte mit jemandem zusammen sein, der ihn runterzieht.«

»Genau! Und deshalb war ich auch so wütend, als ich die beiden heute gemeinsam gesehen habe«, erwiderte Zachary.

»Klar«, meinte David und fragte sich, ob Zachary sich das eigentlich selbst abkaufte.

Mac schubste seine Mausi von einer Seite auf die andere. Sie roch genauso herrlich wie immer, aber der übliche Rausch wollte sich einfach nicht einstellen – und daran waren bloß diese albernen Menschen schuld. Sie waren einfach so wahnsinnig dämlich! Zuerst hatte er gedacht, dass es an ihren Nasen liegen würde, die den Namen »Nase« eigentlich gar nicht verdient hatten. »Gesichtsknubbel« hätte besser gepasst.

Aber mittlerweile wusste er, dass es nicht alleine an ihrem katastrophalen Geruchssinn lag. Er hatte es geschafft, dass Jamie und der Kerl mit dem Dummkopf als Mitbewohner zusammentrafen. Sie hatten draußen vor dem Haus gesessen, und Mac hatte riechen können, wie sich ihre Einsamkeit langsam in Luft auflöste. Er war sich sicher gewesen, dass seine Mission damit erfüllt war.

Doch dann: nichts! Sie hatten sich seitdem nicht mehr wiedergesehen. Aber warum?? So was von unverständlich!

Wenn einen etwas glücklich macht, dann will man doch mehr davon, oder? Wie zum Beispiel Thunfisch. Thunfisch machte Mac glücklich, und deshalb wollte er so viel wie möglich davon. Oder seine Mausi. Seine Mausi machte Mac auch glücklich – na ja, zumindest meistens. Am liebsten hätte er den ganzen Tag mit ihr gespielt, aber manchmal sperrte Jamie sie in eine Box mit Verschluss – und Mac war immer noch am Experimentieren, wie man ihn aufbekam.

Mit den beiden jüngeren Menschen – die zwar nicht mehr so hilflos wie kleine Kätzchen, aber auch noch nicht so reif wie erwachsene Katzen waren – war es genauso schlimm. Mac wusste, dass sich die beiden getroffen hatten. Ihr Geruch sagte ihm, dass sie gemeinsam glücklicher waren. Aber sahen sie sich deshalb etwa öfter? Nein! Weil es nun mal *Menschen* waren, die ohne fremde Hilfe scheinbar nicht überleben konnten.

Wenigstens das kleine Mädchen und das Muttertier brauchten keinen weiteren Schubs in die richtige Richtung. Sie hatten offenbar kapiert, dass sie zusammen besser dran waren.

Mac seufzte verärgert. Er musste heute Nacht noch mal losziehen und sich der Sache annehmen. Er konnte seine Mausi erst wieder richtig genießen, wenn seine Mission erfüllt war.

Er tappte in Jamies Zimmer, die friedlich schlief und keine Ahnung hatte, wie kompliziert sie immer alles machte. Er hob einen Gegenstand vom Boden, der so stark nach ihr roch, dass der Duft hoffentlich sogar mit einem Gesichtsknubbel wahrnehmbar war. Dann kletterte er den Schornstein hoch.

Die beiden jungen Menschen konnten froh sein, dass sie ihm leidtaten. Und Jamie hatte Glück, dass sie zu Mac gehörte. Irgendwann würde sie endlich kapieren, was sie zum Glücklichsein brauchte – selbst wenn er sich den Rest seines Lebens durch diesen verdammten Schornstein quälen musste.

Er machte sich auf den Weg zum Haus des einsamen Mannes. Das Badezimmerfenster war verschlossen. Aber da war immer noch die Hundeklappe. Er wartete, bis er sich sicher war, dass der Köter nicht direkt dahinterlag, dann schlüpfte er eilig hindurch.

Der Dummkopf war nirgendwo zu sehen. Gut! Mac hatte heute Abend keine Lust auf Spielchen. Er eilte die Treppe hoch und in das Zimmer, in dem der Mann lag. Der Hund schlief eingerollt neben ihm auf einem riesigen weichen Kissen. So ein

Kissen – das wär' auch was für Mac! Er würde sich später überlegen, wie er es zu sich nach Hause schleppen konnte. Jetzt musste er sich erst mal an die Arbeit machen!

Er sprang aufs Bett, denn er musste sicherstellen, dass der Mann das Geschenk nicht übersah. Dann schob er sich vorsichtig vorwärts und legte es auf der Brust des Mannes ab.

Da brach plötzlich Chaos aus!

Der Mann setzte sich ruckartig auf, der Hund begann zu kläffen.

Raus hier! Mac sprang aus dem Bett und schoss ins Badezimmer. Moment, das Fester war ja zu! Egal! Er konnte alles öffnen. Er sprang auf das Fensterbrett und bearbeitete den Riegel mit der Pfote, aber er war zu langsam. Der Mann kam auf ihn zu … und fing ihn ein! Mac wehrte sich, doch der Mann ließ ihn nicht los, obwohl er ihm zur Warnung einen Kratzer verpasste.

»Lass es gut sein!«, meinte der Mann. »Ich hab dich auf frischer Tat ertappt, MacGyver!«

Kapitel 12

Ein Klopfen an der Tür riss Jamie aus dem Schlaf, und sie warf einen Blick auf den Wecker. Es war kurz nach ein Uhr morgens. Sie hatte das Gefühl, als hätte sie mehrere Stunden geschlafen, obwohl sie eigentlich erst vor einer halben Stunde zu Bett gegangen war. Trotzdem war es viiiel zu spät, um jemanden zu besuchen.

Doch die Person vor Jamies Tür war anscheinend anderer Meinung. Das Klopfen wurde sogar noch lauter. Jamie zog eilig eine Jeans unter das T-Shirt, mit dem sie zu Bett gegangen war, schnappte sie sich ihr Handy und gab die ersten Ziffern des Notrufs ein. Falls tatsächlich ein Verrückter vor der Tür stand, musste sie nur noch die letzte Ziffer eingeben und auf die Polizei warten.

»Wer ist da?«, rief Jamie und versuchte, wie ein Furcht einflößender Riese zu klingen. Ihre Haustür war zwar sehr hübsch, aber es gab keinen Türspion.

»David«, antwortete eine Stimme. »Es tut mir leid, dass ich dich wecke, aber ich habe deine Kater.«

»Mac?« Stimmt! Er hatte tatsächlich nicht an seinem Stammplatz neben ihrem Kopf gelegen!

Jamie öffnete die Tür, und ihr Blick fiel auf David, der ziemlich zerzaust wirkte; auf Mac, der wahnsinnig wütend aussah; und auf Diogee, der sich vor Aufregung kaum einkriegen konnte.

Sie streckte die Hände nach ihrem Kater aus, doch David trat einen Schritt zurück.

»Vielleicht sollte ich ihn einfach im Flur absetzen?«, schlug er vor. »Er ist etwas … aufgewühlt.«

»Komm rein!« David trat ins Haus und wartete, bis Jamie die Tür geschlossen hatte, bevor er Mac freiließ, der wie der Blitz in Jamies Schlafzimmer schoss.

»Unglaublich, dass er schon wieder entkommen ist! Dabei habe ich das Insektenschutzgitter nicht bloß mit Klebeband repariert, sondern gleich ein neues eingesetzt. Mit Spezialwerkzeug! Obwohl ich bis dahin nicht einmal gewusst hatte, dass es so etwas überhaupt gibt und wie man es verwendet.« Jamie eilte zu der Stelle, an der der Spalt gewesen war. »Siehst du? Da ist nichts mehr zu sehen!« Ihre Finger glitten über das Netz.

Sie schaute auf und sah den langen roten Kratzer auf Davids Unterarm. »Er hat dich gekratzt!«

»Ach, das ist nicht der Rede wert«, erwiderte David.

Diogee jaulte und zerrte an der Leine. Er sehnte sich offensichtlich nach Aufmerksamkeit. Jamie hockte sich vor ihn und begann ihn zu streicheln. »Es tut mir leid, dass ich dich ignoriert habe. Ja, das tut es. Das tut es wirklich.« Diogee sank zu Boden und rollte sich auf den Rücken, und Jamie kraulte ihm gehorsam den Bauch. »Ich hole dir etwas für deinen Arm! Nicht, dass du noch eine Infektion bekommst«, meinte sie zu David und richtete sich auf. Doch Diogee stupste sie mit der Pfote an – er hatte noch lange nicht genug.

»Diogee, lass es gut sein«, warnte David.

»Willst du ihn vielleicht von der Leine lassen?«, fragte Jamie.

»Wäre das denn okay?«

»Klar. Er kann hier ohnehin nichts kaputt machen.«

Nachdem David die Leine gelöst hatte, folgte er Jamie ins Badezimmer. »Wasch die Wunde aus, während ich die Wundcreme hole.«

»Es ist nicht …«, meinte David.

»Tu es einfach!«, befahl Jamie, und er begann gehorsam, seinen Unterarm zu säubern. Sie lehnte sich an ihm vorbei, kramte in ihrem Medikamentenschrank und stand dabei so nahe bei ihm, dass sie seinen Geruch wahrnahm. Er roch gut – nach Seife und Mann und vielleicht ein wenig nach Vanille. »Also, ähm, wo hast du Mac denn gefunden?«, fragte sie, um sich abzulenken. »Ich würde echt gerne wissen, wie er abgehauen ist.«

»Er war in meinem Schlafzimmer«, antwortete David.

»Alter Schwede! Was ist bloß in ihn gefahren? Er schafft es noch, dass ich aus dem Storybook Court fliege.« Jamie hatte die Wundcreme mittlerweile gefunden. Sie schloss den Medikamentenschrank und trat einen Schritt zurück.

»Keine Angst, ich werde dich nicht bei Hud verpfeifen.« David stellte das Wasser ab und Jamie griff nach einem Handtuch, wobei sie mit der Brust seinen warmen, starken Rücken streifte. In diesem Moment wurde ihr klar, dass sie keinen BH trug – bloß das T-Shirt mit den Minions im Pulp Fiction Look, das sie beim Schlafen trug. Das Badezimmer war einfach zu klein! Sie reichte David das Handtuch und setzte sich auf den Badewannenrand.

»Hat er dir schon wieder etwas geklaut?«, fragte sie.

»Ähm. Nein. Dieses Mal hat er mir etwas mitgebracht, und ich nehme an, dass es dir gehört?« David zog ein knallpinkes Höschen mit kleinen grünen Aliens aus der Vordertasche seiner Jeans.

»Ja, das gehört mir.« Jamie sprang auf, packte das Höschen und steckte es rasch ein. Sie spürte, wie ihre Wangen zu glühen begannen. Sie hasste es, wenn sie rot wurde. Sie öffnete die Wundcreme und drückte etwas davon auf Davids Arm, um sich im selben Moment zu fragen, warum sie ihm die Tube eigentlich nicht in die Hand gedrückt hatte, denn jetzt musste sie die Creme auch noch verstreichen. Aber kam das nicht komisch rüber? Im nächsten Moment hatte David es dann aber schon selbst erledigt.

»Brauchst du ein Pflaster?«, fragte Jamie.

»Nein, geht schon«, erklärte David. Er trat aus dem Badezimmer und machte sich auf den Weg ins Wohnzimmer, doch dann blieb er wie angewurzelt stehen. Jamie trat neben ihn und hätte beinahe laut aufgelacht. Diogee und Mac lagen auf dem Sofa. Ihre Nasen berührten sich beinahe, sie starrten sich an, und keiner der beiden bewegte sich.

»Ich kann nicht fassen, dass Diogee nicht versucht, sich unter deiner Haustür hindurchzugraben«, meinte David leise. »Normalerweise ist er ein schrecklicher Feigling.«

»Und ich kann kaum glauben, dass Mac noch nicht die Krallen ausgefahren hat«, gab Jamie zu. »Ganz offensichtlich haben die beiden eine Art Waffenstillstand geschlossen. Vielleicht lassen wir sie besser alleine.«

David bewegte sich nicht. »Meine Großmutter hat mir immer ein Gedicht vorgelesen, bei dem es um zwei Stofftiere ging, die in einen Streit gerieten. Als es vorbei war, waren nur noch kleine Fetzen von ihnen übrig.«

»Ja, das kenne ich!«, rief Jamie. »Es ist aus einem Buch, das meine Mom bei einem Garagenflohmarkt entdeckt hat. Aber ich glaube, wenn sich die beiden in Stücke reißen wollten, hätten sie es schon längst getan. Komm.« Sie gingen in die Küche, und Jamie öffnete den Kühlschrank. »Willst du etwas trinken? Ich gönne mir jetzt ein Bier.«

»Das klingt gut!«

Jamie gab David ein Corona, und sie setzten sich an den Küchentisch, wobei Jamie dem Drang widerstand, die Hände vor der Brust zu verschränken. Dazu war es jetzt ohnehin zu spät. David hatte alles gesehen, was es zu sehen gab – und das war hoffentlich nicht viel. Das T-Shirt war eigentlich dick genug. »Du musst doch bestimmt in ein paar Stunden zur Arbeit. Du brauchst nicht hierbleiben. Du kannst das Bier auch gerne mitnehmen – immerhin bist du zu Fuß unterwegs und nicht mit dem Auto.«

»Wirfst du mich etwa raus? Obwohl ich mich noch von dem riesigen Kratzer erholen muss?«, fragte David lächelnd. »Ich bin schon früh ins Bett gegangen und habe bereits einige Stunden geschlafen.«

»Nein, du kannst bleiben, solange du willst«, meinte Jamie und trank einen Schluck Bier. »Entschuldige noch mal, dass Mac einfach so in dein Haus geschlüpft ist! Dabei war ich mir sicher, dass jetzt alles ausbruchsicher ist. Aber es ist logischer, dass Mac einen anderen Fluchtweg gefunden hat, als dass ein anderer Täter Dinge klaut und sie unter den Nachbarn verteilt.«

»Macs Diebestouren haben Zachary, meinem Nachbarjungen, vermutlich sogar geholfen. Er geht auf dieselbe Highschool wie Addison und ist total in sie verschossen. Du kennst sie, oder? Rileys große Schwester?«

»Ja, ich kenne Addison«, erwiderte Jamie. »Aber kennt der Junge sie auch?«

David lachte. »Ja, sie kennen einander mehr oder weniger von Geburt an. Er weiß, dass sie launisch sein kann – aber die Hormone sind in diesem Fall übermächtig. Außerdem kann es durchaus sein, dass sie nicht ständig wütend wäre, wenn ihr Freund sich nicht andauernd wie ein Arsch verhalten würde. Das ist zumindest Zacharys Theorie.«

Jamie hob eine Augenbraue. »Ja, das wäre möglich. Kennt Zachary Addisons Freund?«

»Ja, er sieht die beiden regelmäßig in der Schule. Außerdem hat er ihr Tagebuch gelesen«, erwiderte David.

»Ihr Tagebuch? Moment, dann ist das also der Junge, der Addisons Tagebuch vor seiner Tür gefunden hat? Ich war dabei, als Ruby es zurück ins Haus geschmuggelt hat.«

»Ja, genau! Ich hatte sie darum gebeten. Zachary dachte, wenn er es ihr selbst zurückgibt, wird sie vielleicht wütend, weil sie denkt, er hätte es gelesen. Was er natürlich auch getan hat.«

»Was meintest du vorhin damit, dass Mac Zachary geholfen hat? Glaubst du, dass mein Kater das Tagebuch geklaut hat?«, fragte Jamie und seufzte. »Natürlich hat er das! Und Rileys Pony auch. Wer weiß, in wie viele Häuser er eingebrochen ist.«

»Ich dachte eigentlich gar nicht an das Tagebuch, sondern an Zacharys *Adventure Time*-T-Shirt, das plötzlich verschwunden war. Erinnerst du dich, dass Addison es zum Springbrunnen gebracht hat?«, fragte David. »Ich habe ihr gesagt, dass es Zachary gehört, und sie hat es ihm vorbeigebracht. Sie haben sich lange über das T-Shirt und andere Comics unterhalten. Ich glaube, es war das erste richtige Gespräch seit Jahren. Zachary wird sich also ganz sicher nicht bei Mac beschweren.«

»Was soll ich deiner Meinung nach jetzt tun? Von Haus zu Haus gehen und gestehen, dass mein Kater ein Dieb ist, und mich dann für ihn entschuldigen?«

»Ich denke, du solltest herausfinden, wie er aus dem Haus gelangt ist, und den Ausgang schließen«, erwiderte David. »Dann wird die ganze Sache schnell vergessen sein. Es scheint sich ohnehin niemand außer Hud daran zu stören. Ich kann dir bei der Suche nach seinem Schlupfloch helfen, wenn du möchtest.«

»Ja, das wäre toll! Ein zweites Paar Augen schadet sicher nicht.«

»Ich komme morgen nach der Arbeit vorbei. Das wäre so gegen halb vier, wenn dir das recht ist.« David trank sein Bier aus. »Aber jetzt sehen wir erst mal nach, ob sich die beiden schon in Fetzen gerissen haben. Ich kann übrigens immer noch nicht glauben, dass du das Gedicht kennst!«

»Es schaut nicht so aus, als hätte sich einer der beiden in der Zwischenzeit bewegt«, meinte Jamie, als sie schließlich ins Wohnzimmer zurückkehrten. »Hut ab vor Diogee! Ich habe es noch nie geschafft, Mac so lange anzustarren, aber er hält immer noch die Stellung. Du solltest ihn morgen wieder mitbringen.«

»Ja, gerne. Dann bis morgen.« David befestigte die Leine an Diogees Halsband und zerrte den Hund zur Eingangstür, der dabei immer wieder versuchte, den Blickkontakt mit Mac wiederherzustellen.

»Danke, dass du Mac nach Hause gebracht hast«, meinte Jamie. »Ich hoffe, du bekommst noch etwas Schlaf ab, bevor du zur Arbeit musst.«

»Klar. Hübsches T-Shirt übrigens!«, meinte er noch, bevor die Tür schließlich ins Schloss fiel.

Jamie hoffte, dass David auch wirklich das T-Shirt gemeint hatte und nicht die Tatsache, dass sie keinen BH darunter trug. Vinnie und Jules als Minions waren wirklich witzig – und das war sicher alles, was er damit sagen wollte.

Jamie ließ sich neben Mac auf die Couch sinken. »Du machst wirklich eine Menge Ärger«, meinte sie zu ihm. »Aber ich liebe dich trotzdem.« Sie rieb ihre Wange an seinem Kopf, und er begann zu schnurren.

»Lass uns wieder schlafen gehen, okay? Obwohl *du* vorhin ja gar nicht geschlafen hast.« Sie hob ihn hoch und trug ihn ins Schlafzimmer. »Bitte sei brav und bleib hier, sonst muss ich dich beim Schlafen an die Leine legen und sie an mir festbinden.«

Mac rollte sich genau in der Mitte des Bettes zusammen, und Jamie schlüpfte seufzend aus ihren Jeans und versuchte, es sich neben ihm bequem zu machen, doch sie war hellwach. »Es gibt so viele Dinge in diesem Haus, und du hast ihm ausgerechnet mein Höschen gebracht? Vielen Dank auch, MacGyver.«

Allerdings war es ja nicht so, dass sie Davids Unterwäsche nicht auch schon mal gesehen hatte. Vermutlich sah er in den Boxershorts verdammt gut aus.

Sie rollte sich seufzend zur Seite und zog sich das Kissen über den Kopf. Sie wollte nicht darüber nachdenken, wie David in Unterwäsche aussah. Sie wollte – und *musste* – sich darüber Gedanken machen, wie sie verhindern konnte, dass Mac erneut abhaute. Außerdem musste sie sich auch noch überlegen, wie ihr nächster Schritt in Richtung Traumjob aussehen würde.

»Ich hoffe, dass Jamie das Kompliment für das T-Shirt richtig verstanden hat. Es hat mir nämlich wirklich gefallen!«, meinte David auf dem Nachhauseweg zu Diogee. Ihm war erst eine Sekunde zu spät klar geworden, dass sein Kompliment auch als schlüpfrige Anspielung auf die Tatsache verstanden werden konnte, dass sie keinen BH trug. Was natürlich kaum zu übersehen gewesen war. Vor allem nicht für ihn.

»Und du! Ich bin echt stolz auf dich, dass du dem Kater Paroli geboten hast und nicht mal dafür zerfleischt wurdest«, fuhr David fort. Manchmal kam ihm vor, als würde er sich zu oft mit seinem Hund unterhalten – aber wenn man schon einen Hund hatte, dann redete man eben auch mit ihm, oder? Jamie unterhielt sich doch sicher auch mit MacGyver!

Zu Hause angekommen, schlüpfte David sofort zurück ins Bett – immerhin musste er schon in ein paar Stunden wieder aufstehen. Er hörte, wie Diogee sich auf sein riesiges Kissen fallen ließ, zufrieden seufzte und wenige Augenblicke später bereits lautstark schnarchte.

David war hingegen hellwach, und seine Gedanken rasten. Es war interessant – und außerdem seltsam, verrückt und unheimlich – dass MacGyver Zacharys T-Shirt zu Addison geschleppt hatte, und Addisons Tagebuch zu Zachary. Wie groß war die Wahrscheinlichkeit, dass keine höhere Absicht dahintersteckte?

Jamie hat in dem T-Shirt echt verdammt gut ausgesehen!

Der Gedanke war einfach aus dem Nichts aufgetaucht, und er schob ihn eilig beiseite.

Warum hatte Mac so viele Sachen mitgehen lassen? Wobei er vorrangig David beklaut hatte, wenn man sich die Gegenstände so ansah, die am Springbrunnen abgegeben wurden.

Jamie hat in dem T-Shirt echt verdammt gut ausgesehen!

Er schaffte es genau fünfzehn Sekunden lang, nicht daran zu denken. Das T-Shirt war wirklich witzig gewesen. Die als Jules und Vinnie verkleideten Minions hielten keine Pistolen, sondern Bananen in den Händen. »Ba-nah-ne«, sagte er laut und klang dabei tatsächlich wie ein Minion. Er hatte die Filme mit den kleinen gelben Kerlen allesamt viel zu oft gesehen, da Lucys und Adams Tochter Maya sie vergötterte. Wenigstens hatte sie einen angemessenen Filmgeschmack. Sie weigerte sich zum Beispiel, sich mehr als die erste halbe Stunde von *Norm – König der Arktis* anzusehen.

Jamie hat in dem T-Shirt echt verdammt gut ausgesehen!

Offensichtlich hatte er seine Gedanken nicht mehr unter Kontrolle. Vermutlich sah Jamie auch in dem winzigen Höschen mit den grünen Aliens verdammt gut aus. Sein Gehirn schickte ihm im Sekundentakt neue Bilder, und er zog sich stöhnend das Kissen über den Kopf. So würde er auf keinen Fall einschlafen können.

Am darauffolgenden Nachmittag konnte Jamie einfach nicht still sitzen. Sie nahm ihr Notizbuch, um ihre Liste zu überarbeiten und unter anderem das Schminken einer falschen Narbe, das sie am Vormittag in ihrem Kurs gelernt hatte, und Almighty Opp hinzuzufügen. Obwohl sie immer noch nicht wirklich in Worte fassen konnte, was dort auf dem Bürgersteig passiert war. War es eine Therapie gewesen? Oder eine Erleuchtung? Die beiden Puppenspieler Jeffry und Kranko wollten ihren Zuschauern scheinbar helfen, miteinander in Kontakt zu treten und … glücklich zu sein. Ja, Glück war das einzige Wort, das das Gefühl annähernd beschrieb. Es wäre einfach wahnsinnig cool gewesen, so etwas auch von sich behaupten zu können. Sie wollte zwar kein Straßentheater auf die Beine stellen – obwohl sie das noch nie probiert hatte, weshalb sie es vielleicht nicht kategorisch ausschließen sollte –, aber sie hätte anderen Menschen gerne geholfen, miteinander in Kontakt zu treten und glücklich zu sein.

Jamie legte das Notizbuch beiseite. Es schwirrten Hunderte Gedanken in ihrem Kopf herum, aber sie hatte nicht die Ruhe, sie aufzuschreiben. Stattdessen ging sie auf die Veranda und untersuchte noch einmal das reparierte Insektenschutzgitter. Hier war Mac auf keinen Fall entwischt.

Sie schlenderte weiter in die Küche, öffnete den Kühlschrank und schloss ihn wieder. Dann öffnete sie ihn erneut, nahm eine Essiggurke heraus und schob sie sich in den Mund, obwohl sie keinen Hunger hatte. Anschließend aß sie einen Cracker, um den Essiggurkengeschmack loszuwerden, und am Ende beschloss sie, sich die Zähne zu putzen.

Sie betrachtete sich im Spiegel. Sollte sie sich vielleicht noch umziehen? Sie trug ein einfaches pinkes T-Shirt mit V-Ausschnitt und Kakis. Also nichts Besonderes. *Moment!* Warum machte sie sich überhaupt Gedanken darüber, ob sie sich umziehen sollte? Warum spielte es eine Rolle, ob ihre Klamotten etwas Besonderes waren oder nicht? Ihr Nachbar kam vorbei, um ihr bei der Suche nach Macs Schlupfloch zu helfen. Sie sah gut aus und trug sogar einen BH. Sie war also durchaus repräsentabel – und mehr wollte sie nicht.

Trotzdem ging sie ins Schlafzimmer, öffnete den Schrank und sah ihre Klamotten durch, bloß um die Tür wenig später energisch zuzuschleudern. Sie würde sich *sicher nicht* umziehen. Genau das war der Grund, warum in »Jamies Jahr« keine Männer vorgesehen waren. Ein attraktiver Mann hatte sich angekündigt, um ihr einen Gefallen zu tun. Es war ein freundlicher, nachbarschaftlicher Besuch und kein Date, aber sie konnte sich trotzdem nicht mehr auf die wirklich wichtigen Dinge konzentrieren. Wie etwa auf ihre Liste.

Sie hob Mac hoch, der gerade in der Sonne döste, und drückte ihn an sich. Er ertrug es ganze zwei Sekunden lang, dann wand er sich aus ihrer Umarmung heraus. Er liebte es, gestreichelt und verhätschelt zu werden – aber nur, wenn *er* dazu in der Stimmung war. Oder wenn Jamie ihm gerade leidtat.

Jamie nahm ihr Handy zur Hand und suchte im Internet nach dem Gedicht über den Stoffhund und die Stoffkatze. Es hieß *The Duel* und stammte von Eugene Field. Das hatte sie vollkommen vergessen. Sie fragte sich, ob David wohl den Titel kannte – und erkannte im nächsten Moment, dass sie es schon wieder tat. Sie dachte zwar nicht mehr über geeignete Klamotten für das bevorstehende Treffen nach, aber dafür kreisten ihre Gedanken schon wieder nur um ihn. Das war doch lächerlich!

Sie atmete tief durch und ging nach draußen. Sie würde einfach schon mal mit der Suche nach Macs Schlupfloch beginnen. Es war natürlich sehr nett gewesen, dass David ihr seine Hilfe angeboten hatte, aber sie würde es auch alleine schaffen. Bevor Jamie jedoch mit der Inspektion des Hauses beginnen konnte, erschien Marie auf ihrer Veranda. »Lesen Sie doch mal Ihre E-Mails!«

»Warum?«, fragte Jamie. Ihr gefiel nicht, wie Marie sie ansah. Ihre Augen leuchteten irgendwie so erwartungsvoll.

»Weil mir Fred Hernandez – unser Zahnarzt – gerade eine E-Mail geschickt hat, in der er schreibt, dass er Ihnen eine E-Mail geschickt hat.«

Jamie schloss die Augen, zählte bis drei und öffnete sie wieder.

»Marie, bitte geben Sie meine E-Mail-Adresse nie wieder an jemanden weiter, ohne es vorher mit mir abzusprechen! Ich habe Ihnen doch klar und deutlich gesagt, dass ich Ihren Zahnarzt nicht treffen will! Und auch sonst niemanden. Bitte erklären Sie ihm, dass Sie sich geirrt haben.«

»Erzähl es ihr ruhig, Jam.«

Jamie warf einen Blick über die Schulter und entdeckte David, der gerade auf sie zukam. Er zwinkerte ihr kurz zu, bevor er den Arm um ihre Schultern legte und sie an sich zog. »Jamie und ich waren ein paarmal miteinander aus. Wir wollten es noch nicht an die große Glocke hängen, falls es nicht klappen sollte. Aber ich glaube, darüber müssen wir uns mittlerweile keine Gedanken mehr machen.«

Maries Augen wurden schmal. »Ihr wart ein paarmal miteinander aus?«, wiederholte sie. »Wo wart ihr denn?« Sie klang irgendwie wie Hud Martin.

»In den Universal Studios. Ich weiß, das ist normalerweise nur etwas für Touristen, aber Jamie ist ja gerade erst hergezogen. Außerdem wollte sie unbedingt das *Bates Motel* sehen. Sie ist ein echter Hitchcock-Fan«, erklärte David.

»Wohl eher eine Fanatikerin. Ich vergöttere ihn«, fügte

Jamie eilig hinzu, auch wenn sie ein wenig benommen war. Sie wollte zwar nicht mit Maries Zahnarzt ausgehen, aber sie war sich auch nicht sicher, ob es ihr gefiel, dass David sich einfach eingemischt und das Kommando übernommen hatte. »Außerdem waren wir in einer Bar, nicht weit von hier. Wie hieß sie noch gleich?« Sie spürte seinen warmen Körper und war dermaßen abgelenkt, dass sie nicht antworten konnte.

»Ach ja genau: *Thirsty Goat*«, antwortete David. »Jamie hatte eine Skittles Bomb – ob Sie es glauben oder nicht! Sie meinte, der Drink würde sie an Wodka-Gummibären erinnern, die sie auf dem College heimlich ins Studentenwohnheim geschmuggelt hat.«

»Erwischt«, murmelte Jamie schwach.

Marie musterte die beiden noch einen Augenblick mit schief gelegtem Kopf, bevor sie schließlich nickte. »Okay, ich sage Fred, dass Sie im Moment mit jemandem ausgehen. Aber wenn es mit euch beiden nicht klappt, dann treffen Sie sich mit ihm! Sie sind mittlerweile vierunddreißig. Das muss Ihnen doch bewusst sein.« Sie wandte sich ab und kehrte ins Haus zurück.

Jamie wollte einen Schritt zurücktreten, doch David hielt sie zurück. »Bleib noch einen Moment lang hier stehen«, flüsterte er. »Marie entgeht nichts.«

»Das ist wahr.« Jamie drehte sich ein wenig zur Seite, um ihn anzusehen. »Hast du mich gerade *Jam* genannt?«

»Ich dachte, das wäre überzeugender. Wenn wir miteinander ausgehen würden, hätte ich vermutlich einen Spitznamen für dich«, antwortete David. »Ich hatte allerdings nicht viel Zeit, um mir etwas zu überlegen, und Jam klingt doch süß. Außerdem sind es die ersten drei Buchstaben deines Namens. Das schien mir in Ordnung zu sein.«

Jamie musste unwillkürlich lächeln, doch sie zwang sich zu

einer eher schroffen Antwort: »Ich musste aber eigentlich nicht gerettet werden.«

David zuckte zusammen. »Ja, das war ziemlich anmaßend von mir, tut mir leid. Aber meine Freunde wollen auch immer, dass ich mich verabrede, deshalb dachte ich, ich helfe dir. Das ist alles.«

»Und du *hast* mir ja auch geholfen«, gab Jamie zu. »Gut, dass wir einander in der Bar getroffen haben. So haben wir einige Details, mit denen wir arbeiten können. Ich bin mir nicht sicher, ob wir Marie sonst überzeugt hätten, und die Sache mit Hitchcock war super. Wenn sie mich über seine Filme ausfragt, weiß ich wenigstens die Antwort.« Jamie sah lächelnd zu ihm hoch – bloß für den Fall, dass Marie sie noch immer beobachtete. »Ich glaube, wir können uns jetzt auf die Suche nach Macs Schlupfloch machen, oder?«

David nickte, drückte ihr einen Kuss auf die Schläfe und ließ seinen Arm langsam von ihren Schultern gleiten. Obwohl er sie nicht mehr berührte, spürte Jamie noch immer seine Wärme.

»Hey, du hast Diogee ja gar nicht mitgebracht!« Jamie wollte einfach irgendetwas sagen, und das war das Erste, was ihr einfiel.

»Ich habe ihn lieber mit Zachary losgeschickt«, erwiderte David.

»Okay, aber das Angebot, dass du ihn mitbringen kannst, war durchaus ernst gemeint«, erklärte Jamie. »Ich wollte eigentlich gerade mit der Suche beginnen und erst einmal eine Runde ums Haus drehen.«

»Gute Idee.« Sie gingen los. »Wenn es dir nichts ausmacht, würde ich Adam und Lucy – meinem besten Freund und seiner Frau – auch gerne erzählen, dass wir miteinander ausgehen. Jedes Mal, wenn ich sie sehe, versuchen sie mir neue

Profile auf Counterpart.com aufzuschwatzen. Sie lassen nicht locker – und du weißt ja, wie meine ersten beiden Dates verlaufen sind.«

Jamie zuckte mit den Schultern. »Ja, warum nicht. Du solltest genauso von der Lüge profitieren wie ich.«

»Ich habe heute schon ein paar Nachrichten von einer der Frauen bekommen, die sie für mich ausgesucht haben«, erzählte David. »Obwohl: Eigentlich waren es ziemlich viele. Ich habe ihr *eine* Nachricht geschrieben, und sie schickte etwa *zehn*, ohne dass ich auf eine davon geantwortet hätte. Und dabei habe ich sie noch nicht mal absichtlich ignoriert – ich war bloß bei der Arbeit.«

»Zehn ist wirklich viel – vor allem wenn man keine Antwort bekommt«, erwiderte Jamie.

»Ja, das finde ich auch. Und es geht auch gar nicht darum, was sie geschrieben hat – es ist eher die *Anzahl*, die mich nervös macht. Ich glaube nicht, dass ich mich noch mit ihr treffen will.«

»Ja, das verstehe ich«, meinte Jamie. »Aber vielleicht findet sie dich einfach unglaublich toll und ist schon ganz aufgeregt, wann sie dich endlich kennenlernen wird.« Sie wollte dieser Unbekannten gegenüber fair bleiben. David und sie gingen immerhin nicht wirklich miteinander aus, also gab es auch keinen Grund für die kaum merkliche Eifersucht, die sie gerade verspürte.

»Ja, vielleicht«, stimmte David ihr nachdenklich zu.

»Also die Fenster sehen eigentlich in Ordnung aus, was meinst du?«, fragte Jamie.

»Ja, mir ist bis jetzt auch nichts aufgefallen. Obwohl … siehst du den kalifornischen Flieder dort drüben?« David deutete auf einen Strauch, der direkt unter dem Schlafzimmerfenster wuchs. »Die Zweige sind ein wenig eingedrückt, als wäre etwas auf sie draufgefallen. Vielleicht ist aber auch eine Katze vom Dach gesprungen.«

»Okay, aber dann bleibt immer noch die Frage, wie Mac aufs Dach gekommen ist«, erwiderte Jamie.

Sie waren inzwischen einmal ums Haus herumgegangen, ohne einen Hinweis auf Macs Schlupfloch entdeckt zu haben. »Sehen wir doch mal im Haus nach!«, schlug Jamie vor.

Sie begannen im Wohnzimmer, und Mac folgte ihnen zufrieden schnurrend.

Davids Handy surrte. »Tut mir leid, aber ich muss nachsehen, wer es ist. Ich vertrete den Geschäftsführer der Bäckerei, wenn er nicht in der Stadt ist – so wie jetzt gerade.« Er schaute auf sein Handy und steckte es einen Moment später auch schon wieder ein.

»Alles okay?«, fragte Jamie.

»Ja, das war die Frau. *MsRight347*. Ihr ist wohl gerade aufgefallen, dass ich in meinem Profil nicht erwähnt habe, ob ich Kinder will – und jetzt ist sie neugierig und will es unbedingt wissen.«

»Oh. Na ja, vermutlich wäre es ein nachvollziehbarer Grund, sich *nicht* mit dir zu treffen, wenn du keine Kinder willst«, erwiderte Jamie, die sich vorgenommen hatte, der Frau unvoreingenommen zu begegnen, obwohl sie sie eigentlich nicht ausstehen konnte. Nein, das war vielleicht übertrieben – aber diese Frau war doch sicher unendlich langweilig. *MsRight347*? War ihr denn nichts Besseres eingefallen?

Doch sie würde David nicht auf den seltsamen Namen ansprechen. Stattdessen meinte sie: »Ist es eigentlich üblich, alles im Vorhinein zu besprechen? Ich habe Online-Dating noch nie ausprobiert. In Avella kannte mehr oder weniger jeder jeden. Zumindest fühlte es sich so an.« Sie setzten ihre Suche fort, während sie sich unterhielten.

»Keine Ahnung. Bei den ersten beiden war es nicht so. Obwohl es irgendwie nett gewesen wäre, wenn mich die Schwangere vorher gefragt hätte, wie ich dazu stehe. Ich verstehe einfach nicht, was falsch daran ist, zu warten, bis man sich ein bisschen näher kennt, bevor man das Thema Familienplanung bespricht.«

»Daran ist gar nichts falsch«, erklärte Jamie. »Aber andererseits haben Spermien nun mal auch kein Ablaufdatum. Bei Frauen ist das anders. Ich schätze, wenn man Kinder will, möchte man keine Zeit damit verschwenden, mit jemandem auszugehen, der ganz sicher keine will. Obwohl die Frau es vielleicht in ihrem Profil hätte erwähnen sollen.«

Okay. Das war jetzt wirklich fair gewesen. Und es stimmte ja auch, dass sich Frauen über Dinge Gedanken machen mussten, die für Männer vollkommen unwichtig waren.

»Vielleicht hat sie das sogar. Ich habe ihr Profil ehrlich gesagt nur überflogen«, gab David zu. »Ich habe ihr nur geschrieben, weil Adam und Lucy mich genervt haben. Ist es denn wirklich okay für dich, wenn ich ihnen von uns erzähle?«

Jamie zwang sich, weiterhin fair zu bleiben. »Klar! Aber wenn du deine Meinung änderst und willst, dass sie dir wieder bei der Suche helfen, dann musst du ihnen sagen, dass wir uns nicht mehr sehen. Ich meine, du hast dich immerhin bei der Website angemeldet, das heißt, dass du jemanden kennenlernen willst.«

»Das will ich ja auch. Mir ist nämlich letztens klar geworden, dass ich nicht den Rest meines Lebens alleine verbringen will«, gab David zu. »Aber dieses Online-Dating ist nicht mein Ding. Ich will einfach zufällig jemanden kennenlernen. Und wenn *du* jemanden Interessantes triffst, musst du es mir auch sagen. Dann ›trennen‹ wir uns einfach.«

»Der Grund, warum ich diese Lüge überhaupt durchziehe,

ist ja, dass ich *niemanden* kennenlernen will«, erinnerte Jamie ihn, bevor sie das Thema wechselte. »Also ich sehe einfach kein Schlupfloch!«

»Ich auch nicht«, erwiderte David und kam wieder zum Thema zurück. »Vielleicht solltest du die Zahnarzt-E-Mail wenigstens lesen – nur um sicherzugehen, dass du wirklich nicht mit ihm ausgehen willst.«

Jamie musterte ihn. Hatte er seine Meinung schon wieder geändert? Versuchte er bereits, aus der Sache mit den Pseudo-Dates herauszukommen? »Okay, ich sehe sie mir an.« Sie nahm ihr Handy, öffnete ihren E-Mail-Account und fand die Mail von Maries Zahnarzt sofort. »Im Betreff steht: ›Meine Vorstellungen‹. Das klingt ja sehr vielversprechend, oder?«

Davids Handy surrte. »Noch eine Nachricht von *Ms-Right347*. Sie fragt noch mal nach, ob ich Kinder möchte und, wenn ja, wie viele – und ob Mädchen oder Jungen.«

»Okay, das kann ich toppen. Der Zahnarzt hat mir eine Liste mit Anforderungen geschickt, die die Frau an seiner Seite unbedingt erfüllen muss. Sie sollte einen Job haben. Und ein Auto.«

»Er will keine Frau, die ihn nur ausnutzt«, meinte David. »Das ist doch gar nicht so abwegig.«

Jamie hielt einen Finger in die Höhe. »Sie muss kleiner sein als einen Meter siebzig, und ihre Haare sollten ihr bis zur Mitte des Rückens reichen. Er schreibt, dass er gehört hat, dass meine Haare kürzer sind, aber dagegen können wir sicher ›etwas unternehmen‹.« Sie klappte das Handy zu. »Okay, ich habe genug gelesen. Ich kenne ihn noch nicht einmal, und er bestimmt schon, gegen welche Dinge wir ›etwas unternehmen‹ müssen.«

Davids Handy surrte erneut. »Das darf doch nicht wahr sein!« Er sah nach. »Jetzt würde sie gerne wissen, was ich von dem Namen Charlotte und dem möglichen Spitznamen Charley für ein Mädchen halte. Und Ethan für einen Jungen.« Er sah Jamie an. »Findest du das immer noch normal?«

»Ähm, ehrlich gesagt, nicht.« Jamies Herz machte einen Freudensprung, als ihr klar wurde, dass sich David nicht mit dieser Frau verabreden würde, doch sie versuchte, das Gefühl zu unterdrücken. Das hier ging sie nichts an. Allerdings freundeten sie sich gerade an, und Freunde ließen nun mal nicht zu, dass der andere sich mit Verrückten verabredete.

»Ich schreibe ihr, dass ich gerade mit einer Nachbarin ausgehe, und zuerst mal sehen will, was sich daraus entwickelt.« Er lächelte. »Du kommst mir sehr gelegen.«

Jamie lächelte ebenfalls. »Du mir auch. Der Zahnarzt sollte froh sein. Vermutlich hätte ich ihn während des Essens mit der Gabel erstochen.«

»Weißt du, wenn wir so tun, als würden wir miteinander ausgehen, dann sollten wir vielleicht wirklich etwas gemeinsam unternehmen«, schlug David vor. »Marie entgeht nichts, und meine Freunde wollen sicher auch Details hören.«

»Klar, ich bin dabei. Wo gehen wir hin?«

»Ich weiß ja schon, dass dir alte Filme gefallen, aber magst du auch *richtig* alte Filme?«, fragte David. »Denn falls ja, dann wüsste ich einen perfekten Ort. Es ist einer meiner Lieblingsplätze hier in der Stadt.«

Jamies Herz klopfte, als hätte er sie gerade tatsächlich um ein Date gebeten. »Wenn es einer deiner Lieblingsplätze ist, dann will ich unbedingt hin!«

»Es ist ein Stummfilmkino. Aber sie spielen nur am Freitag und Samstag. Wäre Freitag okay für dich?«

»Sicher«, antwortete Jamie. »Ich liebe alte Filme, aber ich habe noch nie einen Stummfilm gesehen – na ja, abgesehen von ein paar Kurzfilmen im Fernsehen. Außerdem bin ich ja gerade dabei, Neues auszuprobieren, deshalb klingt das echt perfekt.«

»Gut, ich hole dich um sieben ab. Aber vorher gebe ich dir noch meine Nummer, falls du mir bis dahin ein paar verrückte Nachrichten schreiben willst«, erwiderte David.

Jamie gab ihm ihr Handy. »Hier, du kannst sie gleich eintippen. Wenn ich schon deine Pseudo-Freundin bin, dann sollte ich deine Nummer auf jeden Fall haben.«

Mac streckte sich träge und zufrieden. Jamie und der Mann – David – hatten heute wieder Zeit miteinander verbracht, und sie rochen beide glücklich. Außerdem hatte David den Dummkopf zu Hause gelassen. Gestern Nacht hatte Mac seine ganze Selbstbeherrschung aufgebracht, um seine Krallen nicht auszufahren, während der Hund im Haus war. Wenn er dem Köter eine verpasst hätte, hätte dieser sicher zu winseln begonnen – und Mac wollte Jamie und David nicht stören.

Heute Nacht wäre er am liebsten zu Haus geblieben, aber er musste die Mission mit den beiden jungen Menschen vorantreiben. Das hätte er eigentlich gestern erledigen wollen. Bevor er geschnappt worden war.

Geschnappt!

Wie konnte ein Mensch schnell genug sein, um ihn einzufangen? Aber wenigstens hatten sich David und Jamie dadurch wiedergesehen. Es war also beinahe so gelaufen, wie er es sich vorgestellt hatte.

Außerdem wollte er auch dem Dummkopf einen Besuch abstatten. Er musste dem Köter klarmachen, dass er ihm gegenüber bloß für ein paar Stunden Gnade gezeigt hatte. Das bedeutete allerdings nicht, dass Mac ihn auch weiterhin tolerieren würde. Wenn Mac, Jamie und David irgendwann einmal zusammen wohnen sollten, musste Diogee klar sein, wo sein Platz in der Hackordnung war – nämlich ganz unten.

Kapitel 13

Wie wäre es damit?« Ruby hielt ein butterblumengelbes A-Linien-Kleid mit großen muschelförmigen Knöpfen und einer Kragenschleife hoch. »Sittsam und sexy zugleich. Wie Megan Draper, als sie noch Dons Sekretärin war.«

»Es ist bezaubernd, aber Gelb steht mir leider nicht«, erwiderte Jamie. »Und ist es nicht seltsam, mit einem Vintage-Kleid ins Stummfilmkino zu gehen? Ich will nicht kostümiert wirken.«

»Das wirst du nicht. Es ist perfekt. Die anderen Gäste werden begeistert sein, und einige werden ebenfalls in Vintage-Klamotten kommen.« Ruby sah sich weiter um. »Ooooh! Sieh dir den hier mal an!« Sie hob einen kurzen, hochgeschnittenen A-Linien-Rock hoch, der mit Hotdogs und Hamburgern bedruckt war und an eine Diner-Werbung aus den 50er-Jahren erinnerte.

»Ich glaube, der würde eher zu dir passen«, erklärte Jamie.

»Ja, da könntest du recht haben. Ich probiere ihn später an.« Ruby suchte weiter. »Der hier ist es!« Sie hielt einen knielangen, tannengrünen, mit kleinen Fächern aus schwarzem Samt verzierten Faltenrock in die Höhe. Das Muster wirkte nicht so hektisch wie die Hotdogs und Hamburger, sondern sehr viel ruhiger.

»Perfekt!«, hauchte Jamie.

»Und das hier …« Ruby zog ein einfaches schwarzes Shirt mit U-Boot-Ausschnitt heraus, das aussah, als hätte es Audrey Hepburn in *Sabrina* getragen.

»Perfekt«, wiederholte Jamie.

»Aber?«, fragte Ruby.

»In ›Jamies Jahr‹ geht es auch darum, anzuziehen, was mir gefällt, ohne mir Gedanken zu machen, was andere davon halten. Dieses Outfit hier wird aber definitiv Aufsehen erregen, und ich bin mir nicht sicher, ob ich es durchziehen kann. Es braucht die richtige Frisur und den richtigen Lippenstift. Es funktioniert nur, wenn ich das volle Programm fahre.«

»Du hast recht. Dann fahr doch das volle Programm! Das wird sicher witzig. Ich kann dir mit der Frisur und dem Make-up helfen. Ich frisiere dich wie Veronica Lake, und wir nehmen einen knallroten Lippenstift – das wird der Hammer.«

»Ich weiß nicht …«, protestierte Jamie.

»Doch, das tust du! Ich sehe dir an, dass du es dir gerade vorstellst«, erwiderte Ruby.

»Aber es ist doch gar kein echtes Date. Wir tun nur so. Ist es nicht seltsam, wenn ich mich so herausputze?«

»Sämtliche Frauen im Kino werden sich wünschen, sie hätten sich auch für den Retro-Look entschieden, wenn sie dich sehen«, erklärte Ruby. »Du wirst einfach fantastisch aussehen.«

»Und wenn David sich fragt, warum ich mir solche Mühe gegeben habe?«, fragte Jamie.

»Du vergisst, dass Männer nicht immer alles analysieren. Zumindest nicht die tiefere Bedeutung der Lippenstiftfarbe. David wird dich einfach toll finden und nicht versuchen, die geheime Bedeutung deines Outfits zu entschlüsseln.«

»Okay, ich schlüpfe mal rein.«

»Ich komme mit, ich möchte unbedingt den Diner-Rock anprobieren«, erklärte Ruby.

In dem Laden gab es zwei kleine Umkleidekabinen, die direkt nebeneinanderlagen, weshalb sie sich weiter unterhalten konnten. »Hast du das Mädchenkleid mit den Faunen und dem roten Tüllunterrock gesehen?«, fragte Ruby. »Das wäre doch perfekt für Riley, oder? Obwohl Ponys vielleicht besser zu ihr passen würden. Ich wette, ich finde einen Stoff, um ihr so ein Kleid mit Ponys zu nähen. Aber ob ihre Mutter damit einverstanden wäre?«

»Du könntest es Riley ja zu Weihnachten schenken«, schlug Jamie vor, während sie aus ihrer Hose schlüpfte. »Ihre Mom hat vermutlich nichts dagegen, wenn du ihr ein Geschenk vorbeibringst. Kennst du ihre Mutter eigentlich?«

»Vom Sehen, aber mehr nicht«, antwortete Ruby. »Riley und Addison haben mir erzählt, dass sie zwei Jobs hat. Vermutlich sollte ich mich mal bei ihr vorstellen, nachdem Riley ziemlich viel Zeit bei mir verbringt. Addison weiß zwar, wo sie ist, aber ich muss trotzdem noch mal nachfragen, ob es ihrer Mom recht ist.«

»Klar, aber ich bin mir sicher, dass sie nichts dagegen hat. Es gibt viele Leute in der Nachbarschaft, die die Hand für dich ins Feuer legen würden – mich eingeschlossen«, versicherte Jamie Ruby. »Aber du solltest sie von Hud fernhalten.«

»Der ist im Moment richtig glücklich«, erklärte Ruby. »Immerhin hat er eine Mission.«

»Ja, und der Springbrunnen ist seine Zentrale«, stimmte Jamie ihr zu. Sie stieg in den Rock und schloss den Reißverschluss. Er saß perfekt und endete etwas unterhalb der Knie. »Ich habe übrigens den Mann am Springbrunnen gesehen, dem die Badehose gehört. Etwa Mitte vierzig, leichte Glatze, Bauchansatz …«

»Brett Morris«, erklärte Ruby. »Er wohnt in dem Haus mit dem Burggraben. Netter Kerl. Obwohl er einen schlechten Geschmack hat, was Badehosen angeht. Er macht gerade eine grauenhafte Scheidung durch.«

»Es sah so aus, als hätte Hud sein ganzes Leben niedergeschrieben. Er hat ihn eine volle Stunde lang befragt«, erzählte

Jamie und schlüpfte in das Oberteil. Es war eng anliegend und passte wunderbar zu dem ausladenden Rock. Sie strich es glatt und warf anschließend einen Blick über die Schulter, um sich von hinten zu betrachten.

»Mein Rock ist etwas zu kurz«, erklärte Ruby. »Und wie sieht es bei dir aus?«

»Ich nehme beides«, antwortete Jamie.

Jetzt, wo sie den Rock und das Oberteil anprobiert hatte, kam es nicht infrage, dass sie den Laden ohne das Outfit verließ.

»Wunderbar!«, rief Ruby.

Jamie befestigte den Rock gerade wieder am Kleiderhaken, als ihr Handy surrte. Sie öffnete die eingegangene Nachricht und begann zu lachen.

»Was ist denn so komisch?«, fragte Ruby.

»Eine Nachricht von David. Er will wissen, ob ich tätowiert bin. Er meint, dass er unmöglich mit einer Frau ausgehen kann, die ihren Körper nicht genug liebt, um ihn zu verschönern. Allerdings hat er mir ein Angebot gemacht: Wenn ich bereit bin, mir demnächst mindestens drei Tattoos stechen zu lassen, überlegt er es sich vielleicht noch mal.« Jamie lachte mittlerweile so sehr, dass sie kaum weitersprechen konnte. Sie holte ein paarmal tief Luft. »Außerdem würde er einen Teil der Kosten übernehmen, falls wir zusammenpassen sollten. Um sicherzustellen, dass die Tattoos qualitativ hochwertig sind.«

»Und die Nachricht stammt wirklich von David? Von *unserem* David?«, wollte Ruby wissen.

»Ja, er macht nur Spaß«, erklärte Jamie, während sie sich wieder anzog. »Ich habe ihm einen Teil der E-Mail von Maries Zahnarzt vorgelesen. Du weißt schon, von dem Kerl, vor dem David mich gerettet hat. Er hatte eine ganze Liste mit Anforderungen an seine Zukünftige. Dabei ging es auch um meine Haarlänge, aber er meinte, dagegen könnten wie sicher ›etwas unternehmen‹.«

»Hast du Marie davon erzählt?«

»Nein. Ich wollte nicht, dass sie mir noch mal vorwirft, ich sei zu wählerisch, und mir vorhält, der Zahnarzt sei doch ein super Fang. Im Moment glaubt sie, dass David und ich miteinander ausgehen – und ich will, dass es so bleibt.« Jamie trat aus der Umkleidekabine.

»Bitte werde nicht gleich wütend …«, meinte Ruby und trat neben sie, »… aber was ist, wenn die Chemie zwischen David und dir einfach perfekt ist und ihr einen wunderbaren Abend verbringt? Denkst du dann wenigstens *darüber nach*, ob du ihn nicht auch im echten Leben haben willst?«

Jamie stöhnte. »Du klingst schon wie Marie und Helen! Glaub mir doch, wenn ich sage, dass ich Zeit für mich haben möchte.«

»Das glaube ich dir ja. Und ich verstehe es. Aber vielleicht steht ein so toller Mann wie David nicht mehr zur Verfügung, wenn du irgendwann herausgefunden hast, wie es mit deinem Leben weitergehen soll. Er ist etwas Besonderes. Und ich finde, du solltest wenigstens darüber nachdenken«, fügte Ruby schnell hinzu.

»Ich habe *ein Jahr* geschenkt bekommen, in dem ich nichts anderes zu tun habe, als Neues auszuprobieren und herauszufinden, wie ich mein Leben gestalten will. *Ein ganzes Jahr.* Das ist auch etwas Besonderes«, erwiderte Jamie.

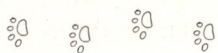

Diogee blieb stehen, um zu pinkeln, und David nutzte die Gelegenheit, um Jamies letzte Nachricht zu lesen. Seit der Tattoo-Nachricht heute Morgen hatten sie sich in einem fort geschrieben. Dieses Mal verlangte Jamie, dass er seine letzten fünf Steuererklärungen zu ihrer Verabredung mitnahm, weil sie sichergehen wollte, dass er selbst für sein Essen aufkommen konnte. Er grinste und überlegte, was er antworten sollte. Sollte er eine Führerscheinkopie verlangen, weil Männer mindestens zehn Jahre älter als ihre Frauen sein sollten?

»David, warte!«

Zachary lief über die Straße auf sie zu, und Diogee stieß ein Begrüßungsbellen aus. David war sich ziemlich sicher, dass das T-Shirt neu war, aber er beschloss, es lieber nicht zu erwähnen. Er wollte den Jungen nicht in Verlegenheit bringen. »Hey, was geht ab?«, fragte er stattdessen.

»Ruby muss schon wieder was in Addisons Haus schmuggeln«, antwortete Zachary. »Zumindest *glaube* ich, dass der hier Addison gehört.« Er zog einen BH im Leopardenmuster aus seiner Jackentasche und stopfte ihn schnell wieder hinein. »Er lag vor der Tür. Genau wie das Tagebuch.«

Jamies Kater ist wirklich ein Teufel, dachte David.

»Aber du bist dir nicht ganz sicher, dass er Addison gehört, oder? Im Moment tauchen überall seltsame Sachen auf. Vielleicht solltest du ihn einfach beim Springbrunnen abgeben?«, schlug David vor.

»Eichhörnchen!«, rief Zachary gerade noch rechtzeitig, sodass David sich auf den Ruck an der Leine vorbereiten konnte.

»Danke!«, meinte er. »Wenn du willst, können wir gerne zum Springbrunnen spazieren.«

»Aber wenn der BH wirklich Addison gehört, dann ist es ihr doch sicher peinlich, wenn sie ihn dort abholen muss, oder? Alle würden ihn zu Gesicht bekommen, und Hud würde ihr vermutlich eine Menge persönlicher Fragen stellen«, erwiderte Zachary.

»Wenn jemand mit Hud zurechtkommt, dann ist es Addison. Ich würde echt gerne sehen, wie sie ihn fertigmacht.« Zachary wirkte nicht gerade überzeugt. »Aber ich verstehe natürlich, warum du nicht willst, dass die ganze Nachbarschaft ihre Unterwäsche zu Gesicht bekommt. Vielleicht solltest du zu ihr gehen und ihr sagen, dass du den BH vor deiner Tür gefunden hast und nicht weißt, wem er gehört. Du könntest ihn in eine Tüte verpacken, dann ist es weniger peinlich.«

»Ja, vielleicht sollte ich das tun«, lenkte Zachary ein. »Aber glaubst du nicht, dass sie wütend wird, falls er tatsächlich ihr gehört? Vielleicht gefällt es ihr nicht, dass ich ihn gesehen habe.«

»Ein BH unterscheidet sich doch nicht wesentlich von einem Bikinioberteil – und du hast Addison doch schon mal im Bikini gesehen, oder?«

Zachary wurde rot. »In letzter Zeit nicht. Ich war diesen Sommer nicht oft im Schwimmbad.«

David war natürlich klar, was der Grund dafür war. Der Junge hatte einen Wachstumsschub hinter sich und fühlte sich nicht gerade wohl in seiner Haut. Er konnte sich noch gut an diese Zeit erinnern. »Ich glaube nicht, dass es ein Problem für sie wäre«, erklärte David ihm. »Aber ich kann Ruby fragen, ob sie Addison gegenüber behaupten kann, sie hätte ihn gefunden und wüsste nicht, wem er gehört, wenn dir das lieber ist.«

»Nein, ich mache das schon.« Zachary klopfte auf seine Jackentasche. »Ich gehe jetzt gleich zu ihr.« Er wandte sich ab und machte sich auf den Weg die Straße hinunter.

»Sag mir dann, wie es gelaufen ist!«, rief David ihm nach. Sein Handy surrte, und er grinste, als er sah, dass es Jamie war. Er warf einen Blick auf die Uhr. Es dauerte noch ganze drei Stunden, bis er sie abholen würde. Eine solche Vorfreude hatte er schon lange nicht mehr gespürt. *Es ist einfach etwas, das uns beiden zugutekommt,* ermahnte er sich. Klar, dass er sich auf heute Abend freute – warum denn auch nicht? Er ging gerne ins Stummfilmkino, vor allem mit einer Frau, die ihn zum Lachen brachte.

Als Jamie ihm drei Stunden später die Tür öffnete, war David allerdings nicht mehr zum Lachen zumute. Er hätte nicht erwartet, dass sie so unglaublich toll aussehen würde. Ihr Oberteil schmiegte sich an ihren Körper, und ihre Haare fielen in sanften Wellen über ihre Schultern. Er brauchte eine Sekunde, bis ihm auffiel, dass er noch nichts gesagt hatte. »Du siehst sehr hübsch aus!«

»Danke! Danke«, meinte sie. »Ruby meinte, dass die anderen Kinobesucher auch ab und zu Vintage tragen.« Sie strich nervös ihren Rock glatt.

»Ja, das ist wahr. Es ist perfekt.« Er lächelte. »Sollen wir vielleicht auf dem Weg zum Auto ganz langsam an Als und Maries Haus vorbeigehen?«

Sie erwiderte sein Lächeln. »Natürlich. Und es kann sicher auch nicht schaden, wenn Helen uns gemeinsam sieht. Ich glaube nicht, dass sie leichter aufgibt als Marie.« Sie trat aus dem Haus und versperrte die Eingangstür.

»Ich habe gerade bemerkt, dass meine Steuererklärungen in der anderen Jacke stecken. Aber ich verspreche dir, dass ich mir zumindest das Popcorn leisten kann – es sei denn, du willst einen großen Eimer …«, grinste er.

»Ja, meine Tattoos befinden sich auf meinem anderen Ich«, scherzte Jamie und nahm Davids Hand, als sie auf den Bürgersteig traten. »Ist das okay? Ich hatte noch nie einen Pseudo-Freund.«

»Für mich schon«, erwiderte David und drückte ihre Hand. In diesem Moment wurde ihm klar, wie lange es bereits her war, dass er eine Frau berührt hatte. Natürlich strich seine Hand ab und zu zufällig über die Hand einer Kundin, wenn er ihr das Wechselgeld gab, und manchmal gab es eine schnelle Umarmung von Lucy, aber das war etwas anderes. Das hier war zwar nur Show – aber es war trotzdem etwas anderes.

Al goss gerade den Rasen und grunzte anerkennend, als sie an ihm vorbeigingen. »Ich glaube, der Küchenvorhang hat sich gerade bewegt«, flüsterte David Jamie ins Ohr und schnappte dabei den Duft ihres Parfums auf. Sandelholz mit einem Hauch Zitrone.

»Selbst wenn Helen uns nicht gesehen hat, erfährt sie es bestimmt von Marie«, erwiderte Jamie leise. »Als ich einzog, hatte ich das Gefühl, als hätten die beiden meinen Mietvertrag auswendig gelernt.«

»Du hast neulich gesagt, dass du noch nie einen Stummfilm gesehen hast?«, fragte David, während sie nebeneinander zu seinem Auto gingen. Der Nachteil der Häuser im Storybook Court war, dass es keine Garagen gab.

»Genau. Abgesehen von einigen Kurzfilmen im Fernsehen«, antwortete Jamie. »Chaplin. Und Buster Keaton.«

»Live ist es ein vollkommen anderes Erlebnis«, erklärte David. »Als ich zum ersten Mal dort war, war der Mann am Klavier bereits in den Achtzigern. Sein Name war Bob Mitchell, und ich glaube, er hat sogar bei der Uraufführung einiger Filme gespielt. Ich sah genauso gerne zu ihm wie auf die Leinwand. Er ging vollkommen in der Musik auf. Er hat sich an Halloween sogar verkleidet, um bei der Vorführung von *Das Cabinet des Dr. Caligari* zu spielen.«

»Ich hätte ihn wahnsinnig gerne einmal gehört«, meinte Jamie. »Ich mache mir in letzter Zeit häufig Gedanken über Leute und ihre Jobs, weil ich ja herausfinden will, was ich in

Zukunft machen möchte. Glaubst du, dass du mit achtzig immer noch backen wirst?«

»Ja, ich glaube schon. Vermutlich nicht mehr Vollzeit, aber ich wette, dass ich immer noch neue Rezepte für Familienfeiern ausprobieren oder das Catering für Partys übernehmen werde.«

Als sie schließlich vor seinem Ford Focus standen, ließ David Jamies Hand los, um ihr die Tür zu öffnen. Sie hatten die ganze Zeit über Händchen gehalten, obwohl Helen und Marie sie schon lange nicht mehr sehen konnten.

»Wie geht deine Suche eigentlich voran? Hast du schon Ideen, was du machen möchtest?«, fragte David, als sie schließlich in die Gower Street bogen.

»Nein, noch nicht. Zumindest nicht, was meine zukünftige Karriere betrifft. Aber ich weiß jetzt, dass ich Surfen liebe. Ich hatte erst eine Stunde und bin schon total süchtig danach. Ruby hat mich dazu animiert, Dinge auszuprobieren, die ich noch nie gemacht habe. Sie meinte, ich würde meine Suche sonst zu sehr eingrenzen – und sie hatte recht. Im Moment geht es vor allem darum, Neues auszuprobieren. Deshalb war auch der Vorschlag mit dem Stummfilmkino so toll!«

»Vielleicht spielst du in Zukunft ja dort Klavier«, lachte David. »Das wäre eine ziemlich praktische Wahl, und du hättest viel Raum, um dich weiterzuentwickeln.«

Jamie lachte ebenfalls. »Irgendwann muss ich tatsächlich auch an das Praktische denken, aber jetzt noch nicht. Im Moment befinde ich mich noch in der Versuchsphase.«

»Ich bewundere das sehr«, erklärte David. »Es ist leicht, sich festzufahren und immer dieselben Dinge zu tun und an denselben Orten abzuhängen. Mir selbst passiert das leider ziemlich oft, seit … in den letzten Jahren, meinte ich«, erklärte er. Er wollte eigentlich »seit Clarissas Tod« sagen, aber er hatte nicht vor, heute Abend über sie zu sprechen, obwohl Jamie ja bereits wusste, dass er Witwer war. »Ich treffe mich mit Adam und Lucy, ich gehe mit Diogee spazieren, ich gehe ins Kino und ich lese. Und dann beginne ich wieder von vorne.«

»Es ist nichts daran auszusetzen, dass man das tut, was man gerne macht«, antwortete Jamie. »Haben deine Freunde denn Kinder?«

»Ja, zwei. Die Jüngere ist mein Patenkind«, antwortete David.

»Und ihr habt es tatsächlich geschafft, eure Freundschaft aufrechtzuerhalten?«, fragte sie. »Meine Freunde und ich haben uns langsam, aber sicher auseinandergelebt, nachdem sie Kinder bekommen hatten.«

»Vielleicht ist es hilfreich, dass mein Tagesablauf ein wenig anders ist. Ich habe am Nachmittag frei, und Adam – der als Drehbuchautor fürs Fernsehen arbeitet – hat zumindest phasenweise ebenfalls am Nachmittag Zeit«, erklärte David. »Wir gehen dann zusammen mit den Kids in den Park. Und ich unternehme oft etwas mit Lucy und Adam gemeinsam. Das funktioniert ganz gut. Ich fühle mich dabei nicht wie das fünfte Rad am Wagen. Außerdem besteht Lucy darauf, dass Adam mich dann und wann für ein paar Drinks in eine Bar schleppt. Sie macht sich Sorgen um mich.«

Das war etwas, das David bei einem richtigen Date sicher nicht gesagt hätte. Immerhin sollte man sich bei einer Verabredung von der besten Seite zeigen – und dazu gehörte nicht, dass das Leben so erbärmlich war, dass sich sogar schon die Frau des besten Freundes um einen sorgte.

»Sie macht sich Sorgen?«

»Ja, weil ich ihrer Meinung nach zu oft alleine bin. Nach Clarissas Tod.« Okay, jetzt hatte er sie also doch erwähnt.

Jamie nickte. »Ich kann mir gar nicht vorstellen, wie es ist, den Partner zu verlieren. Bei den Eltern erwartet man es ja irgendwie. Es ist schrecklich und herzzerreißend, aber man weiß eigentlich schon sein ganzes Leben lang, dass es irgendwann so kommen wird.«

»Ja, das stimmt. Hast du Macs Schlupfloch eigentlich schon gefunden?«, fragte David.

»Also das war ja jetzt ein verdammt auffälliger Themenwechsel!«, erwiderte Jamie. »Wenn du nicht über deine Frau sprechen willst, verstehe ich das vollkommen. Aber wenn du es tust, ist es auch in Ordnung. Manchmal fühle ich mich besser, wenn ich über meine Mom spreche. Über die kleinen Dinge.«

»Wie zum Beispiel?«, fragte David.

Jamie legte den Kopf schief. »Mmm. Sie dachte, ich wäre perfekt.« Sie lachte. »Aber das ist vermutlich gar keine Kleinigkeit. Und sie hat sich auch nichts vorgemacht. Sie wusste natürlich, dass ich nicht wirklich perfekt bin. Aber sie stand mir immer bei, auch wenn ich richtigen Mist gebaut hatte.«

»Sie war offensichtlich eine großartige Frau«, meinte David.

»Ja, das war sie«, antwortete Jamie. »Erzähl mir etwas über deine Frau.«

»Clarissa hat mir zugehört und konnte sich auch an die kleinsten Kleinigkeiten erinnern. Ich habe ihr zum Beispiel einmal von einem Weihnachtsgeschenk erzählt, das ich als kleiner Junge bekommen habe. Es war ein Ghostbusters Protonenrucksack und genau das, was ich mir gewünscht hatte. Doch dann hat mein Bruder ihn kaputt gemacht, bevor ich ein einziges Mal damit spielen konnte. Die Soundeffekte funktionierten nicht mehr«, erklärte David. »Jahre nachdem ich ihr die Geschichte erzählt hatte, öffnete ich eines meiner Weihnachtspäckchen … und da war der Protonenrucksack! Direkt aus den Achtzigern und *mit* Soundeffekten.«

»Sie scheint toll gewesen zu sein!«, meinte Jamie.

»Ja, das war sie.« Jamie hatte recht gehabt. Es fühlte sich wirklich gut an, über Clarissa zu sprechen.

David parkte das Auto in der Nähe des Kinos. »Ich würde sagen, wir sichern uns erst mal gute Plätze. Weiter vorne gibt es ein paar Sofas, die viel bequemer sind als die Stühle.«

Er führte sie in den Saal und den Mittelgang hinunter. »Super! Ein Sofa ist noch frei!«

Sie setzten sich. »Also gut, ich glaube, ich habe dir ein kleines Popcorn versprochen, und in der Lobby gibt es etwas zu trinken – darüber müssen wir uns also keine Gedanken machen.«

»Ich habe vorhin gesehen, dass sie auch Cupcakes haben«, meinte Jamie.

David schüttelte den Kopf. »Nein, meine Pseudo-Freundin isst auf keinen Fall die Cupcakes eines anderen! Das lasse ich nicht zu. Wenn du Cupcakes möchtest, backe ich dir welche. Aber wie wär's, wenn ich uns etwas Süßes gewinne?«

»Gewinne? Wie denn?«, fragte Jamie. »Vielleicht kann ich das auch?«

»Hast du ein gutes Gedächtnis?«, fragte David.

»Ja, schon«, antwortete sie.

»Okay. Um zu gewinnen, musst du die Namen sämtlicher Schauspieler und Schauspielerinnen aufzählen, deren Fotos hier an den Wänden hängen. Ich coache dich. Also fangen wir mit den einfachen Porträts an. Du kennst natürlich Charlie Chaplin und Buster Keaton. Kommt dir sonst noch jemand bekannt vor?«

»Ähm, Louise Brooks. Aber nur wegen ihrer Frisur«, antwortete Jamie.

»Okay. Das dort drüben ist Fatty Arbuckle.« Sie gingen sämtliche Porträts durch, bis Jamie alle Namen auswendig kannte. Als der Moderator schließlich auf die Bühne trat und fragte, wer die Star-Challenge bestreiten wollte, sprang David auf und deutete auf Jamie.

»Okay. Sie sind dran«, rief der Mann ihr zu. »Stehen Sie auf und legen Sie los.«

Jamie erhob sich, räusperte sich und erinnerte sich an alle Namen. Der Moderator warf ihr eine Auswahl an Süßigkeiten zu.

»Ich will die da«, erklärte David und deutete auf seine Lieblingssorte.

»Hey, *ich* habe doch gewonnen«, protestierte Jamie.

»Aber ohne mich hättest du es nie geschafft«, erwiderte er.

»Okay, gut. Dann teilen wir.« Sie öffnete die Packung, holte eines seiner Lieblingsbonbons heraus und hielt es ihm an die Lippen. Sie sahen sich einen Moment lang in die Augen, und Jamie wirkte genauso überrascht wie er. Sie wollte ihre Hand bereits wieder zurückziehen, doch in diesem Moment öffnete er den Mund, und sie steckte das Bonbon hinein.

Das hatte sich jetzt nicht gerade angefühlt, als wäre es nur ein Pseudo-Date. Es hatte sich *echt* angefühlt. Und unglaublich sexy.

»Mac, ich glaube, mit mir stimmt etwas nicht«, meinte Jamie zu ihrem Kater, als sie später auf der Couch lag und ihre Beine über die Armlehne baumeln ließ. Mac saß auf ihrem Bauch und knetete ihr Minion-Schlafshirt. Es war zu dünn dafür, und sie spürte seine Krallen durch den Stoff hindurch, hielt ihn aber nicht ab. Sie wollte nicht, dass er runtersprang und sie alleine ließ. Immerhin unterhielten sie sich gerade.

»Weißt du, wir wollten eigentlich nur so tun, als wäre es ein Date. Ich habe ihn zwar dazu gebracht, meine Hand zu halten, aber das war ja nur, um Marie und Helen zu überzeugen, dass wir wirklich miteinander ausgehen. Aber dann habe ich sie nicht mehr losgelassen, bis wir bei seinem Auto waren. Ich habe einfach nicht mehr dran gedacht. Bestimmt hat er sich gefragt, warum, und war einfach zu höflich, um mir seine Hand zu entziehen.«

Jamie kraulte Mac unterm Kinn, und er schnurrte so laut, dass sie es sogar spüren konnte. »Und im Kino habe ich ihn dann mit Süßem gefüttert. Du weißt das vermutlich nicht, weil du ein Kater bist, aber wenn eine Frau einen Mann füttert, bedeutet das, dass sie mit ihm flirtet. Es ist nicht dasselbe, wie wenn ich dich mit einem Lachshappen füttere. Überhaupt nicht. Wenn eine Frau einem Mann etwas in den Mund steckt, dann sendet sie ein Signal aus – und ich will keine Signale aussenden. Ich will keinen Mann in meinem Leben, und David will keine Frau. Das ist doch eigentlich der Grund, warum wird überhaupt miteinander ausgegangen sind …«

Sie seufzte tief, und Mac hob und senkte sich. »Wie schon gesagt: Mit mir stimmt etwas nicht. Aber dir ist das egal, oder? Und das ist einer der vielen Gründe, warum ich dich so liebe.«

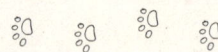

Mac rieb seine Wange an Jamies Bauch. Sie roch heute Abend sehr viel weniger einsam. Da war eine kaum merkliche Angst, aber das war nicht weiter besorgniserregend, und er war sich sicher, dass David genauso gut roch.

Das hatte er wirklich gut gemacht – und deshalb beschloss er, sich diesen Abend freizunehmen. Morgen würde er seine Mission fortsetzen und auch den anderen Menschen in der Nachbarschaft helfen. Es gab hier so viele, die es alleine nicht schafften. Aber heute Abend würde er hierbleiben und es genießen, dass Jamie ihn unterm Kinn kraulte – und zwar genau an der Stelle, die er so sehr liebte. Er hatte ihr vorhin zwar nicht wirklich zugehört, aber er hatte das Wort »Lachshäppchen« gehört, und das war ein weiterer Grund, hierzubleiben. Er liebte Lachshäppchen.

Kapitel 14

David setzte lächelnd die schwarzen Katzenpfoten auf die Vanille-Buttercreme-Glasur seiner neuesten Cupcake-Kreation. *Jamies* Cupcakes. Er wollte sie ihr nach der Arbeit vorbeibringen, denn er hatte vor, ein guter Pseudo-Freund zu sein. Und er würde auch Al und Marie ein paar davon schenken und ihnen bei dieser Gelegenheit gleich erzählen, dass er sie eigens für Jamie gebacken hatte. Jamie war bestimmt begeistert, dass er sich dermaßen der Sache verschrieben hatte.

Er hörte, dass jemand die Treppe in die Bäckerei herunterkam, und als er den Blick hob, entdeckte er Lucy. Perfekt! Jetzt konnte er ihr die Cupcakes gleich zeigen, und sie würde sehen, wie glücklich er war, mit Jamie auszugehen – und es anschließend Adam erzählen.

Es war zwar nicht so, dass David nie mehr zu irgendwelche Dates gehen wollte, aber er hatte definitiv mit Counterpart.com abgeschlossen. Er hatte es satt, dass seine Freunde ihn verkuppeln wollten. Jetzt, wo er wusste, dass er bereit für einen Neuanfang war, würden ihm vermutlich wieder öfter Frauen auffallen, und er würde erkennen, wenn sie wie die Frau beim Tierarzt mit ihm flirteten. Der Rest musste sich dann einfach mit der Zeit ergeben.

»Hey, was gibt's?«, fragte er Lucy, nachdem sie die Backstube betreten hatte. Als wüsste er nicht ganz genau, warum sie hier war. Sie wollte sicher mehr über die Frau erfahren, mit der David freiwillig ausging.

»Ich habe gerade ein Kind im Kindergarten und eines in der Vorschule abgegeben, und jetzt habe ich ein paar wertvolle

Stunden für mich, die ich am liebsten mit ein wenig Zucker und Koffein einläuten würde«, antwortete Lucy. »Was machst du denn da gerade? Kann ich vielleicht einen haben?«

»Klar. Das sind Vanille-Cupcakes mit Blaubeerkonfitüre. Ich habe sie für Jamie gebacken – das ist die Frau, die ich in der Nachbarschaft kennengelernt habe. Wir waren gestern aus, und sie hat eine Katze, daher dachte ich, dass ihr die hier gefallen würden.« Er machte sich an die nächste Katzenpfote.

»Du fährst schwere Geschütze auf, was? Keine Frau kann doch deinen Cupcakes widerstehen.« Lucy nahm einen von dem Gitter neben ihr. »Es ist irgendwie sogar unethisch. Als würdest du ihr einen Liebestrank verabreichen.«

»Meine Cupcakes sind zwar gut, aber so gut nun auch wieder nicht«, erwiderte David.

»Sie sind *verdammt* gut.« Lucy leckte sich etwas Glasur von der Oberlippe. »Also, wir beide wissen, dass ich Details hören will – deshalb versuch erst gar nicht abzulenken. Wie habt ihr euch kennengelernt? Wie ist sie so? Wo wart ihr?«

»Erinnerst du dich daran, wie ich dir erzählt habe, dass ich mich in der Tierhandlung mit einer Frau unterhalten habe?« Lucy nickte. »Na ja, das war Jamie. Ich wusste damals noch nicht, dass wir mehr oder weniger Nachbarn sind«, fuhr David fort. »Das zweite Mal trafen wir uns zufällig in einer Bar – das war nach dem Date mit dieser Furcht einflößenden Schneeball-system-Frau. Jamie hatte auch gerade eine schreckliche Verabredung hinter sich. Wir bestellten uns Drinks und unterhielten uns. Aber auch da wusste ich noch nicht, dass sie im Storybook Court wohnt. Ein paar Tage später sprang dann ihr Kater durch mein Badezimmerfenster und klaute meinen Genitalschutz. Jamie wollte ihn einfangen, weil er eigentlich eine Hauskatze ist, und gab mir den Schutz wieder. Es endete damit, dass ich sie um ein Date bat.«

Lucy lachte. »Das gefällt mir! Und jetzt verstehe ich auch die Katzenpfoten.« Sie begann zu singen. »*Tell me more, tell me more.*«

David hob ergeben die Hände. »Bitte keine *Grease*-Songs vor dem Mittagessen! Sie ist gerade aus einer Kleinstadt in Pennsylvania hierhergezogen. Sie war Lehrerin, aber sie will sich beruflich verändern und herausfinden, was sie in Zukunft machen möchte. Also probiert sie alles Mögliche aus: Surfen, Schauspielen, Special-Effects-Make-up.«

Lucy hob die Augenbrauen. »Das klingt ein wenig flatterhaft.«

»Ja, es hört sich tatsächlich so an, aber sie geht nicht davon aus, dass sie damit Geld verdienen kann. Sie will einfach neue Erfahrungen sammeln – und das ist irgendwie cool«, meinte David. Ihm gefiel tatsächlich, wie Jamie sich in neue Erfahrungen stürzte.

»Ist sie hübsch?«, fragte Lucy.

David dachte an die Male, die er Jamie bis jetzt gesehen hatte: Barfuß in ihrem Schlafshirt und mit zerzausten Haaren; als Hollywood Starlet der Fünfzigerjahre im Stummfilmkino; und in ihren Alltagsklamotten in der Tierhandlung. »Ja, sie ist sehr hübsch.«

»Also die Blaubeerenfüllung ist unglaublich«, schwärmte Lucy. »Und jetzt erzähl weiter. Ich will alles wissen.«

»Ich habe die Konfitüre vom Bauernmarkt. Die Beeren stammen aus dem *Garten der verbotenen Früchte*. Sie haben eine besonders lange Reifezeit, weil sie in den Bergen wachsen, wo sie …«

Lucy knuffte ihn in den Arm. »Du weißt doch genau, dass ich nicht die Konfitüre gemeint habe! Also, wohin hast du sie ausgeführt?«

»Wir haben uns einen Stummfilm angesehen. Sie war noch

nie in einem Stummfilmkino, und sie war neugierig«, antwortete David.

»Moment mal! Du hast sie beim ersten Date ins Stummfilmkino mitgenommen? Ich dachte, du wolltest dir deine Lieblingsorte nicht ruinieren, falls sich herausstellen sollte, dass ihr euch nicht ausstehen könnt? Das hast du zumindest gesagt, als ich dir die Location vorgeschlagen habe«, erinnerte Lucy ihn.

David zuckte mit den Schultern. »Ich kann mir nicht vorstellen, dass ich Jamie irgendwann einmal nicht mehr leiden kann. Selbst wenn wir aufhören sollten, miteinander auszugehen, sehe ich uns immer noch als Freunde.«

Denn das waren sie ja immerhin auch.

»Und wann lernen Adam und ich diese Frau kennen, die es wert ist, sie ins Stummfilmkino mitzunehmen, und für die du bereits Cupcakes machst?«, wollte Lucy wissen.

»Lass mich wenigstens ein paarmal mit ihr ausgehen, bevor sie sich der Inquisition stellen muss«, bat David.

»Ich bin doch kein Inquisitor – ich interessiere mich einfach für andere Menschen«, protestierte Lucy. »Außerdem will ich sichergehen, dass sie gut genug für dich ist.«

»Sie *ist* gut genug für mich«, erklärte er ihr. »Du wirst sie schon irgendwann kennenlernen.«

»Irgendwann«, wiederholte Lucy. »Das klingt nach einer langen Zeit. Aber ich schätze, ihr seid noch nicht so weit, um die Freunde des anderen kennenzulernen, oder?« Sie schnappte sich einen Cupcake-Karton und begann, ihn zu falten. »Ich nehme ein paar davon mit.«

»Okay, aber lass die Finger von den Katzenpfoten. Versuch doch die hier. Das sind Kaffee-Cupcakes mit Mini-Donuts obendrauf.« Er deutete mit dem Kopf auf ein weiteres Gitter.

»Ein Cupcake mit einem Donut. Du bist echt fies – und deshalb mag ich dich so sehr.« Lucy füllte den Karton randvoll.

»Ich freue mich, dass du ein nettes Date hattest, Schätzchen. Das hast du dir wirklich verdient!« Sie wandte sich ab und eilte die Treppe hoch.

Einige Stunden später machte sich David mit einem Karton voller Cupcakes für Jamie auf den Weg nach Hause. Als er sah, dass Zachary und Diogee auf der Treppe vor der Tür saßen, war er kurz enttäuscht. Er freute sich darauf, Jamie zu besuchen, doch es war offensichtlich, dass der Junge jemanden zum Reden brauchte.

»Hey, Zachary. Hey, Diogee.«

»Sie hält mich für pervers«, erklärte Zachary matt.

»Wie bitte?«, fragte David, während Diogee ihn ansprang und er ein paar Schritte nach hinten taumelte.

»Ich habe das getan, was wir besprochen hatten. Ich habe ihren BH in eine Tüte gepackt und sie gefragt, ob sie weiß, wem er gehört. Sie warf einen Blick darauf, nannte mich einen Perversen und knallte mir die Tür vor der Nase zu«, erklärte der Junge. »Das ist so unfair! Als sie mir das T-Shirt vorbeibrachte, habe ich mich doch auch einfach nur bedankt.«

»Das wird schon wieder«, erwiderte David und fügte in Gedanken ein schnelles »Vermutlich« hinzu. »Du kennst Addison doch, sie kocht schnell über.« Er kraulte Diogees Ohren und anschließend seinen Bauch, nachdem sich der Hund vor ihm auf den Rücken gedreht hatte.

»Es ist nur, weil wir uns das letzte Mal über *Adventure Time* und Ms. Marvel unterhalten haben und ...« Zachary brach ab.

»Ja, schon klar. Man erwartet einfach nicht, dass man an einem Tag eine angenehme Unterhaltung führen kann und am nächsten Tag knallt sie einem die Tür vor der Nase zu«, meinte David. »Aber du hast doch ihr Tagebuch gele…« – er beschloss, es dem Jungen einmal nicht so schwer zu machen – » … ich meinte, du hast *ein paar Seiten* ihres Tagebuches gelesen und du weißt, dass sie sehr emotional ist. Das wird schon wieder.«

Zachary wirkte bereits ein wenig hoffnungsvoller. »Vielleicht glaubt sie, dass alle Jungs dieselben Arschlöcher sind wie ihr Freund. Aber sie wird schon noch merken, dass ich anders bin. Falls sie jemals wieder mit mir redet.«

»Dann willst du das also?«, fragte David. Er war neugierig, ob Zachary es endlich zugeben würde.

»Na ja, wir sind immerhin Nachbarn, und wir haben dieselben Interessen. Es wäre manchmal cool, jemanden in der Gegend zu kennen, mit dem ich abhängen kann.« Er sah David schuldbewusst an. »Ich meine, Diogee und du seid einfach toll. So war das nicht gemeint.«

»Keine Sorge, wir sind nicht beleidigt«, beruhigte David ihn. »Hey, willst du dir vielleicht ein paar Mäuse verdienen? Du könntest mit Diogee spazieren gehen. Ich muss noch ein paar Cupcakes ausliefern, und es könnte schlimm ausgehen, wenn ich versuche, mit Diogee in der einen und einem Karton Cupcakes in der anderen Hand einen Spaziergang zu machen.«

»Hol deine Leine, Diogee«, befahl Zachary, und der Hund sprang eilig durch die Hundeklappe. »Du musst mich aber nicht dafür bezahlen«, meinte er zu David.

»Ich würde einen Hundesitter doch ebenfalls bezahlen, also kann ich dir auch etwas geben. Gegen ein bisschen Extra-Taschengeld ist doch nichts einzuwenden, oder?« Er gab Zachary einen Zwanziger.

»Das ist zu viel«, protestierte Zachary.

»Mach den Hund müde, dann hast du ihn dir redlich verdient.« Es dauerte lange, bis Diogee müde war.

Diogee schoss durch die Hundeklappe, und Zachary befestigte die speichelnasse Leine an seinem Halsband. »Bis später!«, rief er, während Diogee ihn bereits durch das Gartentor zog.

David ging ins Haus. Backen war eine überraschend schweißtreibende Arbeit, und er wollte noch schnell duschen, bevor er Jamie besuchte.

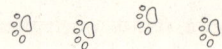

Jamie parkte grinsend ihr Auto. Sie grinste schon die ganze Heimfahrt über, und obwohl ihr mittlerweile der Kiefer wehtat, konnte sie einfach nicht damit aufhören. Sie war in einer Videospielhalle gewesen! Das hatte sie mit dreizehn zum letzten Mal gemacht, als sie mit ihrem ersten Freund Bobby Martin in der Videospielhalle gleich in der Nähe der Schule gewesen war.

Was wohl aus ihm geworden ist?, fragte sie sich, während sie auf ihr kleines Schneewittchen-Haus zuging. Er war am Ende der siebten Klasse umgezogen, und es hatte ihr das Herz gebrochen. Sie entdeckte David, der sich gerade von ihrem Haus abwandte, als sie in ihre Straße einbog. »Hey! Hi! Wolltest du zu mir?«

Er drehte sich um und winkte. »Ja, das wollte ich«, antwortete er. »Ich hab dir ein paar Cupcakes gebacken.«

»Wirklich? Das ist ja lieb von dir!«, staunte Jamie, als sie endlich vor ihm stand.

Al grunzte. Er pflanzte gerade Blumenzwiebel im Garten.

Anschließend legte er sein Werkzeug beiseite und brüllte: »Marie!«

Marie steckte den Kopf aus der Tür. »Was ist denn?«

»Er hat ihr Cupcakes gebracht!« Al deutete mit dem Kopf auf David.

»Gut, dass Sie den Hund nicht dabeihaben! Glauben Sie ja nicht, ich hätte nicht gesehen, dass Sie neulich gerade noch verhindern konnten, dass er sich auf meinem Rasen erleichtert«, meinte Marie.

»Aber letztlich hat er nichts getan«, erwiderte David und hob den mit einer Schleife umwickelten Karton hoch. »Ich dachte, ich mache Jamie ein paar Cupcakes, und ich habe auch ein paar für Al und Sie mitgebracht. Haben Sie vielleicht einen Teller?«

Marie verschwand wortlos im Haus. David sah Jamie an. »Glaubst du, sie mag keine Cupcakes, oder …?«

»Die kommt schon wieder«, erklärte Al und stemmte sich hoch. Er wischte sich die Hände an seiner Jeans sauber, und einen Moment später wurde die Tür geöffnet, und Marie trat mit einem Glasteller heraus, den sie auf dem Handlauf der Veranda abstellte.

David zählte vier Cupcakes heraus. »Sie sind mit Konfitüre gefüllt. Etwas Süßes für meine Süße.« Er warf einen Blick über die Schulter und zwinkerte Jamie zu.

Etwas Süßes für meine Süße. Hatte er das gerade tatsächlich gesagt? Er gab sich ja wirklich alle Mühe, um Marie davon zu überzeugen, dass Jamie nicht mehr länger verkuppelt werden musste.

David stellte zwei weitere Cupcakes auf den Teller. »Für Helen. Weil sie so gerne Süßes isst.« *Er hat offensichtlich nicht vergessen, dass wir auch Helen zeigen müssen, dass wir miteinander ausgehen,* dachte Jamie.

»Helen, Cupcakes!«, brüllte Al.

»Sie braucht keine Cupcakes«, faucht Marie. »Sie und Nessie sind Zwillinge – Helen könnte genauso schlank und attraktiv sein wie sie.« Helen öffnete die Tür. »Du sollst zwar keine Cupcakes essen, aber David hat dir trotzdem welche mitgebracht«, rief Marie.

David trat wieder neben Jamie, und sie drückte ihm einen Kuss auf die Wange. Sie tat es nur, weil seine richtige Freundin es nun mal so gemacht hätte. Allerdings hatte ihr Körper scheinbar vergessen, dass David und sie nur so taten, als wären sie zusammen, und so wurde ihr mit einem Mal ziemlich heiß.

»Ich habe sie Mac zu Ehren mit Katzenpfoten verziert«, erklärte David und öffnete den Karton, um Jamie die Cupcakes zu zeigen.

»Sie sind wunderschön. Willst du reinkommen und sie mit mir zusammen probieren?«, fragte Jamie.

»Gerne«, erwiderte David. »Ich hoffe, sie schmecken euch!«, rief er Al, Marie und Helen zu, die sich zu den Defranciscos auf die Veranda gesellt hatte.

»Ich denke, sie werden jetzt endlich aufhören, mich zu verkuppeln«, meinte Jamie, während sie ins Haus gingen. »Du hast dich als der beste Freund aller Zeiten erwiesen. Danke, dass du dir so viel Mühe gibst.«

»Gerne geschehen«, erwiderte David. Mac folgte ihnen in die Küche. »Und vermutlich kannst du es bei mir ohnehin bald gutmachen.«

»Gutmachen?«

»Lucy nervt mich bereits damit, dass sie dich kennenlernen will. Sie möchte sicherstellen, dass du gut genug für mich bist«, erklärte David. Er setzte sich – und im nächsten Moment saß Mac auf seinem Schoß.

»Das bin ich auf keinen Fall«, seufzte Jamie. »Ich backe keine mit Konfitüre gefüllte und mit Katzenpfoten verzierte Cupcakes, und ich habe auch keinen süßen Spitznamen für dich.«

»Ja, Gott sei Dank«, lachte David und kraulte Mac zwischen den Ohren.

»Möchtest du Kaffee?«, fragte Jamie. »Ich liebe zwar Kaffee, aber zu Cupcakes brauche ich ein Glas Milch. Ich habe aber auch Saft oder Bier.«

»Kaffee wäre toll«, erwiderte David. »Also, was hast du heute so gemacht? Du hast vorhin extrem glücklich ausgesehen, als du die Straße heruntergekommen bist.«

»Das errätst du nie«, lachte Jamie.

»Jetzt bin ich aber neugierig«, lachte David. »Warst du Höhlentauchen?«

»Fast. Es war sogar noch aufregender und gefährlicher.« Sie machte die Kaffeemaschine an. »Ich habe Mortal Kombat II, Crazy Taxi und Skee Ball gespielt.«

»Hast du eine Zeitmaschine erfunden?«, fragte David.

Jamie dachte an die Videospielhalle und begann erneut zu grinsen. »Fast. Ich war im Royce Arcade Warehouse.«

»Echt? Da bist du hin?« David schüttelte den Kopf. »Adam und ich reden schon ewig davon, und du bist gerade mal zwei Minuten in der Stadt und warst bereits dort!«

»Ja, und es war total cool! Es ist eine Art Garage mit großem Rolltor. Die Spielautomaten wurden regelrecht hineingepfercht, und überall sieht man Väter und Großväter – und auch einige Mütter und Großmütter – die herumhängen und den Kids zeigen, wie es früher einmal war«, schwärmte Jamie. »Außerdem habe ich Mr. Royce kennengelernt! Zumindest nennen ihn die Leute so. Royce ist eigentlich sein Vorname. Er heißt Royce D'Orazio und hat das Ganze damals in seiner Garage angefangen. Zuerst hat er nur Spielautomaten gesammelt, dann begann er irgendwann, alte Automaten zu reparieren und zu vermieten – und das macht er heute noch. Außerdem öffnet er jeden Samstag die Videospielhalle für zahlende Gäste. Ich habe drei Dollar Eintritt bezahlt und konnte dafür spielen, solange ich wollte. Es war das erste Mal, dass ich mir keine Gedanken machen musste, ob ich noch genügend Münzen dabeihabe.«

»Ich bin echt neidisch!«, gestand David.

»Das nächste Mal nehme ich dich mit«, versprach Jamie.

Ach du lieber Himmel. War das jetzt zu viel gewesen? Sie befanden sich immerhin in ihrer Küche, wo sie niemand hören konnte, und sie hatte nicht gerade wie eine Pseudo-Freundin geklungen. Aber vielleicht wie eine *gute* Freundin? Denn David und sie waren doch tatsächlich gerade dabei, gute Freunde zu werden, oder etwa nicht?

»Sehr gerne«, erwiderte David und sah nicht so aus, als hätte sie eine Grenze überschritten. Gut!

Jamie goss Kaffee ein und setzte sich mit einem Glas Milch an den Tisch. Sie schloss verzückt die Augen, als sie in den ersten Cupcake biss. »Und ich dachte, die Videospielhalle wäre das Beste am heutigen Tag gewesen.«

Mac erhob sich von Davids Schoß und miaute beleidigt.

»Oh, es tut mir leid, Eure Hoheit!« Jamie wandte sich an David. »Er mag es nicht, wenn ich Milch trinke, und ihm nichts davon abgebe.« Sie holte eine Untertasse, goss etwas Milch hinein und stellte sie für Mac auf den Boden. Er sprang hinunter und begann zu trinken. »Als ich ihn bekommen habe, wusste ich nicht, dass Katzen Milch nicht richtig verdauen können. Er liebt Milch, und ihm wurde noch nie übel, also gehört er vermutlich zu den wenigen Katzen, die nicht unter Laktoseintoleranz leiden.«

»Er ist in vielerlei Hinsicht einzigartig«, erklärte David, und Jamie schnaubte. »Klar, so kann man es auch nennen. Wo ist eigentlich dein Hund? Ich habe es wirklich ernst gemeint, dass du ihn mitnehmen kannst.«

»Zachary geht wieder mal mit ihm spazieren. Er brauchte Ablenkung. Als ich vorhin nach Hause kam, saß er auf der Treppe vor meiner Tür und sah aus wie sieben Tage Regenwetter«, erwiderte David.

»Was ist denn los?«

»Erinnerst du dich, wie er Addisons Tagebuch gefunden hat und wie kurz darauf sein T-Shirt vor ihrer Tür lag?«, fragte David.

»Ja, sie haben sich danach angeregt über die Serie unterhalten, die auf dem T-Shirt abgebildet war«, erwiderte Jamie. Sie nahm einen weiteren Bissen von ihrem Cupcake und ließ sich die Buttercremeglasur auf der Zunge zergehen. David war wahnsinnig talentiert.

»Genau. Aber dann hat Zachary einen BH auf seiner Fußmatte gefunden – und er war sich ziemlich sicher, dass er Addison gehörte.«

»Er weiß, wie ihr BH aussieht?«, fragte Jamie.

»Er meinte, er wäre sich *ziemlich sicher*, dass er ihr gehört. Vielleicht hat einmal ein Träger hervorgeblitzt. Wenn man vierzehn ist und den BH-Träger des Mädchens sieht, in das man verschossen ist, kann schon mal die Fantasie mit einem durchgehen. Vor allem bei einem BH im Leopardenmuster, wie in diesem Fall«, erklärte David. »Jedenfalls hat Zachary beschlossen, ihr den BH zurückzubringen. In einer Papiertüte, damit es nicht so peinlich ist. Aber Addison hat ihn als Perversen beschimpft und ihm die Tür vor der Nase zugeknallt.«

»Oje, der arme Junge. Besteht eigentlich die Chance, dass sie ihn auch mag? Die Tatsache, dass sie ihm die Tür vor der Nase zugeworfen und ihn beschimpft hat, bedeutet nämlich nicht zwangsläufig, dass sie es nicht tut. Vielleicht bedeutet es sogar das genaue Gegenteil. Mädchen in dem Alter sind manchmal ziemlich schwer zu entschlüsseln.«

»Ich glaube, das hört nie wirklich auf …«

»Ich habe damals ständig überlegt, was wohl in den Köpfen der Jungs vor sich geht.« Jamie verstellte die Stimme und klang plötzlich wie ihr Teenager-Ich: »Warum hat er ausgerechnet *mich* nach einem Blatt Papier gefragt? Er hätte ja auch Sarah fragen können, die auf der anderen Seite neben ihm sitzt. Es *muss* doch etwas bedeuten!« Sie lachte. »Es dauerte lange, bis ich herausfand, dass die meisten Männer gar nicht nachdenken, bevor sie etwas tun.«

»Vergleichst du Männer etwa schon wieder mit Hunden?«, fragte David.

»Vielleicht«, gab Jamie zu. »Aber auf gute Art. Ich mache mir immer viel zu viele Gedanken.«

»Zum Beispiel?«

»Das werde ich dir auf keinen Fall erzählen!« Jamie schüttelte den Kopf, und ihre Locken sprangen auf und ab. »Sonst hältst du mich sicher für verrückt.«

»Ach, komm schon«, drängte David. »Wir befinden uns hier in einer einzigartigen Situation. Wir tun nur so, als wären wir zusammen, also können wir uns alles erzählen, was sich Paare niemals erzählen würden – zumindest nicht am Anfang der Beziehung.«

Ja, was sprach eigentlich dagegen, ehrlich zu sein? Es gab absolut keinen Grund, es nicht zu sein – nicht bei David. »Okay. Also, hier ist ein Beispiel: Als ich vorhin meinte, dass ich dich das nächste Mal in die Videospielhalle mitnehme, begannen meine Gedanken sofort verrücktzuspielen. Habe ich vielleicht geklungen, als wollte ich doch eine Beziehung mit ihm? Was, wenn er denkt, ich würde ihn bevormunden und Pläne für ihn machen?«

»Falls mir etwas gegen den Strich geht, dann sage ich es dir einfach«, erwiderte David.

»Siehst du?«, rief Jamie. »So sind die Männer! Ihr macht euch keine Gedanken darüber, wie das, was ihr sagt, aufgenommen werden könnte.«

»Willst du vielleicht mal versuchen, eine Zeit lang nicht zu denken? Wir könnten uns irgendetwas Stumpfsinniges im

Fernsehen ansehen und uns eine Pizza bestellen«, schlug David vor. »Und nur damit du den Vorschlag nicht analysieren musst: Ich will dich damit nicht ins Bett bekommen.«

»Das klingt gut«, antwortete Jamie. »Und damit sind das Fernsehen und die Pizza gemeint. Was hältst du eigentlich vom Pizzarand?«

»Ich finde, der Rand ist das Zweitbeste an der ganzen Pizza. Gleich nach dem Käse«, erwiderte David.

»Super. Dann kannst du meinen haben. Der Rand ist mir zu teigig, aber ich will ihn auch nicht wegwerfen.«

»Wir sind wirklich das perfekte Pseudo-Paar«, erwiderte David. »Und damit meine ich, dass es Spaß macht, unsere Nachbarn hinters Licht zu führen und gleichzeitig mit dir befreundet zu sein.«

»Genau«, stimmte Jamie ihm zu. »Und damit meine ich, dass ich das auch so empfinde.«

Mac schreckte aus dem Schlaf hoch und hatte einen Moment lang keine Ahnung, wo er war. Er hatte geträumt, dass seine Jamie weinte und er nicht zu ihr kommen konnte.

Dann aber wurde ihm klar, dass er zwischen David und Jamie auf der Couch lag. Und Jamie roch gut – zufrieden und kein bisschen einsam. David auch.

Trotzdem wurde er wieder unruhig. Er musste auch noch seine anderen Missionen zu Ende bringen. Später, wenn Jamie eingeschlafen war, würde er sich wieder auf den Weg machen. Er würde nicht ruhen, bis er allen geholfen hatte, die ihn brauchten.

Kapitel 15

rgendwie sind wir wie moderne Versionen von Mary und Rhoda. Außer, dass wir beide Rhoda wären«, meinte Jamie zu Ruby, als sie am nächsten Morgen auf einen Kaffee bei ihr vorbeischaute. »Ich fand es immer so toll, dass sie sich ohne bestimmten Grund gegenseitig besuchten.«

»Du bist doch viel zu jung, um die beiden zu kennen!«, erwiderte Ruby. »Selbst ich habe die *Mary Tyler Moore Show* nur als Wiederholung gesehen.«

»Meine Mum und ich haben die Serie geliebt. Wir haben sie uns immer gemeinsam angesehen. Weißt du was? Ich glaube, ich bin auch ein wenig wie Mary. Ich bin in eine neue Stadt gezogen und bereit, hier meine Spuren zu hinterlassen. Ich muss mir nur noch einen Hut besorgen, den ich in die Luft schleudern kann.«

»Da finde ich sicher den passenden für dich!«, lachte Ruby. »Hast du David eigentlich seit eurem Kinobesuch wiedergesehen?«

»Ja.« Jamie hätte nicht gedacht, dass es möglich wäre, aber sie grinste sogar noch breiter als auf dem Nachhauseweg von der Videospielhalle. »Er hat mir Cupcakes gebacken. Er meinte zu Marie, sie wären ›etwas Süßes für seine Süße‹, und sie waren sogar mit Katzentatzen verziert.«

»Vermutlich, weil du eine Katze hast«, meinte Ruby trocken.

»Okay, die Sache mit der ›Süßen‹ war übertrieben, aber der Rest ist doch nett, oder?«, fragte Jamie.

»Ja, das ist nett«, antwortete Ruby. »David ist nun mal ein netter Kerl.«

»Und ein wirklich toller Pseudo-Freund«, stimmte Jamie ihr zu und nippte an ihrem Rentier-Becher.

»Könnte er dann nicht …«

Ruby wurde von einem Klopfen an der Tür unterbrochen. »Ich komme später noch mal darauf zurück«, erklärte sie Jamie und verschwand, um wenige Augenblicke später mit Riley und Addison zurückzukehren. »Addisons Lehrer sind heute auf einer Fortbildungsveranstaltung, und Riley wollte bei ihrer Schwester zu Hause bleiben«, erklärte Ruby, während sie einen weiteren Becher Kaffee eingoss und ihn Addison gab. »Es gibt auch Milch und Zucker, wenn du möchtest.«

Addison stieß ein Grunzen aus, das beinahe wie das von Al klang. »Ist es okay, wenn Riley eine Weile hierbleibt?«

»Ja, natürlich! Wir wollten ohnehin eine Schule für Paula bauen.«

»Danke!« Addison nahm einen großen Schluck von ihrem schwarzen Kaffee. »Hey, Ri-Ri«, meinte sie schließlich, und ihre Stimme klang so fröhlich und beschwingt, wie Jamie es nie für möglich gehalten hätte. »Hast du Zachary in letzter Zeit mal bei uns gesehen?«

»Ja, mit dem großen Hund«, antwortete Riley.

»War das vor unserem Haus? Oder auf dem Bürgersteig?«, fragte Addison schon wieder ein wenig schroffer.

»Auf dem Bürgersteig«, antwortete Riley eilig und machte sich über den Erdnussbuttertoast her, den Ruby vor ihr abgestellt hatte.

»Möchtest du auch einen, Addison?«, fragte Ruby.

Addison schüttelte den Kopf. »Ich glaube, Zachary ist ein Stalker«, erklärte sie. »Neulich lag eines seiner T-Shirts vor meiner Haustür, also habe ich es ihm zurückgebracht. Aber heute war es schon wieder da. Und gestern hat er einen BH *gefunden* und dachte, er würde vielleicht mir gehören. Aber wie kam er auf die Idee? Er hat mich doch noch nie in Unterwäsche gesehen!«

»Etwas ist faul im Staate Dänemark«, meinte Ruby.

Addison runzelte die Stirn, und ihre fröhliche, beschwingte Stimme löste sich in Luft aus. »Was ist los?«

»Vergiss es. Ich meinte bloß, dass hier in letzter Zeit seltsame Dinge geschehen. Deshalb hat Hud ja seine Zentrale am Springbrunnen eingerichtet. Weil so viele Gegenstände an den seltsamsten Orten wiederaufgetaucht sind.«

»Wenn es dir damit besser geht, muss ich gestehen, dass mein Kater vermutlich derjenige ist, der das T-Shirt und den BH vor eure Türen gelegt hat, und nicht Zachary. Ich habe ihn auf frischer Tat ertappt. Ich dachte, ich hätte sein Schlupfloch gefunden, aber er scheint ein anderes entdeckt zu haben, denn es verschwinden immer noch Sachen«, erklärte Jamie. »Als ich heute Morgen hierherging, sah ich Helens Schwester. Sie muss es einfach gewesen sein. Sie ist dünner, und sie färbt sich im Gegensatz zu Helen die Haare, aber es ist offensichtlich, dass sie Zwillinge sind. Sie hat eine kleine Puppe zum Springbrunnen gebracht, und Hud machte sich eifrig Notizen.«

»Okay, dann ist Zachary vielleicht doch kein kranker Typ«, lenkte Addison ein.

»Wieso ist Zachary krank? Was hat er denn?«, fragte Riley und hielt ihren Toast vor Paulas Maul. Die Mähne des Plastikponys war bereits voller Erdnussbutter.

»Vergiss es! Ich schätze, ich bringe ihm das T-Shirt einfach zurück – wieder einmal«, seufzte Addison. »Bringen Sie Riley einfach nach Hause, wenn sie Ihnen zu sehr auf die Nerven geht, okay?«, meinte sie anschließend zu Ruby und verschwand.

Jamie holte ihr Handy heraus. »Riley, wäre es okay, wenn ich ein Foto von Paula mache?«, fragte sie.

Riley lächelte. »Klar, Paula wird gerne fotografiert.«

Jamie achtete darauf, dass sie die Erdnussbutter und die Stelle erwischte, die aussah, als hätte ein Kind beim Zahnen darauf herumgekaut. »Wie lange hast du das Pony eigentlich schon?«

»Schon seit immer. Paula hat Mommy in einem Laden einkaufen gesehen und ihr gesagt, dass sie einmal mir gehören will. Ich war noch in Mommys Bauch, aber Paula wusste, dass ich da war«, erklärte Riley und Jamie machte noch mehr Fotos von dem Mädchen und dem Pony. Es war offensichtlich, dass Paula Riley glücklich machte.

Riley hob den Blick und sah Ruby an. »Können wir wieder Rodeo spielen?«

»Sicher«, antwortete Ruby, und Rileys Augen begannen zu leuchten. Ganz offensichtlich machte Ruby Riley ebenfalls glücklich – und ihr verrückter, diebischer Kater hatte die beiden zusammengebracht.

Hast du Lust, mit mir ins Museum of Jurassic Technology zu gehen?

Jamie starrte einen Moment lang auf die Nachricht, die sie gerade getippt hatte, dann drückte sie auf »Senden«. David war nur ihr Pseudo-Freund, daher musste sie sich nicht mit der Frage verrückt machen, ob es ihn womöglich nervte, dass sie die Initiative ergriff und ihn einlud, etwas mit ihr zu unternehmen.

Klar, das wollte ich mir immer schon mal ansehen und bin nie dazu gekommen. Wann?

Sie lächelte, als sie ihre Antwort tippte:

Öffnungszeiten heute von 14–20 Uhr und Fr.–Son. von 12–18 Uhr.

Soll ich dich um 15 Uhr abholen?

Ja, gerne!

Jamie legte ihr Handy beiseite und versuchte die zitternde Vorfreude zu unterdrücken, die sie plötzlich verspürte. Gute Freunde empfanden keine »zitternde Vorfreude«, wenn sie sich trafen – und genau das würde heute um drei passieren: Sie traf sich mit einem guten Freund, um etwas zu unternehmen.

Sie schlenderte vom Wohnzimmer in die Küche und wieder zurück. Mac döste in der Sonne und wirkte so entspannt, dass sie ihn nicht wecken wollte, um ein wenig mit ihm zu spielen. Stattdessen holte sie ein großes orangefarbenes Stück Karton aus ihrem Schrank und legte es auf den Küchentisch. Sie wollte ein Plakat mit Zitaten und Bildern gestalten, die sie inspirierend fand. Sie hatte irgendwo gelesen, dass ihr so etwas vielleicht helfen würde, herauszufinden, was sie mit ihrem Leben anfangen wollte.

Jamie holte ihren Laptop und scrollte sich durch die zahllosen Bilder von Surfern auf ihrem Board. Sie hatte mittlerweile zwei weitere Unterrichtsstunden hinter sich, und sie liebte das Gefühl, das sich beim Surfen einstellte – nicht unbedingt, dass am nächsten Tag ihr ganzer Körper schmerzte, sondern vielmehr den Rausch, in den sie geriet, und die Gewissheit, etwas erreicht zu haben. Sie fand mehrere echt tolle Fotos, die den Nervenkitzel beim Surfen sehr gut vermittelten, doch keines war für ihr Plakat geeignet.

Sie holte ihr Handy und öffnete den Ordner mit den L.A.-Fotos. Da war ein Bild von Kylie. Ihr Board lag im Sand, und sie zeigte Jamie gerade die richtige Körperhaltung. Ihr Gesicht strahlte, und es war offensichtlich, dass sie ihre Arbeit liebte.

Jamie lud sämtliche Fotos auf ihren Laptop und öffnete das

Bild von Kylie erneut. Es war wirklich toll – auch wenn sie sonst nicht viel von Eigenlob hielt. Was, wenn sie es ein wenig bearbeitete? Wie würde es in Technicolor aussehen? Jamie liebte diese alten Filme mit den gesättigten, unnatürlichen Farben, die so viele Emotionen transportierten.

Sie hatte sich zwar auf dem College ein wenig mit digitaler Bildbearbeitung beschäftigt, doch seitdem hatte sie nichts mehr in dieser Richtung getan. Sie brauchte auf jeden Fall eine kleine Auffrischung, also öffnete sie Google und stieß gleich darauf auf ein Lehrvideo auf YouTube, das sie schließlich zu zahllosen weiteren interessanten Videos führte.

Sie fuhr hoch, als es plötzlich an der Tür klopfte, und als sie einen Blick auf die Uhr warf, konnte sie es kaum glauben: Es war kurz nach drei!

Jamie hastete zur Tür und öffnete sie. »Tut mir leid, aber ich bin noch nicht fertig.« Sie trug noch nicht einmal Schuhe. »Ich war so vertieft, dass ich die Zeit vergessen habe.«

»Nur keine Eile«, erwiderte David. »Du hast ja geschrieben, dass das Museum erst um acht schließt. Wie bist du eigentlich so schnell darauf gestoßen? Es gehört ja nicht gerade zum Mainstream.«

»Im Internet natürlich«, erwiderte Jamie und musterte die kleine weiße Bäckertüte in Davids Hand. »Ist die für mich?« Sie griff danach, doch er hob sie in die Höhe. »Pfoten weg! Die sind für die Katze. Ich war heute in Experimentierlaune und dachte, ich versuche mich mal an Katzenleckerlis.«

Sobald er das zweite Mal das Wort »Katze« ausgesprochen hatte, wand Mac sich auch schon um seine Knöchel. David holte ein kleines Häppchen in Form eines Fisches hervor und gab es dem Kater.

»Er hat nur zwei Mal daran geschnuppert, bevor er es gefressen hat. Das bedeutet, du bekommst fünf Sterne«, erklärte

Jamie. »Fühl dich einfach wie zu Hause, ich bin in ein paar Minuten fertig.«

»Nur keine Eile!«, meinte David erneut.

Jamie hastete ins Schlafzimmer und betrachtete sich in dem mannshohen Spiegel an der Schrankinnentür. Ihre Haare waren eine Katastrophe. Sie hatte die Angewohnheit, mit den Fingern hindurchzufahren, wenn sie nachdachte. Aber abgesehen von den Haaren, sah sie ganz okay aus. Sie trug ihre Lieblingsjeans und ihr Lieblingsshirt mit dem verrückten Muster, das sie im Internet gefunden hatte. Sie schlüpfte in ein Paar Sandalen und versuchte das Beste aus dem lockigen Chaos zu machen, das auf ihrem Kopf wucherte. Anschließend legte sie etwas Lippenstift auf und kehrte zu David zurück.

Er fütterte Mac immer noch mit den mitgebrachten Leckerlis und sah sich das Foto an, mit dem sie experimentiert hatte. »Ich hoffe, es ist okay, dass ich mir das hier angesehen habe! Hast du daran gearbeitet, als ich herkam?«

Jamie nickte. »Entschuldige noch mal, dass ich …«

David winkte ab. »Toll, was du aus dem Foto gemacht hast. Diese Technicolor-Färbung aus den Fünfzigern. Ist das deine Surftrainerin?«

»Ja. Sie ist schon von Natur aus großartig, aber ich dachte, die Farbe würde sie noch großartiger machen«, erklärte Jamie. »Kylie wirkt damit so überschwänglich, wie sie es auch in Wirklichkeit ist. Sie ist wahnsinnig ausgelassen, wenn sie unterrichtet – und auch privat.«

»Das hast du wunderbar eingefangen«, erklärte David. »Hast du sonst noch etwas?«

»Ich habe Tausende Fotos gemacht, seit ich hierhergezogen bin, aber das hier ist das erste, mit dem ich ein bisschen herumgespielt habe«, antwortete Jamie und startete die Slideshow, um ihm auch noch die anderen Bilder zu zeigen.

»Die sind echt gut! Auf dem Foto, wo sie an dem Stall für das Pony arbeitet, hast du Ruby genauso eingefangen, wie sie wirklich ist.« David hielt die Slideshow an, damit er sich die Bilder genauer ansehen konnte. »Sieht so aus, als würden dich vor allem Menschen interessieren. Obwohl mir das Bild mit der Ratte auch sehr gut gefällt – ich würde es mir zwar nicht unbedingt an die Wand hängen, aber es ist ein Hingucker.«

Jamie lachte. »Die Ratte ist plötzlich aufgetaucht, und mir gefiel der Kontrast. Aber du hast recht, ich habe vor allem Menschen fotografiert. Im Grunde sind es Leute, die ihren Job lieben.« Sie klickte auf das nächste Bild. »Dieser Kerl sitzt zum Beispiel am Venice Beach und gibt den Leuten schlechte Ratschläge. Ich habe auf der Promenade viele Menschen getroffen, die glücklich sind mit dem, was sie tun. Egal, ob sie Namen von Passanten auf Reiskörner malen oder sonst was machen. Vermutlich habe ich sie deshalb fotografiert, weil ich ständig darüber nachdenke, was ich einmal machen will.«

»Wirst du den Rest auch noch bearbeiten?«

Mac sprang auf den Tisch und legte sich auf die Tastatur des Laptops, sodass die Hälfte des Bildschirmes verdeckt war. Doch David lockte ihn mit einem weiteren Leckerbissen wieder herunter und betrachtete das nächste Bild. Es zeigte Wonder Woman vor dem Grauman's Chinese Theater.

»Darüber habe ich eigentlich noch gar nicht nachgedacht«, erwiderte Jamie, aber sie spürte bereits das Verlangen, Wonder Womans Augen knallblau, ihre Lippen rot und die Haare schwarzblau zu färben. Außerdem konnte sie vielleicht auch noch die Kleider der Touristen aufpeppen – zu dem kleinen blonden Mädchen würden lavendelfarbige Chucks passen, und …

»Aber du siehst es bereits vor dir, oder?«, fragte David. »Ich kann beinahe sehen, wie die Ideen in deinem Kopf herumschwirren. Würdest du den Museumsbesuch gerne verschieben und hier weitermachen?«

Eine solche Frage hätte ihr Ex-Freund – die Klette – sicher nie gestellt.

»Nein, das Museum hat ja nur an ein paar Tagen die Woche geöffnet. Außerdem stehen wir noch ganz am Anfang unserer Pseudo-Beziehung. Wir sollten also so viel Zeit wie möglich miteinander verbringen, wenn wir überzeugend sein wollen.«

»Aber wir sprechen hier doch von einem *Museumsbesuch*. Wenn ich überzeugend sein wollte, dürftest du nicht …« David brach mitten im Satz ab.

»Was dürfte ich nicht?«, fragte Jamie.

»Wir sollten jetzt lieber gehen. Wenn wir in den Berufsverkehr kommen, brauchen wir doppelt so lange nach Culver City«, meinte David.

»Also, ich bin so weit.« Jamie klappte ihren Laptop zu, damit Mac sich nicht wieder auf die Tastatur legen konnte. »Aber was wolltest du vorhin sagen? Was sollten wir tun, um überzeugend zu wirken? Wir wollen ja nicht, dass Helen, Marie oder deine Freunde Verdacht schöpfen.«

»Ich wollte sagen, wenn ich überzeugend sein wollte, dürftest du das Schlafzimmer nicht mehr verlassen – zumindest die ersten paar Monate nicht«, gab David zu.

»Du bringst mir ein paar gefüllte Cupcakes und glaubst, dass ich daraufhin gleich mit dir ins Bett gehe?«, scherzte Jamie und versuchte, unbeeindruckt zu klingen, obwohl die Schmetterlinge in ihrem Bauch verrücktspielten, wenn sie sich David in ihrem Bett vorstellte.

»Ich habe dich auch auf einen Drink eingeladen«, erinnerte David sie auf dem Weg zur Haustür. »*Außerdem* waren wir zusammen im Kino *und* haben zusammen zu Abend gegessen.«

»Nein, haben wir nicht!«, widersprach Jamie.

»Doch, die Pizza. Meine war sogar mit doppeltem Rand«, erwiderte David. »Aber wenn ich's mir genau überlege, haben wir vielleicht doch noch nicht miteinander geschlafen. Ich habe immerhin noch keine Vorspeise mit weißen Trüffeln und auch keine sündhaft teure Flasche Wein von dir bekommen.«

»Du bist nicht leicht rumzukriegen. Das ist gut zu wissen – immerhin bist du mein Pseudo-Freund«, meinte Jamie und beschloss das Thema fallen zu lassen. Die Schmetterlinge in ihrem Bauch brauchten eine kleine Pause.

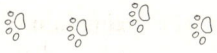

Die Ausstellungsstücke im *Museum of Jurassic Technology* waren bizarr und faszinierend, doch David ertappte sich dabei, dass er Jamie mindestens genauso oft betrachtete. Seit sie darüber gesprochen hatten, ob das Pseudo-Paar David und Jamie eigentlich schon Sex hatte, musste er ständig daran denken, wie es wäre, mit ihr zu schlafen. Zwar waren ihm solche Gedanken auch schon früher ab und zu gekommen, aber jetzt konnte er sie einfach nicht mehr abstellen, und Jamies enge Jeans waren auch keine große Hilfe.

Jamie las den Titel des nächsten Objektes laut vor: »Alles ist durch geheime Knoten miteinander verbunden.« Sie hob den Blick. »Das gefällt mir. Sehr poetisch.« Sie betrachtete die weißen Wachsfiguren, die in mehreren Glaskugeln eingeschlossen im Wasser schwebten. »In den Wachsfiguren befinden sich Magnete, und die Kurbel in der Mitte setzt einen weiteren Magnet in Bewegung, weshalb man mit diesem Gerät die Zukunft voraussagen kann. Glaube ich zumindest. Dieser Ort lässt mich an allem zweifeln und gleichzeitig an alles glauben. Ich bin echt froh, dass wir hierhergekommen sind.«

»Ich auch.« Er hatte sich sehr über ihre Nachricht gefreut. Er hatte in der Zwischenzeit erkannt, dass sein Freundeskreis nur noch aus Adam und Lucy – und Zachary – bestand, und das war natürlich allein seine Schuld. Nach Clarissas Tod hatte er die Einladungen seiner Freunde so lange ausgeschlagen, bis sie schließlich ganz ausgeblieben waren. Jamie hatte ihm bewusst gemacht, dass er wieder bereit war, in seinem Leben auch Platz für andere Menschen zu schaffen.

»Entschuldigung«, meinte ein junger Brite mit Porkpie-Hut, der sich gerade an ihnen vorbeidrängte. Die Ausstellungsräume waren klein und vollgestopft, und David rückte näher an Jamie heran, um den Mann vorbeizulassen. Er nahm den zitronig süßen Hauch ihres Shampoos wahr, und das reichte aus, dass er wieder an Sex dachte.

Plötzlich drang ein gellendes Jaulen und Knurren aus einem der Räume, in dem sie bereits gewesen waren. Es stammte von einem präparierten Fuchskopf, der sich in einem gläsernen Schaukasten befand. Durch eine Spezialbrille konnten die Besucher direkt in den Kopf hineinsehen, doch anstatt eines Kehlkopfes mit vibrierenden Stimmbändern sah man das Hologramm eines Mannes, der die Geräusche des Fuchses nachahmte und dabei eigentlich gar nicht wie ein Fuchs klang.

»Ich bin mir nicht sicher, ob mich die Laute mehr oder weniger verstören, nachdem ich den Mann gesehen habe«, meinte Jamie über das schrille Knurren hinweg.

»Also ich finde sie definitiv jetzt verstörender«, erklärte David und zwang sich, einen Schritt zurückzutreten. Es war niemand da, den sie kannten – weder Marie noch Helen, Adam oder Lucy –, und es bestand kein Grund, die Show aufrechtzuerhalten. Abgesehen von dem Wunsch, Jamie nahe zu sein und ihren Duft einzuatmen.

»Ich glaube, ich brauche eine Pause. Langsam tut mir der Kopf weh. Ich habe gelesen, dass es im zweiten Stock ein Café gibt. Sollen wir mal gucken?«, fragte Jamie.

»Sicher!« David folgte ihr einen düsteren Flur entlang und eine Treppe hoch. Das Café war menschenleer, doch ein paar Sekunden später tauchte wie aus dem Nichts eine vollkommen in Schwarz und Grau gekleidete Frau mit zwei Bechern Tee auf, als hätte sie bereits gewusst, dass sie kommen würden. Sie deutete auf einen dunklen Holztisch mit einem ausladenden Zierdeckchen in der Mitte, stellte die Teebecher darauf ab und verschwand wortlos. Einige Augenblicke später kehrte sie mit einem Teller Plätzchen zurück, stellte ihn ab und verschwand erneut.

Jamie lachte. »Ich wette, sie mag ihren Job. Man landet nicht an einem Ort wie diesem, wenn man ihn nicht zu schätzen weiß. Ich würde sie gerne fotografieren, aber ich habe ja kein Handy dabei.« Im Museum waren keine Mobiltelefone erlaubt. »Aber ich würde gerne den Mann kennenlernen, der das Museum gegründet hat. Er hat es sicher aus Leidenschaft gemacht.«

David nickte. »Vermutlich hat er es nicht gemacht, um Geld damit zu verdienen. Vielleicht war es mit der Zeit ein angenehmer Nebeneffekt, aber er wollte wohl einfach seinen Traum verwirklichen.«

»Ich beneide jeden, der so starke Visionen hat«, meinte Jamie. »Ich meine, es macht mir Spaß, Neues zu entdecken, aber ich kann mich nicht festlegen. Bis jetzt habe ich mir vor allem angesehen, was andere Menschen aus ihrem Leben gemacht haben.«

»Und du hast Fotos von ihnen gemacht. Du hast ihnen deine Aufmerksamkeit geschenkt. Du hast ihnen Wertschätzung entgegengebracht«, erwiderte David. »Das ist es, was ich in dir sehe. Ich sehe, wie fokussiert du bist, obwohl du erst so kurze

Zeit hier bist. Ich sehe, dass du es in dir hast, deine eigene Version von *Humans of New York* zu erschaffen.«

»Wirklich?«

»Ja, wirklich! Du könntest Fotos und Geschichten von Menschen sammeln, die ihre Leidenschaft zum Beruf gemacht haben – egal, ob sie nun Surfunterricht geben oder ein Museum wie dieses eröffnet haben«, erwiderte David. »Du hast sogar schon damit angefangen. Ich habe es vorhin ernst gemeint, dass die Technicolor-Färbung des Fotos von deiner Surftrainerin großartig ist. Du könntest mit einem Blog beginnen oder die Fotos auf Instagram oder Facebook posten.«

»Es wäre einfach toll, wenn mich mein Job an Orte wie diesen führen würde«, überlegte Jamie.

Ihre braunen Augen leuchteten vor Aufregung, und ihre Wangen glühten. David sehnte sich danach, mit den Fingern darüber zu streichen und ihre Wärme zu spüren.

»Wenn du dich jetzt sehen könntest, würdest du ein Foto von dir selbst machen wollen!«, meinte David und versuchte, das Verlangen zu ignorieren, ihr Gesicht zu berühren. Und ihre Brüste. Und ihre … Schluss damit! Sie waren *Freunde*, die sich gegenseitig einen Gefallen taten, indem sie so taten, als wären sie mehr als das. Wann würde er das endlich kapieren?

Jamie lehnte sich über den Tisch und legte eine Hand auf seine. »Danke, David. Einfach danke. Die Antwort lag die ganze Zeit direkt vor meiner Nase, aber ohne dich hätte ich sie wahrscheinlich nicht gesehen.« Sie drückte seine Hand, bevor sie nach ihrem Tee griff. »Ich habe zwar keine Ahnung, ob ich wirklich davon leben kann, wie der Kerl von *Humans of New York*, aber das ist im Grunde doch egal, oder? Ich werde die Fotos posten, weil mich diese Menschen inspirieren – und vielleicht inspirieren sie auch andere.« Sie hielt inne, um zwischendurch auch mal Luft zu holen. »Hey, darf ich dich vielleicht auch mal beim Backen fotografieren? Du gehörst doch auch zu den Leuten, die ihren Job lieben.«

»Klar, jederzeit«, erwiderte David.

»Wie wäre es mit jetzt gleich?«, fragte Jamie. »Deine kleine Rede hat mir Lust auf mehr gemacht.«

»Klar, jetzt gleich ist auch okay«, antwortete er.

Etwa eineinhalb Stunden später standen sie in Davids Backstube. Er rührte gerade einen Teelöffel Sake in einen Topf mit entsteinten Pflaumen. »Man gibt den Sake löffelweise dazu«, erklärte er Jamie, während sie Fotos machte. »So bleibt der Alkoholgeschmack dezent und haut einen nicht gleich um.«

Er rührte weiter, dann holte er einen Löffel Pflaumensoße aus dem Topf. »Willst du mal probieren?«

Jamie legte ihr Handy beiseite und trat neben ihn. Er hob den Löffel an ihre Lippen und meinte: »Vielleicht solltest du vorher noch ein wenig pusten.«

Sie folgte seinem Ratschlag und sein Blick wanderte zu ihren Lippen, wobei er natürlich erneut daran denken musste, wie es wäre, mit ihr zu schlafen. Er fühlte sich wie ein Teenager. Alles, was sie tat, erinnerte ihn an Sex. Obwohl vermutlich sogar ein Achtzigjähriger hart geworden wäre, als sie zaghaft die Zunge herausstreckte, um sicherzugehen, dass die Soße nicht zu heiß war.

»Ich glaube, etwas mehr Sake wäre nicht schlecht«, meinte Jamie.

David war froh, dass er einen Grund hatte, sich abzuwenden. Er gab einen weiteren Teelöffel in den Topf und begann erneut zu rühren.

»Woher stammen eigentlich die Ideen für deine neuen Rezepte?«, fragte Jamie und begann erneut, Fotos von ihm zu schießen.

»Manchmal inspirieren mich besondere Menschen, für die ich dann eigene Kreationen backe«, antwortete David. »Zum Beispiel Cupcakes mit Katzenpfoten.«

Jamie lächelte, ohne ihr Handy zu senken. »Ah. Interessant. Und sonst?«

»Ich sehe mich gerne in kleinen Läden um und mache mich auf die Suche nach dem Besonderen«, erwiderte David. »Neulich habe ich zum Beispiel in einem kleinen Laden am Sawtelle Boulevard Sesamsamen mit Pflaumen- und Wasabigeschmack entdeckt. Ich wollte die Samen unbedingt für ein neues Rezept verwenden und habe mich für Mandelteig als Grundmasse entschieden, um die Aromen richtig gut zur Geltung zu bringen. Außerdem backe ich in letzter Zeit öfter alkoholhaltige Cupcakes für eine Bar in der Nähe, und so kam der Sake ins Spiel. Er unterstreicht das Pflaumenaroma der Sesamsamen.« Dieses Mal probierte er selbst. »Nur damit du es weißt: Normalerweise nehme ich jedes Mal einen neuen Löffel, aber nachdem du ja jetzt meine Freundin bist, macht es dir hoffentlich nichts aus?« Er fügte noch einen Teelöffel Sake hinzu.

»Nein, ich glaube nicht. Du weigerst dich zwar, mit mir zu schlafen, weil ich dich noch nicht zum Essen eingeladen habe, aber wir haben vermutlich schon mal Speichel ausgetauscht«, neckte Jamie ihn. David beschloss, nicht weiter darauf einzugehen.

»Ich glaube, so passt es.« David rührte Maisstärke und Zucker in die Soße. »Eine Kostprobe ist aber trotzdem noch nötig. Was meinst du? Süß genug?« Er hielt ihr den Löffel entgegen, und Jamie nippte daran.

»Ein bisschen mehr«, meinte sie schließlich.

David rührte noch ein wenig Zucker unter, bevor er den Backofen öffnete, um nach den Muffins zu sehen. »Sie sind gerade fertig geworden. Aber wir müssen warten, bis sie ein wenig abgekühlt sind, bevor wir die kegelförmigen Löcher für die Füllung herausschneiden. Willst du noch etwas Sake, während wir warten? Und vielleicht dieses Mal in einem Glas statt auf einem Löffel?«

»Klar.« Jamie legte ihr Handy beiseite.

»Eigentlich gibt es hier unten gar keine richtigen Gläser.« David griff nach einem sauberen Messbecher aus Glas und füllte etwas Sake ein, bevor er ihn Jamie gab und sich selbst ebenfalls einen holte. »*Kanpai!*« Er stieß mit Jamie an.

»*Kanpai*«, wiederholte sie und schwang sich auf einen der Holztische. »Ist es okay, wenn ich hier sitze?«

»Auf jeden Fall.« Er setzte sich neben sie. »Hast du gewusst, dass es einen traditionellen japanischen Trinkspruch gibt, der übersetzt ›du bist müde‹ bedeutet? Das ist in Japan ein großes Kompliment, denn es zeigt, dass man hart gearbeitet hat.«

»Immer noch besser als ›Ex und hopp‹«, erwiderte Jamie und nippte an ihrem Messbecher. David bemerkte, dass sie sein Gesicht nicht aus den Augen ließ.

»Du starrst mich an«, erklärte er.

Jamie blinzelte. »Tut mir leid. Ich habe gerade überlegt, wie ich deine Fotos bearbeiten werde. Ich bin mir nicht sicher, ob die Technicolor-Färbung zu ihnen passt. Aber ich habe da einen Effekt gesehen, der alles ein wenig verträumt wirken lässt. Vielleicht …« Sie schüttelte den Kopf. »Okay, nein. Wenn ich mir deine spontane Reaktion so ansehe, findest du das offensichtlich nicht so toll.«

»Das habe ich doch gar nicht gesagt!«, protestierte David. Obwohl sie natürlich recht hatte. Weichgezeichnete, verträumte Bilder wären ihm wirklich peinlich – und er durfte auf keinen Fall zulassen, dass Adam sie zu Gesicht bekam.

»Es gibt auch die Möglichkeit, alles in 80er-Neonfarben zu tauchen …«

»Ja, das klingt eher nach mir! Billy Idol, der Bäcker«, erwiderte David und sang lautstark »More, more, more« aus *Rebel Yell*. Jamie lachte, und er drückte ihr einen schnellen Kuss auf die Lippen.

»Ähh ...« Jamie wusste scheinbar nicht, wie sie darauf reagieren sollte.

»Du warst doch diejenige, die meinte, dass sich unser Pseudo-Paar Jamie und David bereits geküsst hat«, erinnerte David sie. »Ich will nicht, dass es ungelenk wirkt, falls ich dich einmal vor Marie und Helen küssen muss. So, als hätten wir es noch nie getan.« Das war eine bessere Begründung als die Tatsache, dass er es nicht geschafft hatte, noch länger gegen den Drang anzukämpfen.

»Ahh.« Sie nickte. »Und welche Umstände würden es erfordern, dass du mich vor Marie und Helen küssen musst?« Sie klang amüsiert, wirkte aber immer noch ein wenig überrascht.

»Wenn ich dich zum Beispiel nach dem Abendessen nach Hause bringe und sie draußen auf der Veranda stehen oder durchs Fenster schauen«, antwortete David.

»Ja, sie sehen tatsächlich alles«, stimmte Jamie ihm zu, rückte ein wenig näher, zog seinen Kopf zu sich und küsste ihn. Es war ein langer und zärtlicher Kuss, der ein Feuer entfachte, das seinen ganzen Körper in Besitz nahm. Dann löste sie sich von ihm, sprang vom Tisch und goss sich noch etwas Sake ein. »Das fühlte sich doch eher wie ein Gutenachtkuss an, oder?«, fragte sie und warf ihm über die Schulter einen Blick zu.

David hüpfte ebenfalls vom Tisch, nahm Jamie den Messbecher aus der Hand, stellte ihn beiseite und zog sie an sich – und dann küsste er sie, wie er sie schon den ganzen Tag über hatte küssen wollen, und seine Hände wanderten ihren Rücken hinunter. Als eine Hand schließlich ihren Hintern umfassen wollte, trat sie einen Schritt zurück. »Nein!«, meinte sie und klang ein wenig atemlos. »Du kannst mir doch nicht vor den alten Damen an den Hintern fassen!«

»Ja, da hast du recht. Vollkommen recht«, stammelte David. Ihm wollte einfach nichts anderes einfallen, doch irgendwie schaffte er es dann doch: »Ich sehe mal nach, ob die Cupcakes schon kalt genug sind, um weiterzumachen …«

Mac begann bereits zu schnurren, bevor Jamie überhaupt die Tür geöffnet hatte. Er roch nicht mal mehr einen Hauch der Einsamkeit an ihr, die sie so lange an sich getragen hatte und selbst dann nicht losgeworden war, wenn sie mit anderen Menschen zusammen gewesen war.

Er stupste sie an, und sie hob ihn hoch und wirbelte ihn herum. Er roch, dass sie mit dem Mann zusammen gewesen war, der mit dem Dummkopf zusammenwohnte. Mac hatte also die richtige Wahl getroffen!

Jamie sollte ihm in Zukunft überhaupt sämtliche wichtigen Entscheidungen überlassen. Zum Beispiel sollte sie öfter Sardinen essen und ihm welche abgeben. Es war herrlich, wenn die Gräten so schön knackten.

Seine Mission war abgeschlossen. Jamie war glücklicher als je zuvor, und Mac fühlte sich, als hätte er sich gerade in Katzenminze gewälzt. Doch er wollte mehr davon. Viel mehr. Und er wusste auch schon, wie. Er musste nur warten, bis Jamie eingeschlafen war.

Kapitel 16

Am nächsten Vormittag saß Jamie wieder vor ihrem Computer, als es an der Tür klopfte. Sie hatte gerade versucht, ein Foto von David in eine Art Albumcover von Billy Idol zu verwandeln, indem sie die Hälfte seines Gesichtes mit roten, diagonal verlaufenden Strichen schraffiert hatte. Mittlerweile hatte sie sich zahllose Lehrvideos über versteckte Features auf ihrem iPhone angesehen und einige Apps heruntergeladen, um noch mehr Bearbeitungsmöglichkeiten zu haben.

Als sie die Tür öffnete, stand Ruby vor ihr. »Ich habe Eiskaffee dabei. Ich kann am Nachmittag einfach keinen heißen Kaffee mehr trinken«, erklärte sie.

Jamie fiel auf, dass die Sonne bereits hoch am Himmel stand. »Wie spät ist es denn?«

»Kurz nach eins«, antwortete Ruby.

»Und ich dachte, es wäre erst zehn. Ich bin um sechs aufgestanden und kann kaum glauben, dass ich so lange gearbeitet habe«, meinte Jamie.

»Geh mal zur Seite und lass mich rein, sonst erwischt uns Hud, und wir müssen zum Verhör«, drängte Ruby.

Jamie trat folgsam zurück, und als Ruby an ihr vorbeihuschte, riss sie erstaunt die Augen auf. Der Rand des Springbrunnens war kaum noch zu sehen. Es kamen zwar auch sonst jeden Tag neue Sachen dazu, aber heute waren es mehr als *zwanzig*. Unterhosen in vielen verschiedenen Größen, Schnitten und Farben; eine Stoffpuppe; ein Kanye-T-Shirt; und ein langer Ohrring mit funkelnden – hoffentlich unechten – Steinen. Sie wollte nicht, dass Mac etwas wirklich Wertvolles klaute. Mehrere Leute wanderten langsam um den Springbrunnen herum und betrachteten die Fundstücke.

»Beeil dich und mach die Tür zu«, befahl Ruby – doch es war zu spät. »Einen Moment, junge Dame!«, rief Hud. »Ich habe mich gefragt, wo Sie und Ihr Kater wohl gestern Nacht waren? Sagen wir von Sonnenuntergang bis Sonnenaufgang?« Er warf einen Blick auf Ruby. »Und Ihre Komplizin möchte ich auch gleich befragen.«

»Ich war um circa halb elf zu Hause«, antwortete Jamie. »Und mein Kater …« Sie sah zum Springbrunnen hinüber. »Mein Kater war vermutlich auf Diebestour. Ich habe sein Schlupfloch noch nicht gefunden, sonst hätte ich ihn aufgehalten.«

Der geschiedene Mann mit der orangefarbenen Badehose eilte über den Platz und legte einen Seidenstrumpf auf den Rand des Springbrunnens. »Den hab ich heute Morgen vor meiner Tür gefunden«, rief er Hud zu und machte sich wieder aus dem Staub.

»Warum sagen Sie mir nicht endlich die Wahrheit? Wir wissen doch beide, dass Ihr Kater das nicht alleine schaffen würde.« Hud deutete auf den Springbrunnen. »Er hatte auf jeden Fall Hilfe.« Er schob seine Sonnenbrille hinunter und musterte Jamie eindringlich, bevor sein Blick zu Ruby wanderte.

»*Du* bist doch hier der Detektiv. Zumindest im Fernsehen«, meinte Ruby. »Solltest du nicht Indizien und Beweise sammeln? Du kannst dich doch nicht darauf verlassen, dass wir dir alles erzählen – zumindest nicht, wenn du so gut bist, wie du behauptest.«

»Ihr denkt wohl, ihr könnt so lange am Köder knabbern, bis der Haken leer ist, was? Und das geht auch eine Zeit lang gut – aber nur ein kleiner Fehler und ihr seid mein nächstes Abendbrot«, antwortete Hud. »Wir sehen uns dann zum Essen!« Und damit stolzierte er davon.

Jamie schloss die Tür. »Ich muss herausfinden, wie Mac abhaut. Ich versuche schon immer, wach zu bleiben und ihn auf frischer Tat zu ertappen, aber er ist einfach zu raffiniert.«

»Mach dir keine Gedanken deswegen. Das ist doch harmlos. Mac sorgt wenigstens für Unterhaltung in der Nachbarschaft.« Ruby stellte die beiden Kaffeebecher auf dem Küchentisch ab. »Woran hast du denn gearbeitet, dass du dermaßen die Zeit vergessen hast?«

»Daran.« Jamie drehte den Laptop herum, sodass ihre Freundin das Foto von David sehen konnte.

»Ich liebe es!«, rief Ruby.

»Ich habe gestern einige Fotos von David beim Backen gemacht. Er hat mich auf die Idee gebracht. Er hat ein Foto von Kylie gesehen, mit dem ich ein bisschen herumgespielt hatte, und schlug mir vor, eine Serie über Menschen mit verschiedenen Jobs zu machen. Menschen, die ihre Arbeit lieben. Ein wenig, wie bei *Humans* …«

»… *of New York*«, vervollständigte Ruby. »Das ist brillant!«

Ihr Handy wieherte, und sie las die eingegangene Nachricht. »Addison will Riley am Nachmittag zu mir bringen.« Sie tippte eine Antwort.

»Das war gerade ein Ja, oder?«, lachte Jamie.

»Ja, klar. Ich habe sie gerne bei mir. Es ist ein richtiger Kick, die Welt mit den Augen einer Vierjährigen zu sehen. Also, dann willst du weiter Leute bei der Arbeit fotografieren?«

»Ja, und ich möchte noch einmal zurück und mit allen reden. Mal sehen, ob ich herausfinden kann, wie sie zu ihren Jobs gekommen sind«, antwortete Jamie. »Mit Kylie kann ich mich ja während meiner nächsten Stunde unterhalten, und mit den Leuten, die ich am Venice Beach fotografiert habe, sollte es auch kein Problem sein – solange ich genügend Kleingeld dabeihabe. Sie erwarten natürlich alle eine Gage. Aber warum auch nicht?«

»Da hatte David ja wirklich die perfekte Idee für dich. Wie oft warst du mittlerweile eigentlich schon mit ihm aus?«, fragte Ruby.

»Ich gehe nicht mit ihm aus«, widersprach Jamie. »Wir verbringen bloß Zeit miteinander, damit seine Freunde und Marie und Helen endlich aufhören, uns zu verkuppeln. Wir beide haben uns doch seit der Enthauptung der Lebkuchenmänner auch beinahe jeden Tag gesehen – und das ist im Grunde dasselbe.«

Abgesehen davon, dass wir uns geküsst haben. Jamie spürte, wie sich die Hitze in ihren Wangen – oder besser gesagt in ihrem ganzen Körper – ausbreitete, wenn sie nur daran dachte.

Ruby zeigte mit dem Finger auf sie. »Du hast mit ihm geschlafen!«

»Nein, hab ich nicht!«, rief Jamie.

Ruby hob die Augenbrauen und sah sie erwartungsvoll an.

»Okay, wir haben uns ein paarmal geküsst«, gab Jamie zu. »Aber nur, damit es natürlich wirkt, falls wir uns einmal vor jemandem küssen müssen.«

Ruby begann zu lachen – und als sie endlich wieder damit aufhören konnte, meinte sie: »Ihr beide seid echt lächerlich! Wann gebt ihr endlich zu, dass keiner von euch das nur deshalb tut, damit die Leute euch nicht mehr verkuppeln?«

»Wann musstest *du* Marie das letzte Mal widersprechen?«, konterte Jamie. »Oder bist in einen Wettstreit zwischen Helen und ihr geraten? Davids Idee, dass wir so tun, als würden wir miteinander ausgehen, hat sämtliche Probleme gelöst.«

»Hey, mach doch mal die Augen auf! Ihr *tut* nicht mehr nur so ...«

»Doch, das tun wir! Ich will mich in diesem Jahr ausschließlich auf mich selbst konzentrieren«, entgegnete Jamie. »Und jetzt gibt es da auch noch dieses unglaubliche Projekt ...«

»Das eigentlich Davids Idee war«, erinnerte Ruby sie.

»Ja, klar war es Davids Idee. David, der noch nicht bereit ist, mit jemandem auszugehen, weil er immer noch um seine Frau trauert.« Jamie nahm einen großen Schluck Kaffee und wäre dabei fast an einem Eiswürfel erstickt.

»Jamie, ich war mit Clarissa befreundet. Sie war eine wunderbare Frau, und ihr Tod hat David das Herz gebrochen. Aber er würde dich nicht ›zu Übungszwecken‹ küssen, wenn er nicht bereit für etwas Neues wäre. Und du würdest es nicht tun, wenn du davon überzeugt wärst, dass du wirklich keinen Mann haben willst. Das muss dir doch klar sein!«

»Hör zu, es war schön, ihn zu küssen, und es macht Spaß, Zeit mit ihm zu verbringen. Ich mag ihn, und es ist schön, dass ich hier bereits so gute Freunde gefunden habe. Aber ich will mir keine Gedanken darüber machen, ob er vielleicht eifersüchtig wird, wenn ich einen Abend lang unterwegs bin, um die Jungs vom Puppentheater zu interviewen. Oder darüber, was er zum Abendessen isst, wenn ich nicht da bin.«

»Über solche Dinge brauchst du dir bei David keine Sorgen zu machen«, erwiderte Ruby. »Außerdem rede ich ja nicht davon, dass ihr beiden zusammenziehen solltet oder so. Ich rede von einer Freundschaft mit gewissen Vorzügen – mit der Option, die Sache später zu vertiefen.«

»Es gefällt mir aber, wie es jetzt läuft«, beharrte Jamie. »Und David auch. Es passt für uns beide.«

»Dann macht es dir also nichts aus, dass du ihn nie wieder küssen wirst?«, bohrte Ruby weiter. »Denn mittlerweile habt ihr doch sicher genug geübt, oder?«

Jamie versuchte, die Tatsache zu ignorieren, dass ihr bei dem Gedanken, David nie mehr zu küssen, eiskalt wurde. »Ja, genau!«

Als David von der Arbeit nach Hause kam, wartete Diogee bereits mit der Leine im Maul auf ihn. Er versuchte erst gar nicht, den Hund davon zu überzeugen, ihm zwei Minuten Entspannung zu gönnen, denn er wusste genau, dass er diese Diskussion wie immer verlieren würde – obwohl er natürlich immer noch der Alpharüde war.

Er befestigte die Leine am Halsband und ließ sich von Diogee durch die Tür schleifen. Wenige Sekunden später stürzte auch Zachary aus dem Haus und trabte auf die beiden zu. »Ich kann heute nicht mit euch spazieren gehen«, erklärte er und drehte den Kopf zur Seite, damit Diogee – dessen Pfoten bereits auf den Schultern des Jungen lagen – ihn nicht auf den Mund küsste.

»Was ist denn los?«, fragte David und zog an Diogees Leine. »Diogee, runter da!«, befahl er. Normalerweise leckte der Hund Zachary bloß ein oder zwei Mal übers Gesicht, doch heute sah es aus, als wollte er ihn in Sabber ertränken. Vielleicht war der Gestank schuld, den der Junge verströmte. Als hätte er seinen ganzen Körper in einen Bottich voller süßer Cocktails und Kokosnusssonnenöl getaucht.

»Igitt, jetzt hat er den Mund erwischt!« Zachary trat einen Schritt zurück, und Diogees Pfoten klatschten auf den Asphalt. »Addison und ich wollen Englisch lernen.«

Das erklärte den süßlichen Gestank. Offensichtlich hatte Zachary das Eau de Cologne für sich entdeckt. »Dann hat sie es sich also noch mal überlegt und hält dich doch nicht für pervers?« David kraulte Diogee zwischen den Ohren – ein kleines Dankeschön, dass er seine Zunge wieder eingefahren hatte.

»Mein Shirt ist noch einmal vor ihrer Tür aufgetaucht, und sie hat es mir wieder zurückgebracht«, erklärte Zachary. »Sie meinte, nachdem so viele andere Dinge vor den Häusern der Nachbarn lagen, wäre es unwahrscheinlich, dass ich ihren BH geklaut habe. Wobei ich immer noch nicht weiß, warum ich das ihrer Meinung nach getan haben soll. Warum sollte ich ihn stehlen und ihn ihr dann wieder zurückbringen? Na ja, jedenfalls haben wir uns über den bevorstehenden Englischtest unterhalten und beschlossen, zusammen zu lernen.«

»Dann hat sie also mit ihrem Freund Schluss gemacht?«, fragte David.

»Nein. Ich habe die beiden heute Mittag noch miteinander gesehen. Aber wir gehen ja nicht miteinander aus oder so. Wir machen bloß Hausaufgaben und lernen«, erwiderte Zachary. »Aber ich könnte euch zumindest bis zu Addisons Haus begleiten. Komm schon, Big D!«

»Ähm…« David überlegte, wie er sein Anliegen möglichst taktvoll formulieren konnte. »Vielleicht solltest du dir zuerst noch ein wenig von dem Parfum abwaschen?« Ihm fiel einfach nichts Besseres ein.

Zachary wurde rot. »Riecht es nicht gut?«, fragte er entsetzt.

»Nein. Das ist es nicht. Es ist bloß so, dass eine kleinere Menge auch ausreicht«, antwortete David. »Obwohl ich mich auch nicht damit auskenne. Clarissa war nicht gerade ein Fan von Parfum. Sie meinte immer, dass sie meinen ›männlichen Geruch‹ lieber mochte.« Er hörte immer noch das Lächeln in ihrer Stimme, wenn sie ihn nach dem Joggen damit aufgezogen hatte.

»Wirklich? Ich dachte, alle Frauen stehen darauf«, meinte Zachary und schnupperte an seinem T-Shirt.

»Nein, überhaupt nicht«, antwortete David. »Aber wenn du es schon benutzt, dann sollten es nicht alle in deiner Klasse riechen. Eine Frau sollte es erst bemerken, wenn sie dir näher kommt.«

Zachary wurde erneut rot. Er warf einen schnellen Blick auf sein Handy. »Ich habe noch genug Zeit, um es abzuwaschen!

Wir sehen uns später!« Und damit eilte er zurück zur Eingangstür.

»Kannst du dich noch an die Zeiten erinnern, als wir sie eine Kratzbürste genannt haben?«, fragte David Diogee, nachdem sie sich wieder auf den Weg gemacht hatten. Er hatte beschlossen, bei Jamie vorbeizuschauen, um ihr den neuesten Tratsch über die Teenagerromanze im Storybook Court zu erzählen.

Sie bogen gerade in die Glass Slipper Road, als Diogee plötzlich ein fröhliches Bellen ausstieß und zu laufen begann. David joggte neben ihm her, und schließlich kamen sie schlitternd vor Ruby zum Stehen.

»Na, wie geht's meinen beiden Lieblingsidioten?«, fragte Ruby und beugte sich nach unten, um Diogee zu umarmen, bevor er an ihr hochspringen und seine Pfoten auf ihre Schultern legen konnte.

»Hey! Wir sind vielleicht nicht die Hellsten der Nachbarschaft, aber ›Idioten‹ ist schon ein wenig hart, findest du nicht?«, protestierte David.

Ruby musterte ihn kopfschüttelnd. »Nach allem, was ich gehört habe, bin ich da anderer Meinung«, antwortete sie.

»Was hast du denn gehört?«, fragte David.

Doch sie lächelte bloß, tätschelte Diogee zum Abschied und ging weiter.

»Suchst du etwas?«, fragte Hud, den David noch gar nicht bemerkt hatte. Genauso wenig wie die etwa ein Dutzend Fundstücke, die auf dem Rand des Springbrunnens lagen. »Es ist noch nicht zu spät, um eine Aussage zu machen, denn wir beide wissen, was deine Freundin dort drüben hat mitgehen lassen.« Er deutete mit dem Kopf auf Jamies Haus, wo Jamie und Mac sie durch das Fenster im Flur beobachteten.

»Mir wurde in letzter Zeit nichts gestohlen«, erklärte David. »Jamie kann meinen Genitalschutz gerne haben – und alles andere auch.« Er ließ sich von Diogee zu der großen Palme auf dem Platz schleifen, damit er sie als sein Eigentum markieren konnte, und als der Hund fertig war, zerrte David Diogee zu Jamies Haustür.

»Du hast gesagt, es wäre in Ordnung, ihn mitzubringen«, meinte er, als sie öffnete.

»Mehr als okay! Es ist super.«

Sie traten ins Haus, und David löste Diogees Leine, der sich sofort auf den Boden fallen ließ und sich auf den Rücken drehte. Jamie verstand den Wink, ging neben ihm in die Knie und begann, seinen Bauch zu kraulen. Diogee schloss verzückt die Augen, und sein Schwanz trommelte auf den Boden.

In diesem Moment zischte ein brauner Blitz an David vorbei. Mac! Er stürzte sich auf Diogees Schwanz, fixierte ihn mit den Pfoten und biss kräftig hinein, bevor er sich eilig aus dem Staub machte. Diogee hetzte hinter ihm her, und wenige Augenblicke später erklang ein herzzerreißendes Jaulen.

»Mac! Böses Katerchen!«, rief Jamie, während sie den beiden ins Schlafzimmer nachliefen, und warf David einen entschuldigenden Blick zu.

Diogee hatte es irgendwie geschafft, sich in Jamies Kleiderschrank einzuschließen. Mac saß auf dem Bett und putzte sich in aller Ruhe die Pfoten.

»Was ist denn bloß los mit dir? Das letzte Mal hat es doch auch funktioniert. Hast du vergessen, dass Diogee unser Freund ist?«, fragte Jamie ihren Kater, nachdem sie den Hund aus dem Schrank gelassen hatte, der sofort ins Wohnzimmer lief. »Vielleicht sollten wir euch beide erst mal auseinandersperren!«

Jamie schloss Mac im Schlafzimmer ein und lehnte sich gegen die Tür.

»Hi«, meinte sie.

»Hi«, erwiderte David.

Er hätte sie am liebsten geküsst. Es war, als wäre er aus einem tiefen Schlaf erwacht. Er wollte plötzlich wieder Frauen küssen. Na ja, eigentlich nur Jamie. Es war ihm noch nicht in den Sinn gekommen, eine andere zu küssen. Was allerdings verständlich war. Abgesehen von Lucy und Ruby, war Jamie die einzige Frau, mit der er näheren Kontakt gehabt hatte.

Aber wer weiß, wie die Sache in ein paar Monaten aussah? Vielleicht wäre er dann bereit für ein echtes Date. Im Moment gefiel ihm die Sache mit Jamie. Er war gerne mit ihr zusammen. Es war zwar verwirrend, dass er andauernd daran denken musste, sie zu küssen und mit ihr zu schlafen, aber andererseits freute er sich, dass sein Verlangen wiedererwacht war. Als wäre er wieder ein Teenager. Außerdem konnte er es durchaus ignorieren. Jamie und er hatten immerhin einen Deal – sie war eine gute Freundin, die so tat, als wäre sie mit ihm zusammen, und deshalb würden sie sich nicht mehr küssen, es sei denn, es war notwendig, um ihre Scharade aufrechtzuerhalten oder für den Ernstfall zu üben, was sie allerdings bereits getan hatten. Und Sex stand ohnehin außer Frage. Und zwar so lange, bis nicht nur sein Körper, sondern auch sein Kopf bereit war, eine richtige Beziehung einzugehen.

»Ähm … du starrst mich an«, erklärte Jamie.

»Tut mir leid, ich habe bloß nachgedacht.« Sie hob die Augenbrauen. »Über Zachary. Und Addison. Du hättest ihn riechen sollen! Wenigstens konnte ich ihn davon überzeugen, etwas von dem Parfum abzuwaschen, bevor er zu ihr geht. Sie wollen lernen. Und ich frage mich, ob er wohl der Einzige ist, der sich mehr erhofft.«

»Addison hat jedenfalls dafür gesorgt, dass Riley nicht zu Hause ist, wenn Zachary vorbeikommt«, erklärte Jamie. »Entweder, weil sie in Ruhe lernen will – oder, weil sie nicht von ihrer kleinen Schwester gestört werden will, wenn ein süßer

Junge zu Besuch kommt. Allerdings hatte sie das letzte Mal, als ich mit ihr sprach, noch einen Freund.«

»Mit dem sie scheinbar alle paar Tage Schluss macht«, wandte David ein. »Er dürfte ein ziemliches Arschloch sein – das weiß Zachary aus ihrem Tagebuch.«

»Ich kann immer noch nicht glauben, dass er es tatsächlich gelesen hat!«, erwiderte Jamie. »Allerdings hätte ich vermutlich auch einen Blick hineingeworfen, wenn ich es vor meiner Tür gefunden hätte.«

»Außerdem hat er danach seine Meinung geändert und nennt sie mittlerweile nicht mehr Kratzbürste«, wandte David ein. »Obwohl er vermutlich absichtlich übertrieben hat, was das betrifft. Ich bin mir ziemlich sicher, dass Addison der Grund war, warum er begonnen hat, sich um sein Aussehen zu sorgen – obwohl er sich damals noch ständig darüber beschwert hat, wie unmöglich sie sei.«

Diogee stieß ein lautes *Wuff* aus.

»Was will er denn?«, fragte Jamie. »Soll ich ihm Wasser bringen?«

»Ich glaube, er fühlt sich betrogen, weil der Spaziergang so kurz war«, antwortete David. Als Diogee das Wort ›Spaziergang‹ hörte, rannte er in den Flur und kam schlitternd vor ihnen zum Stehen.

Jamie lachte. »Was haltet ihr von einem Spaziergang zum Grauman's Theater? Ich hatte gehofft, Wonder Woman wiederzutreffen, um ihr ein paar Fragen zu stellen. Zum Beispiel, wie sie dazu gekommen ist, als Comicfigur vor dem Theater zu stehen, damit die Leute Fotos mit ihr machen können.«

»Das klingt super.« David legte Diogee die Leine an. »Hast du denn schon überlegt, wo du die Fotos posten willst?«

»Ich habe den Großteil des Tages damit verbracht, die Bilder zu bearbeiten, die ich von dir gemacht habe«, erwiderte Jamie.

»Ich schicke sie dir später – vermutlich bekommt Diogee noch einen Herzinfarkt, wenn wir nicht gleich gehen. Ruby fand sie jedenfalls cool.«

David öffnete die Tür, und Diogee stürzte hinaus, dicht gefolgt von David und Jamie. »Ich habe Ruby vorhin auf dem Weg zu dir getroffen. Sie nannte mich und meinen Hund ›Idioten‹. Ich meine, ich *weiß*, warum sie Diogee als Idiot bezeichnet, denn im Grunde stimmt es ja. Aber scheinbar hat sie Dinge gehört, die sie zu dem Schluss kommen ließen, dass ich ebenfalls ein Idiot bin. Hast du eine Ahnung, was sie damit gemeint hat?«

Jamie zögerte.

»Was hast du ihr erzählt?«, fragte David.

Jamie überlegte, bevor sie schließlich antwortete: »Also, irgendwie sind wir darauf zu sprechen gekommen, dass wir uns geküsst haben – zur Übung. Und Ruby dachte, das wäre lächerlich. Vermutlich hat sie dich deshalb als Idiot bezeichnet.«

»Lächerlich, weil wir glauben, dass wir Übung notwendig haben?«, fragte David.

»Lächerlich, weil wir anscheinend nicht zugeben, dass wir uns geküsst haben, weil wir es so wollten – und nicht, weil wir uns Sorgen machen, dass wir sonst nicht authentisch genug rüberkommen«, antwortete Jamie.

David war sich nicht ganz sicher, was er darauf erwidern sollte, deshalb meinte er nur: »Hmm.«

»Ja genau! Ruby ist jedenfalls der Meinung, dass wir aufhören sollten, so zu tun, als würden wir einander nur einen Gefallen tun. Stattdessen sollen wir uns zusammenreißen und endlich Sex haben, weil wir es offensichtlich beide wollen und es ja nicht bedeuten muss, dass es zwischen uns ernst wird. Denn es könnte ja auch bloß eine Freundschaft mit gewissen Vorzügen sein«, meinte Jamie und sprach dabei so schnell, dass sie kaum zu Atem kam.

Ein heißer Blitz durchzuckte David. Er schaffte gerade noch ein weiteres »Hmm.«

Einige Zeit später meinte er: »Und was hältst du davon?«

»Ich finde, der Gedanke an eine Freundschaft mit Vorzügen ist … reizvoll. Aber ich habe mir vorgenommen, mir dieses Jahr Zeit zu nehmen, um über mein Leben nachzudenken – und zwar, ohne mich ablenken zu lassen«, antwortete Jamie und sprach sogar noch schneller. »Außerdem hast du vermutlich auch gute Gründe, weshalb du dich im Moment auf niemanden einlassen willst. Und egal was Ruby sagt: Man lässt sich auch bei einer Freundschaft mit Vorzügen aufeinander ein – wenn auch nicht in demselben Ausmaß wie bei einer festen Beziehung. Und was meinst du?«

David gefiel die Vorstellung, dass es gewisse Vorzüge geben sollte. Trotzdem hatte er ihre Zweifel durchaus herausgehört. »Ich glaube, es ist gut, so, wie es ist«, antwortete er.

Am nächsten Morgen saß Mac auf dem Fensterbrett, starrte zum Springbrunnen hinaus und wartete auf den richtigen Moment. Er war lieber bei Nacht und im Schutz der Dunkelheit unterwegs, aber diese Mission konnte er nur tagsüber erledigen, und er war sich sicher, dass es funktionieren würde – er war schließlich MacGyver!

Er hörte, wie Jamie auf ihrem Computer herumklickte. Sie roch gut. Ihm war klar, dass er Diogee gegenüber nachsichtiger hätte sein sollen, um Jamie und David nicht zu stören, aber als er den trommelnden Schwanz gesehen hatte, konnte er nicht widerstehen. Er *musste* einfach hineinbeißen. Und schlussendlich hatte es niemanden gestört. Außerdem war es ein Riesenspaß gewesen.

Er hörte sein Zielobjekt bereits, bevor er es sah. Die Frau wurde von einem seltsamen Klingeln verfolgt und roch sehr einsam. Aber wenn sie eine bestimmte Person sah, veränderte sich plötzlich etwas, und Mac roch das Blut, das in die feinen Adern direkt unter ihrer Haut schoss.

Er verstand nicht, warum Frauen auf diese Art auf Männer reagierten. Ihr Körper wurde steif, und sie erstarrten wie Katzen, wenn sie einem großen Hund gegenüberstanden. Abgesehen von Mac natürlich. Wenn Mac einen großen Hund sah, fuhr er die Krallen aus, hob die Pfote und dann … *Patsch, patsch, patsch!*

Doch scheinbar hatte die Frau keine Angst vor dem Mann. Und er war auch der Einzige, auf den sie so reagierte – weshalb sie dringend Macs Hilfe brauchte.

Glücklicherweise ging Jamie jedes Mal nach draußen, wenn die Frau kam.

Mac sprang vom Fensterbrett und nahm neben der Tür seine Position ein. Wie erwartet öffnete Jamie einige Sekunden später die Tür, und Mac schlüpfte hinaus.

»MacGyver, nein!«, rief sie.

Doch er ignorierte es. Er hatte immerhin eine Mission! Er brauchte eines dieser klingelnden Dinger.

Die Frau stellte ihre Tasche ab und ließ sie einen Moment unbeaufsichtigt. Mac brauchte nur wenige Sekunden, um sie zu öffnen. Im nächsten Moment packte er einen der glänzenden Anhänger und rannte los. Er folgte der Duftspur zum Haus des Mannes und ließ das Geschenk vor der Tür fallen. Hoffentlich war der Mann nicht so begriffsstutzig wie Jamie und David! Wobei Mac natürlich klar war, dass man sich von den Menschen nichts anderes erwarten konnte. Das lag an ihren Nasen. Zumindest meistens.

Kapitel 17

Das ist alles deine Schuld!«, beklagte sich Jamie bei Ruby. »Seitdem du mir eingeredet hast, dass David und ich eine Freundschaft mit gewissen Vorzügen eingehen sollen, muss ich andauernd daran denken, wie es wäre, mit ihm zu schlafen. Was bedeutet, dass ich seit beinahe zwei Wochen wie besessen davon bin. Und sag jetzt nicht, dass ich einfach damit aufhören soll, denn das geht nicht! Du hast damit angefangen – und ich hasse dich dafür!«

Ruby lachte. »Du weißt, wie ich das Problem aus der Welt schaffen würde. Tut es endlich, dann müsst ihr euch nicht mehr damit verrückt machen, wie es wäre.« Sie setzte erneut das Glätteisen an, um Jamies Locken zu sanften Wellen zu formen. Mac saß auf dem Rand des Waschbeckens und spielte mit dem dünnen Wasserstrahl, der aus dem Wasserhahn rann.

»Wenigstens komme ich trotzdem gut voran. Oder vielleicht sogar *deswegen*. Die Arbeit an den Bildern lenkt mich ab.«

»Ich liebe deine Seite auf MyPics! Jedes Mal, wenn ich vorbeischaue, würde ich am liebsten meinen Beruf wechseln«, meinte Ruby.

»Ich kann immer noch nicht glauben, dass der Mann, der für einen Dollar schlechte Ratschläge verkauft, mehr als sechzigtausend Mal angeklickt wurde. Klar klicken viele die Bilder nur durch – aber trotzdem.«

»Du bist ein Rockstar«, erklärte Ruby, während sie die letzte Haarsträhne glättete. »Und du siehst hinreißend aus.«

»Danke, dass du mir die Haare machst«, erwiderte Jamie und presste sich die Hände auf den Bauch. »Ich kann es nicht fassen, dass ich so nervös bin. Warum eigentlich? Adam und Lucy sind sicher total nett.«

»Ja, das sind sie! Ich kenne sie zwar nur flüchtig, aber sie waren ein paarmal auf meinen Weihnachtspartys. Du wirst sie sicher mögen!«

»Irgendwie ist es etwas anderes, wenn ich ihnen gegenüber so tue, als wäre ich Davids Freundin. Sie sind sich so nahe. Adam und David kennen sich seit ihrer Kindheit. Das ist nicht dasselbe wie bei Marie und Helen.« Jamie drehte den Wasserhahn zu, und Mac stieß ein kehliges Geräusch aus, das manche Leute vielleicht mit einem Schnurren verwechselt hätten. Doch Jamie wusste, dass er damit seinen Unmut kundtat.

»Niemand, der euch beide sieht, würde auf die Idee kommen, dass ihr kein richtiges Paar seid. Ihr beide ...« Ruby brach ab, und Jamie wusste, warum. Sie bat Ruby andauernd, nicht ständig darauf herumzureiten, wie perfekt David und sie zusammenpassten.

»Okay, ich brauche jetzt ein Glas Wein! David holt mich erst in einer halben Stunde ab. Willst du vielleicht auch eines?«, fragte Jamie.

»Normalerweise gerne, aber Rileys Mom arbeitet heute länger, und ich habe Addison versprochen, Riley zu nehmen, während sie mit Zachary lernt«, antwortete Ruby und machte sich auf den Weg zur Tür.

»Schon wieder? Lernen die beiden eigentlich wirklich? Oder ›lernen‹ sie?«, fragte Jamie.

»Keine Ahnung, aber Addison hat sich schon lange nicht mehr über ihren Freund ausgelassen, weshalb ich vermute, dass sie mit ihm Schluss gemacht hat. Mach dir einen schönen Abend, okay?« Ruby öffnete die Tür und griff im nächsten Augenblick überrascht nach Jamies Hand. »Hud hat gerade etwas aus seiner Tasche geholt und es auf den Rand des Springbrunnens gelegt! Ich glaube, es wird Zeit, dass wir *ihn* in die Zange nehmen.« Sie eilte hinaus und zog Jamie mit sich.

»Hey, mein Hübscher!«, rief Ruby in gedehntem Südstaatenakzent. »Warte mal kurz!«

»Meinst du mich, Schätzchen?«, fragte Hud und wirkte so selbstsicher wie immer, obwohl er unter dem gleißenden Flutlicht, das er aufgestellt hatte, damit die Leute auch im Dunkeln ihre Habseligkeiten wiederfinden konnten, irgendwie blass aussah. Es wurden täglich mehr – und Jamie hatte immer noch nicht herausgefunden, wie Mac das anstellte.

»Ja, genau dich meine ich!«, erklärte Ruby, als sie schließlich vor ihm stand. »Du hast gerade eine Schlüsselkette zu den Fundstücken gelegt! Und das bedeutet wohl, dass dir der Dieb bis vor die Haustür gefolgt ist, nicht wahr? Denn die anderen haben die Gegenstände auch alle auf der Fußmatte gefunden.«

»Vielleicht konnte der Dieb ihm nur so nahe kommen, weil Hud selbst der Dieb ist.« Jamie musste den Fernsehdetektiv einfach ein wenig aufziehen. »Er hat immerhin ein gutes Motiv – jeder hier weiß, dass er uns beweisen will, was für ein toller Ermittler er ist, und es gibt keinen besseren Weg, als einen scheinbar unlösbaren Fall zu inszenieren, um ihn anschließend zu lösen.«

Hud wurde rot, drehte sich um und stapfte davon. »Ich glaube, jetzt habe ich seine Gefühle verletzt«, meinte Jamie und sah ihm ein wenig zerknirscht hinterher.

»Er hat uns doch denselben Vorwurf gemacht!«, erinnerte Ruby sie. »Aber sein Ego ist untrennbar mit der Tatsache verbunden, dass er so tut, als wäre er immer noch ein erfolgreicher Fernsehdetektiv, deshalb sollten wir es ihm vermutlich nicht allzu schwer machen.« Sie hob die Schlüsselkette hoch, die Hud beim Springbrunnen abgelegt hatte. »Die sieht aus wie die Anhänger, die Sheila an ihrer Posttasche befestigt hat.«

»Genau. Und an ihrer Handtasche. David und ich haben sie neulich im *Thirsty Goat* getroffen. Ihr Quiz-Team nahm an einem Wettbewerb teil. Es ging ausschließlich ums Fernsehen, weshalb ich davon ausging, dass Sheila der Star sein würde, nachdem sie uns einmal sämtliche Rollen heruntergeleiert hat, in denen Hud Martin zu sehen war – und zwar einschließlich der Gastrollen. Aber sie war an diesem Abend nicht gut drauf. Ihr Team scheiterte kläglich.«

Ruby legte die Schlüsselkette wieder auf den Springbrunnen. »Vielleicht sieht sie auch nur wie eine von Sheilas Ketten aus. Die anderen Fundstücke gehörten immerhin Leuten aus dem Storybook Court, oder?«

»Ja, ich glaube schon. Und ich hoffe nicht, dass Mac die Nachbarschaft verlässt!«, erwiderte Jamie. Sie mochte den Gedanken, dass ihr Kater draußen herumstreunte, ohnehin nicht, aber im Storybook Court gab es wenigstens rigorose Geschwindigkeitsbegrenzungen. Wenn Mac ihn allerdings verließ, befand er sich wirklich in großer Gefahr. Er dachte sicher, dass er jedes Auto anhalten konnte, indem er ihm einfach mit der Pfote eins überzog.

»Irgendwann übernachte ich bei dir, und dann halten wir abwechselnd Wache und lassen ihn nicht aus den Augen. Wir werden dafür sorgen, dass er mit dem Streunen aufhört!«

»Ja, das wäre echt toll«, erwiderte Jamie.

»Aber jetzt muss ich nach Hause – Riley kommt gleich.« Ruby umarmte Jamie kurz und innig. »Ich wünsch dir einen schönen Abend – aber den hast du bestimmt!«

David glaubte nicht, dass er es schaffen würde. Zuerst war er von der Idee begeistert gewesen, dass Jamie und er mit Adam und Lucy ausgingen. Er wollte, dass seine Freunde Jamie kennenlernten – und umgekehrt. Außerdem war er sich sicher gewesen, dass sie sich gut verstehen würden. Und das war im Grunde immer noch so.

Doch vorhin hatte sein Herz plötzlich zu pochen begonnen, als wäre er gerade joggen gewesen, und ihm war klar geworden, dass er noch nicht bereit war. Er war schon einige Male alleine mit Adam und Lucy ausgegangen und noch einige Male öfter zusammen mit Clarissa – aber mit Jamie fühlte es sich einfach nicht richtig an.

Er nahm sein Handy und schrieb Adam eine Nachricht.

Wir müssen absagen. Jamie ist krank. Wir verschieben es.

Adam antwortete bereits wenige Sekunden später.

Dann komm alleine. Sei unser 5tes Rad.

Ich sehe lieber mal nach, ob sie etwas braucht.

Kurz darauf kam die Antwort.

Lucy findet dich süß. Ich finde, du stehst unterm Pantoffel. Dann also ein andermal.

Klar.

Er schaffte es heute Abend einfach nicht. Es fühlte sich an wie eine Panikattacke. Vielleicht würde er Lucy und Adam irgendwann erzählen, dass Jamie und er nur so getan hatten, als wären sie zusammen, um sich eine kleine Atempause zu gönnen, und dann konnten sie zu viert ausgehen.

Er nahm seinen Schlüssel und warf Diogee einen riesigen Kauknochen zu. »Du bist jetzt der Herr im Haus, mein großer Junge«, erklärte er seinem Hund und trat durch die Tür. Er hatte das Gefühl, als wäre der Bürgersteig aus Gummi, so beschwingt fühlte er sich. Es war eine riesige Erleichterung, dass er Adam und Lucy abgesagt hatte. Nun konnte er den Abend mit Jamie erst richtig genießen.

Er bog grinsend zu ihrem Haus ab und überlegte, wohin er sie ausführen konnte. Das Restaurant, das Adam und er ausgesucht hatten, fiel natürlich flach. Adam und Lucy würden vermutlich trotzdem dorthin gehen. Sie würden die Babysitterin sicher nicht unverrichteter Dinge nach Hause schicken.

»Ist es okay, wenn wir ein Stück zu Fuß gehen?«, fragte er, als Jamie die Tür öffnete.

»Ich dachte, wir fahren nach Santa Monica?«, erwiderte sie erstaunt.

Er hatte beinahe vergessen, dass das hier eigentlich ein Doppel-Date hätte sein sollen. »Lucy fühlt sich nicht gut«, erklärte er und schaffte es beinahe, das schlechte Gewissen zu ignorieren. Es war ja bloß eine Notlüge. »Wir müssen uns einen anderen Termin überlegen.«

»Irgendwie bin ich froh«, gestand Jamie, als sie den Weg zur Straße hinuntergingen. »Ich war ziemlich nervös.«

David legte einen Arm um ihre Schultern. »Für Helen und Marie«, erklärte er und machte sich selbst weis, dass es nur eine angemessene Vorsichtsmaßnahme war, denn immerhin sahen die beiden tatsächlich andauernd aus dem Fenster. »Du musst aber nicht nervös sein. Du wirst sie mögen, das weiß ich bestimmt!«

»Ich mache mir keine Sorgen, dass ich sie nicht mag, sondern eher, dass sie *mich* nicht mögen«, erklärte Jamie.

»Das ist schlichtweg unmöglich!«, erwiderte David und zog Jamie noch näher heran.

»Also, verrätst du mir jetzt, wohin wir unterwegs sind?«

»Nein, das ist eine Überraschung«, antwortete er. Sie gingen ein paar Blocks weit, bis sie schließlich einen Parkplatz vor einem heruntergekommenen Einkaufszentrum überquerten und vor einer Videothek hielten.

»Habe ich etwas verpasst? Ist VHS das neue Vinyl?«, fragte Jamie, als sie den Laden betraten.

Das Licht war schwach, und es war nirgendwo eine DVD zu sehen – bloß Drahtgitterregale voller Videokassetten.

»Es gibt einige Filme, die nie auf DVD übertragen wurden. Sieh dich mal hier hinten um.« Er ging auf ein neonpinkes Schild mit der Aufschrift AB 18! im hinteren Teil des Ladens zu.

»Langweilt uns unser Pseudo-Sexleben schon so sehr, dass wir uns einen Porno ausleihen müssen?« Sie klang ein wenig skeptisch, schien aber bereit mitzuspielen.

»Na ja, immerhin sind wir schon ein paar Wochen zusammen …« David zog den schwarzen Samtvorhang beiseite, und sie traten in einen schmuddeligen kleinen Raum voller Sex-Videos.

Jamie warf einen Blick auf das nächstbeste Regal. »*Womb Raider*? Das ist doch echt nicht zu fassen! Die Gebärmutter ist doch nicht sexy!«, protestierte sie. »Oder ist das eine typisch weibliche Reaktion? Was hältst du von dem Wort *Gebärmutter*?«

»Also für mich ist die Gebärmutter ausschließlich für Babys da«, antwortete David.

»Ja, genau!«, rief Jamie.

»Die richtig guten Sachen sind aber ohnehin hier hinten.« David zog einen weiteren Vorhang auf der anderen Seite des

Raumes zurück, und dahinter kam eine Bar mit hochaufragen-
den Wänden, sanfter Beleuchtung, weichen Sofas und Bunt-
glasfenstern zum Vorschein. Auf einem großen Bildschirm, der
über dem bogenförmigen Durchgang zu den Billardtischen
hing, lief gerade *Barbarella*.

Jamie lachte auf – genau, wie David es erhofft hatte. Langsam wurde er süchtig nach diesem Lachen. Er hatte sich für die
Bar entschieden, weil er insgeheim gehofft hatte, dass sie sie
cool finden würde. Und weil sie erst nach Clarissas Tod eröffnet
hatte.

»Willkommen in einer von L.A.s Geheimbars«, erklärte er.
»Es gibt sie in der ganzen Stadt. In die andere Bar, in die ich
manchmal gehe, gelangt man durch einen Barbershop, in dem
man sich sogar die Haare schneiden lassen kann.«

Sie ließen sich auf einem der Sofas nieder, und David griff
nach der Getränkekarte in Form einer leeren VHS-Hülle
und gab sie an Jamie weiter. »Ich trinke normalerweise diesen
Cocktail hier. Mit Mezcal und Koriander.« Er deutete auf die
Karte.

»Das klingt gut«, meinte Jamie. »Hey, sieh mal, sie haben
eine Foto-Box! Wir müssen unbedingt ein paar Bilder machen.
Vielleicht brauche ich mal handfeste Beweise, wenn Marie und
Helen mich in die Zange nehmen.«

»Stellen sie eigentlich viele Fragen über uns?«, fragte David.

»Helen nicht. Aber Marie will andauernd über alles in-
formiert werden. Wir teilen uns einen Mülleimer, und sie hat
mich sogar schon mal zum Inhalt meines Müllbeutels ausge-
fragt. Ich hatte die Verpackung eines Light-Gerichts wegge-
worfen, und sie wollte wissen, ob ich abnehmen will. Ich hatte
noch nie eine Nachbarin, die so … an meinem Leben teilgenommen hat«, antwortete Jamie. »Aber sie macht den besten
Kaffee der Welt und schickt Al sofort rüber, wenn ich am Mor-

gen vor die Tür trete. Sie kann manchmal nerven, aber sie hat ein gutes Herz.«

»Ja, das hat sie. Aber ich habe trotzdem Angst davor, was passieren wird, falls es Diogee einmal schaffen sollte, auf ihren Rasen zu kacken.« Die Kellnerin kam vorbei, und David bestellte zwei Cocktails. »Wir gehen nur mal schnell zur Foto-Box, dann sind wir gleich wieder da«, erklärte er ihr anschließend.

»Es wäre vielleicht witzig, ein paar meiner Bilder für die Website als Fotostreifen zu gestalten«, überlegte Jamie, während sie den Raum durchquerten und an dem DJ vorbeikamen, der gerade sein Equipment aufbaute.

»Die Geschichte über Wonder Woman vor dem Grauman's auf MyPics war übrigens echt toll«, meinte David zu Jamie, während sie darauf warteten, dass die Foto-Box frei wurde.

»Du hast sie schon gesehen? Ich habe sie doch erst heute Morgen hochgeladen.«

»Ich lasse mich benachrichtigen, wenn etwas Neues online geht«, erwiderte er.

Jamie strahlte ihn an. »Das ist echt süß von dir.«

»Du hast übrigens bereits ein paar echt nette Kommentare bekommen. Hast du schon den Post von John Schuller gesehen?«

»Klar! Und glaub ja nicht, dass ich nicht weiß, dass du etwas damit zu tun hast«, erklärte sie ihm. »Mir ist bewusst, dass er der Star der Serie ist, für die dein bester Freund das Drehbuch schreibt.«

»Ich habe Adam gesagt, dass er sich ansehen soll, was du machst, und er hat es vermutlich getwittert«, erwiderte David und freute sich, dass er ihr zusätzliche Aufmerksamkeit verschafft hatte.

»Wir sind dran«, meinte Jamie, als ein Pärchen in den Zwanzigern aus der Box trat. Ihre Gesichter waren gerötet, und David nahm an, dass sie die Box zweckentfremdet und nicht nur ein paar Fotos geschossen hatten. Jamie zwinkerte ihm zu, und es war offensichtlich, dass sie dasselbe gedacht hatte.

Sie betraten die Box und ließen sich auf den zwei durchgesessenen Samtstühlen nieder. Auf den Fotos würde es so aussehen, als würden sie in einem altmodischen Kinosaal sitzen – und im Hintergrund waren reihenweise andere Gäste aufgemalt.

»Bereit?«, fragte Jamie.

»Bereit.«

Sie drückte den Knopf, rief »Entenschnute!«, und David spitzte gehorsam die Lippen. »Horrorfilm!« Er riss die Augen auf und tat, als würde er schreien, während Jamie seinen Arm packte und das Gesicht an seiner Schulter vergrub. »Herz-Hände!« Er war sich nicht sicher, was sie damit meinte, und sie schaffte es nicht, seine Finger zu der Hälfte eines Herzens zu formen, bevor das Bild geschossen würde. »Turteltauben für Marie und Helen!«, rief sie gleich darauf, und nachdem er nicht wusste, was sie sich erwartete, nahm er ihr Gesicht in beide Hände und küsste sie.

Mehrere Sekunden nachdem das Geräusch verkündet hatte, dass das letzte Foto geschossen worden war, löste sich Jamie von ihm. »Das war gut«, meinte sie und klang ein wenig atemlos. David selbst hätte vermutlich auch ein wenig atemlos geklungen – doch er brachte ohnehin kein Wort über die Lippen. Ein einziger Kuss schaffte es, ihn in diesen Zustand zu versetzen. Sie traten aus der Box, und während sie darauf warteten, dass der Fotostreifen gedruckt wurde, begann der DJ sein Programm mit »Total Eclipse of the Heart«.

»Das war der Motto-Song auf dem Abschlussball von meinem Dad«, erklärte David. »Mein Bruder und ich haben uns immer halb totgelacht, wenn wir die Bilder gesehen haben. Von der Decke hingen schwarze Herzen, die neongelb beleuchtet wurden. Mein Dad trug einen hellblauen Smoking mit Rüschenhemd und sein Date ein blaues Metallic-Kleid mit Ballonrock.«

»Ich war gar nicht auf meinem Abschlussball«, gestand Jamie, während sie den Fotostreifen aus dem Schlitz holte. »Mein damaliger Freund hat zwei Wochen vorher mit mir Schluss gemacht. Dabei hatte ich bereits ein Kleid und alles.«

»Na dann lass uns tanzen! Das hier ist zwar nicht der Motto-Song von *deinem* Abschlussball, aber es ist wenigstens *ein* Motto-Song.«

David nahm Jamies Hand und zog sie auf die Tanzfläche. Er umfasste ihre Taille, und sie schlang die Arme um seinen Nacken. »Wie sah dein Kleid denn aus?«

»Es war wunderschön.« Jamie seufzte übertrieben. »Dunkelviolett, Spaghettiträger, bodenlang und wirklich sehr schlicht.«

David zog sie näher heran, bis sie sich an ihn schmiegte, und sie legte den Kopf auf seine Brust. Es fühlte sich so gut an, sie in den Armen zu halten. »Ich wette, du wärst die Schönste auf dem Ball gewesen. Der Kerl war ein Arsch.«

»Ja, das war er«, murmelte Jamie, ohne aufzusehen.

Warum machte er das? Warum tanzte er eng umschlungen mit ihr, obwohl sie klargestellt hatte, dass sie nur mit ihm befreundet sein wollte – und zwar *ohne* gewisse Vorzüge? Warum hatte er sie in der Foto-Box geküsst? Es war zwar kein langer Kuss gewesen, aber lange genug, um die Sehnsucht nach mehr zu wecken.

David atmete tief durch, um seine Gefühle wieder unter Kontrolle zu bringen, doch stattdessen nahm er Jamies Duft nur noch intensiver wahr. Er musste damit aufhören! Er musste sofort die Tanzfläche verlassen. Doch stattdessen glitten seine Hände ihren Rücken hinunter, und sie wich nicht zurück. Und sie hatte nichts dagegen gehabt, dass er sie vorhin geküsst hatte.

»Manchmal sind Freunde mit gewissen Vorzügen genau das Richtige«, murmelte er ihr ins Ohr. Er hatte nicht vorgehabt, das zu sagen. Es war, als hätte sein Mund die Worte ausgesprochen, ohne auf das Okay seines Gehirns zu warten.

Jamie riss den Kopf zurück und starrte zu ihm hoch. »Wie bitte?«

»Jemand, mit dem ich zusammenarbeite, hat mir erzählt, dass er und seine beste Freundin irgendwann anfingen, miteinander zu schlafen. Die beiden haben keinen festen Partner, und es hat sich einfach so ergeben. Er meinte, dass es gut funktionieren würde.« Das war natürlich gelogen – aber er musste irgendetwas sagen.

»Okay … Und du wolltest mir die Geschichte jetzt einfach erzählen, weil wir gerade tanzen, oder …?«

»Seit du mir erzählt hast, dass Ruby den Vorschlag gemacht hat, kann ich an nichts anderes mehr denken«, erwiderte David. Er musste ihr endlich die Wahrheit sagen.

»Mir geht es genauso«, erklärte Jamie. Der nächste Song war »Let's Hear it for the Boy« und um einiges schneller, doch sie tanzten eng umschlungen weiter und starrten einander an. Schließlich begannen beide zur selben Zeit zu sprechen.

»Aber du dachtest doch, dass es nicht …«, meinte David.

»Aber du bist doch noch nicht bereit, um …«, begann Jamie.

Dann brachen sie beide ab und tanzten schweigend weiter. »Wir sind mittlerweile wirklich gute Freunde«, meinte Jamie schließlich. »Ich denke, wir könnten damit umgehen, wenn es … ähm … mehr wird, ohne daran zu zerbrechen.«

»Willst du gehen?« David wollte fort. Jamie nach Hause bringen. Und dann mit ihr ins Bett.

»Ja.«

Sie machten sich auf den Weg zum Ausgang, und David legte etwas Geld für die Drinks auf den Tisch, die sie nicht einmal angerührt hatten. Abgesehen davon, war es vermutlich zu viel.

Sie wurden immer schneller, je näher sie dem Storybook Court kamen, und als sie schließlich den Vorplatz erreichten, liefen sie beinahe. Dann sprinteten sie lachend los. Während Jamie versuchte, den Schlüssel ins Schloss zu stecken, schrieb David eine schnelle Nachricht an Zachary und bat ihn, noch schnell mit Diogee rauszugehen. Er hatte zwar eine Hundeklappe, aber Diogee war an einen kleinen Spaziergang gewöhnt, bevor er sich schlafen legte.

Jamie öffnete die Tür und zog David in den Flur, bevor sie die Tür eilig wieder schloss. »Ich will nicht, dass Mac …«

Doch David ließ sie nicht ausreden. Er konnte nicht. Er musste sie küssen – und zwar sofort. Er drückte sie mit dem Rücken an die Tür und presste seine Lippen auf ihre.

Auf dem Weg von der Eingangstür ins Schlafzimmer musste er noch sechs Mal stehen bleiben, um sie erneut zu küssen.

Mac kletterte ohne Probleme den Schornstein hoch. Er hatte diesen Fluchtweg mittlerweile schon viele Male benutzt, nachdem Jamie das Insektenschutzgitter repariert hatte. Er hielt einen Moment lang auf dem Dach inne und genoss das Gefühl des Windes, der in sein Fell fuhr, während er daran dachte, was er schon alles erreicht hatte. Es war, als hätte er eine ganze Dose Sardinen gefuttert und danach mit seiner Mausi gespielt. Er fühlte sich schwerelos. Jamie hatte ihren Gefährten mit nach Hause gebracht, und die beiden rochen, als hätten sie ebenfalls Sardinen gegessen und danach mit Mausi gespielt.

Er öffnete das Maul und atmete tief ein. Da waren zwei Gerüche, die einander so ähnlich waren, dass er sie kaum auseinanderhalten konnte. Aber das hatte er schon einmal erlebt, und er würde es auch jetzt hinbekommen.

Zuerst wollte er sich allerdings noch etwas Spaß gönnen.

Er ließ sich über das Dach hinuntergleiten, sprang in einen der Büsche vor dem Haus und von dort auf den Boden. Anschließend bearbeitete er die größte Palme auf dem Platz mit seinen Krallen – der Dummkopf hatte sie schon wieder angepinkelt –, und als er fertig war, rannte er in vollem Tempo durch die Nachbarschaft. Er spürte ein heftiges Verlangen, einfach bloß zu laufen und seine Muskeln zu strecken und zu dehnen.

Er hörte das Winseln des Dummkopfes schon von Weitem und wurde langsamer. Was, wenn sich die Ursache für das mitleiderregende Geräusch des Hundes immer noch irgendwo in der Nähe befand? Mac bewegte sich vorsichtig auf das Haus zu. Er spürte keinerlei Gefahr – aber vermutlich gab es auch gar keine. Der Köter war einfach ein Weichei! Man konnte ihm nicht mal einen Klaps auf die Schnauze verpassen, ohne dass er zu jaulen begann!

Mac schlich noch näher. Nein, da war nichts! Wahrscheinlich winselte der Köter bloß, weil er nicht raus durfte. Vielleicht wollte er ebenfalls den schönen Abend genießen.

Mac fühlte sich so beschwingt, dass er beschloss, Diogee einen kleinen Gefallen zu tun. Er sprang auf das Gartentor, drückte den Riegel mit der Pfote auf und lehnte sich dagegen. Es schwang sofort auf.

Doch der Hund blieb einfach im Garten hocken, obwohl er frei war. Er war wirklich ein Dummkopf!

Offensichtlich brauchte er ein wenig Starthilfe. Die konnte er haben! Mac sprang vom Zaun auf den Rücken des Hundes, und der Köter hörte augenblicklich auf mit dem Gejammer. Stattdessen stieß er nun ein lautes Jaulen aus und schoss mit Mac durch das Gartentor. *Yippie-Ya-Yeah!*

Diogee galoppierte die Straße hinunter, bevor er mit einem Mal zum Stehen kam und sich umsah. Er wandte den Kopf zuerst nach rechts und anschließend nach links – und dann schien er endlich zu kapieren, dass er frei war. Er bellte vergnügt und lief auf den nächstbesten Baum zu, um ihn zu bewässern.

Mac beschloss, dass er es nicht nötig hatte, Diogee dabei zuzusehen, weshalb er von seinem Rücken sprang, um wieder seiner Arbeit nachzugehen.

Er war noch nicht weit gekommen, als er plötzlich ein Kläffen hörte. Es stammte von einem Hund, aber es war nicht der Dummkopf. Es folgte ein weiteres Kläffen und schließlich ein Geräusch, das Mac bereits kannte. So klang der Dummkopf, wenn Mac ihm eine Ohrfeige verpasste.

Mac fuhr herum und lief auf das Kläffen und Heulen zu. Ein winziger, beinahe haarloser Hund in einem gepunkteten Mäntelchen jagte hinter Diogee her und biss ihm in die Knöchel.

So nicht! Der Dummkopf war *Macs* Spielzeug!

Mac stieß ein Kriegsgebrüll aus und stürzte sich auf den kleinen, kläffenden Köter. Er rammte seinen Kopf in seinen Bauch, und der Kläffer geriet ins Straucheln. Mac sah ihm in die Augen und knurrte warnend. Mehr war gar nicht nötig. Der Kläffer zog den Schwanz ein und rannte davon – nach Hause zu seiner Mommy, da war sich Mac ganz sicher.

Ganz offensichtlich kam der Dummkopf in der großen weiten Welt nicht zurecht. Also trieb Mac ihn mit ein paar Pfotenhieben zurück in seinen Garten und schloss das Tor hinter ihm. Der Köter wedelte mit dem Schwanz, als wäre er glücklich, dass er zurück in seinem Gefängnis war. Es war einfach erbärmlich!

Na ja, Mac hatte es zumindest versucht. Aber jetzt musste er sich endlich um seine nächste Mission kümmern!

Kapitel 18

David starrte an die Schlafzimmerdecke. Jamies Kopf lag schon so lange auf seinem Oberarm, dass dieser mittlerweile eingeschlafen war. Sein ganzer Körper fühlte sich steif an und verlangte nach Bewegung. Er musste hier raus! Er musste in seine Laufschuhe schlüpfen und laufen, bis er schweißgebadet zusammenbrach – obwohl sein Herz auch jetzt schon so schnell schlug, als wäre er gerade einen Marathon gelaufen.

Was war bloß los mit ihm? Er hatte beinahe eine Panikattacke bei dem Gedanken gehabt, dass er und Jamie mit Adam und Lucy ausgingen, weil es sich einfach falsch angefühlt hatte, ohne Clarissa auf ein Doppel-Date zu gehen.

Und was hatte er stattdessen getan? Er war mit Jamie ins Bett gegangen. Als wäre das einfacher zu verkraften.

Er sah zu Jamie hinüber, die tief und fest schlief, bevor er sachte begann, seinen Arm unter ihrem Kopf herauszuziehen und gleichzeitig ein Kissen darunterzuschieben. Entweder so oder er würde sich den Arm an der Schulter abtrennen müssen. Er musste einfach raus hier!

Adrenalin schoss durch seine Adern, und er spürte, wie es sein rasendes Herz noch weiter antrieb. Er hatte das Gefühl, als würde er jeden Moment explodieren.

Dann endlich hatte er es geschafft, Jamies Kopf von seinem Arm auf das Kissen zu befördern. Er stand auf, und alleine die Tatsache, dass er nun nicht mehr im Bett lag, brachte ihm bereits die ersehnte Erleichterung. Er schlüpfte leise und eilig in seine Klamotten, sammelte seine Schuhe ein und beschloss, sie erst draußen anzuziehen.

David machte drei Schritte auf die Tür zu, dann hielt er inne. Obwohl er unbedingt raus wollte, konnte er es einfach nicht. Nicht so.

Er öffnete leise Jamies Nachttischschublade und betete, dass sie nicht aufwachte. Dann griff er nach einem Bleistift und einem Stück Papier und schrieb eine kurze Nachricht. »Ich musste nach Diogee sehen. Schön, dass wir Freunde sind.« Er malte noch ein lachenden Smiley dazu und schämte sich gleich darauf so sehr für sein Verhalten, dass er beinahe wieder ins Bett geklettert wäre. Doch er brachte es einfach nicht über sich.

Also schlich er durch die Tür, achtete darauf, dass sie gut verschlossen war, und lief nach Hause, ohne auch nur seine Schuhe anzuziehen.

Als Jamie aufwachte, war ihr Bett leer. Es dauerte einen Augenblick, bis ihr klar wurde, warum sich das falsch anfühlte, doch dann wusste sie es. Sie hatte mit David geschlafen – und es war wunderschön gewesen. Vielleicht, weil sie so gute Freunde gewesen waren, bevor sie den nächsten Schritt gewagt hatten.

Wovor hatte sie eigentlich Angst gehabt? Dass David sie davon abhalten würde, Neues auszuprobieren und endlich herauszufinden, was sie mit ihrem Leben anfangen wollte? Das war doch verrückt! Sie fühlte sich, als hätte ihr jemand eine Adrenalinspritze verabreicht. Sie war bereit, die ganze Welt zu erobern! David hatte sie unterstützt, was ihre Fotos betraf, und das würde sich auch in Zukunft nicht ändern. Das hatte Ruby ihr versichert. Warum hatte sie so lange nicht auf ihre beste Freundin gehört?

Vermutlich war David gerade auf der Suche nach Kaffee. Jamie stand auf, zog sich das Minions-T-Shirt über, in dem sie normalerweise schlief, und hüpfte fröhlich in die Küche. Sie hatte das Gefühl zu schweben.

Doch David war nicht in der Küche und auch nicht im Badezimmer oder auf der Veranda. Er war nicht mehr da. Jamie lief zurück ins Schlafzimmer und strich mit der Hand über das Laken auf seiner Seite des Bettes. Es war kalt. Wie lange war er schon fort?

Sie drehte sich im Kreis, als würde er jeden Augenblick hinter dem Regal hervorspringen und »Überraschung« rufen, doch dann ließ sie sich aufs Bett sinken, und die Euphorie verpuffte so schnell, dass ihr schwindelig wurde. »David würde nicht einfach verschwinden«, sagte sie laut zu sich. »Er würde eine Nachricht hinterlassen.«

Jamie warf einen Blick auf den Nachttisch – und da lag sie. Er schrieb, dass er nach Diogee sehen musste, was durchaus nachvollziehbar war. Vermutlich stand Diogee bereits mit überkreuzten Beinen hinter der Tür und wartete darauf, dass David ihn endlich hinausließ. Abgesehen davon, dass David eine Hundeklappe besaß. Na ja, vielleicht wollte er einfach sichergehen, dass Diogee genug Wasser hatte. Vielleicht war sein Hund aber auch wie ihr Kater und wurde extrem unleidlich, wenn er sein Frühstück zu spät serviert bekam.

Ja, das musste es sein! Sie kehrte in die Küche zurück. »Mac, Frühstück!«, rief sie, und im nächsten Moment trabte er mit einem zufriedenen Miauen in die Küche und wand sich um ihre Knöchel. Auf Mac war eben immer Verlass! Jamie öffnete eine Lachs-Hähnchen-Dose und legte eine Sardine obenauf. Macs Leibspeise.

Jamie schaute Mac beim Fressen zu, doch dann wurde ihr klar, dass sie einfach nach unten starrte, ohne ihn wirklich zu sehen. Sie stand vollkommen neben sich. Kaffee. Sie brauchte Kaffee! Sie trank jeden Morgen Kaffee, und genau das würde sie jetzt auch tun. Sie würde einen Kaffee trinken. Und bis sie ihre Tasse getrunken hatte, würde David sicher angerufen oder ihr geschrieben haben oder einfach wieder vor der Tür stehen.

Doch nach zwei Tassen hatte sie immer noch nichts von ihm gehört und gesehen. Sie war so verunsichert, dass sie beschloss, Ruby zu besuchen. Sie brauchte die Meinung einer geistig zurechnungsfähigen Person, denn sie selbst fühlte sich im Moment alles andere als das.

»Bin gleich wieder da, Mac«, rief sie, als sie das Haus verließ – und einige Minuten später klopfte sie bereits an Rubys Tür.

Ruby grinste, als sie Jamie sah. »Hey, du bist es! Ich will sämtliche Details über euer Date erfahren – oder wie auch immer ihr eure gemeinsame Zeit nennt. Es war super, oder? Adam und Lucy sind großartig.«

»Sie haben abgesagt«, erklärte Jamie. »Lucy ist krank.«

»Oje, ich hoffe, es ist nichts Ernstes?«, meinte Ruby und schob Jamie ins Haus.

»Ich glaube, nicht.«

»Du klingst, als könntest du einen Kaffee vertragen«, erklärte Ruby, während sie sich auf den Weg in die Küche machten.

»Nein, danke.«

»*Nein, danke?* Du hast doch noch nie eine Tasse ausgeschlagen!« Sie setzten sich an den Küchentisch, und Ruby musterte Jamie eingehend. »Was ist denn los?«

»Vermutlich ist es gar nichts«, antwortete Jamie. »Ich habe gestern Abend mit David geschlafen.«

Ruby sprang auf und riss triumphierend die Arme hoch. »Halleluja!«

Jamie versuchte zu lächeln, doch es wirkte vermutlich nicht überzeugend, denn Ruby setzte sich wieder und lehnte sich näher heran. »Ich schätze, mein ›Halleluja‹ war ziemlich kindisch.

Ich war eine Sekunde lang vollkommen überwältigt. Aber irgendetwas stimmt nicht, oder?«

»David war nicht mehr da, als ich heute Morgen aufgewacht bin«, erklärte Jamie.

»Hat er dir eine Nachricht hinterlassen oder dir geschrieben oder irgendwas?«, fragte Ruby und musterte Jamie erneut.

»Er meinte, dass er nach Diogee sehen muss. Aber ich bin seit einer Stunde wach, und wer weiß, wie lange er schon fort war. Sollte ich mittlerweile nicht von ihm gehört haben?«

»Ja, schon«, meinte Ruby vorsichtig. »Vor allem, weil wir hier von *David* sprechen. Aber er muss immer sehr früh zur Arbeit. Vielleicht meinte er, dass er nach Diogee sehen muss, bevor er in die Bäckerei fährt?«

Jamie legte den Kopf in die Hände. »Daran habe ich noch gar nicht gedacht. Das wäre möglich.« Sie hob den Kopf und lächelte – und dieses Mal wirkte es ehrlich. »Er ist sicher bei der Arbeit. Vermutlich ruft er an oder schreibt mir, nachdem er die ersten Muffins und die anderen Teilchen fertig hat. Er macht jeden Tag alles frisch.«

»Ja, das klingt nachvollziehbar. Und jetzt kommen wir zu dem interessanten Teil. Wie war es?«, fragte Ruby und ließ ihre Augenbrauen tanzen.

»Es war so gut, wie ich es mir vorgestellt habe«, antwortete Jamie. »Hoch hundert.«

David starrte auf das Display seines Handys. Es war beinahe Mittag, und er musste sich endlich bei Jamie melden. Es war inakzeptabel, es nicht zu tun – aber er wusste nicht, was er sagen oder schreiben sollte.

Vielleicht war es das Beste, gar nichts zu sagen und letzte

Nacht einfach unerwähnt zu lassen. Vielleicht konnten sie wieder nur Freunde sein, ohne dass er die Sache großartig erklärte. Sie hatten doch nur ein einziges Mal miteinander geschlafen, und sie gingen beide nicht davon aus, dass sie das sofort zu einem richtigen Liebespaar machen würde. Sie wollten Freunde mit gewissen Vorzügen sein – das war der Deal. Aber schliefen Freunde mit gewissen Vorzügen eigentlich regelmäßig miteinander oder nur ab und zu? Vielleicht vergaßen sie die Sache mit den Vorzügen einfach wieder, wenn sie eine Zeit lang nicht miteinander ins Bett gingen?

Ja, klar! Als würde er die letzte Nacht jemals vergessen können. Bis zu der Panikattacke, die beinahe in einem Herzinfarkt geendet hatte, war es einfach unglaublich gewesen. Allerdings war er ganz offensichtlich noch nicht bereit, mit einer anderen Frau zu schlafen.

David begann zu tippen.

Hey, Jam. Willst du dir heute vielleicht einen Film ansehen? Garantiert jugendfrei.

Er wollte nicht, dass sie dachte, er würde einen Porno vorschlagen. Er las die Nachricht noch einmal, beschloss, dass ihm wohl nichts Besseres einfallen würde, und drückte auf »Senden«.

Jamie streckte Ruby ihr Handy entgegen, damit sie Davids Nachricht lesen konnte. Ruby hob eine Augenbraue und meinte »Hmmm«.

»Ich hatte noch nie eine Freundschaft mit gewissen Vorzügen. Ist das normal?«, fragte Jamie.

»Es klingt auf jeden Fall sehr freundlich«, antwortete Ruby. »Ich hätte zwar gedacht, dass er schreibt, wie toll die Nacht gewesen sei oder so, aber immerhin fragt er dich, ob du etwas mit ihm unternehmen willst. Es sieht so aus, als wäre alles okay.«

»Ja, vermutlich. Ich meine, es ist nur eine Nachricht. Da kann man sich nicht viel erwarten, oder?«

Jamie antwortete mit »Sicher« und einem Smiley – einem einfachen, schmucklosen Smiley ohne Herzen in den Augen oder so. Sie würde sich besser fühlen, sobald sie David persönlich gegenüberstand …

Doch das war nicht der Fall. Denn obwohl Davids Gesicht aussah wie immer, fühlte er sich nicht wie David an, zumindest nicht ganz. Beinahe, aber nicht ganz. Er lächelte, als er sie sah, überreichte ihr seine neueste Cupcake-Kreation und drückte ihr einen Kuss auf die Wange. Was das Gefühl verstärkte, dass etwas nicht stimmte. Nach letzter Nacht waren sie über das Stadium der Wangenküsse hinaus. Und zwar erheblich.

David beugte sich hinunter, um Mac am Kopf zu kraulen, der daraufhin etwas echt Seltsames tat: Er öffnete das Maul, streckte kurz die Zunge heraus und stieß ein Miauen aus, das er normalerweise für den Unabhängigkeitstag reservierte, weil er das Knallen der Feuerwerkskörper hasste. Jamie griff nach unten, um ihn zu streicheln, doch er duckte sich unter ihrer Hand hindurch und verschwand im Schlafzimmer.

»Was ist denn los mit ihm?«, fragte David.

Jamie zuckte mit den Schultern. »Ich bin mir nicht sicher. Manchmal habe ich keine Ahnung, was er sich gerade denkt.« *Und mit dir geht es mir genauso*, dachte sie bei sich. Sie ging in die Küche, um den Cupcake in den Kühlschrank zu stellen, und David folgte ihr.

»Was hast du denn heute so gemacht?«, fragte er und setzte sich an den Küchentisch.

Vor Kurzem, als sie noch Freunde – *wahnsinnig gute* Freunde – waren, hätte sie wahrheitsgemäß geantwortet. Sie hätte zugegeben, dass sie den ganzen Vormittag darüber nachgegrübelt hatte, warum sie nichts von ihm gehört hatte. Und als dann schließlich seine Nachricht gekommen war, hatte sie sich nur noch darüber Gedanken gemacht, warum diese eine Spur weniger freundlich geklungen hatte als die Nachrichten, bevor sie zu Freunden mit bestimmten Vorzügen geworden waren. Sie hätte ihm gestanden, dass die Sache mit den gewissen Vorzügen ein wenig komplizierter war, als sie gedacht hatte, und dass sie jetzt andere Erwartungen an ihn hatte. Obwohl das womöglich gar nicht stimmte. Vielleicht erwartete sie sich einfach, dass sie sich immer noch so nahe fühlten wie vor dem Sex. Möglicherweise hätte sie sogar zugegeben, dass sie vollkommen durcheinander war.

Doch stattdessen meinte sie bloß: »Ich habe mit ein paar Fotos experimentiert.« Was natürlich eine glatte Lüge war. Sie hatte ein Foto der Puppenspieler angestarrt und hatte es dann wieder aufgegeben, weil sie sich einfach nicht auf die Arbeit konzentrieren konnte.

Jamie öffnete den Kühlschrank und stellte den Cupcake ins oberste Fach.

»Probierst du ihn gar nicht?«, fragte David.

Ach ja! Normalerweise nahm Jamie immer sofort einen Bissen, doch heute schien ihr Magen wie zusammengeschnürt, und sie brachte einfach nichts hinunter. »Ich hatte viel zum Mittagessen«, erklärte sie ihm und fragte sich im nächsten Moment, ob sie überhaupt zu Mittag gegessen hatte. Sie konnte sich nicht mehr erinnern.

»Ist alles okay bei dir?«, fragte David.

»Ja. Warum?«

David zuckte mit den Schultern.

»Und bei dir?«, fragte Jamie.

»Ja, sicher. Alles bestens«, erwiderte David.

Aber das stimmte nicht. Etwas lief hier falsch. Sie spürte es genau. Doch sie durfte jetzt nicht verrücktspielen. David war noch immer David – und vielleicht hatte er ebenfalls keine Ahnung, was »Freunde mit gewissen Vorzügen« eigentlich bedeutete.

»Also, du wolltest dir einen Film ansehen? Hast du an einen bestimmten Film gedacht?«, fragte Jamie so locker wie möglich.

»Nein, nicht wirklich. Gibt es denn einen Film, den du dir gerne ansehen würdest?«, fragte David.

»Mir ist mehr oder weniger alles recht«, erwiderte Jamie.

»Ja, mir auch«, erklärte er.

»Willst du ins Kino gehen? Oder einfach etwas streamen?«, fragte Jamie.

»Ganz egal«, erwiderte er.

Sie verhielten sich beide so wahnsinnig höflich und entgegenkommend. Es wurde immer schlimmer.

»Ich war noch immer nicht im Cinerama Dome. Wir könnten einfach hingehen und sehen, was gespielt wird. Und wenn nichts dabei ist, dann gehen wir weiter ins ArcLight«, schlug Jamie vor. Vielleicht half ihnen ein kleiner Spaziergang dabei, lockerer zu werden.

»Okay«, antwortete David.

Jamie versteckte ein Katzenleckerli hinter einem Sofakissen, sodass Mac beschäftigt war, und sie machten sich auf den Weg.

»Psst!« Jamie hob den Kopf und sah, dass Marie auf der Terrasse stand und sie zu sich winkte. »Helen und ihre Schwester reden wieder miteinander!«, flüsterte sie und deutete mit dem

Kopf zum Springbrunnen. Die beiden Schwestern saßen am Rand und steckten die Köpfe zusammen.

»Das ist echt verrückt«, fuhr Marie fort. »Beide hatten eine Puppe, die sie als kleine Mädchen auf einer Griechenlandreise von ihren Eltern bekommen haben – das war natürlich noch vor der Scheidung gewesen. Auf jeden Fall ist Helens Puppe heute Morgen vor Nessies Tür aufgetaucht, und sie hat sie zum Springbrunnen gebracht. Doch dann kam Helen und warf ihr vor, die Puppe gestohlen zu haben. Zuerst schrien sie sich an, aber dann begannen sie zu reden, und jetzt sitzen sie schon seit Stunden zusammen. Ich kenne die beiden seit über vierzig Jahren, und ich dachte, dass sie vermutlich sterben würden, ohne noch einmal miteinander zu reden.«

In Maries Augen standen Tränen. Jamie streckte die Hand aus und drückte ihren Arm. »Das ist wirklich schön.«

»Ja, nicht wahr?«, meinte Marie. »Ich glaube, ich mache den beiden einen kleinen Imbiss.« Und damit eilte sie ins Haus.

»Glaubst du, ich sollte den anderen erzählen, was Mac hier treibt?«, fragte Jamie. »Die ganze Sache läuft ja jetzt schon ziemlich lange.«

»Du weißt doch gar nicht, ob Mac immer noch Sachen klaut. Vielleicht fand jemand die Idee lustig und hat beschlossen, sie weiterzuführen. Das wäre zwar seltsam, aber durchaus möglich.«

»Seltsam. Ja, das stimmt«, meinte Jamie.

Sie gingen schweigend nebeneinanderher, und Jamie fühlte sich extrem unwohl, denn es war kein zufriedenes Schweigen, das zeigte, dass man im Einklang war und nicht unbedingt miteinander reden musste. Es war nicht die Art von Schweigen, die David und sie bisher gekannt hatten.

Sie versuchte, sich keine weiteren Gedanken darüber zu machen. Schweigen war Schweigen. Vermutlich ging einfach ihre Fantasie mit ihr durch. Aber letzte Nacht hatte sie sich ihm näher gefühlt als jemals zuvor, und jetzt fühlte sie sich so weit entfernt wie noch nie. Sie wusste zwar, dass ein Gefühl nicht immer Rückschlüsse auf die Realität zuließ, aber ab und zu musste man auch mal seinem Bauchgefühl vertrauen.

»Sieh mal, der neue Actionfilm mit Chris Pratt ist angelaufen. Das klingt doch witzig«, meinte Jamie, als sie schließlich vor dem Cinerama Dome standen.

»Ja, da bin ich dabei«, antwortete David.

Jamie war erleichtert, dass der Film bereits wenige Minuten nach ihrer Ankunft begann. Sie freute sich auf zwei Stunden im Dunkeln, ohne sich unterhalten zu müssen, und sie hoffte, dass sie der Film von den verrückten Gedanken ablenken würde, die in ihrem Gehirn herumschwirrten.

»Das Karamell-Popcorn hier ist echt spitze«, erklärte David. »Ich hole uns welches.« Ohne fragen zu müssen, was sie wollte, brachte er ihr eine zuckerfreie Limo mit. *Siehst du?*, meinte sie zu sich selbst. *Er ist noch genauso aufmerksam wie früher!*

Doch nachdem sie sich gesetzt hatten, griffen sie beide zufällig zur gleichen Zeit in den Popcorneimer, und David zog unwillkürlich die Hand zurück. Es schien wie eine instinktive Reaktion auf etwas Gefährliches und Ekelerregendes.

Er fand sie abstoßend.

Einige Zeit später waren sie endlich zurück im Storybook Court und überquerten den Platz mit dem Springbrunnen. Der Film war David endlos lange erschienen, obwohl er sich normalerweise gerne hirnlose Actionstreifen ansah. Aber es war einfach brutal gewesen, Jamie zwei Stunden lang so nah zu sein. Ihre körperliche Präsenz war nicht zu ignorieren. Er spürte ihre

Wärme, wenn ihr Arm seinen zufällig streifte, und er roch den Duft ihres Shampoos. Hätte sein Körper das Sagen gehabt, hätte er sie noch vor dem letzten Trailer aus dem Kino und nach Hause ins Bett befördert, aber er schaffte es einfach nicht, mit der Angst zurechtzukommen, die auch dieses Mal darauf folgen würde. Und auch nicht mit der niederschmetternden Trauer, die sich so frisch und roh anfühlte.

»Wow! Helen und ihre Schwester unterhalten sich noch immer«, meinte Jamie, und als David einen Blick durch Helens Fenster warf, sah er, dass die Zwillinge gemeinsam auf dem Sofa saßen.

»Ja, diese Geschichte hat wohl ein Happy End«, erwiderte David und folgte Jamie den Weg entlang bis zu ihrer Haustür. Sie schloss auf und trat in den Flur, wobei sie ganz offensichtlich erwartete, dass er ihr folgte. »Ich kann nicht reinkommen. Diogee muss sicher schon ganz dringend raus.«

»Aber du hast doch eine Hundeklappe. Er kann jederzeit in den Garten«, erwiderte Jamie.

»Ja, aber er leidet unter Trennungsangst«, erklärte David ihr.

Jamie hob die Augenbrauen. »Du bist erst ein paar Stunden fort.«

Warum konnte sie nicht akzeptieren, dass er nicht hineinkommen wollte? »Ja, aber ich muss morgen wirklich verdammt früh zur Arbeit«, erwiderte David. »Ich melde mich wieder«, meinte er noch, bevor er sich abwandte und sich auf den Weg nach Hause machte.

Er spürte, wie die Anspannung mit jedem Schritt nachließ. Wenn er erst mal zu Hause war, würde er zuerst mit Diogee Tauziehen spielen, einige Seiten von *Unendlicher Spaß* und ein paar Dutzend Fußnoten lesen und sich anschließend vor den Fernseher setzen, bis er einschlief. Das war alles, was er wollte. Seine gewohnte Routine. Sein altes Leben.

Doch plötzlich hörte er Schritte hinter sich und warf einen Blick über die Schulter. Es war Jamie. Sie eilte auf ihn zu. »Hast du tatsächlich gerade ›Ich melde mich wieder‹ gesagt?«, fragte sie aufgebracht. Ihr Gesicht war gerötet, und ihre Augen blitzten.

»Ja, so etwas in der Art«, erwiderte David.

»Dann bekomme ich also in ein paar Monaten eine Weihnachtskarte von dir, oder wie? Meintest du das damit?«, fauchte sie.

»Jamie, wir haben uns seit dem Abend in der Bar alle paar Tage gesehen«, erwiderte David. »Und wir haben uns gerade vor ein paar Minuten verabschiedet, nachdem *ich* dich gefragt hatte, ob wir ins Kino gehen. Warum bist du so sauer?«

Sie schüttelte den Kopf. »Tu nicht so, als wüsstest du das nicht. Tu nicht so, als wäre ich verrückt. Wir haben letzte Nacht miteinander geschlafen, und heute tust du plötzlich so, als hätte ich eine ansteckende Krankheit, und sagst mir, dass du ›dich meldest‹.«

»Ich habe dir doch gesagt, dass ich noch nicht bereit für eine Beziehung bin – und du warst derselben Meinung«, entgegnete David schroff, obwohl er genau wusste, was sie meinte. Er wollte nur noch nach Hause. »Wir haben vereinbart, dass wir gute Freunde sind, die ab und zu Sex haben. Genau das ist gestern passiert – und heute sind wir miteinander ausgegangen. Wie gute Freunde.«

Jamie starrte ihn eine gefühlte Ewigkeit lang an, die vermutlich nur ein paar Sekunden dauerte, dann wandte sie sich ab. »Okay, man sieht sich. Lass einfach mal von dir hören!«, rief sie, und er hörte die Wut und den Schmerz in ihrer Stimme.

Er wusste, dass er ihr nachrufen und versuchen sollte, ihr alles zu erklären, aber er war sich auch klar, dass er es nicht schaffen würde, einfach nur mit ihr befreundet zu sein. Der heutige Abend war der Beweis dafür gewesen. Warum sollte er es dann nicht gleich hier und jetzt beenden?

Mac betrachtete Jamie, die weinend auf dem Bett lag. Er wusste einfach nicht, wie er ihr helfen konnte. Schließlich ging er zu ihr, legte sich neben sie und schmiegte sich so eng wie möglich an sie, doch sie schluchzte weiter.

Ihr Geruch war schlimmer als die Einsamkeit, die ihn dazu veranlasst hatte, sich auf die Suche nach einem Menschen für sie zu machen. Irgendetwas war schiefgelaufen. Es war ihm bereits aufgefallen, als David vorhin das Haus betreten hatte. Aber jetzt war Jamies Geruch noch viel schlimmer.

Ihre Traurigkeit schien ihn zu erdrücken, und plötzlich fiel ihm das Atmen schwer.

Mac hatte David für Jamie ausgewählt, doch alles, was er jetzt davon hatte, war, dass sie bitterlich schluchzte. Er hatte sie enttäuscht.

Mac stand auf und sprang auf den Boden. Dann schlüpfte er unters Bett und rollte sich zusammen. Es war wohl besser, sich von Jamie fernzuhalten. Er sollte sich am besten von *allen* fernhalten.

Kapitel 19

Als Jamie am nächsten Morgen aufwachte, blieben ihr etwa drei glückselige Sekunden, bis ihr wieder einfiel, was am Vorabend passiert war. Sie zog sich die Decke über den Kopf und kniff die Augen zu. Sie wollte einfach weiterschlafen und nicht daran denken, wie David im Kino seine Hand zurückgezogen hatte. Und wie kaltherzig er ihr erklärt hatte, dass sein Verhalten doch genau das war, worauf sie sich geeinigt hatten. Sie hatten beschlossen, dass sie Freunde mit gewissen Vorzügen sein wollten – aber gestern Abend hatte David sich wie ein Fremder benommen.

Jamie versuchte, sich zum Schlafen zu zwingen, doch es schwirrten zu viele Fragen in ihrem Kopf herum. Warum hatte sich David so verhalten? Was war los mit ihm? Oder stimmte mit ihr etwas nicht? Warum hatte er so getan, als würde er sich vor ihr ekeln? Warum hatte er vorgeschlagen, ins Kino zu gehen, obwohl er ganz offensichtlich nichts mehr mit ihr zu tun haben wollte? Warum? Warum? Warum?

Sie blieb noch einige Minuten im Bett liegen, dann gab sie es auf. Sie würde nicht mehr einschlafen können. Ihr Körper fühlte sich kalt und kraftlos an, doch sie zwang sich aufzustehen. Vielleicht half ein Becher Kaffee. Kaffee machte das Leben immer ein wenig schöner.

Erst jetzt fiel Jamie auf, dass es heller war als sonst. Sie warf einen Blick auf den Wecker – es war bereits nach neun Uhr. Normalerweise ließ Mac sie nie so lange schlafen. Er wollte pünktlich um sieben Uhr dreißig frühstücken, und an jedem anderen Tag hätte er sich bereits heiser miaut.

Jamie rief nach ihm, doch sie bekam keine Antwort. Sie durchsuchte das ganze Haus, doch ihr Kater war nirgendwo zu sehen. War er wieder draußen unterwegs? Sie kontrollierte das Insektenschutzgitter auf der Veranda und vor den Fenstern, doch es gab keine neuen Risse. Was allerdings nicht bedeutete, dass er nicht doch irgendwie entwischt war.

»Mac?«, rief sie erneut und beschloss, ihre Suche zu intensivieren und auch in den Küchenschränken, unter der Couch und in ihrem Kleiderschrank nachzusehen. Schließlich fand sie ihn zusammengerollt unter dem Bett.

»Was ist denn los, Mac-Mac?« Sie streckte die Hand aus und schaffte es so eben, mit zwei Fingern über seinen Rücken zu streichen. »Ist alles in Ordnung?« Er bewegte sich nicht und miaute oder schnurrte auch nicht. »Was ist denn passiert, Schätzchen?« Irgendetwas stimmte nicht. Mac hatte sich noch nie so verhalten. Er verlangte immer lautstark nach seinem Frühstück und dem Abendessen, selbst wenn sie nur ein paar Minuten zu spät dran war. Seine innere Uhr war verblüffend präzise.

Sie eilte in die Küche, holte seinen Wasser- und seinen Futternapf und kehrte damit ins Schlafzimmer zurück, wo sie beides neben dem Bett abstellte. Vielleicht führte ihn der Geruch in Versuchung – doch er reagierte auch dieses Mal nicht. *Nur keine Panik*, ermahnte Jamie sich selbst. Mac atmete normal, und er hatte sich nicht übergeben, denn das hätte sie sicher bemerkt, als sie das Haus nach ihm abgesucht hatte. Sie kontrollierte die Katzentoilette. Es sah nicht so aus, als hätte er Durchfall. Sie beschloss abzuwarten, ob er in den nächsten paar Stunden etwas fressen würde. In der Zwischenzeit würde sie versuchen, einen guten Tierarzt ausfindig zu machen.

Normalerweise hätte sie David angerufen und ihn gefragt, wohin er Diogee brachte. Sie war sich sicher – na ja, *ziemlich* sicher –, dass David ihren Anruf auch annehmen würde, doch er würde ihre Frage vermutlich mit derselben kühlen Höflichkeit beantworten, mit der er ihr erklärt hatte, dass sie nun mal Freunde waren, die miteinander Sex gehabt hatten, und dass sie sich doch genau darauf geeinigt hatten. Um ihr dann zu versichern, dass er sich wieder melden würde. Aber das hielt sie im Moment nicht aus. Sie würde einfach Marie fragen. Marie kannte eine Menge Leute.

Jamie schlüpfte in eine Cargohose und ein langärmeliges Shirt.

»Ich bin gleich wieder da, Mac«, rief sie und eilte zur Tür.

Al jätete gerade das Blumenbeet. »Kennen Sie einen guten Tierarzt hier in der Nähe?«, rief Jamie.

»Fragen Sie Marie!«, antwortete er und deutete mit dem Kopf in Richtung Haus.

Jamie eilte zur Haustür und klopfte. Marie riss überrascht die Augen auf, als sie öffnete. »Ist alles in Ordnung?«

Erst jetzt wurde Jamie klar, dass sie sich weder gekämmt noch die Zähne geputzt hatte und dass ihr Make-up vermutlich über beide Wangen gelaufen war. Sie hatte die Tränen zurückgehalten, bis sie im Haus gewesen war, doch sobald die Tür hinter ihr ins Schloss gefallen war, hatte sie losgeheult.

»Danke, mir geht es gut.« Jamie versuchte, das Make-up mit den Fingern fortzuwischen, doch damit richtete sie vermutlich nur noch mehr Schaden an, deshalb hörte sie auf. »Aber ich mache mir Sorgen um Mac. Kennen Sie vielleicht einen guten Tierarzt in der Nähe?«

»Was hat er denn?«, fragte Marie und runzelte besorgt die Stirn.

»Ach, wahrscheinlich ist es gar nichts. Er verhält sich bloß seltsam und frisst nicht. Ich will einfach wissen, wo ich hingehen kann, falls es schlimmer wird«, erklärte Jamie.

»Warum fragen Sie nicht einfach David, wo er mit dem Hund hingeht?«, fragte Marie.

»Kennen *Sie* denn niemanden?«, meinte Jamie flehentlich.

»Haben Sie sich gestritten?«, rief Helen, die neben ihrer Schwester im Wohnzimmer saß – Jamie hatte die beiden noch nicht einmal bemerkt.

Jamie wollte die Sache mit David auf keinen Fall vor den drei Frauen breittreten, doch Marie sah das anders: »Haben Sie mit ihm Schluss gemacht?«

»Hat er mit *Ihnen* Schluss gemacht?«, fragten Helen und Nessie wie aus einem Mund und grinsten sich darüber an.

»Nein. Wir waren nicht … Nein. Aber ich glaube nicht, dass wir uns in nächster Zeit oft sehen werden«, erwiderte Jamie. Es hatte keinen Sinn, es vor ihren Nachbarinnen geheim zu halten.

Marie schüttelte den Kopf. »Er ist noch nicht über seine Frau hinweg. Das ist sicher der Grund für die Probleme. Sie sollten sich mit meinem …«

»Wir sollten Sie mit unserem …«, unterbrachen Helen und Nessie Marie kurzerhand.

»Nein!« Jamies Stimme klang laut und panisch. Die drei Frauen klappten den Mund zu und starrten sie an. »Nein«, wiederholte sie etwas leiser. »Niemand wird mich verkuppeln. Ich meine es ernst! Wenn Sie es versuchen, dann bin ich weg.« Jamie atmete tief durch. »Ich brauche bloß die Nummer eines verlässlichen Tierarztes, mehr nicht.«

»Ich hole ihnen die Nummer der Gower Tierklinik. Dezzy ist mit seinem kleinen Zwergspitz auch immer dorthin gefahren«, erklärte Marie ungewohnt sanft.

»Danke.« Jamie versuchte, ein Lächeln für die beiden Zwillinge aufzubringen, während sie darauf wartete, dass Marie zurückkam.

»Das ist meine Schwester«, erklärte Helen.

»Ja, das dachte ich mir schon«, erwiderte Jamie und fragte sich, ob sie den beiden gratulieren sollte, dass sie sich nach so vielen Jahren wieder versöhnt hatten, aber es erschien ihr am Ende zu unhöflich, ihren Streit zur Sprache zu bringen, denn immerhin hatte Helen Jamie nie etwas darüber erzählt. Sie kannte die Geschichte nur, weil Marie sie nicht für sich behalten konnte.

»Wir haben lange nicht miteinander gesprochen. Seit …«, begann Nessie.

»Seit achtundfünfzig Jahren«, sprang Helen ein. »Ist das nicht …«

»Lächerlich?«, vervollständigte Nessie.

Anschließend erzählten die beiden Jamie abwechselnd ihre Geschichte. Nessies Puppe war vor Helens Tür aufgetaucht, und nachdem Helen die Puppe zurückgebracht hatte, tauchte auch Helens Puppe auf Nessies Fußmatte auf. Sie beschuldigten sich gegenseitig, die Puppen geklaut zu haben, doch das brachte sie immerhin dazu, miteinander zu reden – und irgendwie kamen sie auf den Jahrmarkt zu sprechen, auf dem sie die Puppen bekommen hatten, und seitdem unterhielten sie sich mehr oder weniger ununterbrochen.

»Wir haben nur Pausen eingelegt, um …«, meinte Helen.

»… zu essen und auf die Toilette zu gehen«, vervollständigte Nessie den Satz.

»Das ist ja schön!«, erklärte Jamie und sie freute sich auch wirklich für die beiden. Es war eine tolle Geschichte, doch ihre Begeisterung darüber war überschattet von dem Schmerz, dass David sie einfach abgewiesen hatte, und von der Sorge um Mac.

Die Zwillinge schnatterten weiter und erzählten Geschichten aus der Zeit, bevor ihre Eltern sich hatten scheiden lassen und jede bei einem Elternteil geblieben war. Jamie tat, als würde sie ihnen zuhören, obwohl sie immer wieder in Richtung Küche blickte und inständig hoffte, dass Marie bald zurückkommen würde.

Endlich schwang die Küchentür auf, und die alte Frau trat mit einem kleinen Zettel ins Wohnzimmer. »Ich habe ein Weilchen gebraucht, um die Nummer zu finden. Al war wieder einmal an meinen Sachen. Ich sage ihm immer, dass ich ihm alles heraussuche, was er braucht, aber er hört ja nicht auf mich.« Sie gab Jamie die Nummer der Tierklinik. »Ich hoffe, Mac geht es bald besser.«

»Danke für die Nummer. Ich werde gleich mal nach ihm sehen.«

Die drei Frauen warteten nicht einmal, bis Jamie die Tür hinter sich geschlossen hatte, bevor sie Jamies Situation ausführlich besprachen. »Ich wusste, dass David nicht der Richtige …«

Alleine sein Name sandte eine neue Schmerzwelle durch ihren Körper, doch Jamie ignorierte sie. Na ja, sie *versuchte* es zumindest. Sie musste sich jetzt auf Mac konzentrieren.

Als sie nach Hause kam, schien er immer noch an derselben Stelle unter dem Bett zu liegen wie zuvor, und er hatte auch nichts gefressen. Sie beschloss, ihm noch ein paar Stunden Zeit zu geben, bevor sie beim Tierarzt anrief.

Jamie zog die Schuhe aus und krabbelte angezogen ins Bett. Sie wollte im selben Raum bleiben wie Mac, und wenn sie einschlief, dann umso besser.

Zwei Tage nachdem Jamie und er sich getrennt hatten, war David bei Adam zu Besuch. Er wusste, dass er es nicht als Trennung hätte bezeichnen sollen, da sie ja eigentlich gar nicht richtig zusammen gewesen waren, aber es fühlte sich nun mal so an.

Eigentlich wollte er nicht vorbeikommen, aber Lucy traf sich heute mit ihrem Buchclub, und das bedeutete, dass Adam, David und die Kinder zusammen Pizza essen konnten. Die Kids – und Adam – erwarteten, dass er vorbeikam, also durfte er sie nicht enttäuschen. Wenigstens waren Maya und Katy mittlerweile im Bett. Es war schwierig, den lustigen Onkel David zu mimen – beide Kinder nannten ihn Onkel David, obwohl er nur Mayas Patenonkel und nicht einmal ein richtiger Verwandter war –, wenn man sich derart beschissen fühlte.

»Hat Jamie dich angesteckt?«, fragte Adam. »Du siehst nicht gerade toll aus.«

David brauchte einen Augenblick, ehe ihm wieder einfiel, dass er ja gesagt hatte, dass Jamie krank sei, als er sich vor dem Doppel-Date drücken wollte. Er hatte das Gefühl, als wäre das alles schon hundert Jahre her. Er war jedes Mal so aufgeregt gewesen, wenn er Jamie wiedersah. Wenn er jetzt an sie dachte, ekelte er sich bloß vor sich selbst.

»Vielleicht«, antwortete er. Adam hatte ihm gerade die perfekte Entschuldigung geliefert, um zu verschwinden, und das konnte er genauso gut ausnutzen.

»Hoffentlich hast du die Kinder nicht angesteckt!«, seufzte Adam. »Wenn eines krank wird, dreht der Virus mehrere Runden in der Familie, bis wir es alle ein paarmal gehabt haben.«

David fuhr sich mit der Hand durch die Haare. Vielleicht sollte er Adam einfach die Wahrheit sagen. Vielleicht half es sogar, die Sache mit seinem Freund zu besprechen. »Darüber brauchst du dir keine Gedanken zu machen. Ich bin nicht wirklich krank. Ich bin einfach mies drauf. Ich habe mit Jamie Schluss gemacht.«

Adam nahm einen Schluck Bier. »Das hätte ich nicht erwartet. Was ist passiert?«

Bevor David antworten konnte, öffnete sich die Haustür, und Lucy trat ins Wohnzimmer. »Wie geht es den Mädchen?«, fragte sie.

»Gut. Sie schlafen. Aber David geht es nicht so gut. Er hat mir gerade gestanden, dass er mit Jamie Schluss gemacht hat«, erwiderte Adam.

Lucy ließ sich neben ihrem Mann aufs Sofa sinken. »Was ist denn passiert?«

»Das habe ich ihn auch gerade gefragt«, meinte Adam. »Willst du vielleicht ein Bier, bevor wir uns die ganze traurige Geschichte anhören?«

Lucy versetzte ihm einen Schlag auf den Oberarm. »Sag das doch nicht so!«

»Ist schon okay«, meinte David.

»Nein, ist es nicht«, beharrte Lucy.

»Okay, wie wäre es damit: Möchtest du ein Bier, bevor uns David erzählt, was in seiner Beziehung falsch gelaufen ist?«

»Schon besser. Und nein, danke. Grace hat Sangria gemacht.« Lucy schlüpfte aus ihren Schuhen.

»Das bedeutet, dass sie betrunken ist«, erklärte Adam David. »Sie liebt das Zeug.«

Lucy versetzte Adams Arm einen weiteren Schlag. »Ich bin nicht betrunken! Ich bin bloß ein kleines bisschen beschwipst. Und ich könnte ›ein kleines bisschen beschwipst‹ gar nicht sagen, wenn ich betrunken wäre.« Sie wandte sich wieder an David. »Also, was ist passiert?«

David war klar, dass er ihre Frage nicht beantworten konnte, ohne zuzugeben, dass er gelogen hatte. »Wir waren nie wirklich zusammen. Wir haben bloß so getan, weil Jamies Nachbarinnen ständig versucht haben, sie gegen ihren Willen zu verkuppeln. Außerdem habt ihr beide mich mit Counterpart.com genervt, und ich brauchte mal eine Pause.«

»Du lügnerischer Lügner!«, rief Lucy und klang irgendwie doch etwas betrunken.

»Das verstehe ich nicht. Wenn ihr nicht zusammen wart, warum bist du dann so fertig, weil ihr Schluss gemacht habt?«

David stöhnte. »Weil ich totalen Mist gebaut habe. Ich glaube, ich habe ihre Gefühle verletzt, und ich fühle mich schrecklich deswegen.«

Lucy zeigte mit dem Finger auf ihn. »Was hast du getan?«

»Es lief alles super. Wir hatten Spaß – sehr viel Spaß –, und wir haben uns sehr gut unterhalten. Wir haben es beide genossen. Doch dann haben wir beschlossen, miteinander zu schlafen«, versuchte David zu erklären.

»Das ist durchaus nachvollziehbar. Ihr mögt einander. Ihr habt viel Zeit miteinander verbracht, und du hast gesagt, dass sie süß ist. Natürlich hattet ihr Sex«, meinte Adam.

»Wie war es denn?«, fragte Lucy. Okay, sie war definitiv betrunken. Sie wäre zwar auch nüchtern neugierig gewesen, aber sie hätte nie so direkt danach gefragt.

»Wir wollen Details«, ergänzte Adam.

»Keine Details. Es war unglaublich. Das ist alles, was ich dazu sagen werde«, antwortete David.

»Ich bin echt total verwirrt«, meinte Lucy und nahm einen Schluck von Adams Bier. »Du magst sie, und ihr hattet Spaß zusammen …«, meinte sie. »Und was hast du vorhin noch gesagt?« Sie konzentrierte sich eine Sekunde lang. »Ach ja, ihr redet gerne miteinander, und ihr hattet unglaublichen Sex. Ich bin echt total verwirrt.«

»Es ist ja auch verwirrend, selbst wenn man nicht ein *kleines bisschen beschwipst* ist«, meinte Adam und nahm ihr sein Bier ab.

»Ich hatte eine Panikattacke. Anders kann ich es nicht nennen«, gestand David. »Ich kenne da einen Kerl, der in die

Notaufnahme kam, weil er dachte, er hätte einen Herzinfarkt, obwohl es eigentlich eine Panikattacke war. Ich konnte damals nicht glauben, dass ein emotionaler Zustand so schlimm sein kann. Aber das ist er. Ich musste sofort raus. Also bin ich mitten in der Nacht fort.«

»Ohne etwas zu sagen?«, fragte Adam.

»Ich habe ihr eine lahmarschige Nachricht hinterlassen«, erwiderte David. »Mehr hab ich einfach nicht hinbekommen. Ich dachte, mein Herz zerspringt.«

Lucy richtete sich auf und rieb sich übers Gesicht, als würde sie dadurch nüchterner werden.

»Du warst seit Clarissa mit keiner anderen Frau zusammen. Da ist das doch verständlich. Sag ihr einfach, was passiert ist«, meinte Adam.

Lucy nickte zustimmend. »Ja, du musst es ihr sagen.«

»Wir haben uns gestritten, und es war offensichtlich, dass sie mich nicht wiedersehen will. Ich denke, ich sollte es einfach auf sich beruhen lassen und warten, bis Gras über die Sache gewachsen ist. Wir kennen uns ja noch nicht besonders lange«, entgegnete David. »Und ich will es auch nicht noch einmal versuchen. Ich bin ganz offensichtlich noch nicht bereit dafür.«

»So etwas macht doch nur ein Feigling, und das bist du nicht!«, erwiderte Lucy. »Du bist ein erwachsener Mann. Also verhalte dich auch so!«

»Du wirst dich erst wieder besser fühlen, wenn du mit ihr geredet hast«, stimmte Adam ihr zu.

»Jetzt sind es schon drei Tage«, meinte Jamie zu Ruby, die neben ihr auf dem Boden saß. Sie beobachteten Mac, der noch immer unter dem Bett lag. »Die Tierärztin meinte, dass ihm nichts fehlt. Sie hat ihm intravenös Flüssigkeit verabreicht, aber mehr kann sie nicht tun.«

Ruby rieb Jamies Rücken. »Es tut mir so leid. Aber wenigstens ist er körperlich fit. Und du kannst ihm noch mehr Flüssigkeit besorgen, wenn er morgen immer noch … so ist.«

»Ich verstehe es einfach nicht«, meinte Jamie, und ihre Augen wurden feucht.

»Tiere sind sehr sensibel. Glaubst du, dass er vielleicht durcheinander ist, weil *du* durcheinander bist?«, fragte Ruby.

»Vielleicht, aber eigentlich *sollte* ich doch gar nicht durcheinander sein«, erwiderte Jamie. »David hat mir eine E-Mail geschrieben, in der er mir alles erklärt hat. Mittlerweile verstehe ich seine Reaktion sogar. Wir hätten nicht miteinander schlafen dürfen. Er glaubt, dass er noch nicht bereit dafür war, aber wir haben einfach unseren Gefühlen nachgegeben. Im Grunde war niemand schuld. Und ich bin jetzt wieder da, wo ich eigentlich sein wollte. Ich kann an meinen Fotos arbeiten, ohne von einem Mann abgelenkt zu werden. Ich habe sogar schon einen Kommentar von einer Herausgeberin bekommen, die mich gefragt hat, wie viele Bilder ich noch in dieser Serie veröffentlichen will. Sie nannte es tatsächlich eine ›Serie‹!«

»Das ist echt toll«, stimmte Ruby ihr zu. »Aber es bedeutet nicht, dass es nicht trotzdem wehtut, dass David nicht mehr Teil deines Lebens ist. Ich weiß, dass ihr nicht lange zusammen …«

»Wir waren nicht zusammen«, unterbrach Jamie.

»Okay, ihr wart nicht zusammen. Aber ihr habt eine Menge Zeit miteinander verbracht. Ihr mochtet einander. Und jetzt vermisst du ihn.«

Jamie wischte sich wütend die Tränen aus dem Gesicht, dann lehnte sie sich nach vorne, um ihrer Katze in die Augen zu sehen. »MacGyver, wenn du durcheinander bist, weil du denkst, *ich* sei durcheinander, dann hör auf damit! Mir geht es gut.«

Aber das war natürlich eine Lüge. Sie wünschte sich im Grunde auch, sich einfach unter dem Bett zusammenrollen zu können und nie wieder herauskommen zu müssen. Ruby hatte recht. Sie vermisste David. Nein, »vermissen« war zu wenig. Sie sehnte sich nach ihm, sie verzehrte sich nach ihm, sie trauerte um ihn – aber sie konnte ihn nicht haben. Sie konnte kaum glauben, dass ihre Gefühle nach so kurzer Zeit bereits so stark geworden waren, aber so war es nun mal. Es hatte sich von Anfang an so angefühlt, als würden sie sich schon ewig kennen.

Trotzdem musste sie über den Schmerz hinwegkommen – und das würde sie auch. Sie würde den Rest des Jahres nicht einfach verschwenden. Sie würde das Geschenk ihrer Mutter nicht einfach zum Fenster hinauswerfen.

Sie räusperte sich. »Braver Mac-Mac. Ich will doch nur, dass es dir wieder gut geht, denn dann geht es mir auch wieder gut.«

Als Mac die Augen wieder öffnete, war er mit einem Mal fest entschlossen. Er kannte die Wahrheit, er hatte recht gehabt, was David betraf! David gehörte zu Jamie. Mac wusste genau, wann Jamie glücklich war – und sie war glücklich gewesen, als sie mit David zusammen gewesen war. Und David auch – Macs Nase irrte sich nie! Die beiden hatten die Sache einfach selbst vermasselt. Vielleicht war aber auch der Dummkopf schuld. Jedenfalls würde Mac alles wieder in Ordnung bringen, und das bedeutete, dass er sich nicht mehr länger unter dem Bett verkriechen konnte. Er konnte Jamie nicht im Stich lassen. Er liebte sie – und sie brauchte ihn!

Er schlüpfte hinaus in das helle Licht, das durch die Fenster fiel, und trank ein wenig von dem Wasser, das Jamie ihm hingestellt hatte. Sein Napf war leer. Er miaute lautstark, denn er hatte wirklich großen Hunger. Außerdem brauchte er Kraft, um seine Mission zu beenden.

»Mac! Du bist herausgekommen!«, rief Jamie, als sie ins Zimmer stürmte. Sie hob ihn sanft hoch und drückte ihn an sich. Er erlaubte es ihr ein paar Augenblicke lang, bevor er erneut miaute. Wo blieb sein Futter?

»Fressen! Du willst etwas fressen! Du willst wirklich fressen!« Jamie trug ihn in die Küche, setzte ihn ab und öffnete eine Dose.

Mac begann zu schnurren, und sein ganzer Körper vibrierte. Mit einem Bauch voller Sardinen war einfach alles möglich!

Kapitel 20

Jamie öffnete langsam die Eingangstür und senkte den Blick. Auf ihrer Fußmatte lagen eine Socke mit gelben Bigfoots, eine abgegriffene Ausgabe von *Unendlicher Spaß*, eine Baseballkappe der Oakland Athletics und ein *Ghostbusters* Protonenrucksack.

Seit einer Woche fand sie jeden Morgen Dinge vor ihrer Tür, die offensichtlich David gehörten – und auch die Nachbarn brachten immer noch täglich Fundstücke zum Springbrunnen. Hud war kurz davor, den Verstand zu verlieren.

»Mac, das muss aufhören! Ich weiß, dass du David magst. Ich mag ihn ja auch. Aber es geht einfach nicht.«

Doch Mac reagierte nicht. Er war viel zu sehr mit seiner Mausi beschäftigt. Seit er unter dem Bett hervorgekommen war, war er so aufgedreht wie ein junges Kätzchen. Außerdem hatte er seine Diebestouren offensichtlich fortgesetzt. Jamie war sich ganz sicher, dass Mac die Gegenstände anschleppte, obwohl sie immer noch nicht wusste, wie er sich aus dem Haus schlich. In den Tagen, als er krank gewesen war, hatte es keine Vorfälle gegeben, doch nach seiner Genesung war sofort wieder alles beim Alten gewesen.

Jamie schrieb David eine Nachricht.

Bist du in der Nähe? Ich habe wieder ein paar Sachen von dir gefunden. Unter anderem deinen Protonenrucksack. Ich will ihn nicht beim Springbrunnen ablegen, wenn du ihn nicht gleich abholen kannst. Ich weiß ja, wie viel er dir bedeutet.

Sie erinnerte sich noch gut daran, dass Clarissa David den Protonenrucksack geschenkt hatte, nachdem sein Bruder den ersten noch am Weihnachtstag kaputt gemacht hatte. Seine Antwort kam direkt.

> Bin schon unterwegs. Danke. Ich bringe auch wieder ein paar Sachen mit.

Jamie steckte Davids Sachen in eine Einkaufstüte, schrieb seinen Namen darauf und brachte sie zum Springbrunnen. Hud unterhielt sich gerade mit einem der Nachbarn, und sie war froh, dass sie nicht mit ihm sprechen musste. Sobald sie alles erledigt hatte, eilte sie sofort ins Haus zurück. Sie war noch nicht bereit, David gegenüberzutreten, und ganz offensichtlich ging es ihm genauso.

Sie zog sich in die Küche an ihren Laptop zurück. Sie hatte den Besitzer des Museum of Jurassic Technology überredet, sich von ihr fotografieren zu lassen, und nun experimentierte sie mit verschiedenen Effekten und versuchte herauszufinden, was am besten zu seiner Persönlichkeit passte. Mac sprang mit einem genervten Maunzen von einem der Küchenstühle und stolzierte aus dem Zimmer, ohne sie eines Blickes zu würdigen.

Jamie macht es nichts aus, dass er schmollte. Sie war viel zu glücklich, dass er wieder der Alte war. Er war zwar immer noch ein bisschen dünn, aber dank der Sardinen hatte er sein Kampfgewicht schon fast wieder erreicht. Sie hatte solche Angst gehabt, ihn zu verlieren.

 Mac erkannte an der Art, wie Jamie atmete, dass sie nur so tat, als würde sie schlafen – und er merkte es

natürlich auch, als sie dann *tatsächlich* eingeschlafen war. Im nächsten Moment sprang er auf, rannte zum Schornstein und kletterte hinauf. Dann saß er eine Zeit lang auf dem Dach und dachte nach. Wie sollte es jetzt weitergehen? Seine bisherigen Bemühungen waren erfolglos gewesen.

Jamie und David brachten seine Geschenke zum Springbrunnen, ohne miteinander zu reden. Langsam dachte er, dass sie genauso beschränkt waren wie der Dummkopf. Wenn *er* schon wusste, dass sie zueinander passten, warum kapierten *sie* es dann nicht? Moment! *Der Dummkopf!*

David liebte den Köter. Obwohl Mac der Grund dafür schleierhaft war. Er konnte doch bloß sabbern, heulen und Dinge anpinkeln. Aber David liebte ihn genauso, wie Jamie Mac liebte. Diogee war Davids Freund – und das bedeutete, dass er ihm wichtiger war als alles andere.

Plötzlich wusste Mac ganz genau, was zu tun war. Er sprang vom Dach in die Büsche und machte sich auf den Weg zu Davids Haus.

Das Glück war auf seiner Seite, denn der Dummkopf war gerade im Garten. Mac öffnete den Riegel des Gartentors und drückte es auf.

Okay, jetzt ging der Spaß los! Mac stürzte sich auf Diogees Schwanz. Der Dummkopf wirbelte jaulend herum, und Mac hetzte los, als hätte er Angst vor dem riesigen Trampeltier.

Als ob!

Er rannte nach Hause, hielt sich dabei aber absichtlich zurück. Schließlich musste der Dummkopf ihm unbedingt folgen. Im Vorgarten stieß Mac dann ein ohrenbetäubendes Miauen aus, und der Hund begann zu bellen – was wiederum dazu führte, dass Jamie aus dem Haus stürzte.

»Mac! Diogee!«, rief sie. »Rein mit euch! Mac, Sardinen! Diogee, Leckerli!«

Das ließ sich Mac natürlich nicht zwei Mal sagen. Er sprintete durch die Tür, und Diogee hetzte so eifrig hinter ihm her, dass Mac beschloss, sich lieber unter dem Bett zu verkriechen. Vielleicht hatte er den Köter ein bisschen zu sehr geärgert, und jetzt dachte der Dummkopf, *Mac* sei das Leckerli!

Jamie schloss die Schlafzimmertür hinter ihm, und im nächsten Moment hörte er, wie sie den Hund ausschimpfte. *Ha!*

Mac hatte getan, was er konnte. Nun konnte er nur noch abwarten, ob es funktionierte. Und wenn nicht, würde er sich eben etwas anderes überlegen. Er würde auf keinen Fall aufgeben!

David dachte zuerst, dass sein Wecker klingelte, doch dann erkannte er, dass es sich um sein Handy handelte. Er sah auf die Uhr – es war kurz nach eins. Das Handy zeigte an, dass Jamie anrief. Er zögerte einen Augenblick, doch dann hob er ab.

»Ich habe deinen Hund«, erklärte sie.

»Wie bitte?«

»Er stand bellend vor meinem Haus, also habe ich ihn hereingeholt.«

»Aber das Gartentor war doch zu.«

»Na ja, ich habe keine Ahnung, wie er entwischt ist, aber jetzt ist er jedenfalls hier«, erwiderte Jamie barsch.

»Okay, gut. Ich hole ihn ab.« David legte auf, zog sich an und schlüpfte in seine Sneakers, ohne sich mit den Socken aufzuhalten. Als er vors Haus trat, sah er, dass das Gartentor tatsächlich offen stand. Dabei achtete er immer so sorgfältig darauf, es zu verriegeln. Andererseits war er in letzter Zeit ziemlich verwirrt. Er brachte sogar schon Rezepte durcheinander und hatte mindestens zwei Dutzend Cupcakes anbrennen lassen.

Davids Brustkorb zog sich zusammen, als er auf Jamies Haus zuging. Er redete sich ein, dass er ja nur eine Minute bleiben musste und dass es keinen Grund gab, die Nerven zu verlieren. Doch als er schließlich an ihre Tür klopfte, bekam er kaum noch Luft.

»Diogee hat wohl bei Mac Unterricht genommen. Sie waren beide draußen, und …«, meinte Jamie, als sie die Tür öffnete, doch dann brach sie ab. »Alles okay?«

»Ja, ich bin nur noch nicht ganz wach«, presste David keuchend hervor. Er musste wieder nach Hause. Alles würde gut werden, wenn er erst mal zu Hause war. Diogee schoss auf ihn zu, und David schaffte es gerade noch, sich am Türrahmen festzuhalten, bevor der Hund zur Begrüßung an ihm hochsprang. »Komm, wir gehen, Diogee.« Er hatte keine Leine dabei, aber der Hund würde ihm vermutlich auch so folgen.

David wandte sich ab, doch Jamie packte ihn am Arm, zog ihn ins Haus und schloss die Tür. »David, du hyperventilierst«, erklärte sie langsam und bestimmt. »Halte den Atem an, okay?«

David schüttelte den Kopf. »Bekomme so schon kaum Luft.«

»Du atmest zu schnell und zu tief«, erklärte sie, ohne seinen Arm loszulassen. »Du hast zu viel Luft in den Lungen. Halte den Atem an, dann fühlst du dich besser. Mach es einfach mir nach.« Sie atmete tief ein und sah ihm in die Augen.

Er schaffte es, mit ihr zusammen den Atem anzuhalten, obwohl sein Herz dadurch noch schneller schlug als ohnehin schon und jeder Schlag in seinen Ohren dröhnte.

»Okay«, meinte Jamie schließlich. »Und jetzt atmest du langsam ein und aus. Aber ganz normal – nur nicht zu tief.«

Diogee winselte und stupste David mit der Pfote an. »Ist schon gut, Kumpel! Alles okay.« David nahm einen Atemzug und tätschelte den Kopf des Hundes.

»Besser?«, fragte Jamie.

»Besser«, antwortete David.

»Panikattacke?«

»Ja.«

»Komm, setz dich einen Moment«, schlug Jamie vor. »Oder wird es schlimmer, je länger du hier bist?«

Jetzt, wo er sich ein wenig beruhigt hatte, hatte auch das Verlangen nachgelassen, so schnell wie möglich zu verschwinden. Seine Beine fühlten sich an wie Gummi, und er war völlig erschöpft. Er ließ sich von Jamie zu dem Sofa im Wohnzimmer führen.

»Warte, ich hole dir ein Glas Wasser.«

Diogee sprang neben David aufs Sofa, und im nächsten Moment saß auch Mac auf der Rückenlehne und stupste David sanft mit dem Kopf an. »Danke, Jungs, mir geht's schon besser«, meinte er und spürte, wie sich sein Herzschlag tatsächlich beruhigte.

»Hier, bitte.« Jamie reichte ihm das Wasserglas und setzte sich in den Lehnstuhl gegenüber.

Davids Hand zitterte, als er sich das Glas an die Lippen hob, aber er schaffte es, ein paar Schlucke zu trinken. »Tut mir leid, ich brauche nur noch ein paar Minuten, und dann …«

»Sei nicht albern«, meinte sie.

Er lehnte den Kopf zurück und konzentrierte sich darauf, sich wieder unter Kontrolle zu bringen. Als er sich bereit fühlte, hob er den Kopf und sah, dass Jamie ihn besorgt musterte. »War es damals in der Nacht auch so?«

»Ja, mehr oder weniger«, antwortete David.

»Du hättest mich wecken sollen«, erklärte sie. »Aber ich schätze, das hätte es nur noch schlimmer gemacht, oder?«

»Ja, vermutlich«, gestand David. »Aber ich werde eine Therapie machen. Lucy hat mich so lange genervt, bis ich einverstanden war.« Das war passiert, nachdem sie sich mehrmals dafür entschuldigt hatte, dass sie ihn zum Online-Dating gezwungen hatte und dann auch noch betrunken gewesen war, als er ihr von der Nacht mit Jamie erzählt hatte.

Jamie nickte schweigend. Vermutlich wusste sie nicht, was sie sagen sollte. Was sagte man denn auch zu einem Menschen, der bald eine Therapie machen würde? David konnte es selbst kaum glauben. Er war immer der Meinung gewesen, dass eine Therapie nur etwas für andere Leute war und dass er so etwas niemals brauchen würde. Er hatte gedacht, er wäre schlau genug, um seine Probleme selbst zu lösen. Aber das war ganz offensichtlich nicht der Fall.

»Ich will nicht jedes Mal eine Panikattacke bekommen, wenn ich Gefühle für eine Frau entwickle«, fuhr David fort, doch Jamie sagte immer noch nichts. »So wie ich sie für dich entwickelt habe.« Ihre Augen wurden groß, aber sie schwieg weiterhin. »Ich glaube, dass ich dir einfach gefühlsmäßig viel zu nahegekommen bin und es nicht nur mit dem Sex zu tun hatte.« Er lachte heiser. »Ich klinge, als wäre ich bereits beim Therapeuten.«

Mac sprang auf Davids Schoß und war damit nur noch wenige Zentimeter von Diogee entfernt. Trotzdem starrten die beiden einander nicht böse an, sondern schmiegten sich bloß so nahe wie möglich an David.

»Sieht so aus, als würde es sich um eine tiergestützte Therapie handeln«, meinte Jamie. »Es ist schon ziemlich spät. Willst du heute Nacht vielleicht hierbleiben? Auf der Couch, meine ich«, fügte sie eilig hinzu.

»Ja, gerne«, erwiderte David.

»Ich hole dir eine Decke und ein Kissen«, erklärte Jamie und verschwand im Schlafzimmer.

David fühlte sich vollkommen ausgelaugt, doch wenigstens hatte er nicht mehr das Gefühl, er würde keine Luft mehr bekommen oder sein Herz würde explodieren. Er schlüpfte aus seinen Schuhen und streckte sich auf der Couch aus, sodass sich die beiden Tiere einen neuen Platz suchen mussten. Mac machte es sich auf Davids Bauch gemütlich, während Diogee sich zu seinen Füßen zusammenrollte. David schloss die Augen und war kurz darauf eingeschlafen. Er bekam nur noch am Rande mit, wie Jamie eine Decke über ihn ausbreitete.

Jamie warf einen Blick auf die Uhr. Es war beinahe zehn Uhr vormittags, und David schlief noch immer. Sie hatte in der Bäckerei angerufen und ihn krankgemeldet. Sie hoffte, es würde ihm nichts ausmachen – aber er brauchte den Schlaf so dringend.

Als er ihr vor ein paar Tagen eine E-Mail geschrieben und ihr von seiner Panikattacke erzählt hatte, hatte sie ihn verstehen können – zumindest gedanklich. Doch nachdem sie ihn letzte Nacht mit eigenen Augen in diesem Zustand gesehen hatte, konnte sie nun erst richtig nachvollziehen, warum er damals einfach so verschwunden war. Vermutlich hatte er gedacht, er würde sterben, und im Grunde war es sogar echt mutig gewesen, dass er sie am nächsten Tag ins Kino eingeladen hatte. Er hatte es in dem Wissen getan, dass ihm womöglich eine weitere Panikattacke bevorstand, und vielleicht war es auch beinahe dazu gekommen. Vermutlich war das der Grund gewesen, warum er seine Hand so ruckartig zurückgezogen hatte. Er hatte Angst gehabt, dass die Berührung zu einem zweiten Anfall führen würde.

Macs Heulen riss Jamie aus ihren Gedanken. Er saß auf dem Fensterbrett im Wohnzimmer und starrte zum Springbrunnen hinaus. »Pssst!« Jamie eilte zu ihm, doch Mac heulte noch einmal. Jamie warf einen schnellen Blick auf David, der noch immer schlief, während Diogee zu seinen Füßen über ihn wachte.

»Was ist denn los?«, fragte sie ihren Kater.

Mac begann, das Insektenschutzgitter mit den Krallen zu bearbeiten, doch Jamie drückte seine Pfoten hinunter und warf einen Blick hinaus, um nachzusehen, was ihn so aus der Fassung brachte. Sie hätte sich ein Eichhörnchen oder eine andere Katze erwartet, doch stattdessen sah sie Sheila, die Postbotin, die gerade auf dem Weg über den Platz war, und Hud, der wie immer am Springbrunnen saß.

»Da draußen ist nichts, MacGyver!«, erklärte Jamie ihrem Kater, doch Mac sprang vom Fensterbrett, lief zur Tür und stieß ein weiteres Heulen aus. Er wollte offensichtlich raus. Dachte er, sie würde einfach so die Tür öffnen und ihn rauslassen? Er wanderte einige Male vor der Tür auf und ab, bevor er schließlich ins Wohnzimmer rannte und den Kamin hochkletterte …

Jamie stürzte aus dem Haus und starrte zum Dach hoch. Würde Mac wirklich da oben herauskommen? Oder blieb er vielleicht stecken? Nein, da war er auch schon! Er lief übers Dach, sprang in einen der Büsche vor dem Haus und hetzte auf Sheila zu. Jamie wollte ihn rufen, doch er sprang bereits an Sheila hoch und löste eine der Schlüsselketten an ihrer Tasche. Danach sprintete er, ohne zu zögern, auf Hud zu und legte ihm die Kette vor die Füße.

»Ich habe ihn nicht dazu angestiftet!«, rief Jamie und hob ergeben die Hände, als Hud sie böse anstarrte.

Hud beugte sich nach unten, um die Schlüsselkette aufzuheben. »Ich mache das schon!«, rief Sheila und lief eilig auf ihn zu.

Doch er war schneller und musterte bereits den silbernen Fisch-Anhänger. »Die ganze Crew bekam einen solchen Anhänger, als feststand, dass aus der Pilotfolge von *Der Fang des Tages* eine Serie werden würde. Sie wurden eigens für uns angefertigt.« Er schob seine Sonnenbrille hinunter und sah Sheila fragend an.

»Ich habe ihn auf eBay ersteigert«, gab sie zu. Ihre Wangen waren gerötet. Genauso wie ihr Hals und ihre Ohren.

»Dann sind Sie also ein Fan?«, fragte Hud, und seine Begeisterung war deutlich zu hören.

»Ja, ich habe jede Folge eine Million Mal gesehen«, gestand Sheila, wobei sie mit dem Boden und nicht mit Hud zu sprechen schien.

Sie mag ihn!, dachte Jamie. *Sie mag Hud. Deshalb kannte sie jede einzelne Rolle, die er jemals gespielt hat, obwohl sie bei dem Quiz im Pub vollkommen versagt hat.*

»Welche war denn Ihre Lieblingsfolge?« Hud streckte die Hand aus und hob Sheilas Kinn, damit sie ihn ansah.

Jamie hatte plötzlich das Gefühl, als sollte sie die beiden alleine lassen. Sie hob Mac hoch, und er protestierte kein bisschen.

Als sie ins Haus zurückkamen, saß David auf der Couch und schlüpfte gerade in seine Schuhe. »Ich muss zur Arbeit.«

Jamie schüttelte den Kopf. »Ich habe dich krankgemeldet. Ich hoffe, das ist okay?«

»Danke.«

Jamie wusste nicht, was sie sagen sollte, denn die unmittelbare Krisensituation war mittlerweile offensichtlich vorüber. »Hud muss jetzt endlich akzeptieren, dass Mac der Dieb vom Storybook Court ist. Er hat gerade mit eigenen Augen gesehen, wie Mac einen Diebstahl beging – und ich war nicht mal in der Nähe und habe ihm Befehle erteilt oder ihn mit Sardinen bestochen. Außerdem weiß ich jetzt, wie Mac aus dem Haus kommt.« Sie deutete auf den Kamin.

David musterte MacGyver. »Beeindruckend!«

Jamie folgte seinem Blick. »So würde ich das vielleicht nicht nennen.«

David erhob sich. »Willst du vielleicht frühstücken gehen?«

»Ich ... ich weiß es nicht«, antwortete Jamie. »Ich bin mir nicht sicher, ob ich unsere Freundschaft fortsetzen kann. Ich war zwar ehrlich überzeugt von der Idee der Freunde mit gewissen Vorzügen, aber im Grunde habe ich mir selbst etwas vorgemacht. Wir waren einfach zu gut als Pseudo-Paar. Es fühlte sich viel zu real an.«

David nickte. »Ja, mir ging es genauso. Und ich will auch keine Freundschaft mit gewissen Vorzügen mit dir haben. Ich will, dass wir einfach gute Freunde sind – mit der Option, unsere Freundschaft auf die nächste Stufe zu heben, sobald ich meine Probleme in den Griff bekommen habe.«

»Oh! Na ja. Hmmm ...« Das hätte sich Jamie nicht erwartet. Allerdings war es genau das, was sie wollte. Selbst wenn es in »Jamies Jahr« passierte, denn es waren nicht Männer allgemein, die ihren Träumen in die Quere gekommen waren. Es waren die paar Männer gewesen, mit denen sie in der Vergangenheit zusammen gewesen war – und die Tatsache, dass sie sich dabei aufgegeben hatte, um ihnen zu gefallen. Doch mit David war das alles anders. Weil sie zuerst Freunde gewesen waren. Und weil er niemals verlangt hatte, dass sie alles tat, nur um ihm zu gefallen.

Sie sah ihn lange an, dann nickte sie. »Ich würde gerne mal ins *Roscoe's Chicken and Waffles* gehen.«

»Cool. Das ist noch so ein Ort in L. A., wo ich immer schon mal hinwollte«, erwiderte David.

Und Mac begann zu schnurren.

Ein Jahr später

Es klingelte und Jamie lief zu Davids Haustür.
»Alles Gute im neuen Zuhause!«, rief Lucy und reichte ihr eine Fußmatte mit der Aufschrift ZUHAUSE IST DA, WO UNSERE TIERE SIND.

Jamie umarmte Lucy. Die Freundschaft mit Adam und Lucy war ein toller Nebeneffekt ihrer Beziehung zu David. »Warte, ich lege die Matte gleich mal vor die Tür«, erklärte Jamie. »Du kannst inzwischen schon mal nach hinten gehen. David bereitet gerade den Grill vor.«

Als sie die Fußmatte vor der Hobbittür zurechtrückte, sah sie Ruby, Riley, Addison, ihre Mom und – natürlich – Zachary auf das Haus zukommen. Zachary und Addison waren mittlerweile mehr oder weniger unzertrennlich. Sie gingen nun seit etwas mehr als einem Jahr miteinander, ohne sich auch nur ein einziges Mal getrennt zu haben, und arbeiteten gerade an ihrem ersten gemeinsamen Comic.

Diogee galoppierte auf die Tür zu, doch Jamie schaffte es gerade noch rechtzeitig, sie zu schließen, bevor er nach draußen stürzen konnte, um die Gäste zu begrüßen – und dabei umzustoßen.

»Wow, du siehst ja toll aus!«, meinte sie zu Riley und kniete sich vor dem Mädchen nieder, um das rosafarbene Cowgirl-Outfit zu begutachten, an dem Ruby monatelang gearbeitet hatte.

»Ja, ich weiß!«, rief Riley und drehte sich im Kreis, sodass alle lachten.

»Okay, ich mache jetzt die Tür auf. Macht euch bereit!«,

warnte Jamie und ließ die Neuankömmlinge ins Haus, wo sie ausgiebig abgeschleckt wurden.

»Er küsst viel besser als du, Zachary«, scherzte Addison, doch ihre Stimme klang freundlich und liebevoll.

»Mehr Zungeneinsatz, ich verstehe schon«, erwiderte Zachary.

»Ich halte mir wohl besser die Ohren zu«, meinte Addisons Mom.

Ruby legte einen Arm um Jamies Hüfte, während sie in den Garten gingen. »Ich freue mich so für dich! Ich wusste von Anfang an, dass David und du perfekt zusammenpasst.«

»Marie und Helen sind beide der Meinung, sie hätten uns verkuppelt. Sie stehen gerade draußen und streiten sich, wer es nun wirklich war. Und Nessie versucht sich als Schiedsrichterin. Den Zahnarzt und den Patensohn haben sie anscheinend vollkommen vergessen. Außerdem behaupten sie, auch dafür verantwortlich zu sein, dass Hud und Sheila sich verliebt haben. Obwohl das doch ganz eindeutig Macs Verdienst war.«

»Ja, das haben die beiden wirklich Mac zu verdanken. Aber ich bin auf Helens Seite, was dich und David angeht«, erwiderte Ruby, und Jamie starrte sie an. »Na ja, ihr Patensohn hat dich immerhin in die Bar getrieben, in der du David getroffen hast«, erklärte Ruby. »Deshalb ist Helen durchaus schuld daran, dass ihr zusammen seid. Aber kein Wort zu Marie.«

Jamie steuerte in Richtung Küche. »Ich muss dir noch etwas zeigen. Du wirst es zwar ohnehin schon bald sehen, aber ich kann es einfach nicht erwarten.« Sie öffnete einen großen Tortenkarton. »Die hat David gemacht.« Auf der Torte – natürlich mit Konfitüre gefüllt – prangte eine perfekte Nachbildung von Jamies erstem Buchcover. »Ist es zu fassen, dass meine Fotos tatsächlich veröffentlicht werden?«

»Nein, eigentlich nicht«, erwiderte Ruby. »Ich hätte nie gedacht, dass so etwas mit einem derart anhänglichen, bedürftigen und kontrollsüchtigen Mann wie David überhaupt möglich ist.«

»Witzig. Du bist wirklich *sehr* witzig«, lachte Jamie. »Und jetzt komm! Gehen wir raus!« Sie warf einen Blick über die Schulter. »Du nicht, Mac«, warnte sie. »Du bist eine *Hauskatze.* Der Schornstein ist geschlossen.«

Mac starrte Riley so lange an, bis die Kleine auf ihn zukam und die Glastür in den Garten öffnete. Wer brauchte schon einen Schornstein? MacGyver fand schließlich immer einen Weg!

Er schlenderte zum Grill und genoss den Duft des gebratenen Fleisches und der vielen glücklichen Menschen – allen voran natürlich Jamie und David. Seine Schwanzspitze zuckte. Er hatte wirklich gute Arbeit geleistet.

Er streckte seine Zunge heraus, um die Gerüche besser aufnehmen zu können. Es gab immer noch Menschen dort draußen, die seine Hilfe brauchten, und er würde ihren Spuren noch heute Abend folgen.

Mac sprang auf den Tisch neben dem Grill, auf dem ein Teller mit Hamburgern stand. Er stieß ein leises Miauen aus, und im nächsten Moment trabte auch schon Diogee auf ihn zu. Mac schob ihm einen Hamburger zu. Vielleicht brauchte er auf seinen zukünftigen Missionen ein bisschen Muskelkraft; das konnte dann der Dummkopf übernehmen. Was die Intelligenz anging – da brachte Mac genug für sie beide mit.